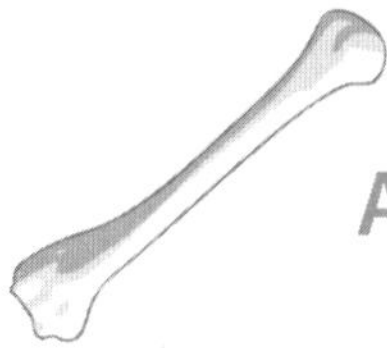

ALESSIA
GAZZOLA

Die Spur der Principessa

Ein neuer Fall für Alice Allevi

Aus dem Italienischen
von Sylvia Spatz

carl's books

Die Originalausgabe erschien 2014 unter dem Titel
Le ossa della principessa bei Longanesi in Mailand.

Die Zeilen aus Pablo Nerudas Gedicht »Das Lachen« (Seite 72) stammen aus:
Pablo Neruda, *Das lyrische Werk*, hrsg. von Karsten Garscha, © Luchterhand Literaturverlag, München, in der Verlagsgruppe Random House GmbH

MIX
Papier aus verantwortungsvollen Quellen
FSC® C083411
FSC
www.fsc.org

Verlagsgruppe Random House FSC® N001967
Das für dieses Buch verwendete FSC®-zertifizierte Papier
Lux Cream liefert Stora Enso, Finnland.

1. Auflage

Umschlaggestaltung: semper smile, München
Satz: Uhl + Massopust, Aalen
Druck und Bindung: CPI – Clausen & Bosse, Leck
Printed in Germany
ISBN 978-3-570-58551-1

www.carlsbooks.de

Für Eloisa, kleines großes Licht in der Nacht.
Gracias a la vida, que me ha dado tanto …

Dann fühle ich, Harry, daß ich meine ganze Seele an einen hingegeben habe, der sie behandelt, als ob sie eine Blume fürs Knopfloch wäre, eine kleine Dekoration, seiner Eitelkeit damit zu schmeicheln, ein Schmuck für einen Sommertag.

Oscar Wilde, *Das Bildnis des Dorian Gray*

Überlege dir deine Wünsche gut – sie könnten wahr werden

Ambra Negri Della Valle ist verschwunden.

Und das ist kein Traum, sondern Wirklichkeit. Ich habe Gewissensbisse, weil ich mir genau das unzählige Male gewünscht habe. Wie in dem Film aus den Achtzigerjahren mit David Bowie: Ein Mädchen wünscht sich, endlich ihren quengeligen kleinen Bruder loszuwerden, auf den sie eifersüchtig ist, und dann wird er tatsächlich vom König der Kobolde entführt.

Ambra ist das größte Biest, das ich kenne. Ihr ist jedes Mittel recht, um die erste Geige zu spielen, und alle anderen dienen ihr nur dazu, sich selbst ins rechte Licht zu setzen. Für sie läuft immer alles glatt, immer ist sie die Beste, die Nummer eins.

Spurlos zu verschwinden, passt eigentlich überhaupt nicht zu ihr, sie sorgt eher dafür, dass andere unsichtbar werden.

Niemand hat eine Ahnung, wo sie steckt: Sie ist abgetaucht, ohne irgendeine Spur zu hinterlassen. Nicht einmal ihr Handy hat sie mitgenommen. Als man es in ihrer Wohnung fand, waren ungefähr hundert unbeantwortete Anrufe drauf.

Drei Jahre lang saßen meine Kollegin Lara, Ambra und ich am Institut im selben Büro – so etwas wie Ambras Schaltzentrale der Macht. Mitunter haben wir uns die

Kopfhörer von unseren iPods in die Ohren gesteckt, damit wir ihr nicht zuhören mussten. Denn Ambra quatschte unaufhörlich. Und doch haben wir in diesem Raum, in dem jetzt eben nur noch Lara – meine Leidensgenossin – und ich sitzen, derzeit das Gefühl, als ob etwas fehle, und die Atmosphäre ist bedrückend. Wir konnten Ambra nicht leiden, aber ihr Verschwinden hat uns trotzdem betroffen gemacht, und oft sehen wir uns schweigend an. In unseren Blicken steht eine Angst, die sich auch auf den Fluren unseres Instituts für Gerichtsmedizin in Rom breitgemacht hat. Man denkt immer, dass bestimmte Dinge nur anderen passieren, und wenn man es dann selbst durchmacht, fühlt man sich von der Unberechenbarkeit des Lebens wie erschlagen.

Derzeit wagt hier kaum einer zu lächeln, von lachen ganz zu schweigen.

Unser Büroalltag ist nach Ambras Verschwinden einfach nicht mehr der gleiche.

Gerade beschäftige ich mich mit einem Fall, den man ihr zugeteilt hatte und der wegen ihres Verschwindens unbearbeitet geblieben ist. Die Papiere durchzublättern, die auch sie berührt hat, nach Lösungen zu suchen, die vielleicht auch ihr eingefallen wären, die Erinnerung an ihr Haar, das honigblond leuchtete, wenn Sonnenstrahlen durch das Fenster fielen … alles macht mich sehr traurig. Vermutlich habe ich vor einem Monat noch davon geträumt, mich nie wieder mit ihr auseinandersetzen zu müssen.

Ich bin in meine düsteren Gedanken vertieft, als Claudio Conforti in unser Büro kommt. Er ist … wie soll man ihn mit einfachen Worten beschreiben? Beginnen wir mit dem Wesentlichen: sechsunddreißig Jahre alt, wissenschaftlicher Mitarbeiter am Institut mit vielversprechenden Karriereaussichten. Er ist ebenso attraktiv wie gemein. Außerdem ist er Ambras offizieller Ex. Der Grund für die Trennung ist mir allerdings bis heute nicht klar. Lange Zeit war Claudio mein ganz geheimer verbotener Traum. Dieser Traum hat sich vor knapp einem Jahr während eines Kongresses in Sizilien tragischerweise erfüllt, und seitdem ist es mit meiner inneren Ruhe vorbei.

Davor war unser Verhältnis so ähnlich wie das zwischen Herr und Dienerin. Er machte mich fertig, und ich dankte ihm noch dafür. Zugegeben, manche seiner verbalen Abreibungen hatte ich verdient. In meinen Augen ist das Institut schon immer so etwas wie ein Tempel der Demütigung gewesen. Doch ich muss sagen, dass ich das mit meiner Ungeschicklichkeit manchmal auch herausgefordert habe. Zum Beispiel, als ich an einem exhumierten Leichnam eine Autopsie vornehmen sollte und mich vor Ekel ins Bad flüchtete. Claudio holte mich höchstpersönlich dort ab und rief: »Du bist wirklich eine Schande für dieses Institut. Wenn das hier vorbei ist, kannst du deine Karriere begraben!« Oder noch schlimmer – einmal bat er mich, die Tasche mit seinem neuen Mac, auf den er sehr stolz war, in sein Büro zu tragen. Ich hatte den Gurt nicht richtig befestigt und der Mac fiel zu Boden. Er schimpfte wie ein Rohrspatz. Andrerseits – warum setzt er mich auch als Taschenträgerin ein!

Claudio wirkt erschöpft. Ambras Verschwinden hatte für ihn höchst unangenehme Folgen. Er war gezwungen mit den zuständigen Ermittlern zusammenzuarbeiten – das lag auf der Hand und war gleichzeitig reine Routine. Insbesondere mit dem einzigartigen Ispettore Roberto Calligaris, der sehr erstaunt darüber war, es mit Claudio zu tun zu haben. Mit Calligaris habe ich sozusagen inoffiziell – und ich weiß nicht genau, ob das überhaupt rechtens ist – gemeinsam in ein paar Fällen ermittelt. Ich mache Kay Scarpetta mittlerweile alle Ehre, finde ich.

Ich bin Rechtsmedizinerin, genau wie sie. Oder besser, Assistenzärztin, Rechtsmedizinerin *in progress* sozusagen, noch nicht eigenverantwortlich, aber mit dem Ehrgeiz, es zu werden. Ich bin im dritten Jahr meiner Ausbildung. Noch zwei weitere, und wenn ich die Dämpfer überlebe, die hier an der Tagesordnung sind, und meine eigene Ungeschicklichkeit mir kein Bein stellt, habe ich mein Ziel endlich erreicht.

Claudio wirft einen ganz kurzen Blick auf Ambras Schreibtisch – sehr melancholisch, so kommt es mir vor – und setzt sich auf ihren Stuhl. Durch das Fenster scheint die Sonne, und das helle Licht zeigt deutlich tiefe Spuren in seinem Gesicht, die die jüngsten Ereignisse hinterlassen haben.

»Gibt's was Neues?«, erkundige ich mich und bereue es sofort.

»Wenn es Neuigkeiten gäbe, dann hättest du sie längst erfahren, Allevi«, gibt er zurück. Sein Ton ist schneidend und zugleich betrübt.

In der Zeit vor ihrem Verschwinden hatte sich Ambra von einer modischen Barbie in ein Auslaufmodell verwandelt, in eine ausrangierte Puppe, die aus der Spielkiste eines verwöhnten Mädchens herauslugt, das Haar schlecht geschnitten und am Leib die scheußlichen abgelegten Klamotten von anderen Barbies. Eine Puppe, die niemand mehr mag und mit der niemand mehr spielt. Ich habe den schrecklichen Verdacht, dass Claudio für diesen Abstieg aus dem Puppenhimmel verantwortlich war, und bin wirklich sehr froh, mich damals nicht weiter mit ihm eingelassen zu haben.

Aber jetzt weiß ich nicht mehr, was ich glauben soll.

Jetzt hat das Dunkel Ambra verschluckt, das Böse ist in meinen Alltag eingedrungen, und ich habe das Gefühl, dass die Grundfesten eines ganz normalen Lebens erschüttert sind.

Ambra: Ihre letzten Stunden vor dem Tag X

Ambras Mutter ist sympathisch, auf jeden Fall sympathischer als ihre Tochter.

Lara und ich befinden uns im Wohnzimmer ihrer Wohnung in der Viale Romania. Es ist ein kleiner Raum mit Unmengen an Nippes, aber geschmackvoll. Ambra und ihre Mutter Isabella lebten zusammen.

»Warum hätte sie sich eine Mitbewohnerin suchen sollen, wo sie doch mich hat?«, hatte Isabella gemurmelt, als sie uns vorhin Ambras Zimmer zeigte. Es war sehr unpersönlich eingerichtet, das hat mich überrascht. Ein riesengroßes Bett mit einem lilafarbenen Überwurf. Weiße Vorhänge. Weiße Wände. Ein weißer Wandschrank. An einem Haken hinter der Tür ein elegantes Kleid, fertig zum Anziehen und Ausgehen. Ein antiker Frisiertisch wie aus einem Puppenhaus. Leer.

»Auch Ambras Schminkzeug ist verschwunden«, meinte die Mutter, als sie meinen fragenden Blick bemerkte.

Anfangs hatte ich mich geweigert, doch jetzt bin ich froh, dass ich der Bitte von Ispettore Calligaris gefolgt bin. Er hatte mich gestern Abend angerufen, ausgerechnet mitten im Film *Eat, pray, love*. Cordelia, meine Mitbewohnerin, und Ichi, mein kleiner Hund, waren empört gewesen.

»Weißt du, Alice, mir ist gerade durch den Kopf gegangen, dass du mir zu deiner Kollegin nicht viel Interessantes zu sagen hattest«, warf mir der Ispettore gutmütig vor. »Nach deiner Beschreibung ist sie eine ehrgeizige und nicht sehr sympathische junge Frau. Doch das kann unmöglich alles sein, was sie als Person ausmacht. Das bekommst du noch besser hin, da bin ich sicher. Besuche ihre Mutter, sag ihr meinetwegen, wie leid dir alles tut, und halte auf deine spezielle Art Augen und Ohren offen. Das führt hinterher immer zu guten Ergebnissen.«

»Aber, Ispettore …«

»Kein Aber. Das ist der Anfang, Alice. Wenn du mitmachst, stehen dir die Türen bei den Ermittlungen offen. Natürlich innerhalb bestimmter Grenzen«, fügte er einschränkend hinzu. Wie immer war er zwischen seinem Überschwang und den Regeln, an die er sich halten muss, hin- und hergerissen.

Für Calligaris ist unsere Bekanntschaft wie ein Talisman. Ich glaube, dass er mich mittlerweile zurate zieht, weil ich ihm Glück bringe. Dass ich in diesem Fall Ambra gut kenne, ist für ihn ein Zufall, den er bis aufs Letzte ausnutzen wird. Und deshalb befinden wir uns jetzt in dieser Wohnung. Lara hat mich zu Recht darauf aufmerksam gemacht, dass uns Ambra, wenn sie davon wüsste, auf der Stelle hinauswerfen würde.

»Signora …«

»Nennt mich ruhig Isabella. Ich bin gar nicht so viel älter als ihr«, betont sie. Sie könnte wirklich Ambras ältere Schwester sein, bei der Geburt ihrer Tochter war sie bestimmt nicht viel älter als zwanzig. Oder sie hatte einen Schönheitschirurgen, um den sie selbst Hollywoodstars beneiden würden.

Isabella nimmt auf einer Chaiselongue Platz. Das Licht einer verschnörkelten Lampe fällt auf ihr Gesicht, sie sieht wirklich fast so aus wie meine Kollegin.

»Wir sind sicher, dass Ambra bald wieder zurückkommt«, sagt Lara, sie wirkt erschüttert. Ihre Stimme zittert sogar leicht.

Isabella runzelt die Stirn, als traute sie ihren Ohren nicht, derart mitfühlende Worte in Bezug auf ihre Tochter zu hören.

»Wie lieb von euch, ihr beiden. Man sieht, dass euch etwas an Ambra liegt. Auf den ersten Blick wirkt sie unzugänglich. Aber sie hat ein großes, großes Herz«, fügt sie hinzu und fährt mit der Hand an ihre Brust. »Sie hat nicht viele Freunde, unzählige Bekannte, aber wenige Leute, die sie wirklich mag. Ich bin froh, dass es Menschen gibt, denen es zu Herzen geht, dass man nicht weiß ... was aus ihr geworden ist«, beschließt sie ihren Satz. Sie unterdrückt ein Schluchzen und wendet sich von uns ab. Sie trägt einen Trainingsanzug aus Chenille, hat wie ihre Tochter langes Haar, genau im gleichen Farbton und frisch gefärbt, und eine schlanke, durchtrainierte Figur – auf dem Weg ins Bad habe ich in ihrem Schlafzimmer ein Laufband bemerkt.

Noch ein unterdrückter Schluchzer, vielleicht sollten wir uns besser auf den Weg machen.

»Möchtet ihr einen Tee? Ich habe gerade welchen aufgebrüht.«

Noch bevor wir antworten können, ist sie schon aufgesprungen und kehrt mit zwei Tassen aus der Küche zurück, die sie uns höflich reicht.

Der Tee schmeckt gut, wenn auch ein wenig bitter, aber sie bietet uns keinen Zucker an. Ich höre ihr zu, während sie von ihrer Tochter erzählt, und versuche meine Tasse vor mir auf dem Couchtisch abzustellen. Aber natürlich – wirklich typisch, das kann nur mir passieren – fällt sie mir auf den Boden aus Mamorgranulat, wie man es oft in älteren

Wohnungen findet. Wenigstens ist die Tasse nicht zerbrochen, sondern nur angeschlagen.

»Wie konnte das nur passieren«, murmele ich.

»Mach dir keine Gedanken, Alice ... Ambra hat mir von dir erzählt. Das hier ist nicht das gute Geschirr«, erwidert Isabella mit einem unaufrichtigen Lächeln. Zu einem anderen Zeitpunkt hätte sie vielleicht heftiger reagiert. Jetzt wechselt sie sofort das Thema und kehrt zu Ambra zurück.

»Darf ich euch nach den letzten Tagen fragen ... vor ihrem Verschwinden?«, erkundigt sie sich, für uns überraschend. »Für mich zählt jedes Detail. Ist euch etwas aufgefallen?«

Die Wimperntusche ist durch ihre Tränen etwas verwischt und liegt wie ein Schatten unter den hellen Augen. Aber ihr Blick hängt hoffnungsvoll an unseren Lippen.

»In der letzten Zeit war Ambra niedergeschlagen«, beginnt Lara.

»Vielleicht hatte sie Liebeskummer«, ergänze ich. In Wirklichkeit habe ich keine Ahnung, wie es ihr in den letzten Tagen vor dem Verschwinden ging: Ich war nämlich in Japan.

»Ich weiß. Mir kam es so vor, als hätte sie sich wieder in einen Teenager verwandelt.«

»Kurz bevor sie verschwand, wirkte sie aber wieder fröhlicher«, fährt Lara fort.

»Doch, das stimmt«, bestätigt Isabella. »Sie lächelte wieder mehr, und sie hatte einen Tangokurs angefangen, der ihr viel Spaß machte.«

»Tango ... genau, auf ihrer Startseite war ein Foto von zwei Tänzern«, fügt Lara hinzu.

Isabella kräuselt leicht die Lippen. »Ambra, wo steckst du nur?«, murmelt sie. »Wie kann man einfach so spurlos verschwinden? Sie hat ihr Handy hier zu Hause gelassen, als sie ging. Ambra nahm es sogar mit auf die Toilette, es ist ausgeschlossen, dass sie es einfach vergessen hat. Ihr könnt euch nicht vorstellen, wie viele unbeantwortete Anrufe drauf waren, als ich es entdeckte. Jetzt hat es die Polizei, aber das Ganze bleibt rätselhaft.« Isabella atmet tief durch und fährt dann fort: »An jenem letzten Tag hat sie mir gesagt, sie wolle ins Institut, ganz wie immer. Ich solle nicht mit dem Mittagessen auf sie warten, sie müsse erst noch eine Arbeit zu Ende bringen. Ich habe ihr das Frühstück hingestellt, ihren Lieblingskaffee, Müsli und einen Apfel. Meine Ambra achtet sehr auf ihre Gesundheit. Sie erschien mir zittrig, als ob sie aufgeregt wäre. Ich fragte sie, was los sei, und sie antwortete, sie würde an einem komplizierten Fall arbeiten. Das war glaubwürdig, denn Ambra war von ihrer Arbeit oft sehr mitgenommen. Sie war ihr sehr wichtig.«

»Im Institut ist sie nicht erschienen«, sagt Lara düster. »Sie hat angerufen und mitgeteilt, dass sie sich einige Tage freinehmen würde.«

»Sie hat auch mit Marta, ihrer besten Freundin, gesprochen. Die Arme hat der Polizei erzählt, dass Ambra sie auf ihrem Handy angerufen hat, aber von einer anonymen Nummer aus. Und Ambras Worte kamen ihr äußerst rätselhaft vor.«

Bisher nichts Neues, wovon ich Calligaris berichten könnte.

Das Telefongespräch zwischen Ambra und Marta kenne ich mittlerweile auswendig.

Was Ambra da sagt, erschien der Freundin völlig durchgedreht.

Der Augenblick ist gekommen, jetzt ist mir alles viel klarer.

Was meinst du damit, Ambra?

Versuch mich zu verstehen, Marta.

Calligaris hat sich bei Marta erkundigt, in welchem Tonfall Ambra gesprochen hat. Die meinte, aufgeregt habe sie nicht geklungen, im Gegenteil, eher gelassen.

Aus Ambras Schrank fehlen einige Kleidungsstücke, doch die Mutter kann nicht ausschließen, dass sie die vielleicht irgendwann weggegeben oder entsorgt hat. Es sind ohnehin nicht die Kleider, die sie normalerweise getragen hat, sondern alte Klamotten, die Ambra seit ewigen Zeiten nicht mehr anzog. Doch einer Mutter entgeht nichts. Ansonsten fehlen weder Handtaschen noch persönliche Gegenstände – mit Ausnahme der Schminksachen. Der Schmuck ist an seinem Platz, ebenso ihre teuren Körpercremes, ihr Nagellack, die Zahnbürste, ihr Parfüm – Magnolia Nobile di Acqua di Parma –, ihr geliebter regenfester roter Trench.

Vor dem Verlassen der Wohnung verabschiedete Ambra sich von ihrer Mutter. Wusste sie da bereits, dass das Institut sie über ihre Abwesenheit benachrichtigen würde? Oder ist auf dem Weg dorthin etwas passiert, das sie veranlasste, ihre Freundin Marta anzurufen? Aber wenn sie die Möglichkeit zum Telefonieren hatte, warum informierte sie nicht ihre Mutter?

Vielleicht erhoffte sich Calligaris, dass ich die Antworten auf all diese Fragen herausfinden würde. Doch als ich später nach Hause zu Cordelia zurückkehre, bin ich genauso schlau wie am Abend zuvor.

Sprich mit uns, Alice, zeig uns die Geheimnisse

Lewis Carroll, *Alice im Wunderland*

Cordelia widmet sich mittlerweile wieder voll und ganz der Schauspielerei. Davor hatte sie als Verkäuferin bei Vuitton gearbeitet, wollte aber eigentlich immer auf die Bühne. Doch ihre Versuche waren dermaßen niederschmetternd gewesen, dass sie am Ende aufgab. Auch ihr Liebesleben war eine ziemliche Katastrophe.

Mittlerweile hat sie Lars verlassen. Diese Affäre mit einem verlogenen, verheirateten Norweger, Vater von Zwillingen, war am Ende doch nicht ihr Lebensinhalt, ebenso wenig wie Japanern oder den Freundinnen von Fußballern und Promis Köfferchen mit Monogrammen zu verkaufen.

Jetzt ist sie Single, verbringt am Tag fünfzehn Stunden und mehr mit Proben für *Die Katze auf dem heißen Blechdach* – sie spielt die Rolle der Mae –, und ihre Stimmung hängt von der Wirkung ihres Antidepressivums ab. Sie ist in der Tat leicht depressiv veranlagt, behauptet aber, dass am Ende nicht die Medizin, sondern die Gesellschaft von Ichi, meinem Hündchen, sie heilen würde. Für Ichi ist sie die große und einzige Liebe, aber nicht ganz uneigennützig – er schließt in sein Herz, wer ihm das meiste Futter gibt.

Wegen Ichi folgt Cordelia dem manischen Anteil ihrer bipolaren Störung und ist mittlerweile zu einer engagierten Tierliebhaberin geworden. Jeden Sonntag arbeitet sie ehrenamtlich in einem Tierheim und hat das Nerzjäckchen, das ihr Vater ihr geschenkt hat – mein Boss, auch der Allerhöchste genannt –, irgendwohin weggegeben, wohin, weiß ich nicht mehr. Außerdem entwickelt sie sich zur Vegetarierin und folgt damit ihrem Bruder, der schon lange so lebt.

Cordelias Bruder heißt Arthur.

Er ist halb Südafrikaner, halb Engländer.

Bis vor knapp zwei Jahren studierte und arbeitete er in Italien. Dann ist er nach Paris umgezogen und hat verkündet, er würde nie wieder hierher zurückkehren.

Noch niemals in meinem Leben habe ich einen Mann so sehr geliebt.

»Gibt's Neuigkeiten, was deine Kollegin angeht?«, erkundigt sich Cordelia. Sie hat sich Ambras Schicksal zu Herzen genommen. In ihrer Erinnerung ist Ambra zwar die größte Arschkriecherin der Weltgeschichte, doch sie weiß, dass die ganze Geschichte ihrem Vater sehr nahegeht, und empfindet deshalb Mitgefühl.

»Nein, Cordy, nichts.«

»Was für eine scheußliche Sache, *Alice*.« Irgendwann in diesen Tagen werde ich ihr dafür den Hals umdrehen, dass sie sich angewöhnt hat, meinen Namen englisch auszusprechen, ganz wie ihr Bruder in lang verflossenen, glücklichen Zeiten.

»Mein Vater hat Angst, dass ihn früher oder später die Nachricht erreicht, man habe ihren Leichnam gefunden.«

»Davor haben wir alle Angst. Ich glaube, das liegt auch an unserem Beruf.«

»Ich hoffe, dass sie wieder auftaucht, à la: *Hier bin ich, habt ihr euch etwa Sorgen um mich gemacht?* Und dass ihr nichts zugestoßen ist«, fügt sie hinzu. Unterdessen bereitet sie die Wii-Konsole für ihre Yogalektion vor dem Fernseher vor.

Das habe ich ganz vergessen zu erwähnen – sie beschäftigt

sich mit fernöstlicher Philosophie, liest Osho und erzählt mir unaufhörlich Dinge über Buddhismus und Meditation. Selbstverständlich praktiziert sie alles auf ihre eigene Art, zum Beispiel Yoga mithilfe eines Nintendo und Shiva Rea via Sky und nicht in einem Yogazentrum.

Ich glaube nicht, dass die Dinge so ausgehen werden, wie Cordelia sich das vorstellt. Ambra hat sich vor einem Monat buchstäblich in Luft aufgelöst, und ihr Verschwinden ist ungewöhnlich und rätselhaft.

Die Prinzessin aus dem Reich der Rechtsmedizin hatte weder erklärte Feinde noch bedenkliche Lebensgewohnheiten. Mir ist klar geworden, dass sie ein viel einfacherer Charakter ist, als es nach außen hin schien. Ihre Eltern ließen sich scheiden, als sie fünf Jahre alt war, und seitdem lebte sie bei ihrer Mutter, zu der sie ein herzliches und freundschaftliches Verhältnis hatte. Ihr Vater ist sehr wohlhabend und spielt in ihrem Leben kaum eine Rolle. Seit ihrer Kindheit ist er beruflich viel unterwegs. Ambra ist Einzelkind. Sie hat eine sehr enge Freundin, Marta, die aber vieles über sie nicht weiß.

Und sie hat einen treulosen Exfreund, Claudio, der sich zwar über den Grund der Trennung ausschweigt, für mich aber über jeden Verdacht erhaben ist. Ich weigere mich zu glauben, dass Claudio direkt oder indirekt etwas mit Ambras Verschwinden zu tun hat. Natürlich blieb Calligaris nichts anderes übrig, als seinen Job zu machen und ihn zu vernehmen. Die Trennung der beiden liegt bereits viele Monate zurück, und die Beziehung zwischen ihnen blieb seither auf Berufliches beschränkt und war außerdem kühl und distanziert – mehr war da nicht. Sie hätten sich einfach nicht gut verstanden, hätten unterschiedliche Lebensgewohnheiten und vor allem unterschiedliche Erwartungen an ihre Beziehung gehabt, hat Claudio Ispettore Calligaris gegenüber erklärt. Ambra träumte von einer Verlobung im amerikanischen Stil. Claudio träumt von einem Leben ohne Verpflichtungen und lehnt die Ehe ab. Er ist untreu, hinterlistig und ein bisschen kleinkariert. Theoretisch waren sie von ihrem Äußeren und ihrem Charakter her wunderbar kompatibel, doch in der Praxis nicht.

Fest steht, dass Claudio ziemlich fertig ist. Das Verschwinden seiner Ex ist nicht spurlos an ihm vorübergegangen. Er hat dabei wohl entdeckt, dass er so etwas wie ein Herz besitzt. Wie das von Grinch hat auch seines nur etwa ein Drittel der Größe des Organs eines Normalsterblichen. Aber selbst mit diesem Miniorgan leidet er.

Abends treffen wir uns hin und wieder. Oft geht es dann irgendwann um Ambra. In seiner Stimme schwingt ein bislang nie gekanntes Schuldgefühl mit, wenn er über Fehler spricht, die er vielleicht bei ihr gemacht hat.

Dann wechselt er abrupt das Thema und lässt sich über die Zubereitung des Fischs aus oder über Wally, die Nachfolgerin des Allerhöchsten, diese böse Zwergin, die den Thron besteigen wird, sobald der Allerhöchste in Pension geht – und bis dahin ist es nicht mehr lang. Das bereitet Claudio aber kaum Kopfzerbrechen, denn er ist ihr Liebling, und wenn Wally überhaupt jemanden respektiert, dann ihn. Ihre Thronbesteigung könnte für Claudio den offiziellen Ritterschlag bedeuten, und das sagt ihm natürlich sehr zu.

Der König ist tot, es lebe der König.

Never mind, I'll find someone like you

Im Institut tue ich so, als würde ich einem Studenten zuhören, der vor seiner Prüfung noch einmal einige rechtsmedizinische Themen durchgeht. Ich denke an alles, nur nicht an Schusswaffenverletzungen, deren Besonderheiten dieser junge Hoffnungsträger herunterbetet wie ein dressierter Papagei.

Wally gefällt die Vorstellung, ein fortschrittliches Institut mit angenehmer Arbeitsatmosphäre zu leiten, in der Studenten ihr Bestes geben können. Selbstverständlich kümmert sie sich nicht darum, ihre Vision in die Realität umzusetzen, diese Aufgabe fällt Assistenzärzten zu. Mir zum Beispiel.

Dieser dreiundzwanzigjährige Typ mit einem Haarschnitt à la Ivan Drago in *Rocky IV* muss in zwei, drei Stunden zur Prüfung antreten, und meiner Ansicht nach ist er perfekt vorbereitet. Er ist sichtlich aufgeregt, unter seinen Achselhöhlen breiten sich dunkle Flecken aus.

»Hören Sie mir zu, Dottoressa?«

»Na klar«, antworte ich prompt. In Wahrheit habe ich gerade an die blauen Wildlederstiefel gedacht, die fast so aussehen wie die von Valentino. Ich habe sie gestern Abend entdeckt, aber nicht gekauft, weil sie mir zu teuer erschienen und ich mir vorgenommen habe, etwas sparsamer mit meinem Geld umzugehen. Doch heute Morgen habe ich es mir anders überlegt und beschlossen, sie auf jeden Fall noch heute zu erstehen – bevor sie mir jemand anderes vor der Nase wegschnappt.

»War meine Definition richtig? Denn dieses Thema ist schwierig, wissen Sie …«

»Nur keine Angst, du bist super!«, erwidere ich fröhlich. Mich Strapazen wie dieser zu unterziehen, wird in neuen Stiefeln sicher erträglicher sein. Auf seinem erschrockenen Gesicht mit den Schafsaugen breitet sich ein Lächeln aus.

»Mir ist das sehr wichtig. Nach der Prüfung würde ich hier gerne mein Praktisches Jahr absolvieren. Ich möchte Rechtsmediziner werden.«

Ich nicke mitfühlend und enthalte mich eines Kommentars à la *Denke noch mal drüber nach, solange Zeit ist.*

Ich gebe ihm einen ermunternden Klaps auf die Schulter und wünsche ihm viel Glück.

* * *

»Aber was erzählen Sie da? Sie haben ja überhaupt nichts begriffen!«

Mit ihrer Krächzstimme fährt Wally meinen Unglücksraben von Studenten an. Er macht einen völlig überrumpelten Eindruck, ist aber weniger eingeschüchtert, als es auf den ersten Blick scheint, denn er erwidert in verbindlichem, aber festem Ton: »Professoressa, entschuldigen Sie, aber das ist ungerecht. Ich bin dieses Thema noch heute Morgen mit einer Assistenzärztin durchgegangen. Und sie hat mich nicht korrigiert.« Ich spüre, wie ich innerlich kleiner werde, und möchte am liebsten in den Erdboden versinken.

Wally zieht ihre Augenbrauen zusammen. »Sie waren hier am Institut?«

»Ja, Professoressa. Ich bin viele Themen mit der Dottoressa durchgegangen, die dort steht.«

Und er zeigt mit dem Finger unmissverständlich auf mich. Ich bin eigentlich nur kurz vorbeigekommen, weil ich neugierig auf seine Prüfung war. In der Tat hat er gerade etwas Unmögliches von sich gegeben, und Wally lässt keine Ausrutscher bei Themen zu, die für sie zum Basiswissen gehören.

Die Augen der Großen Kröte schweifen in meine Richtung, und sie sieht mich an, als wollte sie sagen: *Wusste ich es doch*.

»Allevi, stimmt das?«

Ich nicke schüchtern, während Ivan Drago versucht, die Lage zu seinem Vorteil zu nutzen und doch noch passabel durch die Prüfung zu kommen.

Er soll bloß wagen, sich hier auf eine Stelle zu bewerben.

Ich werde ihm das Leben zur Hölle machen, so wahr ich Alice Allevi heiße.

Und das geht ganz einfach: Ich muss mich nur daran erinnern, wie ich hier mein Praktisches Jahr absolviert habe und der smarte Claudio Conforti, damals in der Facharztausbildung, an mir seine subtilen Mobbingstrategien erprobt hat.

***

Von Wally kommen die üblichen Schmähreden: *Auf die kann man sich wie üblich nicht verlassen!*

An Stiefelkauf ist nicht mehr zu denken, meine Laune ist auf dem Tiefpunkt.

Niedergeschlagen gehe ich nach Hause, dann hebt eine unerwartete SMS ganz kurz meine Stimmung:

Too bad you weren't there with us, you would have laughed a lot! I missed you. See you tonight.

Ich brauche ein paar Sekunden, bis ich begreife, dass diese Nachricht gar nicht für mich bestimmt ist. Denn jegliche Kommunikation zwischen Arthur und mir war bisher immer auf Italienisch.

Er hat sie an eine andere gesandt, nicht an mich.

Eine, die sich amüsiert hätte, wenn sie bei irgendeinem Anlass dabei gewesen wäre. Eine, mit der er sich heute Abend trifft. Eine, die ihm gefehlt hat.

Mir wird plötzlich übel. Genau so muss es Alessandra während ihrer Schwangerschaft ergangen sein. Auch sie hat sich immer über ganz plötzlich auftretende Übelkeitsattacken beklagt.

Ich umklammere mein Handy und kann nicht anders, ich bleibe mitten auf dem Gehsteig stehen. Die anderen Fußgänger weichen mir verdrossen aus.

Vielleicht kommt alles daher, dass Wally mich heute wie in alten Zeiten fertiggemacht hat. Vielleicht, weil ich nicht mehr in der Stimmung bin, shoppen zu gehen. Vielleicht, weil ich ihn nicht vergessen habe und es mir unendlich wehtut, dass er sich mit einer anderen amüsiert.

In meinen Augen stehen Tränen, und als ich merke, dass mein Handy vibriert und sein Name auf dem Display erscheint, will ich im ersten Moment nicht antworten.

Doch dann gebe ich nach.

»Sorry, Alice. Sorry.«

Der Tonfall seiner rauen und tiefen Stimme klingt nach ehrlicher Betroffenheit, aber ich weiß nicht mehr, was ich glauben soll. Vielleicht ist es ja besser, die Wahrheit zu kennen, dann kann ich mich darauf einstellen.

»Ein Versehen, Arthur?«, frage ich unterkühlt. Ich muss

mich sehr zusammenreißen, damit ich beim Reden nicht schluchze.

»*Well*, laut Freud verrät ein solches Versehen ... etwas aus dem Unterbewusstsein.«

»Spar dir dumme Kommentare.«

»Ich wollte wirklich nicht, dass du es auf diese Weise erfährst.«

»Klar, beim nächsten Mal passt du besser auf.«

»*Alice* ...«

»Nenn mich bitte nicht mehr so. Eine *Alice* gibt es nicht.« Oder besser, die *Alice*, die du kennst, gibt es nicht mehr.

»Entschuldige.«

»Na dann ... einen schönen Abend noch«, sage ich und beiße mir auf die Zunge, um eine bissige Bemerkung in Bezug auf seine neue Flamme zu unterdrücken. Das hätte nur kleinkariert gewirkt.

»*Alice*«, sagt er, er gibt nicht auf, »das Leben geht auch für mich weiter.«

***

»Wusstest du, dass Arthur eine Neue hat?«

Cordelia und ich sitzen am Tisch. Ichi hat sich zu ihren Füßen zusammengerollt und ist merkwürdig still. Ich befürchte, er teilt mit ihr nicht nur die Kekse, sondern auch ihre Pillen – sie bestreitet das selbstverständlich.

»Alicia Stair«, antwortet sie.

Dieses Miststück, sie hat sogar den gleichen Namen wie ich. Wie dumm, dass er in der Adressenliste seines Handys gleich nach meinem kommt. Das erklärt Arthurs Lapsus.

Cordelia legt die Gabel ab und verschränkt die Hände, wahrscheinlich macht das ihre Psychoanalytikerin ganz genauso.

»Woher weißt du das?«, erkundigt sie sich in neutralem Tonfall.

»Er hat mir eine Nachricht geschickt, die für sie bestimmt war. Und danach hat er sich bei mir entschuldigt, damit auch wirklich alles klar ist. Warum hast du mir nichts davon gesagt?«

»Da läuft erst seit Kurzem etwas. Sie sind auch nicht wirklich ein Paar ... du kennst ihn ja.«

»Aber er hat dir davon erzählt?«

»Nur weil ich darauf bestanden habe. Weißt du, es ging ihm sehr schlecht, und daran warst du schuld. Deswegen möchte ich, dass diese neue Beziehung eine Chance hat, falls es zwischen euch beiden wenig Hoffnung gibt. Was ich befürchte.«

»Woher willst du das wissen? Ganz bestimmt gibt es da nichts zu hoffen, solange diese Alicia Stair mitmischt.«

»Alicia ist eine Kollegin von ihm. Ich glaube, sie ist um die fünfunddreißig und arbeitet als Fotografin für AFP. Der Alltag der beiden ist schwer genug. Wenigstens tun sie sich hin und wieder etwas Gutes und gehen miteinander ins Bett. Wenn du mich fragst, hoffe ich, dass er sich in sie verliebt.« Ich schaue sie finster an, doch sie fährt unbeirrt fort: »Mit wem sonst sollte er sein Leben teilen? Nur eine, die wie er herumreist, versteht ihn und nimmt ihn, wie er ist.«

Ich stehe auf, das Essen auf meinem Teller habe ich nicht angerührt.

»Was machst du jetzt?«, fragt sie, halb verblüfft, halb eingeschnappt.

»Ich geh meditieren«, gebe ich zurück und schlage die Tür hinter mir zu.

Wie hast du es nur geschafft, dich bei der Wally noch unbeliebter zu machen? Mehr war doch kaum möglich.«

Claudio spießt ein Paar Salatblätter mit gehobeltem Parmesan auf. Wir haben den ganzen Nachmittag bis spät in den Abend hinein gearbeitet. Danach hat er, wie so oft in letzter Zeit, ein gemeinsames Essen vorgeschlagen.

»Immer wenn man sich einbildet, tiefer geht es nicht, entdeckt man, dass die Grenze nach unten noch nicht erreicht ist. Ach, ich mag diesen Song«, sage ich dann. Im Radio läuft gerade *Red Rain* von Peter Gabriel.

»Pass nur auf, Alice. Wenn Malcomess in Pension geht, kann er nicht mehr seine Hand über dich halten. Weder er noch sein Sohn.«

Ich sehe ihn empört an. »Hältst du mich etwa für seinen Schützling?«

»Nein«, gibt er nüchtern zurück. Er wischt sich mit der Serviette über die Lippen, die bitter ein wenig Pflege nötig hätten. »Ich will damit nur sagen, dass Malcomess bei einigen deiner Patzer beide Augen zugedrückt hat. Und das wird bei der Wally anders sein. Malcomess weiß, dass du im Grunde etwas kannst. Von deiner Beziehung zu seinem Sohn mal abgesehen. Gestatte mir diese kleine Anspielung, ich weiß, sie ist nicht nett, aber ich kann nun mal nicht anders – ich tue denen weh, die ich liebe.«

»Das stimmt nicht. Du kannst nicht anders, weil du von Natur aus verletzend bist.«

»Egal, dieser Salat schmeckt jedenfalls scheußlich. Du hast keine Ahnung, wo man gut zu Abend isst, und das ist der Beweis dafür. Das nächste Mal entscheide ich, wohin wir gehen.« Gott sei Dank hat die Kellnerin bereits die Messer mitgenommen. Er legt seine Gabel auf dem Teller ab und nimmt sich ein Grissino aus dem Brotkorb. Gerade hat er es in eine Ölsoße getunkt, als sein iPhone klingelt.

Er wirft einen Blick auf das Display und wirkt nicht gerade begeistert. »Die Staatsanwaltschaft«, sagt er zu mir und wirkt verdutzt.

»Hast du Dienst?«

»Nein.«

Das Gespräch mit der Person am anderen Ende ist einsilbig, und kurz darauf erfahre ich die Neuigkeit.

»Man hat einen Leichnam gefunden.«

Eine Sekunde lang gefriert mir das Blut in den Adern. Ich habe Angst, dass es sich um Ambra handeln könnte, und offensichtlich hatte Claudio die gleiche Befürchtung.

»Sie fragen, ob ich zu einer Begehung des Fundortes bereit wäre, der Staatsanwalt hat ausdrücklich nach mir verlangt. Tut mir leid, dass ich unser Abendessen ruiniere, aber mir bleibt gerade noch Zeit, um die Rechnung zu bezahlen.«

Ich bin so erleichtert, dass ich begeistert zustimme. Wie immer lasse ich mich einladen. Claudio ist vom alten Schlag, und es würde ihm nicht in den Sinn kommen, die Rechnung mit mir zu teilen.

»Und was haben sie dir noch erzählt?«, erkundige ich mich, während ich in meinen Mantel schlüpfe.

»Genug, um sicher zu sein, dass es sich nicht um Ambra handelt«, erwidert er knapp; er ist ein wenig blass um die Nase. »Es geht um ein Skelett, viel mehr ist nicht übrig. Damit kann sie es nicht sein.«

Er wird ungehalten, weil ich in meiner Tasche nach dem Telefon krame, um Cordelia Bescheid zu sagen, dass ich später nach Hause komme.

»Ich habe es eilig, Alice. Könntest du einen Zahn zulegen? Ich muss dich erst nach Hause bringen und dann ans andere Ende der Stadt.«

»Warum? Nimmst du mich nicht mit?«

»Das Abendessen war ein Reinfall, außerdem erhole ich mich gerade von einem Adrenalinschub, bei dem mir fast das Herz stehen geblieben wäre. Ich habe keine Lust, dich gleich am Hals zu haben und auf dich aufzupassen.«

»Komm schon …«

»Vergiss es. Jeder anständige Mensch hat ein Recht darauf, in Ruhe zu arbeiten.«

»Ein anständiger Mensch schon. Du nicht.«

Im Auto ist er schweigsam. Er hat das Radio leise gestellt, um die Anweisungen seines Navi nicht zu überhören, das ihn an den von den Ermittlern angegebenen Ort führt.

Es ist im Süden Roms, in der Nähe von Potina. Es handelt sch um ein offenes, von Wohnsiedlungen abgelegenes Gelände.

Im Hintergrund steht ein Bagger. Ein Polizist kommt auf uns zu und erklärt, dass in dieser Gegend ein Sportzentrum entstehen soll. Am Nachmittag seien Arbeiter beim Aushub für das Fundament auf Gebeine gestoßen.

Die Nacht ist windig, aufgewirbelter Staub brennt in meinen Augen. Die Dunkelheit macht mich nervös, lieber wäre ich jetzt woanders.

»Unter diesen Umständen ist eine Begehung völlig sinnlos. Es ist stockdunkel, was glauben die denn, was man da entdeckt? Ich hätte alles in Ruhe morgen früh erledigen können«, flüstert mir Claudio zu. Er steht da, in seinen Regenmantel gehüllt, und ist verärgert, weil man ihn in seiner Routine gestört hat. Man führt uns an einen Ort, der etwas von unserem Parkplatz entfernt liegt und von einem generatorbetriebenen Strahler beleuchtet wird. Und dort liegt in einer kleinen Erdkuhle das in Fötushaltung zusammengekauerte Skelett eines Menschen.

Die Kollegen von der Spurensicherung sind bereits aktiv: Ohne die Leiche anzurühren, nehmen sie Proben für die Untersuchung des Erdreichs, der Pflanzen und Insekten.

Claudio konzentriert sich und vergisst seine schlechte Laune. Er nimmt die Handschuhe, die Überschuhe und andere Schutzkleidung entgegen und übersieht völlig, dass er eine Assistenzärztin dabeihat. Ich halte mich unterdessen im Hintergrund und verfolge alles aus einiger Entfernung, um nicht zu stören.

An dem Leichnam befinden sich Reste einer vom Erdreich durchweichten Hose und eines Pullovers von undefinierbarer Farbe. An den Füßen stecken Turnschuhe der Marke Adidas, und zwar ein Modell, das vor ein paar Jahren in Mode war.

Ich betrachte die Umgebung genauer, und mir wird klar, dass der Leichnam nicht sehr tief unter der Erde gelegen haben kann. Außerdem hat er bei den Aushubarbeiten offenbar keinen Schaden genommen, er sieht intakt aus.

Neben dem Skelett liegt ein Gegenstand, den ich aus dieser Entfernung nicht identifizieren kann. Er ist rund und von der Größe eines Untertellers. Ich nehme mir vor, Claudio später im Auto danach zu fragen.

In der Zwischenzeit gibt Claudio einem Polizisten mit einer Kamera Anweisungen, und ich sehe, wie er auf bestimmte Stellen in der Nähe der Drosselgrube und des Schlüsselbeins deutet.

»Alice!«

Die durchdringende Stimme von Ispettore Calligaris würde ich überall erkennen. Er kommt mir entgegen und wirkt völlig durchgefroren. Ein Windstoß hat ihm fast die Brille mit den runden Gläsern gegen seine starke Kurzsichtigkeit von der Nase geweht. Ein mir unbekannter Mann begleitet ihn.

»Du bist mit Conforti hier, nehme ich an.«

Ich nicke und schüttele ihm die Hand.

»Dottoressa Allevi, ich möchte dir Sergio Einardi vorstellen. Er ist forensischer Anthropologe.«

Der Mann an Calligaris' Seite wirkt hochnäsig und gelangweilt. Er grüßt knapp und entfernt sich bald darauf.

»Ein unfreundlicher Typ, aber der Beste auf seinem Gebiet«, murmelt Calligaris entschuldigend. »Für heute Nacht hat man Regen vorausgesagt. Und der Staatsanwalt hat deswegen angeordnet, unverzüglich mit den Ermittlungen zu beginnen, um wetterbedingte Verzögerungen und Pannen zu vermeiden. Schau nur, es nieselt bereits!«, ruft er aus und wendet seine Hand in der Luft. »Der Leichnam ist heute am späten Nachmittag gefunden worden«, fährt er fort. »Es blieb gerade Zeit genug, um das Gelände abzusperren, damit alles unversehrt bleibt, und die unmittelbare Umgebung des Skeletts frei zu räumen. Dann hat man Einardi und Conforti benachrichtigt. Ich freue mich, dass auch du hier bist. Diese Fälle sind sehr interessant«, kommentiert er abschließend.

»Was für Fälle?«, frage ich nach, und meine Fantasie macht bereits Sprünge. »Hat man noch andere Skelette gefunden? Gibt es eine Serie?«

»Nein, ich meinte das nur allgemein. Ungelöste Fälle, sogenannte *Cold Cases*, sind immer faszinierend, ich spreche da aus Erfahrung«, fügt er hinzu, offenbar kann er seine Eitelkeit nicht zügeln.

Nach einiger Zeit tritt Claudio zu mir und streift betont lässig seine Handschuhe ab.

»Weshalb bist du nicht näher getreten? Macht dir das hier was aus?«, fragt er sarkastisch und zieht dabei hinterlistig eine Augenbraue hoch.

»Niemand hat mir entsprechende Ausrüstung gegeben, und ich wollte nicht wieder etwas machen, das ich mir während der letzten zwei Jahre meiner Ausbildung vorhalten lassen muss.«

»Das geht auch danach noch weiter, nur damit du Bescheid weißt. Oder glaubst du etwa, dass ich dir deine Desaster alle vergebe, sobald du fertig bist? Trotzdem sehr nett von dir, ich weiß deine Geste zu schätzen. Und viel besser als damals, als du bei der Untersuchung der Leiche eines Forstverwalters deine Zigarette in den Wald geworfen hast.«

Es ist einfach gemein, dass er meine Schandtaten immer wieder aufs Tapet bringt. Es stimmt, diese Episode ist in der Tat eines meiner Glanzstücke. Die Verblüffung aller Anwesenden habe ich bis heute nicht vergessen.

»Was lag dort neben dem Leichnam?«

»Ach das – wirklich merkwürdig. Eine Krone.«

»Eine Krone?«

»Ja, ein Spielzeug oder eine Faschingskrone, aus Plastik. Die Krone einer Prinzessin, um es genau zu sagen.«

***

Man weiß nicht viel über den Leichnam.

Ausweispapiere gibt es nicht. Und man ist sich noch nicht im Klaren, ob es sich um einen Mann oder eine Frau handelt. Auch das Alter zum Todeszeitpunkt ist noch unbekannt.

»Es kommt mir so vor, als hätte ich auf dem Pullover auf

Schulterhöhe einen dunklen Fleck mit einem Loch gesehen. Vielleicht gibt der uns Hinweise auf die Todesursache. Ich bin gespannt«, gestehe ich Claudio im Auto, während er mich auf dem kürzesten Weg nach Hause, in die Via Giulio Cesare, fährt.

Die konzentrierte Arbeit am Fundort hat seine trübe Stimmung ein wenig aufgehellt. Es ist fast Mitternacht, und das erwartete Unwetter bricht über die Stadt herein. Er fährt langsam.

»Ich habe mit Einardi verabredet, dass wir uns das Skelett bereits morgen Nachmittag ansehen. Du bist offiziell eingeladen.«

Nach einem schnellen leichten Mittagessen begebe ich mich zusammen mit Lara zur Leichenhalle.

Die gestern aufgefundenen sterblichen Überreste sind noch nicht vollständig vorbereitet. Claudio verliert die Geduld und herrscht die armen Angestellten an, für die seine Wutausbrüche noch neu sind.

»Seit Ambras Verschwinden ist er unausstehlich«, kommentierte Lara leise.

»Das stimmt, er ist sehr angespannt. Als gestern die Nummer von der Staatsanwaltschaft auf seinem Handy erschien, sah er aus wie kurz vor dem Herzinfarkt.«

»Alice, hast du wirklich noch keine Minute daran gedacht … du weißt schon, was ich meine«, raunt sie.

»Was?« Natürlich habe ich ihre Andeutung verstanden, aber ich will wissen, worauf sie genau hinauswill.

»Dass er etwas mit ihrem Verschwinden zu tun haben könnte«, flüstert sie und errötet leicht dabei.

»Daran habe ich noch niemals gedacht. Keine Sekunde lang.« Mein Tonfall ist kühl. »Das Ganze hat ihn sehr getroffen«, fahre ich verbindlicher fort. »Vielleicht hat er Gewissensbisse, weil er sie einfach abserviert hat, aber das ist alles«, sage ich abschließend.

Lara hebt den Kopf und mustert Claudio. Die nervösen Gesten, seine Wutausbrüche gegenüber dem Techniker der Leichenhalle, die unwirsche Begrüßung von Sergio Einardi.

»Tja, vielleicht. Ich bin mir da nicht so sicher. Wer ist das da?«, erkundigt sie sich mit Blick auf den Neuankömmling.

»Ispettore Calligaris hat ihn mir vorgestellt. Er ist forensischer Anthropologe.«

Einardi begrüßt uns mit einem Kopfnicken. Er hält ein paar weiße Blätter in der Hand, und in seiner Hemdtasche steckt ein Kugelschreiber. Er hat dunkles, an den Schläfen ergrautes Haar, unter seinen braunen Augen liegen leichte Schatten.

Es scheint ihm nichts auszumachen, dass er ganz allein herumsteht, während das Skelett auf den Autopsietisch gelegt wird. Ich erfahre unterdessen, dass die Ermittlungen am Fundort heute Morgen fortgesetzt wurden und dass Claudio erst dort war und dann ins Institut gekommen ist. Die Plastikkrone wird bereits analysiert, ebenso die geologischen und botanischen Proben. Heute Nachmittag geht es darum, ein biologisches Profil des Leichnams zu erstellen, um dann über bestimmte Merkmale Rückschlüsse auf seine Identität zu ziehen.

Der Schädel ist intakt. An den Knochenplatten hängen noch Hautfetzen mit verfilzten Haaren. Perfekte Zähne, wie sie nur nach jahrelangem Tragen einer Zahnspange möglich sind.

Der Pullover mit Rollkragen war vielleicht einmal rot, es ist nicht mehr viel von ihm übrig; hinten hat er am Kragen einen kleinen Riss. Schwer zu sagen, woher der stammt, ob von einer Verletzung durch eine Feuerwaffe oder ein Messer. Um dieses Loch herum ist der Stoff nach innen eingerollt und dunkel eingefärbt, wie von einem großen Blutfleck. Unter dem Pullover und einem Wollunterhemd befindet sich ein sehr feines Halskettchen ohne Anhänger.

Die Halswirbelfortsätze scheinen gebrochen. Ansonsten ist der Leichnam nichts als ein Skelett. Am linken Handgelenk hängt eine billige Uhr. Der Slip unter der Jeans sieht so aus, als gehörte er zu einer weiblichen Person.

In der Vordertasche der Hose stecken ein Metroticket, das am 23. Januar 2006 um vier Uhr nachmittags entwertet wurde, und eine Zwei-Euro-Münze.

»Und was meinst du?«, erkundigt sich Claudio bei Einardi.

»Auf den ersten Blick stammen die Zähne von jemandem zwischen zwanzig und dreißig. Vielleicht auch jünger. Schambeinfuge und Beckenknochen wirken nicht abgenutzt. Um das Geschlecht bestimmen zu können, muss ich erst die Schädelknochen, Oberschenkel- und Beckenknochen vermessen. Ich würde von weiblichem Geschlecht ausgehen, aber man kann nicht ausschließen, dass es sich um einen männlichen Teenager handelt. Und was das Alter angeht, würde ich mir gerne die Zähne näher ansehen. Dann die ethnische Herkunft: Die Form der Augenhöhlen ist nicht eindeutig, sie scheint rechteckig, aber nicht ausgeprägt. Ich würde afrikanische Herkunft nicht ausschließen, aber es ist noch zu früh für eindeutige Aussagen. Vielleicht komme ich nach dem Vermessen der übrigen Gebeine zu anderen Schlüssen.«

»Nun, ich beginne morgen mit der genetischen Analyse, dann sind Herkunft und Geschlecht eindeutig geklärt.«

»Sieh dir das Schienbein an«, fordert Einardi ihn auf.

Claudio kommt vorsichtig näher heran. Ungefähr auf der Mitte des Knochens sind Spuren einer mittlerweile gut verheilten Fraktur zu erkennen.

»Das könnte später bei der Identifizierung helfen«, meint der Anthropologe. Er hat die Hände in den Hosentaschen und sieht so aus, als wäre er eher zufällig vorbeigekommen.

Mehr lässt sich über das Skelett im Augenblick nicht sagen, und ich muss Calligaris recht geben.

Ungelöste Fälle, *Cold Cases*, sind ungemein fesselnd.

* * *

Die Arbeit im Labor unterscheidet sich nicht von meiner üblichen Institutsroutine, und auch der Zeitaufwand ist mehr oder weniger der gleiche. Claudio analysiert die Proben nach genetischen Merkmalen, nach denen die Zughörigkeit des Leichnams zu einer bestimmten Population bestimmt werden kann. Jedes Gen besitzt populationsspezifische Varianten, und aufgrund des Vergleichs dieser Varianten ist es möglich, ein Profil zu erstellen. Aus diesem lässt sich erkennen, ob das Opfer eher aus Europa, Asien oder Afrika stammt. Es wird einige Tage dauern, bis wir Ergebnisse haben.

Unterdessen arbeiten Claudio und Einardi miteinander, aber auch ein wenig gegeneinander.

Ich nehme mal an, für den Anthropologen ist es eine Genugtuung, in kürzester Zeit und mit ziemlicher Sicherheit sagen zu können, dass es sich bei dem Opfer um eine junge Frau um die zwanzig handelt. Er teilt uns das telefonisch mit. Claudio zieht leicht die Augenbrauen hoch und gibt uns das Ergebnis in neutralem Ton weiter.

»Und was schaust du mich so dämlich an?«, herrscht er gleich darauf Lara an, die keine Antwort gibt, sondern weiter mit ihren Proben hantiert.

»Der wird auch immer egozentrischer und unmöglicher«, flüstert sie mir ins Ohr.

»Könnt ihr euch vielleicht ein bisschen konzentrieren?«, fordert er mit lauter Stimme.

Lara sieht auf die Uhr, fast sieben. »Claudio, ich muss gehen.«

»Selbst schuld.«

Sie lächelt ihn verkrampft an und verlässt uns dann ohne großes Bedauern.

»Nur mit der Ruhe, Alice. Für heute sind wir fast fertig. Fast.«

Claudio steht über die Zentrifuge gebeugt. Sein Kittel spannt sich perfekt über die Schultern, die nicht sehr breit, aber schön geformt sind. Darüber der blütenweiße, feste Kragen, ein schöner Kontrast zu seiner olivfarbenen Haut.

Ich betrachte ihn schweigend und warte, bis er mit seiner Arbeit fertig ist. Ich kann es kaum erwarten, endlich nach Hause zu kommen und mich mit Ichi ins Bett zu kuscheln.

»Fertig«, ruft er aus, streift sich die Handschuhe ab und kann dem Impuls nicht widerstehen, sich kurz zu rekeln. »Das war echt anstrengend.«

»Ich ziehe mich nur kurz um.«

»Von mir aus kannst du das auch gerne hier tun«, meint er mit einem unverschämten Lächeln.

»Ich kenne dich«, erwidere ich. Dann sehe ich, wie sich sein Lächeln in blankes Entsetzen wandelt. Er stürzt zum PCR-Block und betätigt einen Schalter, der eigentlich in Funktion hätte sein sollen.

»Wollt ihr mich sabotieren!«, schimpft er laut. »Das war bestimmt Lara. Sie hat was gegen mich, auch wenn ich beim besten Willen nicht begreife, was«, fügt er hinzu. Seine Stimme klingt ungewöhnlich verbittert.

»Um ehrlich zu sein, war ich das. Ich dachte, der Zyklus wäre bereits beendet.«

»Ach, das dachtest du! Alice, ich könnte dich ohrfeigen, wenn du dir solche Klöpse leistest.«

»Versuch's doch«, erwidere ich herausfordernd.

Claudio steht dicht vor mir. Der Kragen seines Hemds ist aufgeknöpft, und sein leichtes Schielen, das man normalerweise nur bemerkt, wenn er müde ist, fällt mir an diesem Abend besonders auf. Ich halte ihm eine Wange entgegen. Nach meiner Einschätzung wäre er durchaus in der Lage, mich zu ohrfeigen, und ich möchte, dass er das weiß. Doch meine Haut wird von Lippen berührt und nicht von einer Hand.

Ein rascher Kuss, mehr mutwillig als leidenschaftlich, er hat nichts mit jenen Küssen gemein, an die ich mich gerne zurückerinnere. Er tritt einen Schritt zurück, gähnt geräuschvoll und kratzt sich am Nacken. »Soll ich dich nach Hause bringen?«

Ich nicke, ein wenig verwirrt, wie immer, wenn er mich berührt. Körperkontakt – und schon verlieren wir den Kopf.

»Willst du dir nicht endlich mal ein Auto kaufen?«, fügt er hinzu. Unsere flüchtige und leichtfüßige Nähe ist schon wieder vergessen und hat dem echten, ziemlich rauen Umgangston zwischen uns Platz gemacht.

What else is there?

Lara, ein sensibler Mensch mit poetischer Ader, hat das Skelett »Prinzessin« getauft, und zwar wegen der Spielzeugkrone.

Die Prinzessin ist europäischer Herkunft und war zum Zeitpunkt ihres Todes noch keine fünfundzwanzig.

Vielleicht ist sie durch einen Schlag von hinten getötet worden. Und zwar einen einzigen, darauf deutet das Loch in ihrem Pullover hin, der aber viel zu zerfallen ist, um verlässliche Hinweise zu geben. Doch es gibt da die gebrochenen Halswirbel.

Als Kind hat die Prinzessin sich das rechte Bein gebrochen, und, wie es aussieht, auch den kleinen Finger der rechten Hand.

Ihre Kleidungsstücke lassen auf eine zierliche Figur schließen. Es gibt keinen BH, vielleicht hatte sie einen kleinen Busen, überlege ich. Vielleicht hat ihr auch jemand den Büstenhalter abgenommen.

Die Zwei-Euro-Münze wurde 2005 in Spanien geprägt. Daraus könnte man folgern, dass das Todesjahr der Prinzessin nicht vor 2005 liegen kann. Claudio geht davon aus, dass sie vor höchstens sechs und mindestens drei Jahren gestorben ist. Damit dürfte das Todesjahr zwischen 2005 und 2009 liegen.

Die spanische Herkunft der Münze besagt nichts. Jedermann in diesem Land kommt leicht in den Besitz von ausländischer Währung – auch ich habe in diesem Augenblick einen Euro aus Frankreich in meiner Hosentasche. Selbstverständlich kann man nicht ausschließen, dass es sich um eine junge Spanierin handelt. Sie trägt Levis-Jeans, einen Pullover von Zara und Turnschuhe von Adidas. Ein Kind der globalen Welt: Die junge Frau kann ebenso aus Barcelona wie aus Terracina stammen.

Calligaris ist bereits im Besitz dieser ersten Informationen und gleicht sie mit den Daten von jungen Frauen ab, die zwischen 2005 und 2009 in Rom als vermisst gemeldet wurden. Das wird länger dauern. In der Zwischenzeit liegen die sterblichen Überreste in der Leichenhalle und warten auf einen Namen, einen Vornamen und ein würdiges Begräbnis.

* * *

In diesen Tagen hat sich alles um den ungelösten Fall *Prinzessin* gedreht, und so war die allgemeine Aufmerksamkeit im Institut von dem Albtraum um Ambras Verschwinden abgelenkt. Doch gibt es eine kleine Neuigkeit.

Ein Augenzeuge will sie anhand der Fotos im Netz und im Fernsehen in Sizilien erkannt haben, und zwar in einem Agriturismo, mit kurzem Haar und ungeschminkt. Die Ermittler gehen dem Hinweis nach, doch Calligaris hat mir anvertraut, dass er ziemlich skeptisch ist.

»Oft stellen sich derartige Hinweise als kolossale Zeitverschwendung heraus«, meinte er. Ich aber hoffe von ganzem Herzen, dass Ambra so bald wie möglich wieder an unser Institut zurückkehrt und uns mit ihrem Primadonna-Getue und ihren Allmachtsfantasien auf die Nerven fällt.

»Hast du schon gehört, dass Ambra angeblich in Sizilien gesichtet worden ist?«, erkundigt sich Claudio leise am Kaffeeautomaten in der Bibliothek.

»Ja, aber da glaubt niemand dran«, erwidere ich und wähle die dreifache Portion Zucker.

»Ich muss einfach immer wieder an sie denken.« Er hat ganz leise gesprochen, und ich blicke ihn überrascht an. »Nun schau mich nicht so entgeistert an. Auch ich habe Gefühle, ob du es glaubst oder nicht.«

Draußen läuft gerade Wally vorbei und wettert gegen die ganze Menschheit, insbesondere die Assistenzärzte, und das ruft uns wieder zur Ordnung. »Heute habe ich von Einardi ein Fax mit einigen präzisen Daten zum Skelett erhalten«, greift Claudio den Gesprächsfaden wieder auf. »Einige Besonderheiten bei Schädel und Zähnen lassen auf eine gemischte Herkunft schließen, und er bittet mich um die Auswertung von einigen spezifischen Genvarianten.«

»Hat er nicht behauptet, sie wäre Europäerin?«

»Sie ist Europäerin«, betont er in einem Tonfall, der keinen Widerspruch duldet. »Einardi hat lediglich den Verdacht, dass es noch andere Einflüsse gibt.«

»Hältst du das für möglich?«

»Man kann es nicht ausschließen. Aber meiner Ansicht nach waren beide Elternteile weiße Europäer. Es ist allenfalls möglich, dass es unter den Großeltern Schwarze gab. Wie auch immer, Analysen dieser Art benötigen Zeit und Kompetenz. Mit prompten Ergebnissen ist da nicht zu rechnen, schon gar nicht, wenn sie klar und eindeutig sein sollen. Doch sind die Informationen, bei denen Einardi und ich übereinstimmen, ziemlich aussagekräftig und liefern den Ermittlern meiner Meinung nach eine gute Basis für ihre Arbeit.«

Und in der Tat hat Calligaris, als ich ihn in seinem Büro

aufsuche, die Gruppe der Vermissten auf eine »überschaubare« Anzahl eingegrenzt, wie er sich ausdrückt.

Es handelt sich um zweiunddreißig junge Frauen, die zwischen 2004 und 2010 als vermisst gemeldet wurden. Ich erkundige mich, warum er den von Claudio und Einardi vorgeschlagenen Zeitrahmen erweitert hat, worauf der Ispettore selbstbewusst lächelt und antwortet: »In Weitblick und Erfahrung bin ich nicht zu schlagen.«

»Entschuldigen Sie, aber ein Geldstück aus dem Jahr 2005 kann doch auf keinen Fall bereits 2004 …«

»Lerne, nicht dem Augenschein zu vertrauen, Alice«, unterbricht er mich. »Natürlich hast du recht. Aber wer weiß, ob es sich zum Todeszeitpunkt bereits in der Hosentasche befunden hat? Vielleicht hat jemand es dort hinterher deponiert, um eine falsche Spur zu legen, kann man das ausschließen? Wie man auch nicht sicher sein kann, ob die junge Frau nicht erst ein Jahr nach ihrem Verschwinden getötet wurde. Dottor Conforti hat einen ungefähren Zeitrahmen vorgeschlagen, und ich habe einfach jeweils noch ein Jahr hinzugefügt. Schließlich erhöht sich dadurch der Personenkreis gerade mal um acht junge Frauen. Im Augenblick versuche ich, die Kleidung zum Zeitpunkt des Verschwindens abzugleichen – aber auch hier stellt sich die Frage: Wer weiß schon, ob die junge Frau bei ihrem Tod dieselbe Kleidung trug, in der man sie zum letzten Mal gesehen hat?«

»Stimmt. Was die Kleidung angeht, Ispettore …«

»Ja?«

»Ich dachte gerade … im Januar ist es kalt. Und die Prinzessin trug ja auch einen Wollpullover, aber ich frage mich: Was ist aus ihrem Anorak geworden?«

»Falls sie einen getragen hat«, erwidert Calligaris skeptisch.

»Und kein Geldbeutel? Keine Ausweispapiere? Liegt da nicht die Annahme nahe, dass jemand das alles hat verschwinden lassen?«

Calligaris sieht mich einen Augenblick eindringlich an. »Du hast recht, das ist zu bedenken. Ich werde mich auf jeden Fall mit den Angehörigen in Verbindung setzen und nachfragen, ob die Vermisste sich einst das rechte Schienbein und den kleinen Finger der rechten Hand gebrochen hat.«

»Gibt es etwas Neues, was die Umgebung angeht?«

»Wenig. Neben dem Leichnam befand sich ein Haargummi mit ein paar braunen Haaren.«

»Und die Krone?«

Calligaris stößt einen fast unhörbaren resignierten Seufzer aus. »Die Krone ist *Made in China*. Im Augenblick ist es wirklich schwierig, herauszufinden, was es mit ihr auf sich hat.«

»Und das Erdreich … gibt es da Neuigkeiten?«

»Noch nichts. Ich hoffe, in ein paar Wochen wissen wir mehr.«

Innere Leere

Zum Abendessen bin ich bei meinem Bruder eingeladen.

Früher war Marco Fotograf mit Hang zu Emo. Mittlerweile ist er bürgerlich geworden und ein verantwortungsvoller Familienvater. Seine Frau Alessandra hat Ende August meine Nichte Camilla geboren.

Sie und ich haben zusammen studiert, und ich wusste immer schon, dass sie in meinen Bruder verliebt war. Ich ging davon aus, dass ihr Interesse unerwidert bleiben würde, denn in der Familie hielten wir ihn alle für »schwul« (sogar meine Großmutter Amalia gebrauchte dieses Wort). Ich hätte es wirklich nie gedacht, aber Alessandras Liebestraum hat sich vor zwei Jahren erfüllt, und im März war Hochzeit.

Camilla ist wie jedes kleine Baby, mit Koliken und allem Drumherum. Sie steht im Mittelpunkt der Familie Allevi, und ich muss zugeben, dass auch ich eine Schwäche für sie habe.

Meine Nichte ist weich und verströmt den für Neugeborene typischen Duft, den man im ganzen Haus wahrnimmt, besonders an meiner Schwägerin.

Was wir an diesem Abend auf den Tisch bekommen, orientiert sich an ihrer Hauptbeschäftigung als ambulante Milchlieferantin. Alle Zutaten müssen gesund und nahrhaft für die Kleine sein, und es spielt leider keine Rolle, dass sie für eine Achtundzwanzigjährige so gut wie ungenießbar sind.

Beim Verlassen des gastlichen Hauses bin ich ganz beschwipst von all dem Sprudelwasser. Abhilfe schafft da nur Cordelias Vorschlag, schnellstmöglich einen hochprozentigen Cocktail trinken zu gehen. Wir treffen uns in einer Weinbar in der Nähe des Campo dei Fiori, im Hintergrund säuselt Musik. Cordelia ist so aufgedonnert, als wollte sie sich an diesem Abend etwas dazuverdienen, und wirft jedem, der sie auch nur ansieht, ein wehmütiges, aufgesetztes Lächeln zu.

»Was ist bloß los mit dir?«, frage ich. Soll das, was sie auf den Hüften trägt, wirklich ein Rock sein? Ich bin unschlüssig, ob ich sie darauf ansprechen soll.

»Ich leide unter Leere.«

»Wie bitte?«, erkundige ich mich stirnrunzelnd.

»Innere Leere ist eine Krankheit, *Alice*. Ich bin wirklich erstaunt, du bist doch Ärztin und hast keine Ahnung davon.«

»Und welches Organ ist betroffen?«, frage ich leicht sarkastisch – aber selbst wenn mein Satz vor Sarkasmus triefen wurde, würde sie es nicht mitbekommen.

»Das ist etwas in mir. Wenn ich diese Leere spüre, krieg ich nichts mehr hin. Die Proben waren ein Desaster. Übrigens, apropos Desaster, ich habe heute mit Arthur gesprochen.«

Als ich seinen Namen höre, zucke ich innerlich zusammen. »Er hat mir gesagt, es täte ihm leid …«

»Und warum?«, unterbreche ich sie. »Er kann schlafen, mit wem er will. Wenn ich jemanden hätte, der es wert wäre, würde ich es genauso machen.«

»Sein Selbstwertgefühl ist verletzt.«

»Verstehe. Nach dem, was ich ihm angetan habe, ist es

nur richtig, dass ich für meinen Fehler büße. Ich hoffe, er wird glücklich.«

Cordelia nimmt vom Kellner ihren Drink entgegen und schüttelt entschieden den Kopf. »Ach was, glücklich ... er sagt genau das Gleiche über dich, auch er hofft, dass du glücklich wirst. Ihr macht euch doch beide was vor. Du willst ebenso wenig, dass er mit Alicia Stair glücklich wird, wie er, dass du dich mit deinem Kollegen zusammentust. Eher würde er sich die Hand abhacken lassen ... Überhaupt, wie banal, dieses ganze Gerede über Glücklichsein«, meint sie abfällig. »Wie auch immer, damit es keine Psychodramen gibt, solltest du vielleicht wissen, dass er im nächsten Monat über ein Wochenende in Rom ist. Wann genau, weiß er noch nicht, aber ich habe ihn eingeladen, bei mir zu übernachten.«

Mich trifft der Schlag, aber ich versuche das nicht zu zeigen. »Einverstanden. Du hast natürlich das Recht dazu. Ich fahre zu meinen Eltern nach Sacrofano oder bleibe bei meinem Bruder und helfe Alessandra«, erwidere ich, auch wenn mir die zweite Alternative nicht unbedingt zusagt.

»Ich habe darauf bestanden, weil ich mir so sehr wünsche, dass ihr Zeit miteinander verbringt.«

»Besser nicht«, gebe ich kurz angebunden zurück und nippe an meinem Mojito.

»Das hat er auch gesagt. Siehst du, ihr habt viel mehr gemein, als ihr zugeben wollt.«

Dass er gesagt haben soll, er würde sein Wochenende lieber nicht mit mir unter einem Dach verbringen, geht mir dann doch sehr nahe. Nun schütte ich meinen Drink nur so in mich hinein. Mit dem Ergebnis, dass ich ein paar Minuten später halb betrunken bin und einen leeren Schädel habe. Was aber vielleicht gar nicht schadet.

Weiche, Wissenschaft, mit deinem Trost!
Gib mir die Welt der Träume und der Seele zurück!
Arrigo Boito

Seit dem Skelettfund sind zwei Wochen vergangen. Das von Claudio und Einardi erstellte Profil passt laut Calligaris auf zwei Personen, die anderen dreißig vermissten Frauen kann man damit ausschließen. Eine der beiden ist keine fünfundzwanzig Jahre alt, zierlich, Europäerin mit möglicherweise afrikanischen Einflüssen, wunderbaren Zähnen, die jeder Zahnpastareklame Ehre machen würden, und einem alten Bruch am rechten Bein.

Sie hatte eine äthiopische Großmutter, die Ehe der Großeltern wurde zu Kolonialzeiten geschlossen. Die junge Frau heißt Viviana Montosi und ist 2006 verschwunden, und zwar genau am 23. Januar 2006.

Die zweite Frau heißt Carola Fabiani, sie gilt seit 2007 als vermisst. Zum Zeitpunkt ihres Verschwindens trug sie einen roten Pullover und Turnschuhe. Sie wurde in Nigeria geboren und im Alter von sieben Jahren zusammen mit ihrem jüngeren Bruder von einer Familie in Orvieto adoptiert. Soweit bekannt, hatte sie keine Bruchverletzungen, aber es ist unklar, ob sie sich vor der Adoption verletzt haben könnte. Sie hielt sich als Studentin in Rom auf. Ihr Freund stand nach der Vermisstenmeldung unter Verdacht. Sie hatte ihn zuvor mehrfach wegen Körperverletzung angezeigt.

Heute kommen Vivianas Mutter und Carolas Bruder zur DNA-Probe ins Institut. Diese Proben werden dann mit der DNA des Opfers verglichen. Claudio hat entschieden, dass ich die Mutter übernehme und Lara den Bruder.

Zuvor habe ich alles zu Viviana Montosi gegoogelt, was sich finden lässt.

Sie stand kurz vor dem Abschluss ihres Archäologiestudiums an der Università La Sapienza und hatte in Palästina an Ausgrabungen teilgenommen. Am Tag ihres Verschwindens hatte sie das Haus verlassen, um eine Freundin zu besuchen, bei der sie aber nie eintraf. Wie immer in solchen Fällen verlor die Presse bald das Interesse an diesem Fall. Viviana Montosi geriet ins Vergessen, die letzten Artikel stammen aus dem Jahr 2007. Es gibt ein Foto, auf dem ein lebenslustiges junges Mädchen zu sehen ist. Das kastanienbraune Haar hat sie zu einem Pferdeschwanz gebunden, und die Stirn ist von einem langen, dichten Pony bedeckt, der fast bis in die Augen reicht. Die Haut der jungen Frau ist hell, sie hat eine längliche Nase und volle rötliche Lippen. Ihre großen, tiefdunklen Augen verleihen den Gesichtszügen etwas Unregelmäßiges. Sie ist ungeschminkt und sportlich gekleidet.

Auf dem Foto von damals macht sie einen offenen und sympathischen Eindruck. Auf einem anderen Bild lächelt sie breit, und ihre Zähne strahlen so perfekt, dass sie fast unecht wirken. Wenn ich Viviana betrachte, stelle ich mir vor, dass sie sich politisch links engagiert und in sozialen Begegnungsstätten zu Balkanmusik getanzt hat, aber vielleicht kommt das auch nur von dem Palästinensertuch, das sie um die Schultern trägt. Ich lese gerade Einträge in einer ihr gewidmeten Facebook-Gruppe – Freunde erinnern sich an sie und zeigen Bilder von ihr, mit einem übergewichtigen Labrador, in kurzen Hosen, T-Shirt und mit Latex-Handschuhen in einer wüstenähnlichen Gegend –, als Lara mich benachrichtigt, dass Vivianas Mutter und der Bruder der zweiten jungen Frau eingetroffen sind. Die Zeit hat nicht gereicht, um auch noch etwas über Carola herauszufinden.

* * *

Vivianas Mutter sieht aus, als hätte sie die ganze Nacht geweint.

»Ich spüre, das ist sie«, beginnt sie, ohne mich zu begrüßen. Später erzählt Lara mir dann, dass Ivano Fabiani genau das Gleiche gesagt habe.

Signora Montosi ist untersetzt und sehr hellhäutig. Sie hat eine fast durchscheinende und trotz ihres Alters faltenlose Haut. Um den Hals trägt sie eine verblichene Perlenkette, und sie hält eine kleine, steife Handtasche in den Händen. Ihr Haar ist dunkel, sie trägt einen Pagenschnitt. Ihre Gesichtszüge sind fein, die Lippen schmal, die Augen groß und geistesabwesend.

Vivianas Mutter setzt sich gefasst und resigniert auf den ihr zugewiesenen Stuhl. Sie lächelt mich an, verständnisvoll und nervös zugleich.

»Der Beinbruch ... sie ist in der zweiten Klasse gestürzt ... und dann die äthiopischen Gesichtszüge, wie meine Schwiegermutter ... wer sonst soll das sein, wenn nicht sie?«, sagt sie leise mehr zu sich selbst als zu mir.

»Na ja, es gibt noch eine andere junge Frau, auf die das Profil passt.«

»Ich will ehrlich sein. Hoffentlich ... handelt es sich um Viviana. Ich möchte sie würdig beerdigen. Und ich hoffe, dass wir dann alle Frieden finden. Sie können sich nicht vorstellen, was es heißt, jeden Tag voller Verzweiflung an sie zu denken und keine Ahnung zu haben, was aus ihr geworden ist.«

Ich weiß nicht, was ich darauf sagen soll, jedes Wort wäre hier fehl am Platz. Also nicke ich und schweige, denn nichts zu sagen scheint mir der beste Trost. Worte werden oft überschätzt.

»Und glauben Sie mir«, fährt Signora Montosi eindringlich fort. Ihre Stimme klingt weich, und ihre Augen glänzen feucht. »Eine Mutter ahnt sofort, wenn etwas Furchtbares passiert ist. Sie fühlt das. Ich habe die letzten Jahre damit verbracht, mir die schlimmsten Szenarien auszumalen. Ihnen mag das herzlos vorkommen, aber ... für uns alle wäre es eine Erlösung.«

Sie macht bei der Untersuchung ohne Zögern mit und tut schweigend alles, was ich ihr sage.

»Wie lange wird es dauern, bis das Ergebnis vorliegt?«, erkundigt sie sich am Ende.

»Einige Tage«, antworte ich vage.

»Für uns ist es der erste konkrete Hinweis. In diesen ganzen Jahren gab es nichts, keinen Leichenfund. Nichts. Ich weiß nicht, was dieses Gefühl, sie vielleicht gefunden zu haben, jetzt aus uns macht. Ich habe Angst davor.«

»Ich hoffe, dass Sie Frieden finden, egal, wie das Ergebnis ausfällt.«

»Das lässt mich einfach nicht los«, gesteht sie, während sie in ihren Mantel schlüpft. »Es kann kein Zufall sein, dass Vivianas Leiche ausgerechnet jetzt gefunden wurde ...«

»Na ja, ich möchte Sie nur daran erinnern, dass wir noch nicht sicher wissen, ob es sich um Ihre Tochter handelt.«

»Ich weiß Ihre Vorsicht zu schätzen, Dottoressa, aber lassen Sie mich bitte ausreden.«

»Was wollten Sie sagen?«

»Viviana verschwand Anfang 2006. Vor wenigen Wochen ist eine andere junge Frau spurlos verschwunden, und jetzt taucht der Leichnam meiner Tochter wie aus dem Nichts auf. Ausgerechnet zu einem Zeitpunkt, in dem eine alte Schulfreundin von ihr überall gesucht wird.«

Ich bin verwirrt. »Könnten Sie das näher erklären?«, frage ich und bin ganz aufgeregt.

Signora Montosi schweigt einen Augenblick lang, sie wirkt sehr angespannt und sammelt anscheinend Kraft für ihre Antwort: »Ambra Negri Della Valle und Viviana waren auf dem Gymnasium Schulfreundinnen. Glauben Sie an einen Zufall?«

… die dem Schatten innewohnende Schönheit

Tanizaki Jun'ichirō

Wusstest du davon?«, erkundige ich mich kurz darauf bei Claudio.

Ich hatte ihn um ein kurzes Gespräch unter vier Augen gebeten, und ihm lag schon irgendeine dumme Bemerkung auf der Zunge. Doch nachdem er mir zugehört hat, macht er den Eindruck, als stünden ihm alle Haare zu Berge.

»Nein«, antwortet er, sichtlich bewegt.

»Und was meinst du dazu?«

»Meiner Meinung nach nimmt die ganze Geschichte beunruhigende Dimensionen an.«

»Sonst nichts?«

»Was willst du denn hören?«, wirft er mir voller Wut hin. »Das ist Ambras Rache. Wo immer sie steckt, ich werde sie nicht los.«

Ich sehe ihn neugierig und besorgt an. »Was hast du denn mit ihr angestellt?«

Er runzelt die Stirn. »Ich habe gar nichts mit ihr gemacht«, antwortet er ausweichend und abwehrend.

»Hast du sie betrogen?«, hake ich nach.

»Ach, Alice. Als ob jemanden zu betrügen das Schlimmste wäre… Das war es nicht, begreifst du das nicht? Darum ging es nicht.«

»Und, worum ging es dann?«

»Jetzt lass mich endlich in Ruhe, Alice.« Ihm wird

seine Unfreundlichkeit bewusst, und er streicht kurz über meine Wange, doch ich weiche unwillkürlich zurück. »Nun komm schon, sei nicht so, für mich ist das Ganze nicht leicht.«

Ich berühre sanft seine Schulter und atme seinen Duft ein. »Quäl dich nicht. Was auch immer geschehen ist, dich trifft keine Schuld.«

Er sagt darauf nichts, und das Schweigen zwischen uns wird immer länger, am Ende murmele ich: »Was Vivianas Mutter da gesagt hat, macht mir Sorgen.«

Er nickt, als hätte er mich voll und ganz begriffen.

»Die Mutter von Viviana Montosi hat recht«, sagt er leise. Dann reißt er sich zusammen und sieht mich mit einem Blick an, den ich für schüchtern halten würde, wenn ich es nicht besser wüsste. »Falls es sich um den Leichnam ihrer Tochter handelt, dann ist das höchstwahrscheinlich kein Zufall. Und in diesem Fall möchte ich so bald wie möglich Aufklärung«, fügt er hinzu, sein Ton ist wieder fest. »Morgen früh gehen wir an die Arbeit.«

Ich gebe ihm recht, es kann gar nicht anders sein: Vivianas Skelett ist aus der Erde ans Tageslicht gekommen, um uns den Weg zu Ambra zu weisen.

* * *

Am folgenden Morgen rufe ich Calligaris an.

»Nein, davon hatte ich keine Ahnung!«, ruft er auf meine Frage, ob er über die Beziehung zwischen den beiden Vermissten wusste. »Was denken sich die Leute nur? Das hätte die Mutter von der Montosi uns und allen, die an dem Fall arbeiten, sofort melden müssen.«

»Na, sie hat es mir erzählt«, werfe ich leise, aber selbstbewusst ein.

»Bei allem Respekt, Alice. Wenn ich sage, alle, die an dem Fall arbeiten, meine ich nicht unbedingt dich«, gibt er sarkastisch, aber nicht unfreundlich zurück.

»Ich verstehe, was Sie meinen, Ispettore.«

»Wann liegen die Ergebnisse der DNA-Analyse vor?«, fragt er. Ich kann hören, wie er ungeduldig mit einem Kugelschreiber auf den Tisch klopft.

»So bald wie möglich, Ispettore. Sie können sich sicher vorstellen, unter welchem Druck Dottor Conforti steht. Er wird sich sofort an die Arbeit machen, Sie werden sehen.«

»Das möchte ich hoffen. Er soll ja der Beste seines Fachs sein – das behaupten jedenfalls die Staatsanwälte, für die er arbeitet –, aber für meinen Geschmack ist er ein bisschen zu langsam.«

»Bei diesem Fall nicht«, versichere ich ihm. Und tatsächlich holt mich Claudio persönlich in meinem Büro ab, und wenn er könnte, würde er mich auf der Stelle beim Kragen packen und wegschleifen.

Ich beende rasch das Telefonat mit Calligaris, während Claudio mich mit Beschimpfungen bombardiert.

»Seit einer halben Stunde warte ich auf dich.«

»Bin ja schon fertig.«

»Ich gehe erst nach Hause, wenn ich den Vor- und Nachnamen dieser Leiche herausgefunden habe«, tönt er und funkelt mich an. Aber ich habe das Gefühl, dass ich ihm nur als Ventil für seine Wut diene. Und weil ich mir ausmalen kann, was ihm so durch den Kopf geht, lasse ich ihn toben und verteidige mich nicht. Kurz darauf treffen Lara und andere Kollegen ein, und mir wird klar, wie relativ zurückhaltend er sich mir gegenüber verhalten hat, vielleicht, weil er mich mag. Besonders Lara gegenüber ist er dermaßen aggressiv, dass sie in Tränen ausbricht und aus dem Labor stürmt. Doch als ich Anstalten mache, ihr zu folgen, wirft Claudio mir einen Blick zu, bei dem mir jede Lust auf Flucht vergeht.

Später frage ich ihn während einer Kaffeepause, warum er ausgerechnet die sanfte Lara aufs Korn genommen hat.

»Ist dir nicht aufgefallen, dass sie mit mir umgeht, als wäre ich ein Mörder?«, fragt er mich und schaut mich zornig an. »Sie führt sich auf, als hätte ich Ambras Leiche zerstückelt und in den Tiber geworfen.«

»So was darfst du nicht mal im Scherz sagen.«

»Erzähl das deiner bescheuerten Kollegin«, beendet er das Gespräch und macht den Eindruck, als hätte er wirklich die Nase voll.

* * *

Es ist spät am Abend, als wir mit der Arbeit fertig sind, und weder er noch ich sind überrascht, dass es sich um die sterblichen Überreste Viviana Montosis handelt.

Mittlerweile ist auch Lara wieder zurückgekehrt und arbeitet schweigend weiter. Ich habe ihr kurz von der früheren Freundschaft zwischen Viviana und Ambra erzählt, und auch sie wirkt sehr verstört.

Aufmerksam mustere ich Claudios Gesichtsausdruck, während er die genetischen Profile analysiert und dabei feststellt, dass sie perfekt übereinstimmen. Seine Augen verbergen ausnahmsweise mal nicht seine Gefühle, man sieht ihm seinen Kummer an, und das macht mich traurig.

Tue es oder tue es nicht. Es gibt kein Versuchen.

Yoda zu Luke Skywalker, *Star Wars*

An einem sonnigen Nachmittag im Januar 2006 verabschiedete Viviana Montosi sich von ihrer Mutter und ihrer Tante Anastasia und verließ das Haus. Sie kehrte nie wieder zurück. Sie stammte aus einer intakten Durchschnittsfamilie: die Eltern, ein jüngerer Bruder namens Carlo und die Tante. Die Eltern arbeiten beide im öffentlichen Dienst, Tante Anastasia, die damals bei der Familie lebte, ist angeblich ein bisschen wunderlich, und der Bruder war Medizinstudent. Viviana war sehr engagiert. Sie war Aktivistin bei Greenpeace und verkehrte in links orientierten Kreisen. Ihr Archäologiestudium hatte sie mehrmals in den Nahen Osten geführt. Sie arbeitete an einem Forschungsprojekt im antiken Stadtteil von Jericho mit, wo das archäologische Institut der Universität La Sapienza Ausgrabungen vornahm, um die antike Kultur jenes Ortes zu erforschen. Viviana hatte sich begeistert an dem Projekt beteiligt, und mit Unterstützung ihrer weltoffenen und liberalen Familie war sie 2002 zum ersten Mal nach Palästina aufgebrochen.

Zum Zeitpunkt ihres Verschwindens war sie Single.

Alle diese Informationen habe ich von Calligaris höchstpersönlich. Er war 2006 gerade von Bassano del Grappa nach Rom versetzt worden. Über den Fall Montosi hatte er vom direkten Vorgesetzten erfahren, der zu dem Zeitpunkt ziemlich erfolglos ermittelte. Jetzt hat Calligaris die

Akte wieder hervorgeholt und versucht sich einen Gesamteindruck zu verschaffen, wovon ich sehr profitiere. Das Auffinden der sterblichen Überreste und ein möglicher Zusammenhang mit dem Verschwinden von Ambra Negri Della Valle lässt alles in einem völlig neuen Licht erscheinen, und Calligaris ist von der Aussicht, den Fall ganz neu aufzurollen, hoch motiviert.

Im Jahr 2006 hatten die Ermittlungen rund um Vivianas Verschwinden zu keinem Ergebnis geführt. Calligaris ist überzeugt davon, dass damals einige Details vernachlässigt wurden. In seinen Augen ist die Tatsache, dass nun Ambra vermisst wird, ein geeigneter Anknüpfungspunkt für neue Ermittlungen.

»Denken Sie an jemanden, der beide gut kannte?«, erkundige ich mich, während wir in einer Bar in der Nähe des Instituts stehen. Er war höchstpersönlich im Institut erschienen, um sich mit Claudio zu besprechen, und jetzt knapsen wir uns ein paar Minuten für eine Lagebesprechung ab, bevor er wieder an seinen Schreibtisch zurückkehrt.

»Das nicht zu berücksichtigen, wäre äußerst nachlässig«, erwidert er nachdenklich. »Hättest du Lust, dir die Akten einmal anzusehen?«, fragt er mich beim Zahlen.

»Die Vermisstenakte von Viviana Montosi?«

»Genau. Du hast Intuition, wenn es darum geht, Ereignisse zu beurteilen. Und ich hätte gerne deine Meinung.«

»Klar, Ispettore, auf mich können Sie zählen«, antworte ich erfreut.

»Du musst sie natürlich in meinem Büro einsehen. Ich vertraue dir natürlich, aber bestimmte Dokumente dürfen das Büro nicht verlassen.«

Ich nicke verständnisvoll und kann es kaum bis zum folgenden Nachmittag um fünf Uhr erwarten – diese Zeit hat mir Calligaris vorgeschlagen –, um endlich mit der »Akteneinsicht«, wie er das nennt, zu beginnen.

Ich würde dazu einfach sagen: um meine neugierige Nase in die Akten zu stecken.

* * *

Am folgenden Tag, ich warte auf die Stunde X, unterbricht die Ankunft von Isabella Negri Della Valle – auf hohen Hacken und im Kostüm – die Büroroutine. Sie wirkt zornig und verlangt, als sie mir in die Arme läuft, nach Claudio.

»Er ist noch nicht von der Staatsanwaltschaft zurück«, gebe ich freundlich Auskunft. »Sie können, wenn Sie möchten, in unserem Büro warten«, lade ich sie ein, Lara bietet ihr einen Espresso an.

Ambras Mutter nickt und folgt uns schweigend.

Sobald sie die Schwelle überschritten hat, sucht ihr Blick den Arbeitsplatz ihrer Tochter.

»Ambras Schreibtisch steht dort drüben rechts, unter dem Fenster«, erkläre ich ihr ein wenig verlegen. Er ist so ordentlich wie am letzten Arbeitstag, bevor sie verschwand. Ihre Bücher, eine Akte, der Behälter mit den Stiften und ein Poster von George Clooney und Brad Pitt aus dem Film *Ocean's Eleven*. Das Poster ist ein Ausdruck aus dem Internet, der mit Tesa an der Wand klebt. Wally hat Ambra diese kleine Schwäche mit einem in ihrem Fall so seltenen und unerklärlichen Lächeln zugestanden.

Isabella setzt sich auf den Bürostuhl ihrer Tochter. Der Effekt für uns ist niederschmetternd – es sieht so aus, als wäre Ambra in unsere Mitte zurückgekehrt, gealtert, traurig und ein wenig retuschiert. In den Händen hält sie eine Handtasche von Dior, aus der ein Etui für ihre Sonnenbrille herausragt und ein zerknitterter weißer Umschlag, der sofort ins Auge fällt. Isabella scheint sehr angespannt zu sein, unter ihrer sorgfältigen Schminke wirkt das Gesicht blass. Immer wieder wirft sie einen Blick auf ihre Armbanduhr. Die Situation ist ziemlich peinlich, denn eigentlich haben wir uns nicht viel zu sagen. Sie verhält sich anders als bei unserer ersten Begegnung. Damals hatte sie uns bereitwillig von ihrer Tochter erzählt und war Ängsten und Befürchtungen hoffnungsvoll und gefasst entgegengetreten. Jetzt scheinen ihr alle möglichen Schreckensszenarien durch den Kopf zu jagen.

Ich frage mich, ob sie bereits erfahren hat, dass man Vivianas sterbliche Überreste gefunden hat, und was sie sich dabei gedacht haben mag. Vermutlich will sie genau darüber mit Claudio reden. Er ist mittlerweile zurückgekehrt und in unser Büro gekommen, um nach einer Akte zu fragen, die er mir vor einiger Zeit gegeben hatte.

Beim Anblick von Ambras Mutter stutzt er.

»Guten Tag«, begrüßt er sie neutral.

Isabella Negri Della Valle erhebt sich und baut sich bedrohlich vor ihm auf. Das wird keine freundliche Unterhaltung, scheint mir.

»Ich habe auf Sie gewartet«, erwidert sie unterkühlt.

Claudio nickt. »Ich bin ganz Ohr.«

»Ich muss mit Ihnen unter vier Augen reden«, fügt sie hinzu, und die Spannung zwischen den beiden ist fast nicht auszuhalten.

»Folgen Sie mir«, gibt er knapp zurück. Was würde ich dafür geben, auf der Stelle unsichtbar zu werden, um ihrem Gespräch lauschen zu können.

Überall dort, wo er geht, was er berührt, was er hinterlässt, auch unbewusst, all das dient als stummer Zeuge gegen ihn.
Edmond Locard

Ich hocke im Büro von Ispettore Calligaris in einer Ecke. Der Stuhl, auf dem ich sitze, wackelt, auf dem Schoß halte ich die Ermittlungsakte zu Viviana, und ich brenne darauf, mehr zu erfahren.

Der Ausdruck ihrer E-Mail-Korrespondenz umfasst mehr als hundert Seiten, und ich bräuchte sehr viel mehr Zeit, als ich habe, um alles zu lesen. Manche der Mails sind sehr lang, vor allem jene an eine gewisse Rebecca Tedeschi, die Viviana während ihres Aufenthalts in Jericho geschrieben hat. Ich habe wirklich nicht genügend Zeit, um sie alle anzuschauen, und so lege ich sie einstweilen beiseite. Die anderen Dokumente bestehen aus dem E-Mail-Verkehr mit den anderen Projektteilnehmern sowie Zeugenaussagen zu Vivianas letzten Lebenswochen. Unmittelbar nach ihrem Verschwinden konzentrierten sich die Ermittlungen auf ihren Aufenthalt im Nahen Osten. Alle Teilnehmer des Forschungsprojekts hatten bereitwillig ausgesagt, und niemand hatte etwas gegen eine systematische Auswertung der Korrespondenz einzuwenden gehabt.

Aus diesen Dokumenten erfahre ich, dass Viviana unmittelbar bei der Erforschung des Gräberfelds im antiken Tell es-Sultan zur Bronzezeit beteiligt war.

Viviana war die Musterstudentin des Projektleiters, eines gewissen Professore Curreri, der auch ihre Abschlussarbeit betreut hatte und ihr eine glänzende Karriere voraussagte. Curreris Team hatte einige bedeutende Erfolge vorzuweisen: So hatte es ein antikes Dorf aus dem Jahre 3000 v. Chr. rekonstruiert.

Nach Vivianas Verschwinden war ihr Arbeitsplatz von Anita Ferrante eingenommen worden. Anita war eine Studienkollegin, die ebenfalls an dem Forschungsprojekt mitwirkte, wenn auch mehr im Hintergrund. Die beiden jungen Frauen verstanden sich nicht besonders gut, scheint es.

Vivianas Verhalten hatte niemals Anlass zu Sorge oder Spekulation gegeben, und so bestand bei Verwandten und Freunden kein Zweifel, als sie spurlos verschwand: Ihr musste etwas zugestoßen sein, denn Viviana hätte sich niemals ohne ein Wort der Erklärung von zu Hause entfernt. Und sie war auch keine Selbstmordkandidatin.

»Ispettore«, rufe ich leise und unsicher. Ich will ihn nicht stören.

»Was ist?«

»Hier ist die Aussage einer gewissen Anastasia Salvemini. Bereits einen Tag nach Vivianas Verschwinden behauptete sie zu wissen, was mit ihr geschah.«

»Ach ja, das Medium.«

»Danach ist Viviana hinterrücks in einer Wohnung ermordet worden, und zwar von einer Person, die sie kannte.«

»Anastasia Salvemini ist Vivianas Tante, die Schwester der Mutter. Sie lebte bei der Familie. Sie ist … etwas sonderbar, das sagt sogar ihre Schwester. Nicht unbedingt eine verlässliche Zeugin, Alice.« Dann fährt er verbindlicher fort: »Es besteht aber immerhin die Möglichkeit, dass die Montosi nicht an dem Ort getötet wurde, an dem wir ihre Leiche gefunden haben.«

»Sehen Sie, könnte Tante Anastasia doch recht gehabt haben. Außerdem kann man nicht ausschließen, dass Viviana tatsächlich an einem Schlag in Schulterhöhe starb. Also hinterrücks.«

Calligaris hebt eine Augenbraue und versprüht Sarkasmus. »Mir liegen die ersten Analysen der botanischen Forensik vor.«

»Und?«

»An den Schuhsohlen von Viviana Montosi, ihrem Pullover und an den wenigen Haaren hat man Pollen entdeckt, vor allem von der Haselnuss. An dem Ort, an dem man ihre Leiche fand, ist von Haselnusssträuchern keine Spur. Mithin besteht der begründete Verdacht, dass Viviana zum Zeitpunkt ihres Todes in einem Garten mit Haselnussbestand war. Und wenn ich so weiter überlege, lassen auch die Haltung des Leichnams und die Spielzeugkrone darauf schließen, dass sie zum Fundort gebracht worden ist, als sie schon tot war. Ich habe das Gefühl, dass der Körper in Fötushaltung arrangiert worden ist, und zwar wie bei einem Beerdigungsritual.«

»Ich würde gerne Vivianas Mails lesen, Ispettore. Könnten Sie nicht eine Ausnahme machen und mir erlauben, sie mitzunehmen? Ich schwöre, sie werden es nicht bereuen.«

»Tut mir leid, das geht wirklich nicht…«, antwortet er bedauernd.

»Schon gut, machen Sie sich keine Gedanken. Ich komme einfach wieder vorbei und lese weiter.« Calligaris lächelt erleichtert. Er ist wirklich die Freundlichkeit in Person.

***

Als ich das Büro von Calligaris verlasse, beschließe ich, mir die Beine zu vertreten und das bisschen Tageslicht draußen zu genießen. Ich kaufe mir eine Packung Zigaretten;

als ich zum Bezahlen die Geldbörse herausziehe, fällt mir mein Telefon in die Hände. Ich habe einige Anrufe verpasst, alle sind von Claudio. Für den Rückruf muss ich den Laden verlassen, denn dort dröhnt Led Zeppelin.

»Was ist los?«, erkundige ich mich. Er macht einen verwirrten Eindruck, und ich versuche zu begreifen, was er von mir will.

»Mir ging's so schlecht, ich habe was getrunken, und jetzt geht es mir noch schlechter.«

»Bist du betrunken?«

»Leider nicht ganz.«

»Ist es wegen Ambras Mutter?«

Er antwortet ausweichend. »Bitte komm her. Bring eine Pizza und Kopfschmerztabletten mit. Und auch was für den Magen.«

»Sonst noch was?«

»Und ein GQ.«

»Claudio, du bist sturzbetrunken.«

»Es geht mir schon besser, ich leide unter den Nachwirkungen.«

Dann beendet er einfach das Telefonat.

Er wohnt acht U-Bahnhaltestellen von mir entfernt, und ich war eigentlich gerade so gut wie zu Hause angekommen.

Seine Wohnung ist klein, sie liegt im zweiten Stock eines denkmalgeschützten Gebäudes. Das Wohnzimmer ist hypermodern, alles in Schwarz-Weiß; ein riesiger Fernsehbildschirm, auf dem gerade MTV läuft – eine Live-Aufnahme von *Starlight* von den Muse –, eine DVD-Sammlung, eine Auswahl von hochprozentigen Getränken in einem Barschrank und Claudio, in Jeans, mit aufgeknöpftem Hemd und hochgerollten Ärmeln. Er hat mir die Tür geöffnet und sich dann sofort auf das schwarze Ledersofa fallen lassen, verführerisch und ein bisschen außer Rand und Band. Sein Haar ist ausnahmsweise mal nicht von Gel gebändigt und zerzaust, wie bei einem Teenager, der gerade vom Sport kommt. Und überhaupt ist seine ganze Erscheinung frei von jener unterkühlten Selbstkontrolle, die ihn normalerweise einhüllt wie eine zweite Haut. Er wirkt viel jünger und löst in mir eine vage, ferne und aufwühlende Erinnerung aus – an jene verrückte, unheilvolle und wunderschöne Nacht, in der wir uns beide haben mitreißen lassen. Ich lege das Medikament auf die Küchenablage aus Edelstahl, es ist alles neu und glänzend. Die Pizza, die ich ihm mitgebracht habe, ist mittlerweile kalt, und ich habe keine Ahnung, wie er darauf noch Appetit haben kann, wo ihm doch angeblich ohnehin schon übel ist.

»Die ist für später, wenn die Tabletten gewirkt haben«, erklärt er mir, als würde ihm meine Verwunderung auf die Nerven gehen.

»Könntest du mir bitte erklären, warum du dich so zugerichtet hast?«

»Weil ich erniedrigt worden bin.«

»Das ist unmöglich, Claudio. Du hast ein Selbstbewusstsein, das Erniedrigung nicht zulässt. Da ist es einfacher, dich umzubringen.« Er sagt nichts darauf. »Wäre es nicht besser, du würdest dich ins Bett legen?«

Er zieht verschmitzt und vielsagend eine Augenbraue hoch, sagt aber nichts. Dann klopft er mit der flachen Hand auf das Sofa, damit ich neben ihm Platz nehme. Aber so, wie er da bäuchlings fläzt, bleibt eigentlich kein Platz mehr für mich.

Ich ziehe meinen Regenmantel aus, lege ihn über den Sessel und mache mir neben Claudio ein wenig Platz. Bald darauf legt er seinen Kopf in meinen Schoß und umfasst mit einer Hand eines meiner Knie. Mein Blut fließt schneller, mir wird warm, und ich beginne sein Haar zu streicheln, als wäre es Ichis Fell. Doch aus der flüchtig-zärtlichen Geste droht mehr zu werden, als ich spüre, wie seine Hand meinen Oberschenkel hinaufwandert. Wenn ich nicht sofort aufstehe, entgleitet die Situation so wie damals. Und doch bin ich überraschenderweise enttäuscht, als er seine Hand zurückzieht, und hätte sie am liebsten wieder an die Stelle gelegt, an der er mich eben noch dreist berührt hatte.

»Besser nicht. Das geht nicht«, sagt er leise, während ich ihm weiter übers Haar streichele. Sobald ich damit aufhöre, protestiert er aber.

Ich habe keine Ahnung, wie lange wir dort so sitzen. Durch das Fenster dringen die Farben der Abenddämmerung. Keiner von uns beiden macht Licht, und so wird es langsam dunkel. Claudio ist eingenickt, hin und wieder spüre ich, wie seine Muskeln leise zucken.

Es gelingt mir aufzustehen, ohne ihn zu wecken, er schläft tiefer, als ich dachte. In der Küche sieht die Pizza mittlerweile ziemlich unappetitlich aus. Im Kühlschrank herrscht gähnende Leere, und ich habe einen Riesenhunger. Außerdem muss ich auf die Toilette.

Es gibt nur ein Bad, und um dorthin zu gelangen, muss ich durch sein Schlafzimmer.

Sein Bett ist niedrig, die Möbel schwarz glänzend, der gleiche Stil wie im Wohnzimmer. Auf der Bettdecke liegt seine Jacke, als hätte er sie eilig ausgezogen und dorthin geworfen, vielleicht weil er sich sofort einen Drink einschenken wollte. Neben der Jacke liegt ein weißer Umschlag. Es ist dasselbe zerknitterte Kuvert, das heute Morgen aus der Handtasche von Ambras Mutter herauslugte, da bin ich ziemlich sicher.

Ach, du lieber Himmel. Die göttliche Vorsehung stellt

mich auf die Probe – kann ich dieser Versuchung widerstehen?

Der Umschlag liegt genau vor meiner Nase, ich muss ihn nur öffnen und den Inhalt lesen. Und dann werde ich begreifen, warum Isabella Negri Della Valle so aufgebracht war.

Und warum Claudio sich betrinken musste.

Und vielleicht habe ich dann doch einen Hinweis, warum Ambra verschwunden ist?

Ich greife nach dem Umschlag... Ich verschlinge den Inhalt geradezu und bin so aufgeregt und mit den Nerven fertig, dass es mich selbst überrascht.

Als ich das Blatt Papier wieder zusammenfalte, bereue ich, dass ich meine Nase in Dinge gesteckt habe, die mich nichts angehen.

Da höre ich Schritte, das wird er sein, er kommt näher. Ich lege den Umschlag dort ab, wo er vorher war. Als ich Claudios Gegenwart in meinem Rücken spüre, steigen Panik und Verachtung in mir auf, doch zugleich hasse ich mich für meine Gefühle.

Nur wenige Augenblicke zuvor habe ich mir noch gewünscht, dass seine Hand ein Stückchen weiter wandert. Es wäre mir nicht gelungen, mich ihm zu entziehen.

Jetzt möchte ich nur noch weg hier.

»Bist du hungrig?«, erkundigt er sich.

Ich schüttele den Kopf, mir ist aller Appetit vergangen. »Ich muss nach Hause.«

»Bleib doch.«

»Nein, ich muss wirklich nach Hause.«

Das Schweigen zwischen uns zieht sich in die Länge. »Okay, vielen Dank für alles.«

Anstelle einer Antwort verziehe ich mein Gesicht zu einer Grimasse, sie soll verbergen, dass ich ihm gerne ein paar Fragen stellen würde.

Er bringt mich zur Tür und verabschiedet mich mit einem Kuss auf die Wange.

Ich laufe schnell, um die nächste Metro zu erwischen, aber genau genommen flüchte ich.

Mein Kampf ist hart, und manchmal
komme ich heim mit müden
Augen, weil ich die Welt
gesehn, die sich nicht ändert
Pablo Neruda, *Dein Lachen*

Es ist früh am Morgen, und es ist noch niemand im Institut. Ich starre auf Ambras Schreibtisch und spüre eine ganz neue Dimension von Kummer – mir ist mit einem Mal bewusst, dass ich überhaupt nichts begriffen hatte. Weder was sie anging noch ihn – oder gar von dem, was sich wirklich zugetragen hat und was hinter dem Scheitern ihrer Beziehung lag. Man denkt immer, man wüsste schon alles über die Beziehungen von anderen, nur weil man die beiden Personen mehr oder weniger kennt. Aber das stimmt nicht.

Nichts wusste ich über die beiden.

Und du, Claudio, kanntest du die Wahrheit?

Ganz sicher. Bestimmte Dinge kann man nicht geheim halten. Allmählich erinnere ich mich auch an Details, an Fragen, die ich ihm damals gestellt habe. Ich hatte wissen wollen, warum es zwischen ihnen auseinandergegangen war. Und er erzählte mir vage von Meinungsverschiedenheiten und schilderte eine Ambra, wie ich sie nicht kannte, und dass er ihr sehr unrecht getan hätte.

Wenn ich jetzt nach Erklärungen frage, gestehe ich ein, dass ich heimlich in den Umschlag geschaut habe. Man steckt seine Nase nicht in anderer Leute Angelegenheiten, egal, was man dabei vielleicht entdeckt.

»Möglicherweise habe ich gestern meine Hände nicht unter Kontrolle gehabt – ich war einfach zu betrunken und kann mich nicht mehr erinnern. Aber wie ich mich kenne, war es so, und ich möchte mich entschuldigen«, sagt er später, während wir Routinearbeit machen.

»Kein Problem«, erwidere ich etwas zugeknöpft.

»Und warum benimmst du dich dann so komisch, wie eine, die sich geschworen hat, für immer Jungfrau zu bleiben?«

»Was ist mit Ambra passiert, Claudio?«

Sein Gesichtsausdruck verhärtet sich. Verschwunden ist die amüsierte, leicht unverschämte Miene, er sieht mich jetzt ernst und leicht verächtlich an.

»Du zweifelst an mir.«

»Nein.«

»Doch. Lara hat dich angesteckt. Eine Ex verschwindet, und auf der Stelle behandeln dich alle wie einen Kriminellen, auch wenn du nichts damit zu tun hast.« Er ist wütend.

»Das kannst du nicht ernst meinen. Ich denke überhaupt nicht, dass du etwas mit ihrem Verschwinden zu tun hast. Ich habe nur die Befürchtung, dass etwas zwischen euch war. Ein Auslöser für das, was dann passiert ist.«

»Ein Auslöser? Keine Ahnung!«

Darauf sage ich nichts, denn ich möchte ihn unter keinen Umständen zwingen, über seine Privatangelegenheiten zu reden. Ich gehe zu ihm und umarme ihn.

Ich drücke ihn so fest, wie ich kann, denn was auch immer er getan haben mag, dieses Misstrauen hat er nicht verdient. Fehler zu machen muss erlaubt sein.

Solange man niemanden umbringt, ist Vergebung möglich.

* * *

Nachmittags begebe ich mich bedrückt und resigniert zum Büro von Ispettore Calligaris, um weiter die Dokumente in Vivianas Akte durchzusehen. Ich hoffe heimlich darauf, etwas zu entdecken, was anderen entgangen ist.

»Schauen Sie, Ispettore, ich hatte recht.«

»Womit?«

»Was Vivianas Anorak angeht. Er musste irgendwo sein. Und in der Tat, hier ist er zu sehen, eine Obdachlose hat ihn an.«

Calligaris erhebt sich von seinem Bürostuhl und tritt zu mir. »Zeig mal her.«

Der Ispettore beginnt zu lesen und sieht mich dann wohlwollend an. »Du bist ein kluges Köpfchen, Alice. Vivianas Anorak ist tatsächlich zufällig im Mai 2006 von einer ihrer Bekannten wiedererkannt worden. Er war eindeutig identifizierbar, weil er mit Ansteckern übersät war, auf einem steht *Free Palestine*. Die Obdachlose hatte auch Vivianas Eastpak-Rucksack dabei.«

»Hab ich gesehen. Die Frau hat beides in einem Müllcontainer gefunden, sie erinnert sich allerdings nicht mehr genau daran, in welcher Gegend von Rom. Jemand wollte die Sachen loswerden, so viel ist klar.«

»Lies nur weiter, wer weiß, vielleicht findest du noch etwas anderes Interessantes für mich«, sagt er abschließend, aber ich weiß nicht, ob er das ernst meint oder nicht.

Ich nehme mir Vivianas Korrespondenz vor. Systematisch gehe ich sie von Anfang an durch. Die ersten Mitteilungen sind so nichtssagend und kurz angebunden wie die meisten Mails oder Nachrichten, die junge Leute an ihre Eltern schicken. Viviana macht da keine Ausnahme. Es gehe ihr gut, schreibt sie ihren Eltern, ohne Einzelheiten mitzuteilen, hinter denen sich vielleicht andere aufschlussreiche Informationen verstecken könnten. Die Mitteilungen an ihre

Freundin sind anders. Davon abgesehen, dass Viviana sich nach Rebecca, ihrem Studium oder ihrem Freund erkundigt, liest sich das Ganze wie ein Tagebuch.

Eine angenehme, wenn auch sehr zeitraubende Lektüre. Ich befürchte, ich werde noch oft in diesem überheizten Büro sitzen, von dessen Wänden die Farbe abblättert, hinter dem Schreibtisch Calligaris, der Akten bearbeitet und unterzeichnet, an der Wand hinter ihm ein nichtssagendes Poster, und dabei Unmengen von Kaffee trinken.

»Gleich musst du aufhören für heute. In zehn Minuten muss ich los.«

Zu dumm. Ausgerechnet jetzt, wo es anfing interessant zu werden. »In Ordnung, Ispettore«, murmele ich zerstreut. Vivianas Post ist wirklich ziemlich interessant. Ich bin gerade am Anfang einer Mail, der Ausdruck steckt im Stapel zwischen den anderen und hat einen Kaffeefleck am Rand. Es ist nicht die allererste Nachricht – die Korrespondenz beginnt Anfang September, und diese Mail ist vom 16. November 2005.

Ciao Bex,

es ist noch heißer als beim letzten Mal. Ich bin so braun, dass man bei meiner Rückkehr denken wird, ich hätte in der Karibik Urlaub gemacht.

Tut mir leid, dass ich dir erst jetzt wieder schreibe, aber in den letzten Tagen hatten wir Probleme mit der Internetverbindung.

Unser Prof ist bester Laune, ich habe dir ja schon oft erzählt, wie selten das vorkommt. Davon profitieren wir alle, denn von seiner Stimmung hängt die Atmosphäre im Team ab.

Jericho ist toll. Ich habe das Gefühl, an etwas Wichtigem teilzuhaben, und wenn ich so durch Straßen laufe, auf denen niemand, den ich kenne, je gegangen ist oder gehen wird, bin ich heimlich ganz stolz.

Ich lese weiter. Vivianas Worte nehmen mich für sie ein.

Ich bin völlig durcheinander. Wie soll ich bloß akzeptieren, dass alles vorbei ist.

Heute bin ich einfach nur traurig. Als wir noch zusammen waren, habe ich mich die ganze Zeit beklagt und hatte Angst vor dem, was vor uns lag. Nun ist alles vorbei, und ich merke, dass ich eigentlich erst jetzt wirklich Grund habe zu leiden. Vorher hätte ich meinen Verstand besser nicht mit dummen Gedanken vollstopfen sollen, denn das Wichtigste ist, zusammen zu sein. Jetzt sind wir nicht mehr zusammen und werden es auch nie wieder sein.

»Alice«, ruft Calligaris mich mit Nachdruck, es klingt so, als hätte er mich bereits mehrmals vergeblich angesprochen.

»Ja, Ispettore«, antworte ich, den Blick immer noch auf den Ausdruck gerichtet.

»Was denkst du?«

»Ich frage mich, was Viviana hier wirklich ausdrücken wollte. *Jetzt sind wir nicht mehr zusammen und werden es auch nie wieder sein*«, wiederhole ich. »Wenn man *nie wieder* sagt, denkt man doch unwillkürlich an den Tod, oder?«

Calligaris wirkt verblüfft. Er geht nicht weiter auf meine Überlegung ein und konzentriert sich auf einen Punkt, der ihm wichtig erscheint – und der für seine Arbeit sicher wichtig ist. »Worauf bezieht sie sich da?«

»Keine Ahnung, ich habe diese Stelle nur so herausgepickt. Ich werde Ihnen das später erklären können.«

»Alice, morgen werde ich dir von einer winzigen Verbindung zwischen Viviana und Ambra erzählen.«

»Warum morgen erst?«

»Weil ich jetzt keine Zeit mehr habe.«

»Ich habe eine Stunde hier gesessen und Sie haben mir nichts gesagt?«

»Das habe ich abgewogen. Ich bin ein nachdenklicher Typ, der nicht sofort alles hinausposaunt, nur damit er etwas sagt«, gibt er spitzfindig zurück. Dabei weiß er ganz genau, was ich meine. »Auf geht's, ich muss los. Morgen erfährst du Neues, aber erwarte dir nicht zu viel.«

Resigniert mache ich mich auf den Heimweg. Dort angekommen, nehme ich Ichi an die Leine, um mit ihm einen Spaziergang zu machen. Ich weiß nicht, wie es kommt, aber irgendwann befinde ich mich in der Nähe des Vatikans. Der Himmel glüht in der Abenddämmerung. Mein Körper hat sich offenbar selbstständig gemacht und mich irgendwohin transportiert, während meine Gedanken in romantischen Gefilden wandelten.

Denn Vivianas wehmütige und traurige Worte hätten ebenso gut von mir stammen können, und zwar in Bezug auf Arthur.

Ihre Briefe haben mich inspiriert und aufgewühlt.

Und während meine Beine ziellos herumspaziert sind, weile ich in meiner Fantasie in Palästina und male mir die Geschichte, die ich eben gelesen habe, weiter aus.

Die Wüste wandelt sich ständig, doch niemand bemerkt es

Wüste Negev, September 2005

Die Luft war ganz klar, so hatte Viviana sie noch nie erlebt. Sie flimmerte am Horizont und machte ihn unscharf. Viviana war schwindelig.

Den Blick in die Ferne gerichtet, ließ sie goldenen Sand durch ihre Finger rinnen. Als jemand sie rief, erhob sie sich, wischte sich die Hände an der Jeans ab und ging zu den anderen.

Der Prof hatte die Idee für diesen Urlaub gehabt – eine Gelegenheit zum Auftanken, bevor sie sich alle in die Arbeit stürzen würden. Am Nachmittag kamen sie in Mitzpe Ramon an. Das Hotel war erwartungsgemäß erste Klasse – Anita hatte sich um die Buchung gekümmert. An diesem Ort erinnerte nichts an die karge Hässlichkeit von Jericho, und Viviana fühlte sich endlich wohl in ihrer Haut.

Der Prof hatte auch seine zweite Ehefrau dabei, Ella. Sie waren erst seit Kurzem verheiratet, und sie hatte Tel Aviv aufgegeben und war zu ihm nach Rom gezogen. Die Tage in Negev waren eine gute Gelegenheit, sie der Gruppe vorzustellen.

Es schien, als wollte Anita bei ihr Eindruck schinden. Viviana begriff den Grund nicht ganz.

Anita überschüttete Ella mit ihren üblichen Monologen, wie immer, wenn sich die Gelegenheit bot. Viviana konnte sie mittlerweile singen. Die Themenfolge war immer die gleiche: ihre Reiseabenteuer auf der ganzen Welt – erstaunlich, wenn man bedachte, wie jung sie war; dass ihre Mutter eine unglaubliche Sammlung von Teeservice besaß – davon fing sie je-

des Mal an, wenn in einer Bar jemand einen Tee bestellte; und am Ende erwähnte sie, fast beiläufig, ihren Vater, ein hohes Tier bei einem amerikanischen Weltkonzern.

Viviana mochte die gelangweilte Höflichkeit, mit der Ella den Ausführungen lauschte. Wenn man aufmerksam genug war, konnte einem nicht entgehen, dass die Gattin des Prof sich für seine Studenten nicht im Geringsten interessierte.

Und je mehr sie sich zurückzog, desto mehr versuchte Anita sie aus der Reserve zu locken.

Ellas Gesichtszüge waren von einer außergewöhnlichen und kraftvollen Schönheit. Sie hatte hohe Wangenknochen, eine ausgeprägte Nase und helle Augen, die im Kontrast zu ihrer dunklen Haut standen. Sie trug viel Schmuck, alles aus Gold und handgefertigt, hier und dort blitzten geschliffene Rubine hervor. Ihr Parfüm war schwer, einer jener französischen Boutiquedüfte, von denen man leicht Kopfschmerzen bekam.

Ella erzählte von ihrer Stadt. Ihre Worte waren voller Sehnsucht, als hätte sich alles bereits in Vergangenheit verwandelt, ohne dass sie Einfluss darauf hätte. Viviana gefiel Ellas Tonfall sehr, ihr ging es ganz ähnlich. Dann erwähnte Ella Daniel, ihren einzigen Sohn. Er hatte in Tel Aviv gerade sein Archäologiestudium abgeschlossen und sollte in Jericho bald zur Gruppe stoßen, um an den Ausgrabungen mitzuarbeiten.

Ellas goldfarbene Augen blitzten bei dem Gedanken an ihren Sohn auf, sie konnte offenbar seine Ankunft kaum erwarten. Von allen anderen schien Anita sich am meisten zu freuen. Sie wolle ihn unbedingt bald kennenlernen, meinte sie, sie könne sicher viel von ihm lernen.

Carlo und Sandra, zwei Doktoranden, deren Forschungsprojekt bald abgeschlossen war, hielten sich der Gruppe immer ein wenig fern. Sie suchten die Nähe zueinander, doch auf eine für die anderen angenehme Art und Weise. Doch mittlerweile hatten auch sie ihre selbst gewählte Zurückgezogenheit aufgegeben und waren auf den Neuankömmling gespannt. Sandra erzählte Viviana, dass über Curreris Stiefsohn wahre Wundergeschichten in Umlauf seien.

Viviana überlegte einen Augenblick lang misstrauisch, dass sich hinter derart vielen Vorschusslorbeeren vermutlich etliche Schwächen verbargen, und sie machte sich innerlich bereit, dieses angebliche Genie mit Vorbehalten zu begrüßen.

Sie mochte grundsätzlich keine Leute, über die alle eine sehr gute Meinung hatten.

Gott ist mit den Schwachen

Von Calligaris' Versprechen geködert, erscheine ich früher als sonst in seinem Büro. Er ist bereits bei der Arbeit, und ich muss meine Geduld so lange zügeln, bis er einen Moment Zeit findet, um mich auf den neuesten Stand zu bringen.

»Viviana Montosi und Ambra Negri Della Valle besuchten beide die Klasse C am Liceo Mamiani. Beide sind 1984 geboren, die eine im Juni, die andere im März, und sie wohnten auch in der gleichen Gegend. Doch damit enden die Gemeinsamkeiten auch schon. Wie es scheint, hätten die beiden nicht unterschiedlicher sein können. Viviana wuchs in einer mittelständischen Familie auf. Sie war lebhaft, politisch engagiert, sah gerne Dokumentarfilme und interessierte sich leidenschaftlich für Geschichte und Archäologie. Sie war eine junge Frau, die vor nichts Angst hatte, wenigstens sagt das ihre Tante Anastasia über sie, und natürlich hat manches, was sie sagt, durchaus Hand und Fuß. Im Alter von einundzwanzig Jahren stand Viviana mit einem Fuß in Palästina und mit dem anderen in Italien. Sie war aktives Mitglied in einer Vereinigung zur Solidarität mit dem palästinensischen Volk. Im Zuge einer Demonstration wurde sie einmal von der Polizei verhaftet. Offensichtlich lag ihr viel an Palästina.«

»Kein Vergleich zu Ambra«, werfe ich ein.

»Genau. Sie könnten unterschiedlicher nicht sein. Ich habe mich bei vielen ihrer ehemaligen Klassenkameradinnen umgehört. Alle sind ziemlich betroffen darüber, dass beide als vermisst gelten. An Viviana erinnern sich alle gerne – sie war einmal zwei Jahre lang Klassensprecherin. Und Ambras Verschwinden tut ihnen zwar leid, aber … wie soll ich sagen, richtiges Mitgefühl spürt man da nicht. Sie war nicht beliebt.«

Das glaube ich gerne. Aber das ist nicht die Neuigkeit, auf die ich warte. Calligaris will mich auf die Folter spannen.

»Auf die Frage, ob es zwischen den beiden Mädchen nennenswerten Kontakt gegeben hätte, war die Antwort von allen klar und eindeutig«, fährt er fort.

»Keinen, nehme ich an«, bemerke ich voreilig und will das schon kommentieren.

»So kann man das nicht sagen. Auf dem Gymnasium waren die beiden so etwas wie unzertrennliche Freundinnen. Sie hatten eine ganz enge Beziehung zueinander, das haben auch die Angehörigen der beiden bestätigt.«

»Und warum brach der Kontakt dann ab?«

»Laut Ambras Mutter entwickelten die beiden sich mit zunehmendem Alter auseinander. Vivianas Mutter erinnert sich nicht mehr an die genauen Gründe. Tante Anastasia behauptet hingegen, dass das Ende der Freundschaft ihrer Nichte sehr nahegegangen sei und dass Ambra Viviana einfach benutzt und dann eines Tages links liegengelassen hätte, das wäre der Grund für die Trennung gewesen.«

»Erzählen Sie mehr.«

Calligaris, mittlerweile ziemlich rot im Gesicht, weil die Heizung in seinem Büro auf vollen Touren läuft, versucht, mir das Ganze anschaulicher zu machen: »Ambra schrieb zum Beispiel Vivianas Hausaufgaben ab.«

»Ah.«

»Eine ehemalige Mitschülerin erinnerte sich genauer. Am Ende hätten die beide kaum noch miteinander geredet. *Sie waren natürlich keine Feindinnen, aber sie feindeten einander mitunter an …* so hat sie es ausgedrückt«, zitiert er, nachdem er einen Blick in sein Notizbuch geworfen hat. »Aber schau her, was ich in den Anruflisten gefunden habe: Ende Dezember 2005, also kurz bevor Viviana verschwand, hat sie Ambra angerufen.«

Er reicht mir die entsprechenden Listen, und ich sehe eine gelb markierte Handynummer, die auf den Namen Ambra Negri Della Valle zugelassen ist. Es handelt sich um zwei Anrufe, einen am 23. Dezember, der zwanzig Minuten gedauert hat, und einen zweiten am 26. Dezember, er war etwas kürzer.

»Viviana ist am 19. Dezember aus Jericho zurückgekehrt. Was, glaubst du, hat sie dazu bewogen, einige Tage darauf ihre alte Schulfreundin anzurufen?«

»Keine Ahnung, Ispettore. Vielleicht wollte sie ihr frohe Weihnachten wünschen? Lassen Sie mich ihre Briefe lesen, vielleicht findet sich dort eine Erklärung.«

»Ich fürchte, so lange kann ich nicht warten, vielleicht muss ich das doch selbst übernehmen.«

»Nicht doch.«

»Keine Angst, ich mach das am Computer.«

Vivianas E-Mail-Korrespondenz auf den Namen Ambra zu durchforsten, ist ein bisschen so, als würde man ein Buch vom Ende her lesen. Aber das bringe ich nicht übers Herz, und am Ende gehe ich doch weiter chronologisch vor.

Mir ist egal, wie viel Zeit ich dazu brauchen werde, ich möchte Schritt für Schritt in Vivianas Welt eintauchen.

* * *

Jericho, September 2005

Sie befanden sich jetzt auf der anderen Seite der Sperranlage, die das Westjordanland von Israel trennt. Eine Gruppe israelischer Soldaten – alle noch sehr jung, fast noch Gymnasiasten – bestieg den Bus. Sie richteten ihre Gewehre wie Spielzeuge auf die Insassen. Wie die alten Inquisitoren verlangten sie nach den Pässen.

Keine Angst, nur eine Kontrolle. Reine Sicherheitsroutine, sagten sie auf Englisch. Doch Viviana lief es kalt den Rücken hinunter.

Diesseits der Mauer prangten überall Graffiti, sie feierten die Befreiung Palästinas. Endlich fühlte sich Viviana frei, das äußern zu können, was ihr auf der Seele lag.

»Als ob es denen um Sicherheit ginge. Das sind faschistische Methoden, um die Grenze zu betonen«, sagte sie zu Sandra, die neben ihr saß.

Daniel Sahar saß hinten im Bus und schien zu dösen. Er war gerade aus London zurückgekehrt und zu der Gruppe gestoßen. Sein ganzes Benehmen strahlte Überheblichkeit aus. Er stand von seinem Platz auf und bewegte seine hohe schlaksige Gestalt in ihre Richtung. Sie war immer noch dabei, über die Rechte der Palästinenser zu predigen und Lösungen zu entwerfen.

Er sah sie aus seinen großen Augen an, sie waren schön und goldfarben wie die seiner Mutter Ella.

»Dieses Problem ist unlösbar, denn wir wollen genau das Gleiche wie die Palästinenser. Und Seite an Seite miteinander leben, geht auch nicht. Das sind keine Feinde, sondern etwas ganz anderes – die leben auf einem anderen Stern.« Der Tonfall war freundlich, aber, wie sein Blick, unterschwellig herausfordernd. Als wollte er sagen: Ausgerechnet du willst mir was erzählen, wo ich hier geboren und aufgewachsen bin?

Viviana fühlte sich empfindlich getroffen und reagierte, wie immer in solchen Fällen, heftig. »Das ist purer Rassismus.«

Daniel lachte, sein Lachen klang verbittert und abfällig: »Die öffentliche Meinung schlägt sich im Westen immer auf die Seite der Opfer – um sich überlegen zu fühlen. Sie liebt die Juden aus den Konzentrationslagern, und sie liebt die Palästinenser, Opfer der Juden. Das ist offensichtlich.«

»Aber die Opfer von gestern können sich leicht in die Henker von morgen verwandeln«, gab sie spitzfindig zurück.

Darauf legte Daniel seine guten Manieren ab, falls er denn welche hatte. »Wir sind keine Henker. Und auch keine Opfer, sondern wir haben ein Recht darauf, in Frieden zu leben. Und ich habe kein Problem damit, jeden fertigzumachen, der dieses Recht bestreitet.«

Viviana hätte darauf gerne erwidert, dass seine Worte nichts mit Frieden zu tun hatten. Und darauf hätte sie die Diskussion endlos weitergeführt, denn sie war wütend, dieses Thema brachte sie immer wieder auf die Palme. Doch in diesem Augenblick brach Daniel Sahar in ein befreiendes Lachen aus: »Was machst du nur für ein Gesicht! Ich mache niemanden fertig. It's a joke, of course.«

»A bad joke«, *kommentierte Viviana. Das war mehr als nur ein schlechter Scherz gewesen.*

Und mit einem Mal kam es ihr so vor, als würde er sie auslachen, und als täte Anita, die in der Nähe saß, es ihm gleich.

In genau diesem Augenblick wurde ihr klar, warum sie ihn nicht mochte – nicht etwa, weil er sie lächerlich gemacht hatte, sondern weil es eine ungeheuere Enttäuschung für sie war, dass dieser junge Mann, der ihr anfangs so brillant erschienen war, sich gerade als ungehobelter Typ und Faschist entpuppt hatte.

Die Vergangenheit ist ein fremdes Land

In ihren Briefen erwähnt Viviana oft die Intifada. Ich muss zugeben, dass ich im Internet nachlesen musste, was der Begriff genau bedeutet. Auf dem Gymnasium habe ich manche Themen etwas links liegen lassen … in meinen Augen waren sie wenig relevant und deswegen uninteressant. Und jetzt bin ich verblüfft, dass sie mich mit einem Mal durchaus etwas angehen.

Auch an unserem Institut findet so etwas wie eine Intifada statt – jetzt, wo ich etwas besser darüber Bescheid weiß, halte ich diesen Vergleich durchaus für angebracht.

Wally wollte schon das Zepter übernehmen, da hat es sich der Allerhöchste nach Ambras Verschwinden anders überlegt und schiebt seine Pensionierung hinaus. Diese Entscheidung hat für einige Unruhe gesorgt, denn in einer derart kleinen, in sich geschlossenen Gruppe ist jeder Einzelne von Änderungen in der Machtkonstellation betroffen. Claudio hatte sich innerlich schon darauf vorbereitet, eine wichtigere Rolle zu spielen, doch der Allerhöchste hat ihm einen Strich durch die Rechnung gemacht. Er hält ihn fest an den Zügeln, was Claudio nicht ausstehen kann.

Und auch deswegen ist Claudio unzugänglicher denn je und innerlich von der Rolle. Doch genau in dem Augenblick, in dem ich es am wenigsten erwartet hätte, lässt er sich zu einem vertraulichen Gespräch hinreißen.

»Hast du mal über diesen Film nachgedacht, den mit der Paltrow, *Sliding doors*? Eine einzige Entscheidung kann innerhalb von einer Millisekunde dein Leben von Grund auf verändern. Hast du dir das schon mal überlegt?«

Wir sind im Labor; er sitzt ganz entspannt auf einem Stuhl, ist aber ein bisschen blass um die Nase, und die Falten um seine Augen sind sichtbarer als sonst.

Es ist Nachmittag, und ich zähle bereits die Minuten, bis ich wieder in Vivianas Briefen lesen darf. Für die Zeit danach freue ich mich auf einen gemütlichen Abend in meinen vier Wänden, auf dem Sofa mit Ichi und Cordelia.

»Du hast das Ende vergessen: Am Ende stirbt die Protagonistin, und zwar in beiden Fällen. Mithin ändert sich gar nicht so viel«, antworte ich und schrubbe weiter die Kacheln rund um das Becken. Ein Leitsatz des Allerhöchsten lautet: Das Labor ist wie eine Küche, es muss beim Verlassen stets blitzeblank sein. Claudio hat es in seinem Leben bestimmt noch nicht einmal geputzt, bisher hat er immer irgendeine dumme Assistenzärztin dafür gefunden.

»Das schon, aber bis zu ihrem Tod verläuft das Leben ganz anders, und das will etwas heißen.«

»Ich mache mir Sorgen um deine geistige Gesundheit, Claudio. Du bist Nachdenken nicht gewöhnt und musst das erst vorsichtig trainieren.«

Ich stelle die Reinigungsmittel beiseite, streife die Handschuhe ab und nähere mich ihm.

Er sieht aus, als würde ihm ein schwerer Stein auf dem Herzen liegen. Er hat noch nicht begriffen, dass kein Geheimnis ewig währt.

»Glaubst du, du hättest den Lauf der Dinge beeinflussen können? Denkst du an Ambra?«

Er lässt sich mit der Antwort Zeit. »Ja, vielleicht schon.«

Die Geschichte liegt ihm auf der Zunge, das ist offensichtlich. Er weiß nur noch nicht, wie er anfangen soll. Also muss ich ihn ein wenig ermuntern und mich taktvoll und vorschichtig an das Thema herantasten.

Wenn ich dazu bloß in der Lage wäre.

Stattdessen platze ich mit genau der Frage heraus, die mir seit einiger Zeit ihm Kopf herumgeht.

»War Ambra schwanger?«, frage ich geradeheraus und tue so, als ob mir das gerade eingefallen wäre.

Er reißt überrascht die Augen auf, die Lider schwer von Müdigkeit und Schlafmangel. »Woher weißt du das?«, fragt er zurück.

»Keine Ahnung. Das ist mir gerade so in den Kopf gekommen«, schwindele ich. Eine kleine Notlüge. Denn ihn hätte es viel gekostet, mit der Wahrheit herauszurücken, und das wollte ich ihm ersparen.

»Vor einem Jahr.«

»Als wir in Taormina waren?«, hake ich nach, und ich höre, dass mein Tonfall gekränkt klingt, denn trotz allem ist mir die Erinnerung daran teuer und wird jetzt für immer getrübt sein.

»Schon davor.«

Bitte, Claudio. Erzähl mir jetzt nicht, dass du sie zur Abtreibung überredet hast. Ich müsste dich dann mit anderen Augen sehen, und das würde ich nicht aushalten.

»Sie hatte so viele Pläne und Ideen … und ich fühlte mich wie erschlagen. Ich hatte keine Lust auf ihre Vorstellungen von Familiengründung. Ich habe ihr geraten, gründlich über alles nachzudenken. Denn ich hätte zwar die volle Verantwortung übernommen, doch das Kind hätte für mich weder Zusammenleben noch Heirat bedeutet. Und keinerlei Verpflichtungen ihr, sondern lediglich dem Kind gegenüber.«

»Hast du sie um eine Abtreibung gebeten?«, frage ich flüsternd.

Er schlägt die gebräunten Hände vors Gesicht und fährt sich dann nervös durchs Haar.

»Das hätte ich niemals getan. Aber ich habe mir gewünscht, dass das nicht passiert wäre. Das schon. Jetzt schau mich nicht so verächtlich an«, sagt er leise. »Ist es denn so verwerflich, etwas abzulehnen, was man niemals wollte? Warum hätte ich sagen sollen, dass ich glücklich bin, wenn ich es nicht war? Sie weiter anlügen, was hätte das gebracht?

»Und dann?«

»Siehst du irgendwo ein Kind?«

»Nein.«

»Also muss ich dir nicht mehr viel erzählen. Sie hat das Kind verloren. Gerade als ich anfing, mich an den Gedanken zu gewöhnen. Und kurz darauf war Schluss zwischen uns.«

»Nun gib schon zu, dass du erleichtert warst.« Mein Tonfall ist leicht anmaßend, bemerke ich, und das tut mir leid.

»Alice, das Ganze ist mir viel nähergegangen, als du dir das vorstellen kannst, und ich wünsche dir von ganzem Herzen, dass du niemals in eine solche Lage kommst. Vielleicht würdest du dann deine ganze unerträgliche Überheblichkeit ablegen und nicht mehr weiter mit dem Finger auf mich zeigen«, antwortet er in einem Atemzug; er ist sichtlich wütend und hat keine Lust, sich noch weiter hier aufzuhalten. »Du machst hier selbstverständlich weiter sauber«, beendet er unsere Unterhaltung und macht die Tür hinter sich zu.

No place in displacement

Jericho, Oktober 2005

Viviana schlug die Zimmertür hinter sich zu. Sie war den Tränen nahe.

Als es klopfte, tat sie so, als hätte sie es nicht gehört.

»Viviana … ich weiß, dass du da bist …«

Sandras Stimme. Die freundliche und stets um alle besorgte Sandra. Wenn es jemanden gab, dem sie sich anvertrauen konnte, dann ihr.

Viviana öffnete die Tür und setzte ein Lächeln auf.

»Darf ich reinkommen?«, fragte Sandra, sie war wie immer nett. Viviana nickte und zog die Nase hoch.

»Ich bin sicher, der Prof wird seine Gründe haben«, begann die Freundin, um Vermittlung bemüht.

Vivianas Miene verfinsterte sich. »Wofür? Dafür, dass er meine Arbeit Anita übergibt? Ich kann es nicht fassen, dass man mich einfach so ausbootet und ersetzt.«

»Vielleicht wollte er dich auf seine Art auch nur einfach anspornen. Wenn ich nicht irre, hat er eure Rollen einfach vertauscht. Er hat dir Anitas Aufgaben zugewiesen und ihr deine, stimmt's?

Viviana nickte zerstreut und hing immer noch ihren Gedanken nach. »Für mich steht bei diesem Projekt alles auf dem Spiel«, murmelte sie. »Es gibt nur eine Doktorandenstelle. Entweder Anita oder ich. Entweder gehöre ich dazu, oder ich bin draußen.«

Sandra zog das Laken glatt und ließ sich auf Vivianas zerwühltem Bett nieder. »Glaubst du wirklich, es ist dermaßen wichtig, diese Stelle zu be-

kommen? Nimm mich. Keine Ahnung, ob es für mich am Institut eine Zukunft gibt, aber das hält mich einstweilen von nichts ab. Ich weiß schon, wie es für mich weitergeht, falls ich arbeitslos werden sollte.«

Viviana seufzte. »Der Prof hat alles nur schwieriger gemacht. Ihm ist nicht klar, dass der Druck auf uns alle steigt, wenn er die Dinge verkompliziert.«

Sandra setzte ein mütterliches Lächeln auf. »Vielleicht will er genau das. Ich habe den Eindruck, dass er Daniel zum Zug kommen lassen will. Und das ist nur verständlich: Schließlich ist er der Sohn der Frau, die er liebt.«

»Was hat das alles mit Daniel zu tun?« Viviana regte sich innerlich schon auf, wenn sie nur an ihn dachte.

»Er will Daniel mit derjenigen seiner Institutsmitarbeiterinnen zusammenarbeiten lassen, die seiner Meinung nach am fähigsten ist.«

»Ich werde ihn schon jetzt gar nicht mehr los«, rief Viviana aus, wie um Sandras Hypothese zu bestreiten.

Das Gesicht der jungen Archäologin erhellte sich und wurde sanft. »Genau! Das beweist doch nur, dass ich recht habe. Du bist die Fähigere von euch beiden. Nicht Anita. Das ist der Grund dafür, warum der Prof eure Rollen vertauscht und Daniel dazu gebracht hat, mit dir zusammenzuarbeiten.«

Vivianas Gesichtszüge entspannten sich, als hätte Sandra ihr soeben die Wahrheit selbst geschenkt. »Glaubst du wirklich?«

»Ja, je länger wir darüber reden, desto überzeugender finde ich diesen Gedanken. Wenn es unter all dem Sand und Gestein etwas zu entdecken gibt, dann wirst du es finden, und das weiß der Prof. Denn niemand liebt dieses Land so wie du.«

Ich lege Vivianas Brief, den ich soeben zu Ende gelesen habe, auf den Schreibtisch.

»Haben Sie schon mit Bex gesprochen, Ispettore?«

»Bex, oder besser Rebecca Tedeschi, kehrt in einigen Tagen nach Rom zurück, und ich bin mit ihr hier im Büro verabredet.«

»Da wäre ich auch gerne dabei. Wo war sie denn?«

»Sie lebt aus beruflichen Gründen in Mantua. Aber sie kommt oft übers Wochenende nach Rom, und dieses Mal hat sie noch einen Grund mehr dafür.«

»Hier ist von Ambra die Rede«, sage ich und zeige ihm den Brief.

Als Viviana an Rebecca schreibt, dass der Prof sie anscheinend zugunsten von Anita beiseitegeschoben hat, verknüpft sie ihre Schilderung mit einer Erinnerung an ein Ereignis in der Schule, als Ambra eine bessere Note erhielt, weil sie schamlos von ihr abgeschrieben hatte. Eigentlich eine belanglose Mitteilung, und doch löst Ambras Name in mir eine merkwürdige Angst aus, wenn ich daran denke, dass ihrer beider Verschwinden etwas miteinander zu tun haben könnte.

»Entschuldigen Sie, Ispettore«, beginnt eine ihm Untergebene, die gerade schüchtern sein Büro betreten hat. »Da ist jemand, der Sie sprechen möchte.«

»Wer?«

»Professor Michele Curreri.«

Calligaris und ich sehen uns sekundenlang an. Passender geht es nicht.

»Bitten Sie ihn herein«, weist Calligaris seine Mitarbeiterin an.

Aus den Nebeln der Antike und den Wüsten des Nahen Ostens erscheint ein Herr, um die sechzig, aber immer noch fit und gut aussehend. Sein Haar ist glatt und weiß, der Schnitt jugendlich, und er macht einen gepflegten und modebewussten Eindruck.

»Guten Tag«, begrüßt er uns freundlich.

»Bitte, setzen Sie sich doch«, antwortet Calligaris und nimmt hinter seinem Schreibtisch Platz. Mir weist er mit einer Geste an, mich im Hintergrund zu halten, und so setze ich mich an das Tischchen, an dem ich mit der Lektüre von Vivianas Korrespondenz beschäftigt war.

»Ich habe gerade erst erfahren, dass man Vivianas Leichnam gefunden hat«, beginnt der Professore ernst.

»Und?«, erkundigt sich der Ispettore.

»Ich habe das Ausgrabungsprojekt in Jericho koordiniert, an dem Viviana ... bis zu ihrem Tod ... teilnahm. Viviana war für mich mehr als eine gewöhnliche Studentin, ich war ihr auch persönlich sehr verbunden.«

»Ich weiß, wer Sie sind, Professore«, erwidert Calligaris. »Wir haben mittlerweile einen ziemlich genauen Eindruck von dem Fall.«

Michele Curreri nickt. »Dann wissen Sie auch, wer Daniel Sahar ist?«

»Selbstverständlich«, gibt Calligaris unbeeindruckt zurück. »Ein Archäologe, der während der Ausgrabungsarbeiten in Jericho mit Ihrem Institut zusammenarbeitete.«

»Und mein Stiefsohn.«

»Und Ihr Stiefsohn«, wiederholt Calligaris gleichmütig.

»Während jenes Aufenthalts in Jericho fiel Daniel eine wichtige Rolle zu. Er hat die Funde entdeckt, die für großes Aufsehen gesorgt haben. Und dabei war er damals noch so jung. Man wird behaupten, dass er Viviana Unrecht zugefügt habe. Ich bin gekommen, um übler Nachrede zuvorzukommen und Ihre Fragen zu beantworten.«

Calligaris ist verwirrt. »Wer sollte uns was erzählen?«

Curreri lächelt. »Entschuldigen Sie. Meine Worte waren etwas überstürzt, ich werde Ihnen alles besser erklären.«

»Das ist auch nötig.«

»Daniel hat bei diesem Projekt Missgunst geweckt. Neid, um genau zu sein. Manch einer behauptet, dass er Entdeckungen, die in Wahrheit von Viviana stammen, auf seine Fahne geschrieben habe.«

»Wann wurde das behauptet?«

»Natürlich nachdem sie als vermisst galt.«

»Aha. Als Viviana diese Entdeckungen mithin nicht mehr persönlich für sich beanspruchen konnte.«

»Ich sehe, Sie haben mich verstanden.«

»Könnten Sie mir bitte erklären, um was für Entdeckungen es sich handelt?«

Curreri holt bei seiner Antwort weit aus, er wirkt unbeteiligt, so als hätte er das alles bereits unzählige Male erklärt.

»Jericho war bis 1958 eine wichtige Ausgrabungsstätte, besonders zwischen den dreißiger und den fünfziger Jahren, als Palästina unter britischem Mandat stand. Zwischen 1950 und 1958 forschten dort britische Archäologen unter der Führung von Kathleen Kenyon. Ihre Forschungen waren wegweisend für alles, was wir heute über Jericho wissen. Doch irgendwann verlagerte sich ihr Interesse nach Jerusalem, und sie verließ das Westjordanland. Fast ein halbes Jahrhundert lag die Ausgrabungsstätte verlassen da. Gegen Ende der neunziger Jahre wurde sie dann von den Palästinensern übernommen. Ich habe mich sehr für ein Forschungsprojekt in Jericho eingesetzt, um die Arbeit dort wieder aufzunehmen, wo Kenyon sie abgebrochen hatte. Kenyon hatte das Gräberfeld erforscht und dort stratigrafische Untersuchungen durchgeführt. Von ganz besonderem Interesse war meiner Meinung nach ein bestimmter Totenkult, der aus der ersten Besiedlung von Jericho zwischen 9500 und 8500 vor Christus stammt. In jener Periode wurden die Toten ohne Schädel begraben. Diese wurden mit Kreide und Ton ausmodelliert und angemalt, in die Augenhöhlen setzte man Muscheln ein. Die Verwandten bewahrten sie in ihren Häusern auf und verehrten sie.«

Calligaris graut es augenscheinlich ein bisschen, und

auch mir ist ein wenig flau, wenn ich mir das Ganze vorstelle. »Und hat Viviana etwas Besonderes entdeckt?«, erkundigt er sich, vielleicht um Curreris Erläuterungen abzukürzen.

»Viviana in Gemeinschaft mit Daniel. Nicht alleine. Das ist ein grundsätzlicher Unterschied, darauf will ich Sie nur aufmerksam machen. Sie stießen auf unterschiedliche Funde, darunter einen fast intakten Schädel, der noch älter war als jene, die Kenyon gefunden hatte. Niemand außer mir wusste davon. Das war der vielleicht wichtigste Fund in jenen Jahren.«

»Entschuldigen Sie, aber etwas begreife ich hier nicht. Wenn niemand von dieser Entdeckung wusste, wie konnte dann jemand Gerüchte über Ihren Stiefsohn in die Welt setzen?«

»Jeder an unserem Institut kommt dafür infrage. Zum Beispiel Anita Ferrante oder auch Carlo De Robertis.« Curreris Miene hat sich verdüstert. »Sehen Sie, die Entdeckung von Vivianas sterblichen Überresten macht mich sehr traurig. Ich befürchte, dass ihr Tod und ihr Verschwinden etwas mit jenen Funden in Jericho zu tun haben könnten. Ich bin gekommen, um Sie über die Fakten zu informieren, bevor jemand sie verfälschen und Sie in die Irre führen kann. Damals, als Viviana vermisst gemeldet wurde, hat mir niemand wirklich zugehört. Wir wurden gebeten, unsere Korrespondenz mit ihr zur Verfügung zu stellen, und offenbar haben alle an dem Projekt Beteiligten bereitwillig mit der Polizei zusammengearbeitet. Aber ich hatte trotzdem den Eindruck, dass man damals den Fall nicht angemessen betreute.«

Calligaris lässt Curreris Anspielung außer Acht und bohrt weiter. »Und wie hat Anita dann von dem Fund erfahren?«

»Nach einer Weile habe ich selbst ihr davon erzählt. Vielleicht war das ein Fehler: Anita ist eine wunderbare Person, sie war eine ausgezeichnete Studentin, aber sehr impulsiv. Sie könnte meine Worte missverstanden haben.«

Calligaris schweigt kurz. Curreri wartet offenbar auf eine weitere Frage, die aber nicht kommt. Kurz darauf entlässt Calligaris den Professore kurz angebunden.

Als wir wieder allein sind, kann ich meine Fantasie kaum zügeln.

»In Bezug auf Ambra Negri Della Valle ist das alles doch völlig irrelevant.«

Calligaris ignoriert meine Beobachtung. »Anfang 2006 hat sich Daniel Sahar eine Weile in Rom aufgehalten«, wirft er mir kurz angebunden hin.

»Viviana konnte Daniel nicht ausstehen, in ihren Briefen äußert sie sich nur negativ über ihn«, merke ich an.

Calligaris' Gesichtsausdruck wird verschmitzt. »Meine liebe Alice, was sich liebt, das hasst sich. Es wird mir auf jeden Fall ein außerordentliches Vergnügen sein, diese Dottoressa Ferrante kennenzulernen«, fügt er dann nachdenklich hinzu.

»Aber entschuldigen Sie, wäre es nicht sinnvoller, zuerst mit Sahar zu sprechen?«

»Das hat nicht viel Sinn. Leider, und das ist die Wahrheit, tappen wir im Dunkeln.« Er nimmt sein Notizbuch zur Hand, schreibt etwas hinein und liest es dann laut vor: »Erstens: Warum rief Viviana Ambra an? Zweitens: Alle vernehmen, die beide kannten, und herausfinden, ob jemand etwas gegen die beiden hatte.«

»Zu Ambra gibt es nichts Neues?«, frage ich schließlich ziemlich ernüchtert nach.

»Doch, es gibt da einen sehr merkwürdigen Hinweis, über den ich aber noch nicht mit dir sprechen möchte.«

»Das ist nicht fair, Ispettore, erst machen Sie mich neugierig, und dann erfahre ich nichts.«

»Alles zu seiner Zeit, Alice. Lies du weiter in Vivianas Briefen, und schreib dir alles auf, was dir auffällt. Morgen nimmst du dir frei, und wir besuchen Dottoressa Anita Ferrante. Dann sprechen wir mit dieser Bex. Und erst dann erzähle ich dir vielleicht von diesem Hinweis.«

Portami oltre le apparenze
Oltre le stupide credenze
Oltre le lotte, oltre le notte
Erica Mou, *Oltre*

Zeig mir, was hinter allem Schein liegt,
hinter all den dummen Überzeugungen,
jenseits aller Anstrengung, jenseits der Nacht

Jericho, Oktober 2005

Die Hitze war unerträglich. Viviana wäre am liebsten im Bikini zur Ausgrabungsstätte gegangen. Sie warf einen Blick auf Daniel Sahar, der sich den Luxus leistete, sein T-Shirt auszuziehen, ohne dass jemand einen Einwand gehabt hätte. Sie war dagegen mit einer roten Kufiya erschienen, die sie wie ein Tuch um den Kopf geschlungen hatte. Damit wollte sie ihn provozieren – ihm unmissverständlich zeigen, auf welcher Seite sie politisch stand. Er sollte sich als Mitglied einer Minderheit fühlen, als unerwünschter Eindringling in fremdes Land.

Kaum hatte er sie bemerkt, musterte er sie, er hatte die Herausforderung verstanden, sagte sein Blick.

»Free Palestine«, meinte er auf Englisch. Sein Tonfall war sarkastisch.

Sie erwiderte nichts darauf, sondern verlor sich in Tagträumen, in denen Daniel Sahar immer ein ganz schreckliches Ende nahm.

Sie arbeiteten Seite an Seite, jeder mit seiner eigenen kleinen Hacke. Viviana konnte seinen Schweiß riechen.

Zu Mittag verließ er den Graben, in dem sie gearbeitet hatten, ohne auch nur höflich zu fragen: Wollen wir zusammen essen? Er ließ sie einfach in der heißen Sonne zurück. Doch mit einem Mal stand er mit einem Granatapfel vor ihr. Er bot ihn ihr an, und Viviana hatte fast ein schlechtes Gewissen.

»Es ist einfach zu heiß. Hier«, meinte er, fast freundlich.

Viviana schalt sich, sie hatte sich launisch und wie ein kleines Mädchen aufgeführt und wollte sich fortan besser im Griff haben.

Daniel lächelte sie entgegenkommend an. Sie nahm die Frucht und begann daran zu saugen. Er sah sie weiter an. Sie hätte nicht sagen können, was er gerade dachte, doch überfiel sie ein bislang unbekanntes Gefühl, und sie ertappte sich bei dem Gedanken: Daniel, du Mistkerl, du hast wunderschöne Augen.

»Er schmeckt gut«, sagte sie, verwirrt und freundlich.

Anstelle einer Antwort fuhr Daniel leicht mit den Fingerspitzen über ihre Wange. Es war, als öffnete sich ein Spalt in der Mauer aus gegenseitiger Abneigung, die sie voneinander trennte. Er trat näher und betrachtete sie nachdenklich.

Und während er sie weiter fixierte, band er ihr die Kufiya ab.

Instinktiv fuhr Viviana sich ins schwarze Haar. Sie fühlte sich wie nackt.

»Was machst du da?«, rief sie aus.

Daniel trocknete sich Gesicht und Hals mit ihrer Kufiya und warf sie dann verächtlich in den Sand.

»Take it now«, befahl er ihr herausfordernd.

Viviana war außer sich vor Wut, leider fehlten ihr im Englischen die Worte für das, was sie ihm gerne an den Kopf geworfen hätte.

»Möchtest du sie jetzt nicht mehr umbinden? Haben ein bisschen Sand und Schweiß deine Ideale zerstört?«

Empört bückte Viviana sich, um ihre Kufiya aufzuheben. Daniel wandte sich zum Gehen. Unvermittelt kehrte er um, als hätte er es sich anders überlegt, und nahm sie bei der Hand.

Er führte sie an einen verlassenen Ort, der in einiger Entfernung von der Ausgrabungsstätte lag.

Dort zeigte er ihr eine bestimmte Stelle.

Die solle sie sich mal genau anschauen, vielleicht würde sie dort Interessantes finden.

»Mir scheint, so was könntest du gut gebrauchen«, sagte er mit einer Hinterhältigkeit, die in Vivianas Ohren aber merkwürdig zärtlich klang.

* * *

Ich suche Calligaris in seinem Büro auf und erwarte, dass wir gleich aufbrechen, um zusammen Anita Ferrante einen Besuch abzustatten. Doch der Ispettore lässt sich nicht hetzen. Erst als ich tief in meine Lektüre versunken bin, nimmt er mir das Blatt aus der Hand und klatscht, wie um mir Beine zu machen.

Im Auto sprechen wir über Belangloses. Es ist so viel Verkehr, dass wir eine Ewigkeit brauchen, bis wir endlich am Institut für Archäologie ankommen. Gott sei Dank müssen wird dort nicht lange warten, denn Dottoressa Ferrante lässt offenbar alles stehen und liegen und empfängt uns leicht anbiedernd.

Sie hat ein eigenes Büro und bittet uns, Platz zu nehmen. Höflich, aber reserviert lässt sie für uns alle Espresso kommen. Sie ist hellhäutig, blaue Äderchen scheinen auf ihren Wangen durch. Ihre Gesichtsform ist kantig; an einem Lid hat sie ein kleines Muttermal; ihre Wimpern sind kurz, da hilft auch die Tusche nicht. Sie hat rosige, gewölbte und glänzende Lippen.

Hinter ihr hängt eine Pinnwand, an der viele Fotos von Ausgrabungen befestigt sind. Auf einigen erkenne ich Viviana, auch im Profil. Sie trägt ein dunkles T-Shirt, hat das Haar zu einem Pferdeschwanz gebunden, eine Kufiya um den Kopf geschlungen und steht in einem Graben. Ich kenne das Foto schon – in meiner Fantasie sieht Viviana genau so aus.

Wenn Anitas Stimme aus Stoff wäre, dann aus Acryl.

»Ich helfe Ihnen sehr gerne weiter, Ispettore«, beginnt sie, ihre blauen Augen weit geöffnet und die Hände im Schoß verschränkt; an einem Finger trägt sie einen Ehering, dahinter steckt ein Verlobungsring mit einem Klunker, mit dem man die Schulden eines Landes wie Uganda tilgen könnte.

»Vielen Dank, Dottoressa Ferrante. Es gibt da in der Tat einiges, was Sie mir vielleicht erklären können.«

»Bitte«, fordert sie ihn höflich auf.

»Könnten Sie uns vor allem von jenem Forschungsprojekt in Jericho im Jahr 2005 erzählen?«

Anita seufzt und lehnt sich in ihren Bürosessel zurück.

»Damals war ich Studentin, so wie Viviana, wenn auch ein Jahr weiter als sie. Ich will ehrlich sein: Sehr sympathisch waren wir uns nicht. Für Viviana war ich die *Diva*. Und sie dachte, ich wüsste das nicht!«

»Und weshalb diese gegenseitige Abneigung?«, erkundigt sich der Ispettore neugierig und zückt sein Notizbuch.

»Das war reine Konkurrenz. Persönlich hatte ich überhaupt nichts gegen sie.«

»Und Viviana?«

»Ich nehme mal an, bei ihr war es genauso. Wir hatten das gleiche Ziel, es war aber nicht Platz für zwei.«

»Doch an dem Forschungsprojekt in Jericho haben Sie beide mitgearbeitet?«

»Ja. Und es gab noch zwei weitere Archäologen, Carlo De Robertis und Sandra Martelli. Sie waren damals ein Paar, verbrachten ihre ganze Zeit miteinander und hielten sich abseits. Sie hatten beide jeweils ein Doktorandenstipendium.«

»Arbeiten sie ebenfalls hier?«, erkundigt sich Calligaris.

»Carlo schon, was aus Sandra geworden ist, weiß ich nicht. Das sind die beiden«, fügt sie hinzu und deutet auf ein Foto hinter ihr, auf dem ein nichtssagendes Pärchen abgebildet ist.

»Und wer war noch dabei?«

»Professor Curreri, er war Projektleiter. Und natürlich Daniel Sahar.«

»Genau, erzählen Sie mir von ihm.«

»Was soll ich Ihnen da erzählen?«, sagt sie nervös, es klingt nicht nach einer Frage.

»Alles, woran Sie sich erinnern, einfach alles, was Ihnen zu ihm einfällt«, schlägt Calligaris vor.

»Daniel Sahar ist der Stiefsohn von Professor Curreri«, erwidert sie kurz angebunden.

»Und sonst?«, hakt der Ispettore nach, sein Tonfall klingt leicht sarkastisch. »Ist er auch Archäologe?«

»Ja. Das wissen Sie doch bestimmt«, fügt sie gereizt hinzu. »Er ist sogar einer der bekanntesten Forscher auf seinem Gebiet. Er lebt in Tel Aviv und ist Experte für israelitische Archäologie.«

»Stimmt es, dass er vor nicht allzu langer Zeit einen Artikel zu einem Fund verfasst hat, der eigentlich Vivianas Verdienst ist?«

Anita wirkt überrascht. Auch mich verblüfft die Strategie des Ispettore, der plötzlich und ohne Vorankündigung das Tempo bei seiner Befragung erhöht hat.

»Das wird behauptet«, erwidert Anita ausweichend.

»Und was genau wird behauptet? Oder besser: Könnte es sein, dass Sie die Urheberin dessen sind, was man behauptet?«

Anita erblasst. »Auf keinen Fall!«

Ich bin nicht sicher, ob sie das ehrlich meint oder gerade unverschämt lügt.

»Aber, aber Dottoressa! Sie wollten mir doch weiterhelfen! Worin bestehen denn Daniel Sahars Funde?«

Anitas Körperhaltung versteift sich. »Aus einem Steinkistengrab und einem Schädel«, zischt sie.

»Wunderbar, fahren Sie fort.«

»An einer Stelle der Ausgrabungsstätte hat Daniel Sahar unter einer Bodenplatte ein Steinkistengrab entdeckt, in dem sich ein Schädel befand.«

»Entschuldigen Sie, aber wo war der Schädel denn in dieser ganzen Zeit? Unter den Steinen von Jericho, ohne dass jemand davon wusste? Verzeihen Sie meine Unkenntnis«, sagt Calligaris lebhaft.

»Nach unserem letzten Projekt im Jahr 2005 sind wir nicht mehr nach Jericho zurückgekehrt. Doch Daniel Sahar ist dort geblieben und hatte alle Zeit der Welt, um seine Forschungen zu vertiefen und zu veröffentlichen. Sehen Sie, am Ende seines Buches über Jericho ist es Daniel Sahar selbst, der auf Viviana verweist. Es steht dort eine Notiz von ihm, in der er behauptet, er würde für alles, was er in Tell es-Sultan entdeckt hat, in ihrer Schuld stehen. Und außerdem war Viviana damals, nach unserer Rückkehr nach Rom, so eifrig wie nie zuvor … und man muss nur zwei und zwei zusammenzählen …«, beschließt sie zögernd ihre Ausführungen.

»Wir müssen uns unbedingt dieses Buch von Daniel Sahar besorgen«, meint Calligaris zu mir gewandt. Ich bin schon davon ausgegangen, dass er mich ganz vergessen hat.

Es zeigt sich, dass Anita über ausgezeichnete Reflexe verfügt. »Das gebe ich Ihnen gerne«, meint sie, steht auf und zieht aus einem Regal neben ihrem Schreibtisch einen Band heraus. Sie reicht ihn mir, und ich nehme das Buch entgegen.

Ich blättere kurz darin, es ist voller Abbildungen und in englischer Sprache verfasst.

Ich hätte mir gerne ein Foto von Daniel angesehen, doch ich kann keines finden. Ich blättere zu den letzten Seiten, auf denen sich die Danksagung des Autors befindet. Weil es sich um ein Fachbuch und nicht um einen Roman handelt, steht dort lediglich eine bibliografische Auflistung. Und dann am Ende ein paar sehr traurige Zeilen:

Ganz am Schluss möchte ich der Arbeit einer jungen Frau gedenken, die davon träumte, Archäologin zu werden, die Jericho liebte und ihre Energie dafür einsetzte, die Geschichte einer der ältesten Städte der Welt ans Licht zu bringen. Wo auch immer du bist, Viviana, danke für alles, was ich durch dich entdeckt und verstanden habe.

Ich würde Ichis Kopf darauf verwetten, dass die beiden sich ineinander verliebt hatten wie einst Romeo und Julia.

»Darf ich Sie fragen, Dottoressa, ob diese Widmung Sie überrascht hat?«, frage ich.

Anitas Blick ist undurchschaubar. »Sie ist wie ein Pfeil, der aus der Vergangenheit kommt und jetzt sein Ziel erreicht hat. Dabei dachte man schon, er hätte sich unterwegs irgendwo verloren.«

»Und warum hat Viviana damals niemandem von jenem Fund berichtet? Arbeitete sie gegen das Team? Entschuldigen Sie, aber irgendetwas passt hier nicht zusammen.«

»Leider kann uns das Viviana nicht mehr sagen. Ich kann Ihnen nur über jene letzten Monate berichten. Und dann ist Viviana verschwunden, aber das wissen Sie besser als ich … oder sollte ich besser sagen, sie ist gestorben … und zwar einen Monat nach ihrer Rückkehr aus Jericho. Vielleicht blieb ihr nicht die Zeit, um ihre Gedanken zu ordnen. Mit mir hätte sie jedenfalls keinesfalls über ihre Entdeckung gesprochen, den Grund dafür habe ich Ihnen bereits erläutert. Nach Abschluss des Studiums wollten wir beide diese eine Doktorandenstelle ergattern. Dafür mussten wir hart arbeiten, und in so einer Situation bleibt nicht viel Raum für Rücksichtnahme.«

»Erzählen Sie uns von jenen Monaten in Jericho. Ging es Viviana gut?«, erkundigt sich Calligaris.

»Viviana war so euphorisch wie jemand, der verliebt ist.«
»In Daniel?«, schalte ich mich ein.
»In Daniel«, bestätigt sie.
»Und dann ist sie nach Rom zurückgekehrt?«
»In jenen Wochen war sie unruhig. Sie wollte so schnell wie möglich nach Palästina zurück, aber die politischen Verhältnisse machten das unmöglich. Wie Sie wissen, waren es sehr angespannte Jahre in den Beziehungen zwischen Israel und Palästina. Bis zum Jahr 2009 ist niemand von uns nach Jericho zurückgekehrt, und alles kam einstweilen zum Stillstand.«
»War die Beziehung zwischen Viviana und Daniel offiziell?«, fragt Calligars, ihn interessiert die Intifada nicht.
Anita muss unwillkürlich lächeln, aber nicht freundlich. »O nein, offiziell war sie nicht, nach außen hin stritten sich die beiden wie die Kesselflicker, aber wir hatten alle begriffen, dass der Schein trog.«
Calligaris nickt und notiert sich alles eifrig. »Eine letzte Frage, Dottoressa, sagt Ihnen der Name Ambra Negri Della Valle etwas?«
Anita schüttelt den Kopf. »Noch nie gehört.«
Calligaris scheint nicht überrascht. »Also, wenn das so ist, Dottoressa, … dann lassen wir Sie jetzt an Ihre Arbeit zurückkehren.«
Anita setzt ein höfliches Lächeln auf. »Es war mir eine Freude, Ihnen weiterhelfen zu können. Wann immer Sie möchten …«
Im Auto erkundigt Calligaris sich nach meinem Eindruck von dieser strahlenden Dottoressa Ferrante.
»Ich sage Ihnen nur eins: Ich habe jetzt begriffen, warum Viviana in ihren Briefen schreibt, dass Anita sie an Ambra erinnert. Die beiden gehören zur gleichen Sorte Mensch.«
Darüber hinaus existieren allerdings auch einige beunru-

higende Parallelen zwischen Viviana und mir. Wir sind im gleichen Alter; beide mussten wir uns in unserem Leben mit einer Diva respektive Bienenkönigin herumschlagen, und wir haben uns beide in den Sohn vom Boss verliebt. Das macht uns einander ähnlich, und bei dem Gedanken an Vivianas sterbliche Überreste in jenem Erdloch werde ich immer ängstlicher.

Bei meiner Rückkehr am späten Nachmittag bin ich mit meinen Gedanken immer noch bei Viviana und in Palästina. Auf der Kommode am Eingang liegt ein Zettel, darauf steht in Cordelias eleganter Handschrift:

> Denk daran, dass heute um sieben Arthur kommt. Wenn du ihm immer noch nicht über den Weg laufen willst, dann bleib um diese Uhrzeit der Wohnung fern. Nur dass du es nicht vergisst – in vier Tagen ist er wieder verschwunden, ich will dich nur daran erinnern.
>
> Bitte lass mir Ichi hier.

Wie konnte sie nur glauben, dass ich das vergessen würde? Die Reisetasche ist schon seit Tagen gepackt.

Immer wenn ich an Arthurs Ankunft denke, klopft mir das Herz bis zum Hals. Ich will zu meinen Eltern nach Sacrofano fahren und mich von Amalia, meiner Oma, verhätscheln lassen. Von Sacrofano aus komme ich auch gut mit dem Zug nach Rom zur Arbeit. Ichi, diesen Opportunisten, werde ich sicher vermissen, aber ich bin mir sicher, dass er sich bei den Geschwistern Malcomess wohlfühlen wird.

In meinen vier Wänden werden sich Szenen heimeliger Gemütlichkeit abspielen, denen ich auf jeden Fall fernbleiben will. In der Wohnung wird sich ein Geruch von Mann ausbreiten; die Telefonate mit Alicia werden von den Wänden widerhallen; er wird es sich auf meinem Sofa gemütlich machen, meinen Hund streicheln und zum Frühstück meine Cornflakes essen.

Und ich werde einige Kilometer weit weg sein und ihn nicht sehen.

Zu träumen, dass ich mich ganz winzig mache und in Ichis Fell verstecke, hat wirklich keinen Sinn. Am besten breche ich gleich auf, und zwar ein bisschen plötzlich. Um mich von meiner Melancholie zu erholen, habe ich mir für einen Nachmittag sogar vorgenommen, der Villa Borghese einen Besuch abzustatten – der Anblick von Schönheit wird mich vielleicht mit dem Leben versöhnen.

Ich trinke gerade in der Küche einen Saft, Ichi sitzt mir zu Füßen und ist mit meinen Fellpantoffeln beschäftigt, da höre ich, wie die Eingangstür aufgeschlossen wird. Es ist ein vertrautes Geräusch und kann nur bedeuten, dass Cordelia nach Hause kommt.

Ichi läuft sofort in Richtung Tür, und mir bleibt nicht einmal die Zeit, mich zu fragen, warum die kleine Malcomess heute schon so früh heimkommt. Da höre ich Arthurs Stimme, er überhäuft Ichi auf Englisch mit Komplimenten, und dieser kleine Mistkerl von Hund ist dermaßen begeistert, dass er wie verrückt hin und her trippelt. Ich höre seine Krallen auf dem Parkett klackern.

Als ich Arthurs verrauchte Stimme höre, bin ich froh – das Gegenteil zu behaupten wäre glatt gelogen. Der Zufall, oder Cordelia, haben verhindert, dass ich traurig sein werde, weil ich ihm nicht wenigstens kurz begegnet bin. Ich stelle mein Glas in die Spüle, atme tief durch und gehe mit klopfendem Herzen Richtung Eingangstür. Arthur streichelt mit einer Hand Ichi, in der anderen hält er Cordelias

Nachricht und überfliegt sie. Ich hatte sie da liegen lassen. Als er meine leise schlurfenden Schritte hört – meine Füße stecken immer noch in den Pantoffeln, die Ichi so sehr gefallen –, hebt Arthur den Blick. Sein neutraler Gesichtsausdruck erhellt sich, und als er lächelt, lächele ich begeistert zurück.

»Was meinst du? Hat sie sich in der Uhrzeit geirrt, oder war das Absicht?«, fragt er und küsst mich zerstreut auf die Wange. Seiner Stimme merkt man die Müdigkeit nicht an, sie ist nur seinem verlorenen Blick anzusehen.

»Das war reine Absicht, da bin ich ganz sicher. Ich hatte keine Ahnung, dass du einen Schlüssel hast«, sage ich.

»Den hatte ich immer schon«, erklärt er mit der ihm eigenen leichten Arroganz, die bei ihm leider auch in nebensächlichen Äußerungen mitschwingt.

»Gut… ich war gerade auf dem Sprung«, erwidere ich, um ihm sofort klarzumachen, dass ich mit der List seiner Schwester nichts zu schaffen habe.

Arthurs Blick fällt auf meine Pantoffeln, aber er spart sich den Kommentar.

»Bevor du gehst …«, meint er, und ich hoffe innerlich, dass er mir jetzt einen Vorwand zum Bleiben liefert, »könntest du mir einen Espresso machen?« Er fragt mit der gleichen Höflichkeit, als wäre er in einer Bar. »*I miss a real Italian coffee so much*«, fügt er hinzu, als hätte seine Bitte eine Erläuterung nötig.

»Klar«, antworte ich überschwänglich.

Er lässt seine Reisetasche am Eingang stehen und folgt mir. Während ich den Espresso zubereite, setzt er sich in der Küche an das runde Tischchen und rollt sich genüsslich eine Zigarette. Seine Haut ist gebräunt und sein helles Haar von der Sonne gebleicht. Er sieht umwerfend gut aus und ist so nervös wie immer.

Von seinem iPhone ertönt eine Melodie, die ich absolut nicht mag, Marimba. Er unterdrückt den Anruf, doch genau in diesem Augenblick serviere ich ihm den Espresso mit Zucker, und ich sehe gerade noch den Namen Alicia Stair aufleuchten.

»Und wie läuft's mit ihr?«, erkundige ich mich. Es ist genau eine jener Fragen, die man besser nicht stellt.

»*Well, Alice* … zwischen uns ist nicht viel«, antwortet er ausweichend, während er sich Zucker in den Kaffee schüttet und umrührt.

»Und was ist es dann?«, frage ich und bin erfreut, dass mein Tonfall weder bohrende Neugier noch Anhänglichkeit ausdrückt, sondern lediglich den Wunsch, sich zu unterhalten.

»Wir machen beide den gleichen Job, und … *Alice*, der ist viel härter, als ich dachte. Sex hilft, Spannungen abzubauen.«

Marihuana hilft auch beim Entspannen und ist trotzdem nicht in Ordnung. Ich unterdrücke den Drang, ihm ähnlichen Unsinn an den Kopf zu werfen. Mit unglaublicher Willensanstrengung gelingt es mir, eine verständnisvolle Miene aufzusetzen.

»Es ist ziemlich schäbig, alles auf Sex zu reduzieren«, fährt er fort. »Aber so ist es eben. In diesen ganzen Jahren bin ich immer nur weggelaufen, denke ich manchmal, aus Angst, dass ich mich bestimmten Fragen stellen muss, wenn ich an einem Ort bleibe. Und mit Alicia ist es genau das Gleiche«, stellt er fest, wie immer die Aufrichtigkeit in Person. Er beschreibt die Dinge meist so, wie sie sind, ohne zu beschönigen und ohne den völlig legitimen Drang, sich in ein besseres Licht rücken zu wollen. Seit unserer ersten Begegnung hat Arthur mich immer mit den negativen Seiten seines Charakters konfrontiert. So werde ich ihm jedenfalls niemals vorwerfen können, dass er mir gegenüber nicht ehrlich war.

Seine Worte haben mich traurig gemacht. Offenbar war der Preis für das, was er unbedingt erreichen wollte, immer noch nicht hoch genug, um die nagende innere Leere zu füllen.

»Du wirst immer heimatloser, Arthur«, sage ich nur, gebe meinem Impuls nach und streichele ihm über die dichten Locken.

»So schlimm ist das nicht. Ich war immer schon so, und auf meine Weise bin ich glücklich. Erinnerst du dich noch an deine Frage von damals, kurz vor deinem Abflug nach Japan?« Ich nicke und stehe ganz nahe bei ihm, seine Augen sind rot vor Müdigkeit, bemerke ich.

»Wie geht es Yukino?«, erkundigt er sich und blickt zu Boden.

»Gut«, antworte ich leise, aber ich sehe ihm dabei ins Gesicht. Mein Blick soll ihn in meinen Bann ziehen. Dann nehme ich seine Hand, schließe die Augen und küsse ihn schüchtern und neugierig, denn ich will herausfinden, ob sich meine Gefühle für ihn geändert haben.

Sie haben sich nicht geändert.

Gerade im rechten Augenblick fällt der Strom aus, und es wird dunkel, das macht alles viel einfacher.

Falls er überrascht ist, zeigt er es nicht. Zuerst ist er ein wenig reserviert, dann scheint es, als hätte er auf nichts anderes gewartet. Zwischen unseren Küssen müssen wir lachen. Dann kehrt auch irgendwann der Strom wieder zurück und mit ihm das Licht, und aus der Anlage tönt *Hurts like Heaven* von den Coldplay mit magischen Trillern, und wir befinden uns in meinem Bett. Ichi schaut uns verdutzt an, darauf lehnt Arthur sich vor und schließt freundlicherweise die Zimmertür. Und alles, was jemals zwischen uns war, scheint nur darauf gewartet zu haben, wiedererweckt zu werden.

Im Halbdunkel des Zimmers kann ich die Uhrzeit kaum erkennen.

»Was machst du?«, fragt er, sein Gesicht noch in den Kissen vergraben.

»Cordelia darf uns auf keinen Fall so antreffen«, antworte ich.

»Stimmt. Wiederholen wir das morgen?«, erkundigt er sich, als wollte er sich mit mir zum Schlittschuhlaufen verabreden.

»Einverstanden«, gebe ich mit dem gleichen Schwung zurück, muss aber unwillkürlich lächeln – das alles ist so merkwürdig!

Ich ziehe mir eine Jacke über und bürste mein Haar. Er bleibt faul und mit geschlossenen Augen liegen. Ichi kratzt an der Tür und will hereingelassen werden. Er nimmt sofort unverblümt meinen Platz ein und ist noch ein wenig beleidigt, dass man ihn ausgeschlossen hat.

Arthur ergreift mein Handgelenk. »Lass uns morgen zu Mittag essen«, schlägt er vor, aber sein Tonfall klingt mehr nach einer Forderung.

Doch ich habe mich für den folgenden Tag mit Calligaris verabredet, um über Vivianas Briefe zu sprechen ... ich möchte für das Treffen mit Bex gut, nein, sehr gut vorbereitet sein. Und wenn Arthur und ich uns zum Essen treffen, dann landen wir hinterher wieder hier im Bett, so viel ist klar.

Ich darf einfach nicht zu viel nachdenken. Denn sonst wird mir auf der Stelle klar, wie dumm es von mir war, mich wieder von meinen Gefühlen mitreißen zu lassen. Mir ist lieber, wenn alles unklar bleibt. Deshalb darf ich unter keinen Umständen eine Diskussion mit ihm anfangen, denn sonst stecken wir sofort wieder mitten in einem unangenehmen Hin und Her über das, was gerade mit uns passiert. Oder noch schlimmer, wir fangen von Alicia an. Also mach ich's wie beim Shoppen: nicht weiter grübeln, sondern einfach genießen.

»Nein, lieber morgen Nachmittag, ich komme dann hierher«, sage ich in einem für mich ungewöhnlich aufreizenden Tonfall.

Sein Gesichtsausdruck wird sarkastisch: »Der Mann als Objekt der Begierde, oder was? Meinetwegen. Zu Befehl, *Princess Alice*«, gibt er zurück, rollt sich noch eine Zigarette und steckt sie sich an. Ichi hat ihm in der Zwischenzeit eine Pfote auf den Oberschenkel gelegt, und dieser Anblick ist wirklich zu schön.

* * *

Liebe Bex,

es kommt mir so vor, als würde es mit dem Prof wieder besser laufen. Anscheinend hat er wieder mehr Vertrauen in mich. Vielen Dank, dass du dich danach erkundigt hast. Es stimmt, in meinen letzten Briefen habe ich immer nur von dem Israeli erzählt, aber es macht natürlich auch mehr Spaß!

Tut mir leid, dass ich dich mit meinen Uniproblemen beunruhigt habe, aber es ist alles unter Kontrolle, mach dir keine Gedanken. Und dank Daniel habe ich jetzt auch etwas gefunden, an dem ich arbeiten kann, und zwar mit ganzem Einsatz.

Ist morgen nicht unser Klassentreffen? Du musst mir alles genau erzählen, Bex. Und tritt Eurer Hoheit Ambra Negri Della Valle mit einem Gruß von mir auf die Füße, falls sie euch mit ihrer Anwesenheit beehrt.

»Alice!«

»Ja, Ispettore.«

»Lass Vivianas Briefe, wir fahren zu ihrer Tante Anastasia.«

»Zu der merkwürdigen und nicht ganz glaubwürdigen Person, wie Sie sagen?«

»In dieser Phase möchte ich jedem Hinweis nachgehen. Und außerdem hat sie um das Gespräch gebeten. Wer weiß, vielleicht sind uns ihre übersinnlichen Fähigkeiten ja am Ende von Nutzen.«

Ich habe keine Ahnung, ob er scherzt oder nicht, der Ispettore ist nicht immer leicht zu durchschauen.

Doch ich kann Arthur nicht einfach versetzen, und ich will es auch nicht.

Andererseits möchte ich mir die Begegnung mit der übersinnlichen Tante nicht entgehen lassen.

»Wie viel Zeit kostet uns das denn?«

»Keine Ahnung, meine liebe Alice, aber falls du etwas Besseres vorhast …«

»Na ja, Ispettore, nein, oder besser, doch. Ich komme mit, aber ich muss es kurz machen …«, antworte ich zögernd, was dem pflichtbewussten Calligaris offenbar nicht zusagt.

In Calligaris' Auto muss ich den Impuls unterdrücken, alle paar Minuten auf die Uhr zu sehen, um ihn nicht noch weiter gegen mich aufzubringen. Während der Fahrt erfahre ich, dass Anastasia Salvemini gleich neben Vivianas Eltern wohnt. Sie hat Calligaris um einen Besuch gebeten, von der ihre Schwester aber nichts erfahren soll.

Das Haus, in dem sie wohnt, liegt in der Umgebung vom Krankenhaus Ospedale Bambin Gesù. Es hätte eine gründliche Sanierung nötig, im Treppenhaus riecht es nach Frittierfett. Die Stufen sind dermaßen ausgetreten, dass man aufpassen muss, wenn man nicht stolpern will. Calligaris läuft vor mir in den dritten Stock hinauf und mahnt mich vor falschen Schritten, ob angesichts des schlechten Zustands der Stufen oder gegenüber der seltsamen Tante, kann ich nicht entscheiden.

Der Ispettore klingelt, und eine außergewöhnlich kräftige Frau öffnet die Tür. Sie sieht interessant aus. Ihr Haar ist schulterlang, glatt und weißblond. Sie ist mit Folkloreschmuck behangen; es sind zu viele Schmuckstücke, aber sie sind geschmackvoll. Sie hat sehr lange, rot lackierte Fingernägel. Die gepflegten Füße stecken in schwarzen Ledersandalen – dabei ist es bereits Ende Oktober –, und sie ist ganz in Schwarz-Weiß gehüllt. Ihre Wohnung quillt über von Bildern, Leuchtern und anderen Gegenständen, die sie auf ihren Streifzügen durch die Antikmärkte Roms erstanden haben muss. Sie führt uns ins Wohnzimmer und bietet uns aus einer großen Auswahl an Spirituosen einen Drink an. Wir lehnen dankend ab. Dann blickt sie uns wortlos an.

Calligaris scheint ein wenig um Fassung zu ringen. Doch er mag Schweigen nicht und bemüht sich deshalb, mit der Frau so taktvoll wie möglich ins Gespräch zu kommen.

»Nun, was haben Ihre Karten Ihnen diesmal offenbart, Signora Salvemini?«

Tante Anastasia hebt eine Augenbraue, und ihre Stirn legt sich in tiefe Falten.

»Glauben Sie etwa nicht daran?«

»Doch, doch«, erwidert Calligaris. Ihm ist in seinem Leben schon so gut wie alles begegnet, zur Not würde er auch an die Existenz von UFOs glauben.

»Ich habe in den Karten die andere junge Frau gesehen, die verschwunden ist. Die Freundin von meiner Nichte, wenn Sie so wollen.«

Calligaris' Aufmerksamkeit ist sofort geweckt.

»Ambra«, sagt er leise.

»Genau die.«

»Haben Sie Ambra wirklich gesehen, oder mithilfe Ihrer übernatürlichen Fähigkeiten?«

»Gibt es da einen Unterschied? Für mich nicht.«

»Ich weiß nicht, wie ich es ausdrücken soll, Signora Salvemini«, hüstelt Calligaris, weil er sich von der Frage überrumpelt fühlt. »Für mich hat die Realität schon etwas mehr Aussagekraft.«

»Ich verstehe. Jedenfalls habe ich sie in meinen Karten gesehen und wollte Ihnen mitteilen, dass sie am Leben ist und dass es ihr gut geht.«

»Gut. Haben Ihre Karten Ihnen auch Details verraten?«

»Nein, um ganz ehrlich zu sein.«

Calligaris schweigt, als würde diese Antwort nur bestätigen, wie seltsam diese Frau ist – obgleich sie äußerlich normal erscheint, vielleicht aber nicht einmal das.

Ich kann meine Neugier nicht bändigen. »Warum gelingt es Ihnen nicht, Vivianas Mörder zu sehen?«

Der Ispettore schürzt verblüfft die Lippen. »Weil ich nur positive Kräfte wahrnehme. Das Böse bleibt mir verborgen.«

»Bedeutet das, dass auf Ambra positive Kräfte wirken?«, frage ich gespannt.

»Genau. Ich sehe Reise, Veränderung. Und alle Karten mit Geld.«

»Der Tod bedeutet ebenfalls Reise und Veränderung«, wirft Calligaris geistvoll ein.

»Die Karten sind aussagekräftiger, als Sie denken«, behauptet Anastasia, ihr Tonfall klingt überlegen.

»Und was haben Sie noch gesehen? Sind Sie zum Beispiel in der Lage, uns darüber Auskunft zu geben, ob es zwischen den beiden Vermisstenfällen einen Zusammenhang gibt?«, tastet Calligaris sich vor.

»Im Leben hängt alles miteinander zusammen. Es braucht kein Orakel, um zu erkennen, dass diese beiden Fälle etwas miteinander zu tun haben. Selbstverständlich erinnere ich mich an Ambra ...«

Der Ispettore ist neugierig geworden. »Erzählen Sie.«

»Ambra und Viviana haben jeden Nachmittag zusammen gelernt. Diese Ambra war ein so einsames Mädchen! Sie tat mir so leid! Der Vater war nie zu Hause. Er gab ihr viel Geld, ihr hat es niemals an etwas gefehlt, schon mit vierzehn hatte sie eine Frisur mit Strähnchen, aber sie machte einen dermaßen verzweifelten Eindruck!«

Gar nicht so einfach, sich Ambra als verzweifelten Teenager vorzustellen.

»Wenn Sie wüssten, wie oft sie über Mittag bei uns zu Gast war oder beim Abendessen, oder sie blieb über Nacht. Als ob sie ein Bedürfnis nach Familienwärme gehabt hätte.«

»Und warum ist der Kontakt dann abgebrochen?«

»Die beiden Mädchen haben eigentlich nicht zusammengepasst, das war der Grund. Jede hatte ihren eigenen Lebensrhythmus und ihre eigene Welt. Meine kleine Vivi hat sehr darunter gelitten ... das war schlimmer als Liebeskummer. Denn genau in diesem Alter, in dem die Gefühle ohnehin verrückt spielen, seine beste Freundin zu verlieren, tut sehr weh, es ist wie ein Verrat.«

»Wussten Sie von dem Telefonkontakt zwischen Viviana und Ambra, nachdem Ihre Nichte aus Jericho zurückgekehrt war?«

Anastasia ist nicht aus der Ruhe zu bringen. »Nein, aber ich bin nicht überrascht. Für Vivi war nichts für immer aus und vorbei. Sie hatte leider die Angewohnheit, Freundschaft mit genau denen schließen zu wollen, die sie abweisen würden.«

»Gibt es noch etwas, Signora Salvemini, das Ihnen zu dem Vermisstenfall einfällt?«

»Ich habe Ihnen doch bereits gesagt, Ambra geht es gut.«

»Schön. Doch etwas oder jemand hat sie dazu bewegt, sich abzusetzen.«

»Das stimmt. Hat Ihnen noch niemand davon erzählt?«

Calligaris hüstelt. Ich nehme an, dass Tante Anastasia auf den merkwürdigen Hinweis anspielt, um den der Ispettore schon einige Zeit ein Geheimnis macht.

»Was meinen Sie?«, fragt er und kratzt sich an der Schläfe.

»Sagt Ihnen der Name Paolo Malversini wirklich nichts?«

Calligaris wirkt überrascht. Anscheinend ging es um einen völlig anderen Hinweis, denn ihm scheint der Name ebenso fremd wie mir.

»Und was sollte er mir sagen?«, erkundigt er sich. Ich bin gespannt und vergesse eine Sekunde lang, dass ich eigentlich auf der Stelle nach Hause zu Arthur will.

»Er war ein Klassenkamerad der beiden. Gewalttätig, psychisch gestört. Er besuchte mit ihnen das Gymnasium, ist dann aber nicht versetzt worden ... eigentlich hat man ihn vom Unterricht ausgeschlossen. Ich weiß nicht, was aus ihm geworden ist, doch wenn es eine Verbindung zwischen den beiden gibt, eine gefährliche Person, dann ihn. Ich habe keine Ahnung, ob diese Spur Ihnen weiterhilft. Aber vielleicht sollten Sie ihr nachgehen. Und vergessen Sie nicht, Ispettore«, fügt sie hinzu, ihre Augen glänzen, und ihr Tonfall ist sehr ernst. »Im Gegensatz zu meiner geliebten Vivi geht es Ambra gut. Sehr gut.«

Merkwüdigkeiten

Die Besprechung war in letzter Sekunde einberufen worden.

Viviana traf abgehetzt ein, sie war in ihrem Zimmer in der Wohnanlage gewesen und hatte sich verspätet.

Hastig stellte sie ihre Tasche auf dem Boden ab und fuhr sich durchs Haar, um es ein wenig zu ordnen, obwohl das nicht nötig war.

Der Professor hielt die Arme vor der Brust verschränkt und warf ihr einen vorwurfsvollen Blick zu.

»Die Besprechung war für 9.30 Uhr angesetzt«, stellte er mit Blick auf die Uhr fest.

»Entschuldigen Sie«, erwiderte sie errötend.

Anita lächelte ihr in unaufrichtiger Solidarität zu.

Daniel Sahar machte einen zerstreuten Eindruck, bemerkte Viviana. Er schrieb unaufhörlich seinen Namen auf ein Stück Papier. Auch sie machte das oft. Tante Anastasia hatte ihr erklärt, dass diese Angewohnheit verrate, dass jemand nach seiner Identität sucht.

Sie wandte den Blick von ihm ab, sobald der Prof fortfuhr.

»Du fährst zusammen mit Daniel nach Tel Aviv.«

Instinktiv sah Viviana zu Daniel, vielleicht, um zu sehen, wie er reagierte. Doch der Israeli setzte weiter eine Unterschrift nach der anderen auf sein Papier.

»Warum?«, erkundigte sich Viviana, sie war nicht unbedingt erfreut über die Nachricht.

Der Prof hatte geradezu darauf gebrannt, ihr diese Mitteilung zu machen, zumindest kam es Viviana so vor.

»Ich benötige eine bibliografische Recherche zu den phönizischen Wurzeln der Kanaaniter und zur Invasion ihrer Stadt durch Israeliten, die aus Ur stammten. Die Bibliothek in Tel Aviv verfügt über einen ausgezeichneten Bestand an Nachschlagewerken, ihr müsst euch einfach das Beste besorgen.«

Viviana war innerlich wie versteinert. Warum unternahm der Prof alles, um sie von den Ausgrabungen fernzuhalten? Diese Reise nach Tel Aviv war reine Zeitverschwendung. Sie begriff, warum Daniel mit von der Partie sein sollte: Er konnte Hebräisch, falls es nötig war. Warum schickte er dann nicht nur ihn? Ihr würde Daniel hier sicher nicht fehlen. Sie fühlte sich angegriffen und hätte am liebsten rebelliert. Doch innere Vorsicht mahnte sie, sich zu fügen.

»Wann soll es losgehen?«

»Ich würde sagen, am Sonntag. Am besten, ihr bleibt eine Woche, bis Freitag. Es ist wichtig.«

Viviana gelang es nicht, dem Rest der Besprechung zu folgen, sie war zu sehr damit beschäftigt, über das Unrecht zu grübeln, das man ihr gerade zugefügt hatte. Als die Versammlung vorbei war, nahm Daniel neben ihr Platz.

»Seit meine Mutter nach Rom umgezogen ist, steht ihre Wohnung leer. Du kannst gerne dort wohnen«, schlug er in einem ungewöhnlich ernsten und förmlichen Tonfall vor. Viviana lehnte seine Einladung ebenso förmlich ab. »Wie du möchtest«, erwiderte er neutral.

Als sie wieder in ihrem Zimmer war, zählte Viviana ihr restliches Geld und stellte fest, dass ihre Absage voreilig gewesen war. Für eine Woche Hotel reichte das Geld nicht.

Der Prof hatte sie in eine peinliche Lage gebracht. Viviana verließ ihr Zimmer und ging zu Daniels.

Er öffnete sofort. Sein Blick war leicht vernebelt, als hätte er gerade gekifft.

»Störe ich?«, erkundigte sie sich. Sie würde einen Rückzieher machen müssen, und das ärgerte sie.

Er schüttelte den Kopf, ließ sie eintreten und schloss die Tür.

»Wie groß ist die Wohnung deiner Mutter?« Sie brachte die Frage nur mühsam über die Lippen.

Daniel ließ sich aufs Bett fallen, im Gesicht ein triumphierendes Lächeln.

»Ausreichend. Hast du es dir anders überlegt?«

Viviana seufzte. »Falls das Angebot noch steht?«

*»*Of course*«, erwiderte er lässig. »Wenn wir uns ranhalten, brauchen wir vielleicht nicht einmal bis Freitag. Ich kann es kaum erwarten, endlich nach London zurückzukehren. Vielleicht überrascht es dich, aber ich hasse Jericho.«*

»Und was machst du dann hier?«

»Man kann eben nicht immer dort sein, wo man gerne wäre.«

Viviana nickte verwirrt. »Also, ich wohn dann bei dir.«

»Eine weise Entscheidung. Du wirst sehen, es wird schon gut gehen.«

»Lesen Sie das hier, Ispettore. Nach dem, was Viviana an Bex schreibt, hatte Daniel Sahar nicht die geringste Absicht, nach Jericho zurückzukehren. Und jetzt ist er laut Anita einer der führenden Experten für diesen Raum«, sage ich tags darauf zu Calligaris, während ich am Nachmittag meine üblichen zwei Stunden in seinem Büro verbringe.

»Was soll ich dazu sagen, er wird damals eben seine Meinung geändert haben.«

»Können Sie mir jetzt von dem seltsamen Hinweis erzählen, der die beiden Vermisstenfälle miteinander verbindet?«

»Die Aussage von Anastasia Salvemini reicht im Moment völlig«, erwidert er, ohne von seiner Arbeit aufzublicken.

»Ermitteln Sie zu Malversini?«

»Das ist ein Muss. Vergiss unsere Verabredung mit Rebecca Tedeschi für morgen nicht, Alice«, erinnert er mich, als hätte der Name, den uns Tante Anastasia genannt hat, keine weiteren Erläuterungen verdient.

»Auf keinen Fall, Ispettore.«

»Das möchte ich hoffen. Du hast es gut, Alice, ich lerne dich hier höchstpersönlich an, aus dir wird einmal eine gute Ermittlerin.«

»Dafür bin ich Ihnen sehr dankbar, Ispettore.«

»Denn du möchtest doch irgendwann bei der Polizei arbeiten, nicht wahr?«

Wenn ich ehrlich bin, habe ich mir über meine Zukunft noch keine Gedanken gemacht. Vielleicht könnte ich auf Kuba einen Limonadenstand eröffnen.

»Wissen Sie, mir fehlen noch zwei Jahre bis zum Abschluss, Ispettore. Ich habe keine Ahnung, wie es danach weitergeht, aber von Ihnen lerne ich auf jeden Fall sehr viel…«

»Unsinn!«, unterbricht er mich. »Du hast wirklich großes Talent, Alice. Vielleicht mehr für den Polizeidienst als für die Rechtsmedizin, wenn ich das so sagen darf. Ich glaube, von dir würde ich mir nicht einmal Aspirin verschreiben lassen!«, kommentiert er und bricht dann in lautes Lachen aus. Ich finde seine Äußerung nicht so lustig.

»Wir werden sehen, Ispettore, es ist noch alles offen.«

Calligaris wendet sich wieder seiner Arbeit zu, seine Augenbrauen zu einem zweifelnden Ausdruck zusammengezogen. Ich räume Vivianas E-Mail-Korrespondenz in die Mappe zurück und verabschiede mich.

»Fast hätte ich's vergessen, Alice. Es ist etwas heikel, aber ich muss dich das fragen.«

»Kein Problem, nur zu«, ermuntere ich ihn.

»Ambra hatte ein Verhältnis mit Dottor Conforti, davon weißt du, nicht wahr?«, erkundigt er sich vorsichtig und wirkt peinlich berührt.

»Selbstverständlich weiß ich davon. Ich habe Ihnen immer

wieder gesagt, zwischen uns ist nichts, das ist lediglich Ihre Vorstellung.«

»Merkwürdig, ich hätte das Gegenteil geschworen ... Egal, das geht mich nichts an. Es geht um etwas anderes. Ich weiß mit Gewissheit, dass es vor einem Jahr um diese Zeit zwischen den beiden heftige Diskussionen über ein wichtiges Thema gegeben hat.«

»Ich weiß, worauf Sie anspielen«, bestätige ich bedrückt.

»Glaubst du, Alice, dass Dottor Conforti in der Lage wäre, jemandem richtig wehzutun?«

»Auf keinen Fall«, erwidere ich bestimmt.

»Ambras Mutter behauptet steif und fest, dass er das Leben ihrer Tochter ruiniert hätte, und dass sie seinetwegen verschwunden wäre.«

»Ich kann mir ganz im Allgemeinen vorstellen, dass Claudio Ambras Leben ruiniert hat, so wie jeder Mistkerl eine verliebte Frau ruinieren kann, aber dass er bei ihrem Verschwinden seine Hände im Spiel hat – ausgeschlossen, Ispettore. Oder gibt es Gründe, das Gegenteil anzunehmen?«

»Es gibt da etwas sehr Merkwürdiges, Alice, aber ich möchte erst nach dem Treffen mit Rebecca darüber sprechen, einverstanden? Dann schauen wir uns alle Informationen an, die wir haben, und ich verschweige dir nichts, das schwöre ich dir.«

»Claudio hat nichts damit zu tun«, sage ich nachdrücklich. Ich bin sehr besorgt.

»Ich hoffe es sehr.«

Manchmal macht das Leben unerwartet Geschenke. Doch nach einiger Zeit wird klar, dass irgendwo ein Haken sein muss. Die Tage mit Arthur haben genau diesen Beigeschmack. Wir genießen unser Zusammensein, als gäbe es kein Morgen. Doch irgendwann ist dieses Morgen da, und ich muss mir überlegen, was nun werden soll.

Innerlich bin ich unruhig. Arthur sitzt neben mir auf dem Sofa – davon ahnt Cordelia immer noch nichts – und sieht sich eine Wiederholung von *Game of Thrones* an. Er scheint meine Unruhe zu bemerken.

»Alles klar?«, erkundigt er sich.

»Mehr oder weniger.«

»Ist es dir zu gewalttätig?«, fragt er in Bezug auf die Sendung, in der es in der Tat ein wenig wild zugeht.

»Das Leben ist voller Gewalt«, erwidere ich melodramatisch. Ichi begnügt sich mit einem Gähnen.

Dann kündigt dieser furchtbare Marimba-Klingelton schon wieder einen Anruf an. Und es ist schon wieder Alicia.

»Die arme Alicia. Sie hat die goldene Regel im Umgang mit dir immer noch nicht begriffen.«

Arthurs Blick verhärtet sich. »Und was soll das für eine Regel sein?«, gibt er zurück und hält das Telefon in den Händen, als wollte er den Anruf entgegennehmen.

»Dir nicht auf die Pelle zu rücken.«

»Das gilt für alle Leute.«

»Für dich aber in besonderem Maße. Du gehst ja auch nicht ans Telefon.«

»Das ist nicht der Grund, warum ich nicht mit ihr spreche«, erwidert er verlegen.

»Ist es meinetwegen?«, erkundige ich mich leise.

»*What can I say* … Es geht hier um zwei Leute, vielleicht um drei, und wenn man diesen Conforti noch dazunimmt, sogar um vier.«

»Es ist alles viel einfacher, als du denkst. Es geht auf keinen Fall um vier Leute.«

»*Maybe. Anyway,* im Augenblick ist es besser, ich reagiere nicht.«

Das Telefon gibt endlich Ruhe, wir schweigen angespannt. Ich rücke näher, um ihn zu küssen, und stelle verwundert fest, dass er leicht zurückweicht, als wollte er das nicht.

Noch ein Versuch, um sicherzugehen. Nein, es war kein Irrtum, er will mich nicht küssen.

»Was ist los mit dir?«, frage ich unsicher.

»Schluss«, erwidert er kurz angebunden. »Wir haben eine Grenze überschritten, keine gute Idee. Ich bin nicht sicher, dass es uns guttut, so weiterzumachen.«

»Bist du verrückt?«

Er schüttelt den Kopf.

»Küss mich, Arthur.«

Mir wird klar, dass er gar nicht daran denkt, und ich fühle mich verletzt, erniedrigt, abgewiesen.

Er steht auf, auch Ichi schaut ihn flehentlich an, als würde er verlassen.

»Wollen wir mit Ichi Gassi gehen?«, schlägt er vor. Sein Gesicht hat eine leichte Röte, der Blick ist verlegen.

Wie betäubt nicke ich. Mir ist sofort klar, dass dieser Spaziergang nur dazu dienen soll, das Haus zu verlassen und meinen Annäherungsversuchen auszuweichen.

Ich habe das Gefühl, innerlich abzustürzen, ich habe Angst, fühle mich verwirrt – ich habe keine Lust mehr, irgendwelchen Illusionen nachzuhängen.

Ich bin es leid, so zu tun, als wären die Dinge und Menschen besser, als sie sind.

* * *

Frustriert, wütend und am Boden zerstört, beschließe ich, nicht gleich nach Sacrofano zu flüchten, sondern zu meinem Bruder zu fahren.

»Alice, was ist nur los?«, erkundigt sich Alessandra. Sie hält die kleine Camilla auf dem Arm und strahlt heimelige Harmonie aus – mich macht das ganz nervös.

»Nichts. Ich hasse Arthur – kannst du mich bitte daran erinnern, falls ich das jemals vergessen sollte?«

»Mach ich. Bleibst du zum Abendessen?«

»Ich habe keinen Hunger.«

Alessia bemuttert mittlerweile auch mich und zeigt sich aufrichtig besorgt: »Du solltest nicht weiter mit Cordelia zusammenwohnen. Du machst dir das Leben schwer.«

Ich signalisiere nur halbherzig Zustimmung, obwohl ich weiß, dass sie recht hat. Würden wir nicht zusammenleben, hätte sich die Gelegenheit zu einem Revival mit Arthur niemals ergeben – und das wäre auch gut so gewesen!

Im Gästezimmer werfe ich einen schnellen Blick auf meine Reisetasche, ich habe sie noch nicht einmal ausgepackt. Ich sehne mich nach meinem Leben von einst zurück, als ich noch mit Yukino, meiner japanischen Freundin, zusammenwohnte und wir abends gemeinsam mit Ichi auf dem Sofa lümmelten, blödsinnige Fernsehsendungen anschauten und miteinander plauderten.

Doch die Dinge haben sich geändert, und wie.

Ausstrahlung kommt vom Herzen

Francis Scott Fitzgerald

Rebecca Tedeschi ist eine sportliche junge Frau mit schwarzem, glattem und gepflegtem Haar.

Sie wirkt interessant, ihr Blick ist lebhaft, ihr Lächeln freundlich. Sie hat eine helle zarte Haut und an den Wangen Grübchen.

Auf Calligaris macht sie offenbar einen vertrauenerweckenden Eindruck. Ich bin mittlerweile in der Lage, feine Abstufungen in seiner Gestik und Mimik zu interpretieren. So weiß ich, wann er offen auf jemanden zugeht und wann er misstrauisch bleibt. Und Bex gefällt ihm auf den ersten Blick.

Sie sitzt ihm gegenüber an seinem Schreibtisch, und die beiden unterhalten sich. Das Eis ist gebrochen. Ich halte mich wie üblich im Hintergrund.

»Also, Rebecca. Ich weiß, es sind viele Jahre vergangen, und es ist nicht einfach, aber bitte versuchen Sie, mir alles zu erzählen, woran Sie sich aus Vivianas letzten Monaten erinnern.«

»Das ist recht einfach«, erwidert sie bestimmt. »Kurz nach ihrem Verschwinden habe ich mich so eingehend mit allem beschäftigt, was sie mir erzählt hatte, dass ich es bestimmt nie wieder vergessen werde.«

»Dann bitte«, ermuntert sie der Ispettore und breitet die Arme aus wie ein Priester bei der Weihe.

Bex atmet tief durch, schließt die Augen, fährt sich kurz über die Stirn und beginnt.

»Viviana liebte Palästina. Als der Professor ihr vorschlug, sich für letzte Recherchen dorthin zu begeben und damit ihre Diplomarbeit abzuschließen, war sie außer sich vor Freude. Ich glaube, während dieser letzten Monate war sie wirklich sehr glücklich. Sie war hoch motiviert und außerdem verliebt ... Es war eine unglaubliche Liebesgeschichte, wie aus einem Roman.«

»Was halten Sie von Daniel Sahar? Denn um ihn geht es doch, nicht wahr?«

Rebecca nickt. »Was für ein Typ ... Ich habe ihn kennengelernt. Viviana galt schon lange als vermisst, da kam er für Recherchen nach Rom, damals war ich noch nicht nach Mantua umgezogen. Er wolle mich treffen, meinte er, denn Viviana hätte ihm viel über mich, über uns und unsere Freundschaft erzählt. Ich finde Daniel in Ordnung. Er ist sicher arrogant, und damals in Jericho hat er sich Vivi gegenüber nicht ganz korrekt verhalten. Auf jeden Fall nicht wie ein Gentleman. Aber vielleicht ist das ja Teil seiner Anziehungskraft«, lächelt sie. »Doch ich bin sicher, dass er für Vivi jene Wochen unvergesslich gemacht hat. Und vor dem Hintergrund dessen, was dann passiert ist ... ist das ein Trost.«

»Bestand die Beziehung zwischen Viviana und Daniel nach ihrer Rückkehr aus Jericho weiter?«

»Nein, nicht wirklich. Daniel ist ein schwieriger Typ und alles andere als der Märchenprinz, auf den man immer wartet. Außerdem waren die beiden in einer Phase, in der sich alles ständig verändert. Sie hatten an gemeinsamen Projekten gearbeitet, und ich weiß hundertprozentig, dass sie sich noch einmal treffen wollten, um sich wegen ein paar Artikeln zusammenzusetzen, die sie gemeinsam veröffentlichen wollten.«

»Genau, im Januar 2006 war Daniel Sahar hier in Rom.«

Rebecca bestätigt das, fügt aber nichts weiter hinzu.

»Hören Sie, Rebecca. Sie haben doch sicher von dem Verschwinden von Ambra Negri Della Valle gehört.«

Bex nickt ernst. »Ambra, Vivi und ich waren in derselben Klasse. Dass sie beide verschwunden sind, macht mir Angst, das ist bestimmt kein Zufall«, fügt sie hinzu. Mir scheint, sie bekommt eine Gänsehaut, als sie das sagt.

»Wie war das Verhältnis zwischen Ambra und Viviana?«

»Ambivalent.«

»Erzählen Sie mehr.«

»Auf dem Gymnasium waren die beiden unzertrennlich. Doch Ambra war … Oh, mein Gott, ich wollte über sie nicht in der Vergangenheit sprechen«, meint sie mit einem verlegenen, traurigen Lächeln. »Ambra ist wie eine streunende Katze. Treulos, man kann ihr nicht vertrauen. Sie hat immer alles getan, um das zu bekommen, was sie wollte, und dann ging sie auf Distanz. Vivi war darüber am Boden zerstört und fühlte sich verlassen und hintergangen. Sie hasste Ambra deswegen, zugleich konnte sie aber nicht von ihr lassen.«

»Wussten Sie, dass Ambra Negri Della Valle in Palästina war?«

Ich schaue den Ispettore verblüfft an. So ein Schuft. Wie konnte er mir eine solche Information einfach vorenthalten?

Bex scheint genauso verwundert wie ich. »Wann?«, fragt sie erstaunt.

»Kurz nach Vivianas Verschwinden, im Februar 2006.«

»Und aus welchem Grund?«

»Ich hatte gehofft, dass Sie mir etwas dazu sagen könnten … Wussten Sie zum Beispiel, dass die beiden nach Vivianas Rückkehr aus Jericho miteinander telefoniert hatten?«

»Ja, das wusste ich. Viviana hatte beschlossen, sich bei Ambra zu melden, sie hatte plötzlich Sehnsucht nach ihr… So war sie, sie hing an Menschen, die ihr wehtaten. Und ich weiß auch, dass Ambra merkwürdigerweise sehr aufgeschlossen war. Sie haben sich sogar getroffen, doch mehr weiß ich darüber leider nicht.«

Denn es war kürzlich so viel Merkwürdiges mit ihr vorgegangen, daß Alice anfing zu glauben, es sei fast nichts unmöglich.

Lewis Carroll, *Alice im Wunderland*

Welchen Eindruck hast du von ihr?«, erkundigt sich Calligaris, sobald Rebecca sein Büro verlassen hat.

»Einen guten, aber sie hat uns nichts Neues erzählt. Ganz anders als Sie, Ispettore!«, antworte ich und sehe ihn dabei eindringlich an. Er bleibt ungerührt.

»Was ist?«

»Wann wollten Sie mir eigentlich sagen, dass meine Kollegin sich ausgerechnet nach Palästina begeben hat?«

»Heute, meine liebe Alice. Du wirst viel Neues hören. Und jetzt setz dich wieder hin, und zieh nicht so ein Gesicht, das passt nicht zu dir.« Wie üblich ist meine Neugier stärker als alles andere, also nehme ich wieder Platz und höre zu. »Ambra hat Israel besucht, um genau zu sein. In Palästina war sie nur für einen Tag, es war eine jener Hoteltouren, bei denen man Touristen per Bus von einer Sehenswürdigkeit zur nächsten karrt. Sie war in Bethlehem und Jericho, also eine ziemlich traditionelle Route. Sie hat sich eine Woche lang in Israel aufgehalten, eine Hälfte davon in Tel Aviv, die andere in Jerusalem.«

»War noch jemand dabei?«

»Ihre Mutter. Von Isabella Negri Della Valle habe ich ziemlich interessante Neuigkeiten erfahren ... Dass Ambra und Viviana sich getroffen haben, nachdem Viviana aus Palästina zurückgekehrt war, wussten wir bereits. Anscheinend haben Vivianas Erzählungen Ambra derart fasziniert, dass sie ihrer Mutter eine Reise in den Nahen Osten vorschlug. Weißt du eigentlich, dass Ambra eine sehr religiöse junge Frau ist? Vielleicht überrascht dich das, aber laut ihrer Mutter ist sie tiefgläubige Katholikin.«

»Na, dann war das bestimmt der Ort, von dem man als pilgernde Katholikin am meisten profitiert«, merke ich an. Ich habe mich an eine E-Mail von Viviana erinnert, in der sie sich polemisch und skeptisch über geistliche Orte und entsprechende Reliquien äußert.

»Ich habe die Mutter gefragt, ob Ambras Interesse ausschließlich religiöser Natur war. Sie verneinte, offenbar fühlte sie sich auch von der Exotik dieser Orte angezogen. Außerdem wollte Ambra dort einen jungen Mann treffen.«

»Einen jungen Mann?«, frage ich verblüfft nach.

»Genau, einen gewissen Daniel.«

Ich kann es nicht fassen. Ambra wollte Daniel Sahar treffen? Aus welchem Grund?

»Hat Signora Negri Della Valle erklärt, weshalb?«

Calligaris runzelt die Stirn. »Leider konnte ich dazu nicht viel herausfinden. Ambra hat ihrer Mutter lediglich erzählt, dass es sich um einen Freund von Viviana handelte und dass sie ihm etwas zurückgeben sollte. Mehr hat Isabella dazu nicht gesagt.«

»Sie müssen Daniel fragen, Ispettore«, werfe ich ein.

»Das fürchte ich auch, Alice. Wie ist das alles kompliziert!«, ruft er aus, verschränkt die knochigen Hände und wirft einen flehentlichen Blick auf Padre Pio, dessen Konterfei seinen Schreibtisch ziert.

»Hat Isabella Negri Della Valle Ihnen noch etwas erzählt?«

»Sie hat sehr viel erzählt, auch in Bezug auf Dottor Conforti. Aber … Alice, das geht dich nichts an.«

Obgleich ich im ersten Impuls sofort etwas einwenden möchte, begreife ich seine Gründe nur zu gut.

»Sie können sich auf meine Verschwiegenheit verlassen, Ispettore.« Mehr sage ich nicht.

Calligaris scheint hin- und hergerissen, als würde er mir eigentlich nur allzu gerne von seinen Ermittlungen erzählen, doch schweigt er einstweilen.

Ich muss sein Ethos akzeptieren, auch wenn der Hinweis auf Claudio mich vor Neugier platzen lässt.

* * *

Verzweifelt und ausgenutzt, so fühle ich mich, wenn ich an Arthur denke. Keine Nachricht von ihm – seit unserer abrupten Trennung weiß ich weder, was er tut, noch, mit wem er unterwegs ist. Mir brennen immer noch die Lippen vom verschmähten Kuss. Und Cordelia schweigt sich darüber aus, ob meine Bannflüche ihr Ziel erreicht haben.

Doch wenigstens habe ich etwas Wichtiges gelernt.

Ich habe gelernt, dass alles, wirklich alles im Leben seinen Preis hat und dass diese süße Ruhe, die mir so eintönig vorgekommen war, in Wirklichkeit ... glückliche Unbeschwertheit war.

Das nächste Mal überlege ich zwei Mal, bevor ich sie aufs Spiel setze – wegen einer Leidenschaft, die am Ende nichts wert ist.

I can put a little stardust in your eyes

Tel Aviv, November 2005

Seitdem Ella den Professor geheiratet hatte, wohnte Daniel allein in dem großen Appartement in der Ibn Gabirol Street, doch die Spuren der Mutter waren noch immer unübersehbar. Warum sonst hatte sie in der Speisekammer für das Frühstück Gläser mit Pfirsichmarmelade von Wilkin and Sons gefunden oder im Badezimmer Cremes mit Salzen aus dem Toten Meer? Offenbar hatte sie niemand von dort mitgenommen – ebenso wenig wie andere Kleinigkeiten, die nicht zu einem spartanischen Typ wie Daniel passten.

Sie saßen beim Abendessen, wieder einmal ging es um politische Themen, und beide wurden sie immer hitziger und unnachgiebiger.

»Aber was hast du nur gegen ein friedliches Zusammenleben mit den Palästinensern?«

»Weil das so wäre, als würde sich der italienische Staat mit der Mafia zusammentun.«

»Aber sie waren der Staat, und ihr seid die Besetzer.«

Besagter Besetzer fasste das keinesfalls als Beleidigung auf, sondern erwiderte mit einer Seelenruhe, als hätte er das Gesagte schon unzählige Male gehört: »Die Vereinten Nationen sehen das anders, mehr kann ich dazu nicht sagen.«

Sie saßen draußen vor einer Kneipe in der Nähe der King George V Street. Lebensmittelkontrolleure hätten dort gewiss etwas zu beanstanden gehabt, aber Viviana musste zugeben, dass der Hummus der beste und cremigste war, den sie jemals gekostet hatte. Wie immer, wenn sie ihm recht geben musste, feixte Daniel auf eine Art und Weise, die Viviana auf der rationalen Ebene schlicht unerträglich fand. Doch behielten ihre Gefühle immer mehr die Oberhand, und eine merkwürdige Anziehungskraft, für die sie keinen Namen hatte, drängte alle negativen Gedanken beiseite.

Der Abend war lau, und obgleich es bereits Anfang November war, machte es ihr nichts aus, an der frischen Luft zu essen. Sie saßen fast mitten auf der Straße. Daniel trank sein Bier gleich aus der Flasche, obgleich der Kellner ihm ein Glas auf den etwas klebrigen Holztisch gestellt hatte. Sein Gesichtsausdruck war herausfordernd und beunruhigte sie.

Es war einer jener Augenblicke, die das Leben unwiderbringlich verändern, und Viviana begriff alles.

Dass es nur eine Frage der Zeit war.

Dass sie alles um sich herum vergessen würde.

Dass sie sich in Ellas großer und verlassener Wohnung, an jener langen und verkehrsreichen Straße, in jener unbekannten Stadt am Meer, die heiß war und unmerklich verfiel, Hals über Kopf in ihn verlieben würde und nur hoffen konnte, es nicht eines Tages bereuen zu müssen.

Lunga e diritta correva la strada
Francesco Guccini, *Canzone per un'amica*

Die Straße, lang und gerade

Der Mensch ist von Natur aus polygam, und die Monogamie ist nichts als eine soziale Konvention.«

Wirklich eine Perle menschlicher Weisheit, von Claudio ungerührt zum Besten gegeben. Wir fahren zu einer Ortsbegehung und stehen auf der Auffahrtspur in der A90 im Stau. Im Hintergrund läuft *One way or another* von Blondie.

»Klar«, erwidere ich und schaue ins Leere. Die lange Autoschlange nervt. Ich erinnere mich nicht mal mehr daran, wie es zu dieser Unterhaltung gekommen ist.

»Meine Theorie ist wissenschaftlich und philosophisch belegt. Du musst nur Schopenhauer lesen, wenn du mir nicht glaubst.«

»Ein tolles Alibi für alle, die eine Affäre haben«, bemerke ich. »Tut mir leid, dass ich dich betrogen habe, aber ich hab's bei Schopenhauer gelesen.«

»Es gibt überhaupt keinen Grund, das zu banalisieren oder zu verallgemeinern. Verliebtheit und Leidenschaft sind Überlebensmechanismen unserer Spezies, um uns vor Rationalisierung zu schützen, damit du's nur weißt. Wenn man sich Hals über Kopf verliebt und den Verstand verliert, kann man eben nicht mehr klar denken und trifft Entscheidungen, die vielleicht nicht im eigenen Interesse sind, aber dem Wohl der menschichen Gattung dienen.«

Prima. Als ich Arthur folglich mit Claudio betrogen habe –

mein Gott, mir wird schon ganz schlecht, wenn ich nur daran denke, und es gibt mir einen Stich, dass mir buchstäblich die Luft wegbleibt –, habe ich eine Entscheidung zur Erhaltung der Menschheit getroffen. Zu meinem eigenen Wohl habe ich da sicher nicht gehandelt, das stimmt.

»Freut mich, dass du deine Untaten jetzt mit großartigen, ethisch vertretbaren Theorien unterfütterst.«

»Man tut, was man kann«, kommentiert er leichthin.

»Kannst du die Fenster schließen? Diese kalte Zugluft macht mich krank.«

»Die kühle Temperatur sorgt dafür, dass ich in Form bleibe.«

Ich muss niesen und ziehe meinen Mantel fester um mich. »Bei diesen Temperaturen kann man einen Leichnam konservieren.« Das musste einfach heraus.

»Na, wenn man sich ansieht, wie du mich in letzter Zeit behandelst, könnte hier tatsächlich eine Tote neben mir sitzen. Kannst du vielleicht mit dieser Nieserei aufhören? Das geht alles auf meine Lederpolster.«

Dabei verschwinden List und Augenzwinkern augenblicklich von seinem Gesicht.

Die Autoschlange vor uns löst sich mit einem Mal auf. Unvermittelt beschleunigt das Auto, was mir aufgrund der ausgezeichneten Stoßdämpfer nicht weiter auffällt.

Und schon prallen wir auf unseren Vordermann, und zwar derart heftig, dass sich vor meinem Gesicht der Airbag öffnet. Instinktiv schreie ich auf, dann wird mein Kopf nach hinten gegen den Sitz geschleudert.

Der Wagen bleibt stehen, der Motor erstirbt. Aus der Kühlerhaube raucht es. Claudio flucht.

Ein Krankenwagen fährt uns zur Notaufnahme, wo man mich auf eine Art Bahre legt.

Das ist mehr oder weniger alles, was ich noch weiß.

Nur eine Erinnerung ist glasklar – an einen jungen Arzt, einen ehemaligen Kommilitonen von Claudio; die beiden unterhalten sich, während Claudio an meiner Seite sitzt. Ich halte die Augen weiter geschlossen, und zwar nicht, weil ich so tun will, als ob ich schliefe, sondern weil es mir einfach nicht gelingt, sie offen zu halten. Ich bin todmüde.

Der andere macht einen besorgten Eindruck.

Erst hinterher begreife ich, dass seine Besorgnis weniger uns beide betrifft, sondern eine andere Geschichte.

»… als du mit der Negri Della Valle in die Notaufnahme gekommen bist … genau, letztes Jahr. Die Polizei war da und wollte alles Mögliche wissen.«

»Wirklich?«, erkundigt sich Claudio, er klingt alarmiert.

Als ich den Namen Ambra höre, schrecke ich innerlich zusammen, es ist wie ein weiteres schmerzhaftes Pochen in meinem Kopf, der ohnehin schon wehtut.

»Was die Verletzungen anging …«, sagt der andere gerade. Er sagt es so, als ob es zwischen ihnen ein geheimes Einverständnis gäbe, als ob beide irgendetwas wüssten, das man besser nicht laut sagt. »Natürlich habe ich behauptet, dass ich mich nicht mehr an den Fall erinnern könnte. Auch kein Wunder bei der Anzahl der Patienten, die wir hier durchschleusen«, fügt er hinzu und wird immer leiser, bis ich nichts mehr von ihrem Gespräch mitkriege.

Kurz darauf bin ich wieder voll bei Sinnen, und diese Unterhaltung – die ja vielleicht niemals stattgefunden hat, wer weiß, vielleicht habe ich sie ja nur geträumt – macht dem fröhlichen Redefluss von Beatrice Almondi Platz.

Beatrice ist eine stets gut gelaunte Doktorandin der anatomischen Pathologie. Sie ist ein bisschen exzentrisch – ein Psychiater würde vermutlich von einer histrionischen Persönlichkeitsstörung sprechen. Sie war mit Claudio zusammen, als die beiden noch in ihren Zwanzigern waren. Aber soviel ich weiß, hat Claudio Ambra auch mit ihr betrogen – Beatrice kümmert das wenig, denn Claudio ist für sie – wortwörtlich – öffentliches Gut und folglich für alle da. Ich habe im letzten Jahr mit ihr bei einem sehr komplexen und interessanten Fall zusammengearbeitet, bei dem es um den unerklärlichen Tod eines alten und berühmten Schriftstellers ging.

»Im ganzen Krankenhaus drehte sich eben alles nur noch darum, dass Dottor Conforti in Lebensgefahr schwebt. Viele Studentinnen waren in Tränen aufgelöst«, beginnt sie und übertreibt wie üblich. »Aber wie heißt es so schön – Unkraut vergeht nicht.«

Claudio verdreht genervt die Augen.

Vielleicht, weil sein geliebtes Auto einen Totalschaden erlitten hat – wer ihn kennt, weiß, dass er für sein Auto eine ganz besondere Schwäche hat –, vielleicht, weil die Unterhaltung mit seinem Exkommilitonen ihn beunruhigt, ich weiß es nicht.

»Oder wie man bei uns so schön sagt – wer den Schaden hat, braucht für den Spott nicht zu sorgen«, fügt sie hinzu. »Ausgerechnet dir muss das passieren, wo du dich immer über die Missgeschicke der anderen ereiferst.«

»Beatrice, bitte«, unterbricht Claudio ihren Redefluss, sein Tonfall klingt halb befehlend, halb flehend.

»Was sind wir empfindlich geworden!«, ruft sie aus.

Um ehrlich zu sein, ist ihre überschwängliche Art in jeder anderen Situation willkommen, aber in diesem Augenblick fühle ich mich zu angeschlagen, um sie zu ertragen. Die Worte des Arztes gehen mir immer noch im Kopf herum.

Ich bin verwirrt und unruhig und würde ihn gern dazu befragen, aber ich bin nicht sicher, ob das richtig wäre. Lauschen ist eine unverzeihlich schlechte Angewohnheit –

was mich indes noch niemals davon abgehalten hat. Aber in diesem Fall weiß ich nicht, ob ich eine ehrliche Antwort bekäme.

Doch eigentlich weiß ich bei Claudio nicht mehr, wen ich vor mir habe.

Als würde ich mich auf vermintem Gelände bewegen, in dem nur er sich auskennt. Doch befürchte ich, dass das auch für ihn nicht mehr lange gilt.

Sobald ich hier raus bin, rufe ich Calligaris an. Ich bin sicher, und zwar todsicher, dass die Angelegenheit, von der er mir nichts erzählen wollte, etwas mit jener merkwürdigen und unvorgesehenen Anspielung auf ein Ereignis vor einem Jahr zu tun hat.

Die Kinder die sich lieben
Sind für niemanden da
Sie sind woanders sehr viel ferner als die Nacht
Und sehr viel höher als der Tag
Im hellen Glanz ihrer ersten Liebe

Jacques Prévert

Als Teenager hatte Viviana den Überschwang der ersten großen Liebe kennengelernt; sie erinnerte sich daran, wie ihre schulischen Leitungen sofort in den Keller gegangen waren. Als sie sich in Daniel verliebte, verlor sie abermals den klaren Verstand, den sie für gutes Arbeiten brauchte, so als wären diese beiden Lebensbereiche inkompatibel und als könnte sie ihre Energien jeweils nur auf eine Sache richten.

Mit der Verliebtheit hatte sich eine ungewöhnliches und heftiges Gefühl von Verlorenheit eingestellt, als hätte sie die Verbindung zu einem sehr vertrauten Teil ihrer selbst gekappt und als hätte ein anderer Teil von ihr, ein wilder und anarchischer, mit einem Mal die Oberhand gewonnnen.

Die bibliografische Arbeit, der Grund für ihren Aufenthalt, langweilte sie.

In jenen Tagen in Tel Aviv liebte sie die Einsamkeit und das Meer, das Nationaltheater Habimah, den hellen Stein, der von der Sonne beschienen wurde, die Stufen, auf denen sie saß, das Theater dahinter, die Leute auf dem Fahrrad und die umherlaufenden Hunde auf dem Boulevard Rothschild.

Doch vor allem liebte sie, dass nichts auf der Welt sie daran hinderte, jede Nacht mit Daniel im Bett zu enden, ihn dabei gewähren zu lassen, wenn er ihr leidenschaftlich über das schwarze Haar strich, und dabei seine Hingabe zu spüren.

Eine innere Stimme flüsterte ihr zu, dass an dem, was sie da taten, etwas ganz und gar falsch war, doch sie konnte sich nicht mehr auf den Grund besinnen – was sollte falsch daran sein, sich in ihn zu verlieben? Sie waren jung und unbekümmert, von dem blinden israelischen Patriotismus abgesehen, den er verkörperte und den sie ablehnte. Für sie war diese Haltung nichts anderes als eine im Unterbewusstsein verankerte Unsicherheit, die Daniel etwas Abweisendes und Launisches gab. Doch war es genau diese Art, die sie aus der Helle des Lichts weggeführt hatte, und sie spürte, dass sie die Nacht dem Tag vorzog.

Niemand gesteht sich gerne ein, dass er das Dunkel liebt. Am Ende könnte man es vielleicht akzeptieren, aber man wäre lieber das Gegenteil – jemand, der Wärme und Licht braucht.

Vor der Rückkehr an den Ausgrabungsort schauderte ihr, in jene Parallelwelt, in der ihre Entfremdung von Zeit und Raum noch irgendwie durch die abgelegene Wüstenumgebung verstärkt werden würde.

Doch dann fehlte mir einfach der Mut, um mit Calligaris zu sprechen.

Ich bin noch am Abend nach Hause entlassen worden, mein Bruder hat mich im Krankenhaus abgeholt und zu Cordelia und Ichi gefahren. Die beiden haben mich empfangen, als hätte ich eine Atomkatastrophe überlebt.

Die kleine Malcomess hat sich in der Küche zu schaffen gemacht und ungenießbare Ravioli mit Soße zubereitet, doch sie war sehr stolz auf sich. Sogar eine DVD von *Marie Antoinette* hatte sie ausgeliehen, aber ich bin beim Anschauen dummerweise eingeschlafen.

Auch heute Morgen fehlt mir die nötige Energie, um mit Calligaris zu reden. Der Gedanke lässt mich nicht los, Claudio zu hintergehen; und so weiß ich nicht so recht, was ich tun soll, und ermahne mich, nicht überstürzt zu handeln.

Unterdessen freue ich mich darüber, dass ich erst mal für fünf Tage krankgeschrieben bin, die ich mit Ichi und einem guten Buch auf dem Sofa verbringen werde.

Ich bin in meinem Buch gerade an einer sehr spannenden Stelle, da erhalte ich einen unerwarteten Anruf von Arthur.

»Wie geht es dir? Cordelia hat mir gesagt …«

»Mir wäre es lieber gewesen, wenn sie das nicht getan

hätte«, unterbreche ich ihn. »Dieser Anruf ist reine Heuchelei. Lass das mit den guten Manieren, die gehen dir ab, vor allem im Umgang mit mir.«

Okay, das ist etwas heftig. Aber ich bin nervös, gereizt und viel zu müde, um mich im Griff zu haben.

»*Alice*... es stimmt, ich sollte dich besser in Ruhe lassen. Aber ich habe mir Sorgen gemacht.«

Er hätte sich seine Sorgen lieber vor einiger Zeit machen sollen, würde ich ihm gerne an den Kopf werfen. Dieser banale Versuch einer Versöhnung ändert nichts an seinem abweisenden Verhalten von neulich und auch nichts an seinen Fehlern und der Rücksichtslosigkeit, die er die ganze Zeit über an den Tag gelegt hat. Einen Airbag ins Gesicht zu bekommen, ist immer noch besser als all die Türen, die er mir vor der Nase zugeschlagen hat.

***

Wie so oft macht Wut nicht hübscher, aber sie gibt Schwung.

Ich stehe vom Sofa auf, lege das Buch zur Seite und mache mich nach einer wunderbar erfrischenden Coca-Cola zu Claudios Wohnung auf. Alte Verbundenheit? Dummheit?

»Du? Solltest du dich nicht ausruhen, so wie mein armes Auto?«, mahnt er, als er die Tür öffnet und mich vor sich stehen sieht.

In der Luft liegt sein persönlicher Duft – Minzbonbons, Gel und Declaration.

»Das Gleiche gilt für dich. Bist du nicht auch krankgeschrieben?«

»Das kann ich mir nicht leisten. Ich muss was tun, sonst nehmen sie mich wegen Arbeitsverweigerung fest.«

»Brauchst du Hilfe?«, frage ich ihn in einem Anflug von

Nächstenliebe; schon im nächsten Augenblick bereue ich es.

»Na ja, wenn du wirklich willst …«, erwidert er mit Blick auf seinen Schreibtisch, auf dem sich Akten türmen. »Nimm Platz. Wie komme ich zu der Ehre eines Besuchs?«, erkundigt er sich in seinem so typischen zweideutigen Tonfall.

»Stell die Heizung aus, es ist viel zu warm hier«, gebe ich anstelle einer Antwort zurück.

»Und du zieh dir was aus«, erwidert er, immer noch doppeldeutig. Selbstverständlich kommt er keine Sekunde lang auf die Idee, meiner Aufforderung nachzukommen.

»Claudio … es gibt da etwas, über das ich mit dir reden möchte.«

Er runzelt die Stirn, sein Gesichtsausdruck wird sarkastisch.

»Sieh einer an. Todernst, wie immer, wenn es um wirklich Wichtiges geht. Was ist los, hast du festgestellt, dass der Schlussverkauf schon vorbei war, als du dir das letzte Mal Schuhe kaufen wolltest?«

Doch langsam wird seine Miene ernster, und als ich ihm erzähle, dass ich jene merkwürdige Unterhaltung zwischen ihm und dem Arzt in der Notaufnahme mitgehört habe, verschwindet seine Maske aus unerschütterlicher Selbstsicherheit.

»Das hätte ich nicht tun sollen, aber ich konnte auch nicht weghören … es war wirklich nur ein Augenblick …«, rechtfertige ich mich.

Er antwortet mit einem gleichgültigen Nicken, er hat schon ganz andere Geständnisse zu hören bekommen. »Ich nehme an, du willst eine Erklärung«, meint er dann, sein Tonfall ist unterkühlt.

»Schuldest du mir eine?«, provoziere ich ihn.

»Ich schulde niemandem eine Erklärung.« Er hat seine Maske wieder auf.

»Na, wenn das so ist …«

»Es ist kein Muss. Es ist eher ein Wunsch. Selbstverständlich habe ich mit Ambras Verletzungen nicht das Geringste zu tun«, beginnt er. Er hat sich auf seinen Stuhl gesetzt, hat die Handflächen kurz an die Stirn gepresst und sieht elend aus. »Es war im letzten Jahr … wenn ich mich nicht irre, Anfang Dezember. Jemand hatte sie angegriffen, und plötzlich stand sie bei mir vor der Tür. Zu diesem Zeitpunkt hatten wir bereits Schluss gemacht. Aber wir hielten Kontakt, und offenbar war ich der Erste, der ihr damals in den Sinn kam.«

»Und wer war dieser Jemand? Kannte sie ihn?«

»Ja, aber sie wollte ihn nicht anzeigen, sondern die Sache auf sich beruhen lassen.«

»Und warum?«

»Aus dem gleichen Grund, der viele Frauen zu dieser Entscheidung treibt. Schamgefühl. Und der Wunsch, alles zu vergessen, kein Nachspiel befürchten zu müssen. Angst.«

Ich durchschaue das alles nicht, aber vielleicht bin ich auch von einer Überdosis Neugier benebelt. »Wer hat sie angegriffen, Claudio?«

»Irgendein Verrückter, den sie noch von der Schule her kannte.«

»Hat sie dir nicht seinen Namen gesagt?«

»Nein«, antwortet er herablassend und auch ein wenig genervt. »Ich habe sie in die Notaufnahme gefahren, denn sie war wirklich übel zugerichtet. Aber mein Bekannter dort hat natürlich ziemlich Augen gemacht. Mein Gott, was für ein Auftritt!«, fügt er wie im Selbstgespräch hinzu.

»Dass du niemandem von dieser Geschichte erzählt hast, ist wirklich unglaublich, Claudio.«

»Und wer sagt dir, dass das so ist?«, fragt er gereizt zurück.

»Und wem hast du dann davon erzählt?«

»Natürlich deinem lieben Ispettore Calligaris, und zwar kurz nachdem Ambra verschwunden war.« Dieser alte Fuchs Calligaris. Das hätte ich mir ja denken können. »Aber leider konnte ich ihm nicht weiterhelfen. Ambra wollte mir nichts sagen, und ich wollte sie nicht zwingen. Ich habe alles versucht, sie zu einer Anzeige zu bewegen, aber sie war ... ist stur. Na, du kennst sie ja. War's das jetzt mit meiner Vernehmung?«

Claudio wirkt ziemlich mitgenommen. Vielleicht bedauert er, dass er sich von einer Beziehung, die ihm nicht sehr viel bedeutete, in alle möglichen Unannehmlichkeiten hat verwickeln lassen. Vielleicht gehen ihm Ambras Verschwinden und ihr trauriges Schicksal auch aufrichtig nahe.

»Das ist kein Verhör, Claudio, ich möchte nicht, dass du das denkst. Aber hättest du an meiner Stelle nicht auch nach einer Erklärung gesucht?«

»Ich bin diskret«, erklärt er.

»Ich ... nicht.«

»Das ist nichts Neues«, lautet sein Komentar, nachdem er tief und melodramatisch geseufzt hat.

Sterben heißt nur, nicht mehr gesehen zu werden

Fernando Pessoa

An diesem Punkt scheint mir, dass ich unbedingt mit Calligaris über die Attacke gegen Ambra sprechen sollte, und zwar ohne jedes Schuldgefühl.

»Es stimmt, ich weiß bereits alles«, gibt er zu. »Aber du wirst begreifen, dass ich dir nichts davon sagen konnte. Doch offenbar bist du mit deiner Spürnase und deinem Ermittlerglück auch selber dahintergekommen.«

»Na ja, was das Gück angeht … nicht nur Confortis Auto hat was abbekommen, ich habe auch ganz schön was auf die Nase gekriegt.«

»Da hast du auch wieder recht.«

»Doch an diesem Punkt möchte ich einen Schritt weiter gehen. Haben Sie herausgefunden, wer Ambra letztes Jahr angegriffen hat? Mir ist sofort dieser Klassenkamerad eingefallen, von dem Tante Anastasia gesprochen hat.«

»Ja, natürlich. Paolo Malversini kommt auf jeden Fall infrage, auch wenn wir nur Anastasia Salveminis Aussage haben, und die ist in meinen Augen nicht sehr zuverlässig. Malversini ist ein ganz übler Typ, das stimmt, er ist notorisch gewalttätig und polizeibekannt. Eigentlich hat er eine Vorladung erhalten, aber er ist noch nicht erschienen. Zeit, ihm einen Besuch abzustatten.«

»Es geht nicht nur um die Aussage von Vivianas Tante. Claudio hat von jemandem gesprochen, den Ambra noch aus der Schulzeit kannte. Liegt da nicht eine Verbindung zwischen Ambra und Viviana nahe?«

»Mittlerweile gibt es da einige!«, meint Calligaris nur. Merkwürdigerweise scheint ihn dieser Umstand eher zu belasten als zu freuen. Aber vielleicht ist er auch nur ratlos.

Der Ispettore nimmt den Telefonhörer auf. »Ich bin's. Ich brauch die Adresse von Paolo Malversini«, weist er seinen Untergebenen an und beendet das Telefonat ohne die üblichen höflichen Floskeln.

»Wie wollen wir herausfinden, ob er Ambra vor einem Jahr angegriffen hat, Ispettore? Und was wäre das Motiv? Etwas anderes lässt mir keine Ruhe: Wie kommt es, dass Ambras Mutter uns nichts davon erzählt hat? Die beiden haben zusammengewohnt. Hat sie ihrer Tochter die Geschichte von einem Unfall wirklich abgenommen?«

»Zumindest behauptet sie das. In ihren Augen hat sie nie Anlass gehabt, Ambra zu misstrauen. Jetzt erfährt sie allmählich von ihren Geheimnissen, entweder durch die Ermittlungen, oder sie kommt selber dahinter. Keine schöne Erfahrung.«

»Nein«, stimme ich ihm niedergeschlagen zu.

Kurz darauf klingelt das Telefon. Calligaris notiert sich alles und steht ächzend von seinem Bürostuhl auf.

»Auf geht's. Gönnen wir uns diesen erbaulichen Ausflug. Auf dem Weg dahin liegt eine Bar mit unglaublich guten Brioches. Die kannst du dann auch gleich probieren.«

***

Calligaris lässt keine gute Bar auf dem Weg aus: Der kurze Stopp ist ein Vergnügen für unsere Gaumen, doch bereitet er uns leider keineswegs auf das vor, was uns bei der Familie Malversini erwartet.

Beim dritten Klingeln öffnet uns eine Frau, die mich an einen Waran erinnert. So jemanden habe ich in meinem Leben noch nicht gesehen. Bei ihrem Anblick wäre Ichi sofort mit eingezogenem Schwanz geflüchtet.

»Ich bin Ispettore Roberto Calligaris und suche Paolo Malversini«, beginnt der Ispettore ungerührt.

»Fängt das schon wieder an. Er kann gar nichts gemacht haben. Er war für zwei Wochen in der Psychiatrie und ist vor fünf Tagen entlassen worden. Und seitdem ist er nicht mehr aus dem Haus gegangen.«

»Jetzt beruhigen Sie sich«, rät ihr der Ispettore. »Dürfen wir reinkommen?«, fragt er höflich.

Der Frau liegt ein Nein auf der Zunge, aber sie ist sich im Klaren darüber, dass eine negative Antwort nicht sehr klug wäre.

»Bitte.«

Sie hält einen Besen in der Hand. Ihre Augen sind tieftraurig.

»Möchten Sie einen Espresso?«, fragt sie widerstrebend.

»Nein, danke«, erwidert der Ispettore, er steht mitten im Flur. »Ihr Sohn ist also im Augenblick zu Hause?«

»Natürlich. Er verlässt das Haus nicht, das habe ich doch gerade gesagt.«

»Könnten Sie mir den Grund dafür näher erläutern? Ich fürchte, Sie gehen davon aus, dass Ihr Sohn für mich so was wie ein alter Bekannter ist. Das stimmt aber nur zum Teil, es gibt vieles, das ich noch nicht weiß.«

Auf der Fahrt hierher hat er mir erläutert, dass Malversini der Polizei wegen Gewalttätigkeiten und Tierquälerei bekannt ist. Mehr als ein Mal hat er dafür im Knast gesessen, ist aber immer wieder wegen seiner psychischen Verfassung auf freien Fuß gesetzt worden.

»Mein Sohn hat Probleme«, fasst die Frau das zusammen, dabei hält sie den Blick gesenkt, als würde sie sich schämen.

»Welche Art von Problemen?«, hakt Calligaris freundlich nach.

»Psychische Probleme, Ispettore«, gibt sie gereizt zurück.

»Aha. Liegt eine Diagnose vor? Sie sagten gerade, er sei bis vor Kurzem in Behandlung gewesen, dann wird es doch irgendwo eine Krankenakte geben«, merkt der Ispettore kompetent an.

»Eine Psychose ... irgend so was ... Hören Sie, was ist passiert? Jedes Mal, wenn einer von euch an der Tür klingelt, geht diese Quälerei los. Ist Ihnen das eigentlich klar? Jetzt sagen Sie schon, ich halte diese Angst nicht länger aus.«

Die Signora Malversini würde uns am liebsten mit ihrem Besen aus dem Haus jagen. Das wäre nicht sehr intelligent, das ist ihr klar, und so macht sie ihrem Ärger eben auf diese Weise Luft.

»Es geht um etwas, das einige Jahre zurückliegt und in die Schulzeit fällt. Ihr Sohn Paolo besuchte das humanistische Gymnasium, nicht wahr?«

Der Gesichtsausdruck der Frau wird sarkastisch.

»Das war eine Idee meines Mannes! Der wollte so gern, dass sein Sohn es zu etwas bringt, aber für Leute wie uns gibt es keine Rettung.«

»Aber Ihr Sohn hatte Glück und ist in einer guten Klasse gelandet. Bei den Lehrern galt er als sehr intelligent.«

»Was nützt die ganze Intelligenz, wenn der Rest nicht richtig funktioniert?«

Aus einem Zimmer in der Nähe dringt Jammern, als würde jemand sehr leiden.

»Da, hören Sie, er ist aufgewacht. Er wird Ihre Stimmen gehört haben. Geräusche bringen ihn durcheinander und machen ihn nervös. Ich geh kurz zu ihm und beruhige ihn. Nehmen Sie inzwischen Platz«, meint sie und weist auf ein senffarbenes Sofa im Halbdunkel des Wohnzimmers.

Calligaris setzt sich und sieht sich um. Da ist die Fensterbank mit silberfarbenen Bonbonschachteln von längst vergangenen Tauffesten; auf dem Boden liegt ein falscher Perser; dort steht eine vergilbte Schachtel mit rot eingewickelten Süßigkeiten; der Fernseher ist ein altes Modell, auf der Konsole liegt eine Videokassette. Über allem hängt eine Atmosphäre von Nostalgie. Wer hier lebt, hat die neunziger Jahre niemals verlassen.

Signora Malversini erscheint im Wohnzimmer und setzt sich uns gegenüber.

»Wo waren wir stehen geblieben?«, nimmt sie den Gesprächsfaden widerstrebend erneut auf.

»Paolo war also ein guter Schüler.«

»Ach, genau. Ja, er war gut in der Schule, wir konnten nicht klagen. Mein Mann hoffte, dass er sogar auf die Uni gehen würde. Haben Sie eine Vorstellung, was das für uns geheißen hätte? Mein Mann arbeitet in einem Hotel als Nachtportier. Ich bin Hausfrau. Unser älterer Sohn hatte keine Lust zu lernen. Der ist Arbeiter, ihm geht es gut. Wir haben sogar einen Enkel. Aber Paolo war anders, er hätte es schaffen können.«

»Und dann?«

»Dann … kamen die Probleme. Er hat einen aus seiner Klasse mitten in der Geschichtsstunde verprügelt, der hatte ihn gehänselt. Er wurde vom Unterricht ausgeschlossen, ist wieder hingegangen, aber keiner wollte mehr was mit ihm zu tun haben, sie haben gemerkt, dass mit ihm was nicht stimmt …« Ihre Augen beginnen zu glänzen. »Und dann wurde es richtig schlimm. Er quälte Mädchen in seiner Klasse, die ihn seiner Meinung nach nicht ernst nahmen. Wie heißt das, wenn es einem Spaß macht, anderen wehzutun?«

»Sadismus?«, versucht sich Calligaris.

Die Signora nickt reumütig. »Sogar Katzen hat er auf dem Gewissen ... Jetzt ist's genug, ich bitte Sie.«

Ihre Stimme ist von Tränen brüchig geworden. Calligaris bemüht sich freundlich zu sein. »Sprechen wir über die Klassenkameradinnen, Signora. Wegen denen sind wir hier, wissen Sie?«

»Eine ist gestorben, das habe ich aus den Nachrichten. Viviana. Sie glauben doch nicht, dass Paolo etwas damit zu tun hat?«

»Wir gehen allen Hinweisen nach.«

»Aber das ist doch eine uralte Geschichte! Außerdem ist er irgendwann von der Schule geflogen. Er bekommt Rente, was soll einer wie er schon arbeiten? Mit Viviana hat er nichts zu tun ... er hat sie niemals mehr gesehen.«

»Das können Sie nicht wissen«, kontert Calligaris. »Und Ambra Negri Della Valle?«

»Die? Die schon gar nicht! Die lebt in einer völlig anderen Welt!«

»Ambra ist verschwunden, Signora! Und vor ungefähr einem Jahr wurde sie von einem ehemaligen Schulkameraden tätlich angegriffen.«

»Und da denken alle natürlich sofort an Paolo!«

»Beruhigen Sie sich doch, Signora. Können wir ihn sprechen?«

Die Frau mit dem Waranengesicht sieht uns aus dunklen Augen an, hinterlistig und müde zugleich. »Kann ich Sie vielleicht davon abhalten? Bestimmt nicht. Aber mit ihm reden ist so eine Sache.«

Sie setzt sich in Bewegung und führt uns zu Paolos Zimmer. Sacht öffnet sie die Tür, das Licht ist aus, die Jalousien heruntergezogen. Auf dem Bett liegt eine Gestalt, sie ist völlig unter Decken versteckt. Die Luft ist abgestanden, offenbar ist bislang niemand auf die Idee gekommen, ein Fenster zu öffnen.

»Paolo, nun komm schon, steh auf.«

Aus den Tiefen des Federbetts dringt abweisendes Gemurmel.

»Paolo, stell dich nicht so an.«

Die Frau schaltet das Licht ein, das Gemurmel wird lauter und noch abweisender.

Mit einem Mal springt Paolo Malversini auf und starrt Calligaris und mich wutentbrannt an.

»Was wollen die hier?«, fragt er seine Mutter mit schlaftrunkener Stimme.

»Mit Ihnen reden«, gibt Calligaris seelenruhig zurück und hebt beschwichtigend die Hände.

»Über was?«, erkundigt sich Malversini etwas ruhiger.

»Über Ambra Negri Della Valle. Paolo, erinnerst du dich an sie?«, fragt die Mutter.

Malversini schenkt uns ein teuflisches Lächeln. »Jeder läuft in seinem Leben irgendwann einer Schlampe über den Weg. Die Netten und Ehrlichen sind die Ausnahme. Neunundneunzig Prozent sind Schlampen. Das ist von Cesare Pavese. Und ich halte es mit ihm.«

Instinktiv suche ich Blickkontakt zu Calligaris. Malversini verströmt Hass.

»Na, Paolo, dann erinnerst du dich also an sie«, erwidert der Ispettore verbindlich. Paolo nickt zustimmend. »Man darf niemals vergessen, was andere einem antun.«

»Was hat Ambra dir getan?«

»Sie hat sich über mich lustig gemacht.«

»Und das hast du ihr heimgezahlt?«, fragt Calligaris.

Malversini schöpft Verdacht. »Nein«, gibt er kurz angebunden zurück.

»Aber du hättest es zu gerne getan?«

»Ja.« Paolos verstörter Blick leuchtet auf. »Aber das geht nicht, ich muss mich zurückhalten. Ich kann nicht einfach morgens aufstehen und ihr die Hölle heißmachen, nur weil ich mich daran erinnere, wie widerwärtig sie war. Auch wenn mir noch so sehr danach ist.«

Ich bekomme eine Gänsehaut und würde am liebsten auf der Stelle flüchten, ich kann das Lodern in seinem Blick nicht länger ertragen.

»Du hast ihr also nicht die Hölle heißgemacht. Nicht einmal ein bisschen?«

»Nein.« Er lügt, das spürt man sofort. Doch wer kann entscheiden, wo für psychisch Kranke die Grenze zur Wahrheit verläuft.

»Nun komm schon, Malversini. Raus damit. Eines Tages im letzten Jahr hast du beschlossen, deinem Ärger endlich Luft zu machen.«

Er gibt keine Antwort darauf, aber ich hege wenig Zweifel daran, dass er hinter dem Angriff auf Ambra steckt.

Jetzt gilt es, herauszufinden, ob er auch etwas mit ihrem Verschwinden und Vivianas Tod zu tun hat.

»Und was hältst du von der Montosi?«, erkundigt sich der Ispettore. Er hat das Thema gewechselt, vielleicht ist ihm klar geworden, dass er zu Ambra im Augenblick nicht mehr heraufinden wird.

»Die war nett«, antwortet Paolo.

»Hat die sich auch über dich lustig gemacht?«

»Die? Nein, nein, aber ihr habt ja keine Ahnung. Die hatte den Kopf in den Wolken. Die lebte auf einem anderen Stern. *Diese ganze Landschaft ist nirgendwo*. Sagt Ihnen der Name Pessoa etwas?«

Calligaris wirkt etwas verdutzt.

»Was hältst du eigentlich davon, dass zwei Klassenkameradinnen von dir verschwunden sind? Hat dich dieser Zufall nicht überrascht?«, fragt er weiter. Aber ich spüre, dass er nicht mehr bei der Sache, dass er entmutigt ist.

»Ich kann Ihnen dazu nur eines sagen: Wenn es nach mir ginge, würden alle, einer nach dem anderen, verschwinden, bis niemand mehr übrig bleibt.«

Die Mutter senkt den Blick und seufzt. Calligaris hat für heute keine weiteren Fragen, genau so, wie ich angenommen habe.

Schweigend verlassen wir dieses düstere Haus und sagen nichts mehr, bis wir uns voneinander verabschieden und locker vereinbaren, in den nächsten Tagen alles durchzusprechen.

Ich kehre endlich nach Hause zurück. Pavese und Pessoa werde ich fortan leider nicht mehr ganz so unbefangen lesen.

Somebody that I used to know

Cordelia wirkt verkrampft. Sie hat Ichi an der Leine und ist dabei, das Haus zu verlassen.

»Du machst ein Gesicht, als hättet du was angestellt – wohin des Wegs?«

Baby Malcomess schüttelt ihre blonde Mähne, die hinten im Mantelkragen eingeklemmt war. »Ich mache einen Spaziergang mit meinem kleinen Schatz.«

»Um diese Uhrzeit?«

Es ist sieben, für Cordelia eine ungewöhnliche Zeit für einen Spaziergang. Normalerweise deklamiert sie jetzt Shakespeare in ihrem Zimmer – in Gesellschaft von Ichi in der Rolle des passionierten Zuschauers.

»Ich treffe mich auch noch mit jemandem, wo ich ohnehin schon unterwegs bin.«

»Ach, und du nimmst den Hund mit zum Rendezvous?«

»Ja, ... Ichi ist immer ein guter Vorwand, um eine Unterhaltung zu beenden.«

Ihre Theorie klingt plausibel, aber es ist schade, dass ich jetzt daheim ohne die Gesellschaft der beiden auskommen muss. Da bleibt mir nur Sky.

Ich habe mich gerade aufs Sofa gesetzt, als ich auf dem Handydisplay Arthurs Nummer sehe.

Mein armes Herz macht einen Hüpfer.

»Ich bin hier«, sagt er.

»Wo, hier?«

»In Rom. Vor eurem Haus. Wenn du ans Fenster kommst, kannst du mich sehen. Mach auf, ich will mit dir reden.«

Also wirklich. Er lässt mir nicht einmal die Möglichkeit, nachzudenken und zu entscheiden.

Was soll ich tun? Jetzt ist mir klar, warum seine Schwester so überstürzt das Haus verlassen hat. Mittlerweile denkt sie sich die absurdesten Strategien aus, um uns wieder zusammenzubringen.

»Und, was ist?«, fängt er wieder an. »*Alice. Let me in, please.*«

Seine Stimme ist einschmeichelnd, doch wenn ich mich an die entwürdigenden Erfahrungen der letzten Zeit erinnere, habe ich nur einen Wunsch: ihn draußen stehen zu lassen. Ich habe gelernt, dass man für jedes Vergnügen bezahlt, und zwar mit Zinsen.

Er steht am Eingang zur U-Bahn, das sehe ich mit einem Blick aus dem Fenster.

Ich hätte zu gerne endlich genug von ihm. Würde endlich gerne einfach Nein sagen.

Er blickt zu mir hinauf, mit diesem typischen Lächeln, das alles öffnet und das Licht der Sonne hereinströmen lässt.

Es ist so wie immer, Alice. Gib nicht nach, oder du wirst es bitter bereuen.

»Ich kann's nicht fassen, Arthur ... Bitte, lassen wir das Ganze, es ist für uns beide das Beste. Sonst trauere ich dir doch nur wieder nach. Aber wenn du mir hilfst, dann geht das Gefühl vielleicht vorbei. Und zwar für immer.«

»*Alice.*«

»Bitte.«

»Okay. Ich bin für zwei Tage in Rom. Ich habe wichtige

Termine hier. Meld dich, wann immer du willst, falls du willst. *Call me, just to talk.*«

***

»Und du hast ihn wirklich einfach dort unten stehen lassen?« Cordelia, die nach einem wenig freundlichen Anruf von mir wieder nach Hause gekommen ist, traut ihren Ohren nicht.

»Ja, du altes Miststück. Allmählich nervt es mich, dass du dich andauernd einmischst.«

»Hätte ich doch bloß einen, der wegen mir sogar aus Libyen anreist.«

»Der ist nicht meinetwegen hier. Angeblich hat er wichtige Termine …«

»Mein Gott, was bist du pingelig …«, kommentiert sie verärgert.

»Was macht er denn eigentlich?«

»Interessiert dich das wirklich?«, erkundigt sie sich und zieht dabei ihre perfekt gezupften Augenbrauen hoch.

»Na ja.«

»Er hat eine Verabredung mit einem aus der obersten Etage von *National Geographic*, der Typ hält sich gerade für einige Zeit in Roma auf.«

»Arthur will weg von AFP?«, frage ich verblüfft. Wenn man bedenkt, was er alles geopfert hat, um dort zu arbeiten, würde mich ein plötzlicher Wechsel in der Tat sehr überraschen.

»So kann man das nicht sagen. Sie haben ihm ein Angebot gemacht, und er schaut sich das einfach aus der Nähe an.«

»Und was wird dann mit dieser tollen Alicia?«, frage ich nach, ich kann mich einfach nicht zurückhalten.

»Du nimmst diese Geschichte viel zu wichtig. Arthur will bei ihr einfach alles vergessen, mehr ist da nicht. Die beiden sind nur miteinander ins Bett gegangen.«

»Und wenn sie das immer noch tun?«, wage ich mich weiter vor.

»Und was sollte sie davon abhalten?«

»Am Ende landen sie doch noch in einer Beziehung.«

»Meine Güte, du nervst.«

Cordelia streichelt Ichis kleine Ohren, und er schaut sie beglückt an. »Nicht wahr, Ichi, diese Tante ist eine Nervensäge«, meint sie zu ihm. Ichi ist Baby Malcomess völlig ergeben. Wenn er könnte, würde er sofort zustimmen. »Rufst du ihn an?«, fragt sie mich schließlich, ein bisschen streng, aber freundlich.

»Ich muss mich zusammenreißen, um es nicht zu tun«, gebe ich zu.

Something I did, something I said, but yesterday's gone

Jericho, November 2005

Es gibt Orte, die ihre eigene Bedeutung haben.

Es war Zeit, Tel Aviv zu verlassen und nach Jericho zurückzukehren. Sie fuhren auf der Autobahn, die zu der Wüstensenke mit der ältesten Stadt der Welt führte. Daniel saß am Steuer, während Viviana sonnenverbrannte Hügel und wandernde Beduinenkarawanen an sich vorüberziehen sah. Bis zur West Bank blieb die Landschaft unverändert. Dann kam die lange Einreiseprozedur.

Am Ausgrabungsort war Anita gereizter als sonst; Carlo und Sandra hatten vor Kurzem eine neue Mauerecke ausgegraben; der Prof war genervt, und Ella zählte die Tage, bis sie endlich nach Rom zurückkehren konnte. Offenbar war alles beim Alten.

Viviana saß zusammen mit dem Prof in einer Bar am Tisch und trank einen Fruchtsaft. Er hatte Daniel und sie an den Absperrungen rund um die Ausgrabungen abgeholt.

»Jade ist gestern angekommen«, sagte der Prof zu Daniel. Ella mischte sich ein und begann in ihrer Muttersprache ein lebhaftes Gespräch mit ihrem Sohn. Sie wirkte, als sei sie völlig vor den Kopf gestoßen.

»Wer ist Jade?«

Die Frage lag ihr auf der Zunge. Im Auto hatte sie hinten gesessen, während der Prof den Wagen durch das Verkehrschaos lenkte. Viviana hatte Blickkontakt zu Daniel gesucht, der einen geistesabwesenden Eindruck machte, oder zumindest so tat.

Sie strich zart über seine dunkle Hand, die auf dem Polster aus Kunstleder lag. Genau in diesem Augenblick – sie hatten an einem Bergahorn angehalten, und ein Junge versuchte, ihnen gegen ein paar Groschen Orangen zu verkaufen – fuhr der Prof mit einem ungeduldigen Fluch wieder an.

Viviana spürte, wie sich ihre Augen mit Tränen füllten, sie war unendlich traurig – sie tat sich selbst leid, Daniel tat ihr leid, dieses Unglücksland und jener arme Junge, den man weggescheucht hatte wie eine lästige Fliege.

Der Israeli bemerkte ihre Tränen, aber offenbar wusste er nicht damit umzugehen und ignorierte sie.

Als sie am Ausgrabungsort angekommen waren, kam eine hübsche Blondine auf Daniel zu und fiel ihm um den Hals, als hätte sie ihn seit Ewigkeiten nicht mehr gesehen.

Das war nicht bloß eine Bekannte. Ganz offensichtlich bedeutete Jade Daniel viel mehr.

Viviana fühlte sich einsam. Sie kam sich nutzlos vor und wertlos.

Ella hatte das mitbekommen, begriff Vivianas Blicke und kam freundlich auf sie zu.

Sie legte ihre Hand auf Vivianas Schulter und murmelte ihr tröstende Worte ins Ohr, doch die drangen nicht zu ihr durch. Viviana vergaß sie auf der Stelle wieder und konnte nicht anders, als Jade und Daniel wie hypnotisiert anzustarren. Sie hatte nur einen Gedanken, nämlich, dass ihr Traum ausgeträumt war. Mit der Nähe von gestern war es vorbei. Yesterday's gone, *sang Robert Smith in jenem Song, den sie so sehr mochte.*

* * *

Die Nacht verläuft unruhig, ich grübele und bin unentschlossen.

Im Institut benehme ich mich noch ungeschickter als sonst. Wally belegt schließlich Assistenzärzte im Allgemeinen und im Speziellen mit einem Fluch, an dem man in einer magischen Welt auf der Stelle zugrunde gegangen wäre. Die Stimmung ist auf dem Tiefpunkt, und einer der Assistenzärzte im ersten Jahr hat schon vorgeschlagen, Mäuse ins Institut mitzubringen und dann die Gesundheitsbehöre anzurufen, um eine vorübergehende Schließung zu veranlassen.

Nach der Arbeit schaue ich bei Ispettore Calligaris vorbei, um noch ein wenig in Vivianas Briefen weiterzulesen, bevor ich nach Hause gehe.

»Gestern warst du wirklich mitgenommen«, meint er ein wenig besorgt. »Wie geht's heute?«

Ich kann ihm nicht widersprechen. Diese bedrückende Atmosphäre im Hause Malversini hat mich wirklich aufgewühlt.

»Besser, vielen Dank.«

»Bei unserer Arbeit stoßen wir öfter auf Psychosen, Alice … Mir ist klar, wie beunruhigend das ist, aber du wirst dich daran gewöhnen müssen.«

»Natürlich, Ispettore.«

»Meiner Meinung nach ist der Zeitpunkt für einen erneuten Besuch im Archäologischen Institut gekommen. Wenn du magst, kannst du mich begleiten.«

»Gerne. Aber was machen wir dort?«

»Noch einmal mit Curreri reden, und dann mit diesem anderen Typen, De Robertis, der 2005 mit Viviana in Jericho war.«

»Haben Sie wieder mehr das universitäre Umfeld im Blick?«

»Mir fehlen zu Vivianas Aufenthalt in Jericho noch zu viele Informationen. Und ich sollte auch jeden Einzelnen von ihnen fragen, ob er Ambra kannte.«

Die Atmosphäre am Institut ist an der Oberfläche kooperativ, aber eigentlich abweisend. Ich habe den Eindruck, dass sich hier jeder verstellt. Alle sind bemüht zu unterstreichen, dass sie mit Vivianas Tod nicht das Geringste zu tun haben.

Wie jeder geübten Heuchlerin kommt auch Anita Ferrante nicht ein falsches Wort über ihre zarten rosa Lippen.

»Professor Curreri ist außer Haus, aber er ist morgen wieder zurück. Sie müssten noch einmal wiederkommen …«, bemerkt sie bedauernd.

»Und Carlo de Robertis?«

»Kein Problem, zu dem kann ich Sie sofort bringen«, antwortet sie eifrig.

Sie führt uns einen langen Korridor entlang zu einer Bürotür und klopft mit den Knöcheln an den Türrahmen, um unseren Besuch anzukündigen.

»Carlo? Ispettore Calligaris ermittelt im Fall Viviana und würde gerne mit dir sprechen.«

Ein nichtssagender Typ von beachtlicher Körperlänge erhebt sich vom Bürostuhl, von dessen grünem Bezug ein großes Stück fehlt. Er reicht uns freundlich die Hand, schiebt geübt das schwere Brillengestell aus Zelluloid auf der Nase nach oben und zeigt uns ein nettes, aber erschrockenes Lächeln.

Calligaris hat mir erläutert, dass instinktive Angst vor Vertretern der Ordnungsgewalt nichts über eine Person aussagt. Es gibt einfach Leute, denen bereits beim Anblick eines Streifenpolizisten ohne triftigen Grund der kalte Schweiß ausbricht. Dass also Carlo de Robertis eine Angst verströmt wie ein gehetztes Tier, muss nichts bedeuten.

»Bitte setzen Sie sich«, lädt er uns mit freundlicher Geste ein. Anita scheint uns nur ungern zu verlassen.

Der Ispettore mustert diskret die Umgebung. Ich persönlich finde, dass es da nicht viel zu bemerken gibt, denn das Ambiente ist derart karg, dass selbst ein Show Room bei Ikea noch mehr Charakter hat.

Doch vielleicht war ich zu oberflächlich. Denn auf dem Schreibtisch befand sich eben noch ein kleines Andenken aus Terracotta. Das ist jetzt wegen einer unbedachten Bewegung mit meiner Riesenhandtasche auf dem Boden gelandet. Ein Stück ist abgebrochen.

»Scheiße!«, entfährt es De Robertis, sein Gesichtsausdruck zeigt Bedauern. Entweder lag ihm das Stück sehr am Herzen, oder er war derart angespannt, dass ein Tropfen das Fass zum Überlaufen gebracht hat.

»Entschuldigen Sie!«, rufe ich aus und sammele die Tonscherben auf.

»Fassen Sie bloß nichts an«, ruft er laut aus, und seine Unhöflichkeit macht mich perplex. Nicht einmal ein Museumswächter würde sich so aufführen.

»Ist Ihnen dieses Andenken lieb und teuer, De Robertis?«, erkundigt sich Calligaris, dem die übertriebene Reaktion natürlich nicht entgangen ist.

»Leider, ja. Es war mir sehr wichtig«, erwidert er müde. Auf seiner Handfläche liegt ein Stück Ton – in meinen Augen könnte es ebenso gut von irgendeinem Dachziegel stammen.

»Machen Sie sich keine Gedanken, oder vielmehr, entschuldigen Sie. Dieses Mitbringsel bedeutet mir viel, es erinnert mich an Jericho«, erklärt er bedeutungsvoll.

»Ausgezeichnet. Damit wären wir ja sofort beim Thema. Wie war während der Ausgrabungen Ihr Verhältnis zu Viviana?«

De Robertis gibt sich gleichgültig. »Ganz ehrlich gesagt, hatten wir überhaupt keine Beziehung zueinander. Ich bin ein eher zurückhaltender Typ, und außerdem war ich damals mit meiner Freundin Sandra Martelli dort. Wir beide waren sehr jung und verliebt. Die Forschungsreise war für uns so etwas wie Flitterwochen. Natürlich interessierten wir uns für das Projekt, aber es war für uns nicht so wichtig wie für die beiden Konkurrentinnen.«

»Wovon reden Sie?«

»Von Anita und Viviana. Für die beiden ging es um die Doktorandenstelle. Für Sandra und mich war hingegen alles klar. Ich würde am Institut bleiben, wie Sie sehen, und Sandra hatte andere Pläne«, erläutert er neutral.

»Was für welche?«

»Sandra konnte sich für israelitische Archäologie nicht so recht erwärmen, sie war also nicht mit dem Herzen bei der Sache. Sie interessierte sich für alte Tempelstätten und hoffte, bei Projekten wie zum Beispiel in Acri mitzuarbeiten. Aus diesem Grund ist sie nach ihrer Promotion auch nach Frankreich gegangen.«

»Und Sie interessieren sich für israelitische Archäologie?«, erkundigt sich Calligaris höflich.

»Das ist auch nicht mein bevorzugtes Forschungsgebiet.«

»Und was wäre das?«

»Die Etrusker«, antwortet er kurz angebunden, als würde er nur ungern etwas von sich preisgeben.

»Kommen wir zu Viviana zurück. Nach allem, was ich weiß, interessierte sie sich sehr für jenes Forschungsgebiet«, merkt Calligaris an.

»Von den drei anderen war Viviana am meisten in das Projekt involviert. Und Curreri setzte voll und ganz auf sie. Ich kann ohne Zweifel behaupten, dass Viviana heute hier in diesem Institut sitzen würde, wenn sie nicht verschwunden wäre. Und zwar auf Anitas Stuhl.«

»Was fällt Ihnen zu Daniel Sahar ein?«

»Er war kompetent und sympathisch.«

Calligaris rümpft die Nase. Ihm gefallen Leute nicht, die gut über andere reden, denn sie machen ihm das Leben noch schwerer. Ihm ist es lieber, von den Personen, um die es in seinen Fällen geht, zuerst die Schwächen zu erfahren. Dann, wenn es ihm weiterhilft, die Stärken.

»Mehr nicht?«

»Na ja, Ispettore, ich habe ihn nicht sehr gut gekannt.«

»Zwei Monate in Palästina, und zwar auf engstem Raum, scheinen mir ausreichend, um sich ein Bild von jemandem zu machen.«

»Ich habe Ihnen bereits gesagt, welchen Eindruck er auf mich gemacht hat.«

»Meinetwegen«, seufzt Calligaris unzufrieden. »Ist Ihnen etwas Ungewöhnliches in seiner Beziehung zu Viviana aufgefallen?«

»Nein, nicht dass ich wüsste.«

»Wir haben Grund zu der Annahme, dass die beiden sich ineinander verliebt hatten.«

»Alles ist möglich.«

»Und was glauben Sie?«

»Mich hat das nicht interessiert. Aber Sandra glaubte das, so viel kann ich Ihnen sagen. Vielleicht fragen Sie bei ihr nach, sie wird Ihnen bestimmt von größerem Nutzen sein als ich«, erwidert er mit einem nervigen Unterton von Selbstmitleid.

»Haben Sie denn eine Meinung zu Vivianas Verschwinden, oder sollen wir diesbezüglich auch bei Sandra nachfragen?«, stichelt Calligaris.

»Letzteres, fürchte ich. Ich habe keine Ahnung, was Viviana zugestoßen sein könnte. Es tut mir sehr leid, dass sie tot ist, aber das wird Ihnen nicht weiterhelfen.«

»Ist Ihnen bekannt, ob Viviana Feinde hatte?«, macht Calligaris einen neuen, in meinen Augen recht aussichtslosen Anlauf.

»Zwischen Anita und Viviana herrschte große Konkurrenz, aber das erscheint mir ziemlich normal, Ispettore.«

»Glauben Sie denn, Anita hätte ihr etwas antun können?«

De Robertis scheint die Frage ernsthaft aus der Fassung zu bringen, so wie einen Gymnasialschüler, den der Lehrer bereits nach einem Tag wieder abfragt. »Ich glaube nicht«, antwortet er unschlüssig. »Jemand hat ihr etwas angetan, so viel ist sicher, aber wenn Sie mich fragen …«, beendet er das Gespräch und hebt die Hände, als wüsste er nicht mehr weiter.

Ich finde diesen Typen nicht sehr interessant und nehme mir stattdessen das Buchregal direkt neben meinem Stuhl vor. Die ordentlich aufgereihten Bücher üben eine magische Anziehung auf mich aus.

De Robertis lässt uns kurz allein. Ich war so in meine Gedanken versunken, dass mir die Einzelheiten eines Anrufs entgangen sind, der ihn nach draußen geführt hat. Zwischen den Bänden auf seinem Regal fällt mir besonders einer in hebräischer Schrift auf. Es muss ein besonderes Buch sein.

»Was machst du da? Reicht es dir nicht, sein Nippes hinunterzuwerfen?«, fragt Calligaris mich verblüfft.

»Ich blättere nur in diesem Buch, das ist bestimmt interessanter als er«, murmele ich mit Blick auf den leeren Bürostuhl. Das Buch ist wertvoll, es ist ein umfangreiches Nachschlagewerk. Die Abbildungen haben eine hohe Auflösung, obgleich der Band schon vor einigen Jahren gedruckt wurde.

»Kommt es Ihnen nicht merkwürdig vor, dass jemand, der sich nicht besonders für israelitische Archäologie interessiert, ein solches Werk besitzt?«, frage ich und halte es ihm hin.

»Woher soll ich das wissen, Alice? Wenn du eine Ahnung hättest, was für Bücher ich mir für mein Studium kaufen musste, Sachen, die mich wirklich überhaupt nicht interessierten. In einem, daran erinnere ich mich noch, ging es um Rechtsmedizin. Die Abbildungen waren ekelhaft, und mir wurde allein vom Durchblättern schon übel.«

»Schauen Sie hier!«, unterbreche ich ihn und deute auf eine Streichung auf der ersten Seite. »Das sieht so aus, als hätte dort ein Name gestanden, den jemand durchgestrichen hat, und nicht einmal sorgfältig. Schade, bei einem so wertvollen Buch.«

Ich werfe einen kurzen Blick auf die Tür. »Überlegen Sie sich schon mal eine Entschuldigung für den Fall, dass er hereinkommt.«

Calligaris verdreht die Augen. »Eine Entschuldigung wofür?«

»Dafür, dass die Polizei alles darf!« Und damit halte ich die Buchseite am Fenster ins Gegenlicht, und zwar so hastig, dass ich beinahe den ganzen Band ruiniert hätte.

»Super! Wusste ich's doch!«, rufe ich triumphierend. »Dieses Buch gehörte Viviana. Schauen Sie her«, fordere ich ihn auf und zeige ihm Vivianas Namen unter der Streichung.

Calligaris kann nicht anders – meine Entdeckung hat eine Bedeutung, auch wenn er nicht erkennen kann, welchen Nutzen sie haben sollte.

Und auch ich habe keine Ahnung, warum Carlo De Robertis dieses Nachschlagewerk, das einst Viviana gehörte, in seinem Besitz hat. Es kann durchaus sein, dass sie es im Institut vergessen und er sich den Band nach ihrem Verschwinden einfach unter den Nagel gerissen hat.

Es wäre gewiss schade gewesen, wenn ein solches Buch keinen neuen Besitzer gefunden hätte. Ich frage mich nur, warum ihr Name ausgestrichen wurde. Eine Gemeinheit.

»Stell das Buch wieder zurück, Alice«, fordert mich Calligaris auf. Draußen nähern sich Schritte. Bevor ich seiner Aufforderung folge, fotografiere ich per Handy noch schnell den Umschlag. Wer weiß, vielleicht ist das Bild irgendwann wichtig.

»Entschuldigen Sie, dass ich Sie habe warten lassen.«

»Keine Ursache. Wir waren ja eigentlich fertig«, meint der Ispettore, der Carlos Qual wahrscheinlich ein Ende machen will.

De Robertis reicht uns die Hand und verabschiedet sich beflissen.

»Wann immer Sie wollen«, fügt er übereifrig hinzu, als wir uns der Tür nähern.

»Klar«, sagt Calligaris ganz leise und verärgert.

Der einzige Weg, eine Versuchung loszuwerden, ist ihr nachzugeben
Oscar Wilde

Das Abfotografieren des Buchumschlags erweist sich als ziemlich überflüssig. Ich habe keine Möglichkeit, den Titel ins Englische zu übersetzen, um mehr zu erfahren, und vielleicht ist das Ganze auch wirklich nicht wichtig.

Ich lege das Handy beiseite und bleibe ausgestreckt und still mit geschlossenen Augen auf meinem Bett liegen.

Morgen reist Arthur wieder ab.

Ich habe ihn noch immer nicht angerufen und habe keine Ahnung, wo er steckt, was er gerade macht und wie sein Gespräch gelaufen ist.

Ich weiß nur, dass dieser blöde Freitag kein Ende nimmt, dass ich mich beschissen fühle und nicht sicher bin, ob ich ihn wirklich abreisen lassen darf, ohne ihn wenigstens angehört zu haben.

Wenn jeder von uns jeden Tag so leben würde, als wäre es der letzte, wie viele Dinge würden dann anders laufen! Wenn das heute mein letzter Tag wäre, falls die Maya recht hatten und der Weltuntergang bevorsteht, würde ich Arthur anrufen. Auf der Stelle. Wenn umgekehrt feststünde, dass es ein Morgen gibt, wäre es vielleicht nicht sehr vernünftig, etwas zu unternehmen, was zu einem Neuanfang führen könnte.

Nostalgie hat einen hohen Preis und sollte nur ins Spiel kommen, wenn es wirklich nicht anders geht.

Okay, es geht nicht anders.

Am Ende nehme ich mein Telefon zur Hand und suche seine Nummer. Erst antwortet er nicht. Er lässt mich ziemlich lange warten, finde ich und laufe wie ein nervöser Teenager in meinem Zimmer auf und ab. Dann ruft er endlich zurück.

Unser Telefonat ist kurz. Dann ganz schnell unter die Dusche, von Kopf bis Fuß mit reichlich Mandelmilch eingecremt – man kann nie wissen –, und schon steht er mit einer Pizza und einer Flasche Veuve Clicquot vor meiner Tür.

»Worauf wollen wir anstoßen?«, erkundige ich mich.

»Einfach auf das Leben«, antwortet er und stellt den Champagner in den Kühlschrank.

»Cordelia hat mir von dem Angebot von *National Geographic* erzählt«, fange ich an und versuche nicht zu zeigen, wie neugierig ich bin.

»*It's a great opportunity*. Aber ich habe noch keine Entscheidung getroffen.«

»Und wo würde sich diese *great opportunity* abspielen?«

»Hier in Italien«, erwidert er gleichmütig.

Eine solche Nachricht hätte mich noch vor einiger Zeit vor Freude aufspringen lassen. Jetzt ist mir nur noch eine Ahnung dieses Gefühls geblieben, ich bin ernüchtert und gedämpft, doch ganz tief in mir freue ich mich trotzdem.

»Sehr schön«, gebe ich ausdruckslos zurück.

»*At all!*«, ruft er aus. »Das ist genau das Schlimmste daran – wieder nach Italien zurückzumüssen.«

»Du redest, als wären wir in Burundi«, gebe ich giftig zurück. Denn wieso muss er das hier so schlechtmachen?

Doch Arthur nickt, als hätte ich genau den Nagel auf den Kopf getroffen. »Jeder mit ein bisschen praktischem Verstand kehrt Italien den Rücken und kommt nicht zurück«, erläutert er bestimmt.

»Na, praktischen Verstand hattest du noch nie«, halte ich ihm vor.

»Stimmt«, und sein Tonfall ist weich und vielsagend.

Später erfahre ich dann, dass er auf der Karriereleiter ein ganzes Stück aufsteigen würde, wenn er das Angebot annähme, und dass es sich in der Tat um eine *great opportunity* handelt. Aber er ist wortkarg, als ob er die Entscheidung vor sich herschieben würde, und ich habe keine Ahnung, was er am Ende tun wird. Er fragt mich nicht einmal nach meiner Meinung. Natürlich male ich mir aus, dass er sich bei Alicia sehr wohl danach erkundigt, was sie davon hält.

Vorsicht, Alice, steigere dich da bloß nicht rein.

»Tut mir leid, wie ich mich das letzte Mal benommen habe.«

»Das war wirklich nicht nett«, bestätige ich. Die Erinnerung an seine Zurückweisung versetzt mir immer noch einen Stich.

Arthur senkt den Blick, ich habe das Gefühl, dass ihm für das, was er sagen will, die Worte fehlen. Und ich werde ihn sicher nicht bedrängen.

Er bleibt nicht über Nacht, sondern zieht es vor, ins Hotel zurückzugehen. Wir haben uns einander ein wenig entfremdet.

Beim Abschied halten wir uns lange umarmt, ich genieße es, und mir wird bewusst, wie schön das ist. Dann geht er, und das Letzte, was ich von ihm sehe, ist sein unsicheres Lächeln, bevor sich die Aufzugtür schließt.

Es kommt mir vor, als könnte ich etwas Sinn darin finden

Lewis Carroll, *Alice im Wunderland*

Am frühen Nachmittag bin ich mit Calligaris für die zweite Runde am Institut für Archäologie verabredet. Dort werden wir von Professor Curreri feierlich empfangen, nachdem die getreue Anita uns angemeldet hat.

»Wir kommen ohne Sie nicht aus, Professore.«

»Wie Sie wissen, freut es mich, wenn ich Ihnen weiterhelfen kann«, antwortet er in getragenem Ton, um zu betonen, dass er selbstverständlich mit uns zusammenarbeitet. Auf einem Regal steht ein schönes Foto von seiner Hochzeit. Die Braut im Kostüm muss Ella sein, sie entspricht in allem dem Bild, das ich mir aufgrund von Vivianas Briefen von ihr gemacht habe.

»Wissen Sie, der Fund des Leichnams hat die Ermittlungen erneut in Gang gebracht. Mein Kollege von damals ist versetzt worden, und damit müssen wir ganz von vorne anfangen. Das Gute daran ist, dass diesmal alles so laufen wird, wie ich es möchte«, erläutert Calligaris unverblümt. So kenne ich ihn gar nicht. Im Laufe der Ermittlungen zu diesem Fall treten an ihm ganz neue Seiten zutage. Er klingt ein bisschen wie ein zweiter Maigret.

»Natürlich, das verstehe ich. Genau aus diesem Grund bin ich damals bei Ihnen vorbeigekommen, um mich vorzustellen«, antwortet Curreri. Er ist freundlich, doch seine Bereitschaft zur Zusammenarbeit ist zu demonstrativ.

Am Anfang dreht sich die Unterhaltung um bereits Bekanntes: um die Konkurrenz zwischen den beiden Studentinnen, von denen Viviana zweifellos die Begabtere war; um die Monate in Jericho, die ohne Zwischenfälle verliefen und gute Ergebnisse brachten.

»Kommen wir zu Daniel, Ihrem Stiefsohn.«

»Ich kann zu ihm nicht viel mehr sagen, als was Sie bereits wissen«, erwidert der Professore, ohne mit der Wimper zu zucken.

»Zwischen Viviana und Daniel lief etwas.« Calligaris kommt zum Thema.

Curreri nickt. »Ella, meine Ehefrau, bemerkte das und erzählte mir davon. Daniel war zu dieser Zeit sehr unstet. Er hatte bereits eine Freundin, Jade, die er vor Kurzem auch geheiratet hat.«

»Ich muss das etwas genauer wissen, vor allem, was den Schädel angeht, um den es in Daniels Aufsatz geht und den Viviana entdeckte.«

Curreris Gesichtsausdruck verdüstert sich. »Schon wieder dieses Thema? Ich weiß, dass merkwürdige Gerüchte kursieren, was die Entdeckung dieses Schädels angeht. Einem Institutsleiter entgeht nichts, oder wenigstens sollte das so sein. Ich bin davon ausgegangen, dass ich die Sachlage geklärt hatte ... Aber offenbar lag ich falsch.«

Er kramt in einer Schreibtischschublade und zieht ein kleines Fotoalbum heraus. Curreri blättert es rasch durch und zeigt uns eine Aufnahme des Schädels.

»Hier sehen Sie den Fund. Selbstverständlich hatten Viviana und Daniel mir davon erzählt. Doch angesichts seiner Bedeutung und der Konsequenzen für die ganze Gruppe zog ich es vor, nichts von ihrer Entdeckung nach außen dringen zu lassen, wenigstens am Anfang.« Calligaris betrachtet das Foto, ich ebenfalls, aber eigentlich ist es Theater. Die Aufnahme an sich sagt überhaupt nichts aus. Curreri nimmt das Bild aus der Plastikhülle und zeigt uns das Datum auf der Rückseite: 21. Dezember 2005. Genau zwei Tage nach der Rückkehr des Teams aus Jericho.

»Sehen Sie? Ich habe dieses Foto zusammen mit Viviana gemacht und es unmittelbar nach unserer Rückkehr entwickeln lassen. Wir hatten damals viele Projekte, doch mit Vivianas Verschwinden veränderte sich alles von Grund auf. Auch unsere überstürzte Rückkehr wegen erneut aufflammender Feindseligkeiten zwischen Israelis und Palästinensern hat alles erschwert. Aber sehen Sie, es gibt bei dieser Geschichte mit dem Schädel kein Geheimnis und keine Geheimniskrämerei, sondern höchstens Diskretion.«

»Erklären Sie mir aber, warum der Verdienst um diesen Fund ganz allein Daniel Sahar zugefallen ist und nicht dem gesamten Team. Außerdem gehörte Viviana Ihrem Institut an, und sie wusste überdies von dem Fund. Damit hätte eigentlich das gesamte italienische Team an dem Verdienst teilhaben müssen«, wendet der Ispettore recht barsch ein. Curreris vage Ausführungen haben ihn nicht überzeugt.

Curreri mimt Heiterkeit, bevor er sich zu einem ernsthafteren Tonfall herablässt. »Sagen Sie das aus Patriotismus? Natürlich gibt es dafür eine Erklärung. Wissen Sie, Daniel und Viviana entdeckten diesen Schädel gemeinsam. Doch das war nicht ihr einziger Fund, vielleicht aber der spektakulärste. Die beiden hatten eng zusammengearbeitet. Es erschien mir nur fair, dass nach Vivianas Verschwinden Daniel die Lorbeeren einheimste. Denn Teamarbeit, Ispettore, ist eine Utopie. An der Spitze gibt es immer nur einen.«

Calligaris lässt sich nicht beirren. »Ich begreife das Ganze immer noch nicht. Von einer solchen Entdeckung hätte Ihr gesamtes Team profitiert.«

»Mein Sohn aber noch mehr, Ispettore«, gesteht er freimütig. »Dieser Fund hat bruchstückhafte Informationen bestätigt, die man über den Totenkult während der Epoche der Kanaaniter bereits besaß. Der Totenkult hat in allen Kulturen tiefe Wurzeln und sagt viel über die Identität eines Volkes aus.«

Dann wird ihm offenbar klar, dass er dem Ispettore auf dem Silbertablett gerade ein Motiv für den Mord an Viviana serviert hat, und er beeilt sich korrigierend hinzuzufügen: »Viviana war meine Vorzeigestudentin. Ich wünschte mir für beide eine steile Karriere. Viviana war ein absoluter Gewinn – brillant, begeistert und unermüdlich. Ihr Tod ist beruflich und vor allem menschlich ein Verlust, über den ich bis heute nicht hinwegkomme.«

Sein Bedauern kommt derart von Herzen, dass es schwerfällt, es für unaufrichtig zu halten.

»Berichten Sie mir nun von der Rückkehr aus Jericho. Sie sind kurz vor Weihnachten, am 19. Dezember, nach Italien zurückgekehrt. Was ereignete sich in den Wochen vor Vivianas Verschwinden, am 23. Januar?«

»Nichts Ungewöhnliches. Von der Tatsache abgesehen, dass Vivianas Koffer verloren ging, aber das werden Sie bereits wissen.«

Calligaris blinzelt. »Schildern Sie mir das doch noch mal ganz kurz, vielen Dank«, fordert er ihn auf. Aber ich habe das Gefühl, dass er davon nichts wusste. Der Ispettore, der die Ermittlungen vor ihm führte, war wirklich ein Versager.

»Auf dem Rückflug von Tel Aviv ist Vivianas Koffer verloren gegangen. Das passiert täglich vielen Reisenden mit ihrem Gepäck.«

»Doch meistens tauchen die Gepäckstücke dann wieder auf und werden an ihre Besitzer zurückgegeben«, wirft Calligaris ein.

»In diesem Fall nicht. Soweit ich weiß, erhielt Viviana ihren Koffer nicht zurück.«

»Können Sie mir genau erzählen, was geschah?«

Falls Curreri sich über diese Frage ärgert, so zeigt er es nicht.

»Wir versammelten uns nach der Landung an dem entsprechenden Gepäckband. Alle Gepäckstücke kamen an, nur Vivianas Koffer fehlte. Sie meldete ihren Verlust, mehr weiß ich nicht.«

Jade

Jericho, Dezember 2005

Jade Berenson blieb eine Woche lang in Jericho. Im Anschluss daran flog sie zum Studium nach London zurück, wo sie bei ihrem Vater wohnte. Jades Mutter, eine Israelin aus Tel Aviv, hatte Alkoholprobleme. In der offiziellen Version hatte Jade Israel verlassen, um an der London School of Economics *Wirtschaftswissenschaft zu studieren; in Wahrheit hatte sie es nicht mehr ertragen, sich um ihre Mutter zu kümmern.*

Ihre Beziehung zu Daniel war stark genug, um auch die Herausforderungen einer räumlichen Trennung zu überstehen – davon war sie felsenfest überzeugt. Diese unattraktive Italienerin konnte froh sein, dass sie ihr Abenteuer gehabt hatte: Mehr würde daraus nicht werden.

Jade war nicht sehr belesen oder gebildet, aber von ihrer Mutter hatte sie von Sartre und Beauvoir und deren liberaler Zweisamkeit erfahren. Vielleicht, so überlegte sie, könnte es zwischen ihr und Daniel ähnlich laufen.

Sie war bis ins Mark davon überzeugt, dass es keine Rolle spielte, wie viele Male sie auf die Nase fiel: Am Ende würde sie immer wieder aufstehen. Und so maß sie den schmachtenden Blicken zwischen ihm und dieser Italienerin nur geringe Bedeutung bei und störte sich kaum daran.

Klar, den beiden stand das Glück zur Seite: Dieser blöde Stiefvater bestand ja darauf, dass sie täglich eng zusammenarbeiteten. Der selbst für Außenstehende fühlbaren erotischen Spannung zu widerstehen, würde für Daniel nicht einfach sein.

Daniel hatte ihr erzählt, dass sie gemeinsam einen Fund gemacht hatten, der ihre Karriere sehr beeinflussen würde.

Jade interessierten die Einzelheiten zu Davids Beruf nicht. In ihren Augen handelte es sich um furchtbar langweilige Forschungen, für die ihr jede Begeisterung abging. Mehr als ein Mal tat sie nur so, als würde sie ihm zuhören, nicht zuletzt deshalb, weil er ihr ziemlich weitschweifig von seiner Arbeit berichtete.

Ein Detail hatte sich ihr jedoch eingeprägt: dass nämlich das Team vorläufig nichts von der Bedeutung jenes Funds erfahren durfte. Das war für Daniels Stiefvater ungewöhnlich, denn er ließ normalerweise wegen jeder Tonscherbe die Korken knallen. Und sie war sich sicher, dass dieser unfreundliche Italiener, der niemals lächelte, damit er seine gelben Zähne verstecken konnte, und seine Freundin, die immer an ihm klebte, etwas ahnten.

Ihre Untätigkeit ließ sie nicht träge werden, sondern schärfte ihre Beobachtungsgabe. Ihr entging daher nicht, dass dieser unattraktive Typ die Forschungsarbeit von Daniel und dieser Italienerin beäugte, ja, dass er ihnen geradezu nachspionierte. Sie erzählte Daniel davon, aber er schenkte ihren Worten keine Beachtung, im Gegenteil, er wechselte kurz darauf einfach das Thema.

Go ask Alice, I think she'll know

Ich bin am Institut im Büro. Lara ist auch da, und der leere Platz am Schreibtisch, an dem früher Ambra saß.

Nach ihrem Verschwinden wurde alles durchsucht, was uns dazu zwang, das Chaos aufzuräumen, das sich in den drei Jahren unserer Assistenzarztzeit angehäuft hat. Jetzt ist unser Büro blitzsauber und aufgeräumt und kommt mir richtig fremd vor.

Es gibt hier einen kleinen Schrank, in dem wir Bücher aufbewahren, in die wir hin und wieder mal hineinschauen, sowie Fotokopien – kurz gesagt, alles Mögliche, das man ungern wegwirft, weil man es vielleicht doch noch irgendwann brauchen könnte.

Und so war es vielleicht gut, dass ich das alte Büchlein zum Thema Körperverletzung einst nicht in den Schredder geworfen habe. Zum einen kann ich es jetzt für einen Bericht gebrauchen, den ich verfassen muss. Zum anderen finde ich zwischen all dem Krimskrams, den ich durchsuche, einen USB-Stick, an dem ein kleiner Winnie-the-Pooh-Anhänger baumelt.

»Gehört der dir, Lara?«, erkundige ich mich und halte ihn ihr vor die Nase. Sie schüttelt den Kopf. »Und wem dann?«

Ihr Blick bleibt verwundert, dann wendet sie sich wieder ihrer Arbeit zu.

Ich stecke ihn an meinen PC.

Er gehört Ambra.

Mein Herz rast, und ich rufe Lara. Sie fühlt sich schon abgelenkt, wenn man sie bei der Arbeit auch nur anschaut, und schnaubt unwillig.

»Lara, dieser Stick gehört Ambra.« Ich betone jede einzelne Silbe.

Sie horcht auf, lässt ihre Arbeit liegen und setzt sich neben mich.

»Auf geht's, öffne den Ordner«, fordert sie mich auf, sie ist ebenfalls gespannt.

»Vielleicht sollten wir den Stick sofort der Polizei übergeben, und zwar ohne nachzusehen, was drauf ist«, schlage ich vor, die Stimme der Vernunft hat sich gemeldet.

»Schau einfach nur, was für Dateien drauf sind, dann können wir immer noch behaupten, dass wir nicht gemerkt haben, dass der Stick ihr gehört.«

Laras Draufgängertum überrascht mich, und es ist ansteckend. Ich klicke auf Ambras Namen, und schon erhalte ich die Liste mit allen auf dem Stick gespeicherten Dateien. »Die haben alle mit der Arbeit zu tun, da ist nichts Interessantes dabei«, meint sie, während ich den Cursor nach unten bewege. »Den Stick hat sie lange vor ihrem Verschwinden benutzt, vielleicht hat sie ihn danach einfach vergessen und sich nicht mehr weiter drum gekümmert.«

»Halt mal, hier ist ein Dateiordner vom 2. Oktober, und Ambra ist fünf Tage später verschwunden, stimmt's? Und schau her, der ist nicht unter irgendeinem Kürzel von einem Vorgang oder Fall abgespeichert.«

»Vielleicht sind das wissenschaftliche Artikel, die sie aus dem Netz runtergeladen hat«, wirft Lara ein.

»Was meinst du, wenn ich ihn auf meinem Rechner abspeichere ... merkt das jemand?«

»Ich habe keine Ahnung von Computern, ich würde das lieber nicht versuchen.«

Ich nicke und rufe bei Calligaris an, um ihm zu sagen, dass ich ihm nachmittags etwas Kleines, Unwichtiges vorbeibringen werde, das ich entdeckt habe, aber er meldet sich nicht und ruft auch nicht zurück.

Winnie the Pooh im schwarz-gelben Bienenkostüm starrt mich vom Schreibtisch aus an. Wirklich ein merkwürdiger Zufall! Für mich war Ambra immer die Bienenkönigin.

Und, Ambra? Soll ich diesen Ordner öffnen oder nicht?

Control+C, Control+V, und schon ist er in nicht einmal einer Sekunde auf meinem Rechner, und ich kann jetzt damit machen, was ich will.

***

Es muss Claudio wie eine Ewigkeit erschienen sein, aber endlich ist sein X5 wieder wie neu.

»Ich liebe ihn«, sagt er leise und öffnet per Telekommando die Wagentür. »Ich wäre schon längst verheiratet, wenn ich eine Frau gefunden hätte, die so rundum perfekt wie mein Auto ist.«

Er fährt mich zu Calligaris Büro – allerdings weiß er das nicht, denn ich habe ihm einfach nur gesagt, dass ich in der Umgebung eine schnelle Runde in einem Outlet machen wollte.

Er benimmt sich wie der Hahn im Korb. Ich habe den Eindruck, dass der Druck auf ihn allmählich nachlässt. Damit bessert sich seine Laune und in der Folge die allgemeine Stimmung am Institut, in dem sich schließlich alles um ihn dreht.

An kaum noch sichtbaren Fältchen um die Augen lässt

sich erkennen, dass er wieder zu seiner alten Form gefunden hat, es sei denn, er hat Botox gespritzt – bei seiner Eitelkeit nicht gänzlich auszuschließen. Als im Autoradio *Police on my back* von den Clash läuft, summt er sogar mit.

Er schwenkt das Lenkrad ein und parkt in der Nähe besagten Ladens. Zieht die Handbremse an, kratzt sich kurz am Hals und wirft ein Minzbonbon ein. Vor Energie strotzend, ganz wie in alten Zeiten. Ich will schon meine Wagentür öffnen, als sein Telefon klingelt. Er kümmert sich nicht um meine Anwesenheit und ist beim Reden derart von sich überzeugt, dass in mir alle Zweifel verfliegen – Dottor Conforti ist wieder ganz der Alte.

Ich verabschiede mich mit einer kurzen Geste, weil ich keine Lust habe, seine Unterhaltung mitzuhören, doch er hält mich mit einer Hand zurück und verabredet sich rasch mit seiner neuen Flamme, die ihr Unglück noch nicht ahnt.

»Hat die es eilig!«, kommentiert er und steckt sein iPhone wieder in die Tasche.

»Mir ist absolut nicht danach, deine Telefonanmache mitzukriegen.«

»Was du nicht sagst. Wie üblich, höre ich da eine eifersüchtige Note heraus. Wie viele Male habe ich dir schon meine Bereitschaft demonstriert, bestimmte gemeinsame Aktivitäten wiederaufzunehmen, Allevi? Aber für meinen Geschmack bist du zu unentschlossen, und so muss ich mich an die halten, die meine Zuwendung zu schätzen wissen.«

»Prima, weiter so.«

»Vielen Dank. Und mach du einstweilen mit dem Shoppen weiter, um deine sexuelle Enthaltsamkeit zu kompensieren«, sagt er leise zu mir.

Ich bin derart empört, dass ich beim Öffnen der Tür nicht kontrolliere, ob gerade ein Auto vorbeifährt. Er kann nicht einmal erschrocken »Achtung« rufen, und schon wird das gute Stück von einem anderen Wagen mitgerissen.

»O Scheiße«, sagt er ruhig und unbewegt in eine fast surreale Stille hinein und starrt dabei auf die beschädigte Tür. »Oooo Scheiße«, wiederholt er, und es klingt schon etwas verzweifelter.

»Ich bezahl alles«, rufe ich überrumpelt. Ich sehe, wie der Besitzer des anderen Wagens aussteigt, um sich nach dem Schaden zu erkundigen.

»Das ist es nicht. Allevi«, sagt er und zeigt mit dem Finger auf mich. »Du setzt keinen Fuß mehr in mein Auto. Ich hatte immer schon den Eindruck, dass du Unglück bringst, und das ist das allerletzte Mal!«

Wie viele Menschen, die dem Glück in ihrem Leben nur eine bescheidene Rolle zugestehen und sich jeden Erfolg auf die eigene Fahne schreiben, hängt auch Claudio allem möglichem Aberglauben an.

»Ich bringe kein Unglück!«, verteidige ich mich mit meinem letzten Quäntchen Stolz.

»Ach nein? Und was ist mit Tamara, der Pflegerin von deiner Großmutter, mit Giulia Valenti ... und meinst du wirklich, der achtzigjährige Konrad Azais würde das genau so sehen wie du? Wenn ich mit dir unterwegs bin, klebt das Pech an mir! Steig aus. Schluss jetzt. Ich kümmere mich drum. Und jetzt hau ab.«

Kein Zweifel, er ist wieder ganz der Alte.

Ma come fan presto, amore, ad appassire le rose

Fabrizio De André, *La canzone dell'amore perduto*

Doch wie schnell, meine Liebste, verblühen die Rosen

Ich tue, als ob nichts wäre, und betrete den Laden. Doch behalte ich Claudio durch das Schaufenster im Auge. Sobald ich ihn wegfahren sehe, gehe ich in schwärzester Laune das kurze Stück zu Calligaris Büro.

»Du kommst spät«, murmelt er gereizt. »Ich habe dich bereits vor einer Viertelstunde erwartet.«

»Fangen Sie jetzt nicht auch noch an.« Wäre ich eine Katze, würde ich ihm die Augen auskratzen. Ich nehme den USB-Stick aus meiner Handtasche und lege ihn auf den Schreibtisch.

»Vielleicht finden Sie dort was Interessantes«, verkünde ich.

»Ich kenn dich doch. Du hast dir die Dateien alle bereits angesehen, stimmt's? Und du weißt auch sehr gut, dass du das nicht hättest tun dürfen.«

»Klar weiß ich das, aber wenn Sie mich wirklich kennen, dann wissen Sie auch, dass ich mich um so etwas nicht schere.«

»Gut. Dann schieß mal los – was hast du dort entdeckt?«

Ich setze mich ihm gegenüber. Sein Gesicht wird von dem Bildschirmhintergrund seines Desktops angeleuchtet, auf dem ein Foto von den Malediven zu sehen ist. Er lächelt ein bisschen tumb.

»Alles Arbeitsdateien – bis auf eine.«

»Und was ist mit der?«

»Ein Bild von einer kleinen barocken Altstadt. Ich habe keine Ahnung, wo die liegt, vielleicht können Sie das herausfinden.«

Calligaris seufzt und wählt eine Nummer. Er spricht mit einem Untergebenen, und kurze Zeit darauf erscheint jemand mit Brille, schaut sich das Bild an und schießt dann wie bei einem Gewinnspiel mit der Lösung heraus: »Sizilianischer Barock. Irgendeine Gemeinde in der Provinz Ragusa. Oder Syrakus, aber Ragusa erscheint mir wahrscheinlicher.«

Calligaris bedankt sich, und der junge Mann antwortet mit einem unpersönlichen *Zu Befehl*.

»Sizilien«, sage ich leise. »Genau dort hat man Ambra doch gesichtet. Und das Foto ist einige Tage vor ihrem Verschwinden abgespeichert worden. Keine Ahnung, was Sie davon halten, aber mir erscheint das wie ein glücklicher Zufall.«

»Glückliche Zufälle gibt es, das stimmt … Doch sie führen uns in die Irre!«, erwidert Calligaris und reibt sich gähnend die Augen.

»Sie sind müde, Ispettore. Es ist tatsächlich schon spät, warum gehen Sie nicht nach Hause?«

»Wenn ich diese Sache mit Sizilien nicht herausfinde, mache ich die ganze Nacht kein Auge zu.«

»Ach was, Ispettore!«

»Ich zerbreche mir den Kopf darüber, wo Ambra sich aufhält und was sie anstellt, Alice. Wie du weißt, hat sie ihre Brieftasche, ihre Kredit- und ihre EC-Karte mitgenommen, als sie verschwand. Wir verfolgen die ganze Zeit, ob es irgendwelche Kontobewegungen gibt, aber nichts – sie hat bislang weder die eine noch die andere Karte benutzt. Und deswegen könnte dein Fund den Durchbruch bedeuten.«

Ich lächele ihn verständnisvoll an, denn ich weiß natürlich, wie außerordentlich gründlich er arbeitet.

»Dann leiste ich Ihnen Gesellschaft und lese weiter in Vivianas Mails«, schlage ich vor. Ich will freundlich sein.

»Wollen wir uns eine Pizza kommen lassen?«, fragt er.

* * *

Liebe Bex,

mach Dir keine Sorgen, ich halte mich trotz allem noch ganz gut.

Klar, an seiner Seite zu arbeiten ist schwerer, als ich dachte.

Ich beschränke unsere Gespräche aufs Nötigste. Wenn wir schon miteinander reden müssen, habe ich zu ihm gesagt, dann nur über das Projekt und den Artikel, den wir zusammen verfassen. Über nichts anderes.

Er versucht mir einzureden, dass diese eine Woche wichtig war, und auch wenn ich darauf nicht eingehe, dir kann ich es sagen – ich würde es zu gerne glauben.

Ich würde gerne glauben, dass es nicht nur um Sex ging, sonst hätte das alles für mich keinen Sinn gehabt. Ich wiege mich in der Illusion, zwar einen Fehler gemacht zu haben, aber dass es wenigstens um Gefühle ging, die erwidert wurden.

Ich habe damals alles durch die rosarote Brille gesehen. Es tat mir so leid, Jericho wieder verlassen zu müssen, und dann wollte ich nicht auch noch das Gefühl haben, es mit ihm nicht wirklich probiert zu haben. Um ganz ehrlich zu sein, habe ich einem Impuls nachgegeben, und wie immer, wenn man nicht nachdenkt, holt einen viel zu spät die Erkenntnis ein, dass es besser gewesen wäre, sich zu bremsen.

Und doch gibt es etwas, das immer noch gut funktioniert. Und das ist die Arbeit. Ich bin kurz vor dem Ziel, das spüre ich, und das Wohlwollen des Prof ist für mich wie eine Gute-Laune-Pille. Er hat mir unter der Hand versichert, dass ich mir um meine Zukunft keine Sorgen machen müsse. Aber um welchen Preis!

Anita und die anderen haben etwas mitbekommen, sie halten misstrauisch Distanz. Die Atmosphäre ist angespannt.

Ich habe mittlerweile mehr Kontakt zu Carlo und Sandra, eigentlich sind die beiden ganz nett, habe ich herausgefunden. Schade, dass Sandra nicht bei uns bleiben kann, aber ich bin sicher, dass sie eine vielversprechende Zukunft vor sich hat, sie macht ihre Sache sehr gut.

Jetzt höre ich auf, dich weiter zu langweilen, und steige wieder in den Graben.

»Ibla heißt die Stadt«, ruft Calligaris hocherfreut und lenkt mich von meiner Lektüre ab.

»Wie bitte, Ispettore?«

»Die Stadt auf dem Foto – das ist Ibla, in der Provinz Ragusa, Sizilien.«

»Und woher kamen die Hinweise?«, erkundige ich mich vorsichtig.

»Aus Ragusa«, antwortet er und lächelt hoffnungsvoll. »Das kann kein Zufall sein. Dem müssen wir nachgehen. Dieses Wochenende fahre ich nach Sizilien, und weißt du was? Ich nehme meine Frau und die Zwillinge mit«, informiert er mich und reibt sich unterdessen die Hände, als wäre ihm kalt.

»Da werde ich richtig neidisch, Ispettore!«, gebe ich zurück und bin ein bisschen überrumpelt von seiner Begeisterung.

»Eigentlich solltest auch du mitkommen, schließlich hast du mit deinem Spürnäschen das Foto gefunden …«, meint er freundlich.

»Ich werde mich mit Ihrem Bericht zufriedengeben! Wo wir schon dabei sind – Viviana hat ja ihren Koffer damals nicht zurückerhalten und den Verlust gemeldet. Damit müsste es eine Liste vom Inhalt geben. Haben Sie eine Kopie davon?«

»Die habe ich angefordert. Was willst du überprüfen?«, erkundigt er sich.

»Nur so eine Idee! Zeigen Sie mir die Liste, und dann sage ich Ihnen, ob ich recht hatte.«

Keine Freundin war ihr so nah wie die kleine Viviana

Das Wochenende ist schnell da.

Calligaris fährt wie angekündigt in die Sonne und Schönheit Siziliens, und ich verbummele einen wunderschönen Nachmittag in Bookàbar, im Palazzo delle Esposizioni, wo ich mit Isabella Negri Della Valle verabredet bin. Sie wollte mich sehen, warum, weiß ich nicht. Ich habe ihr diesen Treffpunkt vorgeschlagen, denn er gehört zu Roms attraktivsten Orten, und außerdem ist die Buchhandlung vermutlich eine der schönsten weltweit. Ich treffe schon lange vor der verabredeten Zeit ein, um herumzustöbern und mich dann ganz entspannt zum Treffen einzufinden.

Im Radio läuft eine schicke Jazzversion von *Amore disperato*, und ich wandele zwischen weißen Buchregalen und streife mit den Fingerspitzen über die patinierten Seiten von Kunstbüchern.

»Alice«, ruft mich eine freundliche Stimme, die so sehr nach Ambra klingt.

Isabella lächelt betrübt, als könnte ihr Gesicht nur noch Trauer ausdrücken und weinen, als erfordere jeder Ausdruck von Fröhlichkeit eine zu große Anstrengung.

Ich reiche ihr die Hand. Ihr Händedruck ist angenehm fest.

»Ein Espresso?«, schlage ich ihr vor, um einen Anfang zu machen.

Sie nickt, zieht einen teuren Geldbeutel aus ihrer teuren Diortasche und besteht darauf, mich einzuladen.

»Hat Ispettore Calligaris Ihnen nichts gesagt?«, fragt sie und gibt Süßstoff in ihren Kaffee. Ich krame in meiner Erinnerung, aber mir fällt nichts ein.

»Mir ist noch ein interessantes Detail eingefallen, und ich habe ihn um einen Termin gebeten. Doch er sei wegen eines Kurzurlaubs nicht in der Stadt, hat er mich wissen lassen und mich ... an Sie verwiesen«, sagt sie. In ihrem Tonfall liegt leises Zögern.

»Sicher, weil ich mich bei diesen Ermittlungen sehr engagiere«, kontere ich, wie um mich zu rechtfertigen, als hätte ich das nötig. »Ich bemühe mich, den Ispettore zu unterstützen, wir haben auch in der Vergangenheit bereits mehrere Male zusammengearbeitet ... oder besser, ich habe ihm assistiert.« Ich weiß nicht so recht, wie ich weitermachen soll, denn wie immer fällt mir keine Bezeichnung für die Zusammenarbeit zwischen Calligaris und mir ein.

Ambras Mutter verharrt kurz in Schweigen. »Selbstverständlich«, sagt sie dann müde. »Ich möchte Ihre Zeit nicht über Gebühr beanspruchen und will mich deshalb kurz fassen. Im Zweifel rede ich mit dem Ispettore noch einmal persönlich.« Offenbar legt sie Wert auf diese Feststellung.

»Natürlich«, antworte ich leise und mit einem schiefen Lächeln.

»Gut. Mir ist etwas eingefallen, das während der Israelreise im Jahr 2006 passiert ist.«

Mit einem neugierigen Blick ermuntere ich sie fortzufahren. Sie nippt an ihrem Espresso mit Nussgeschmack – mit etwas mehr Wasser, das hat sie bei der Bestellung ausdrücklich mehrmals betont.

»Ambra hat sich dort mit einem jungen Mann namens Daniel getroffen.«

Am liebsten würde ich auf diese Offenbarung mit einem *Mein Gott, das wusste ich doch schon längst* reagieren. Aber ich halte mich zurück. »Daniel Sahar. Ein Freund von Viviana Montosi«, ergänze ich.

»Vielleicht sogar mehr als nur ein Freund«, mutmaßt sie verschmitzt.

»Erinnern Sie sich an den Grund für dieses Treffen?«

»Mittlerweile wieder. Ich habe mir den Kopf zerbrochen, und jetzt ist er mir wieder eingefallen.«

Das kommt vor – Erinnerungen steigen aus dem Unterbewusstsein auf und klopfen wie alte Freunde in der Gegenwart an. Ich kann mir das gut vorstellen.

»Ambra hatte ein Notizbuch von Viviana dabei, voller Aufzeichnungen, welcher Art, weiß ich nicht. Und ich glaube, sie hat es Daniel gegeben.«

Meine Neugier geht mit mir durch. »Entschuldigen Sie die Frage, aber wie kam Ambra an einen derart persönlichen Gegenstand? Außerdem war Viviana damals bereits verschwunden. Hätte Ambra nicht die Polizei darüber informieren müssen?«

Isabella hebt mutlos die Schultern. »Es gibt so vieles, mit dem sich meine Tochter nicht zum rechten Zeitpunkt auseinandergesetzt hat. Das gehört auch dazu.«

»Signora, nach einer langen und engen Freundschaft als Teenager herrschte zwischen den beiden plötzlich jahrelang Funkstille. Dann kehrte Viviana von ihrer Expedition nach Palästina zurück, und mit einem Mal hatte sie das Bedürfnis, sich wieder bei Ambra zu melden. Das ist bekannt und geht aus den Anruflisten hervor. Was ist damals passiert?«

»Ja, ich weiß von ihrem Wiedersehen. Und ich weiß auch, dass Ambra sich darüber gefreut hat. Sie ist ein sehr mitfühlendes und warmherziges Mädchen, das erkennt man auf den ersten Blick vielleicht nicht. Keine Freundin hat ihr so viel bedeutet wie die kleine Viviana.«

»Aber worum ging es zwischen den beiden? Warum war Ambra im Besitz von Vivianas Notizbuch? Und warum hat sie eine Reise nach Israel organisiert, um dort Daniel Sahar zu treffen?«

Isabella fühlt sich durch meine Fragen bedrängt. »Ich glaube nicht, dass sie die Reise nur organisiert hat, um Daniel Sahar zu treffen. Das halte ich für puren Zufall. Die Motive für diese Reise waren andere.«

»Und welche?«, hake ich freundlich nach.

»Was gibt bei der Entscheidung für ein Reiesziel den Ausschlag? Bauchgefühl, dass man den Ort heiß und innig liebt, dass er immer schon ein Traum war?«

»Von allem ein bisschen.« Und auch die Billigreiseangebote, würde ich gerne hinzufügen, aber in Gegenwart von *Madame Royale* erwähne ich das lieber nicht.

»Diese Reise kam aus solchen Gründen zustande. Aber es ging sicher nicht nur darum, Daniel Sahar zu treffen.«

»Was hat Ambra Ihnen unmittelbar nach der Begegnung mit Daniel erzählt? Irgendwelche Einzelheiten?«

»Sie erzählte mir, dass Daniel sehr nett und freundlich wäre und dass es ihr leidtäte, dass Viviana so viel Pech gehabt hatte, denn Daniel wäre offenbar immer noch sehr verliebt in sie. Er erzählte ihr auch, dass sein Stiefvater offenbar große Pläne für ihre akademische Karriere gehabt hatte. Vermutlich hätte eine sehr glückliche Zukunft vor ihr gelegen.«

Ganz offenbar war diese glückliche Zukunft ganz eng an die unglückliche Zukunft von jemand anderem geknüpft, der Viviana dann aus dem Weg räumen wollte.

Isabella Negri Della Valle hat ansonsten nicht viel zu erzählen, ich habe sogar den Eindruck, dass sie unser Treffen gerne beenden würde. Sie verabschiedet sich mit der ihr eigenen Anmut, und sobald sie außer Sicht ist, versuche ich – vergeblich – Ispettore Calligaris zu erreichen.

Vermutlich werde ich bis morgen auf große Neuigkeiten warten müssen, wenn es denn welche gibt. Aber ich spüre, dass sich etwas tut. Es kommt Großes auf uns zu.

Die Verbindung von Ursache und Folge hat weder Anfang noch Ende

Leo Tolstoi, *Krieg und Frieden*

Wie war es auf Sizilien?«

Calligaris setzt eine verträumte Miene auf, als würde er immer noch barocke Intarsien betrachten und heiße Schokolade mit Peperoncino aus Modica genießen. »Ha, da kann man sich erholen! Aber es war nicht nur ein schöner Urlaub«, wiegelt mit dem für ihn typischen Eifer ab.

»Sehr gut! Und was haben Sie herausgefunden?«

»Jetzt erzähl du mir erst mal von deinem Treffen mit der Negri Della Valle.«

Ich fasse das Wichtigste zusammen, aber er scheint nicht sehr beeindruckt.

»Entschuldigen Sie, Ispettore, möchten Sie nicht mehr über Vivianas Notizbüchlein wissen?«

»Alles zu seiner Zeit.«

Meine Güte, dieser Mann ist nicht festzunageln.

»Und wann wird das sein?«, erkundige ich mich, denn ich möchte endlich konkret werden.

»Sehr bald«, antwortet er geheimnisvoll. »In der nächsten Woche, um genau zu sein.«

»Einverstanden, dann warte ich so lange. Können Sie mir einstweilen von Ihren Neuigkeiten erzählen?«

Calligaris lässt ein Fingergelenk nach dem anderen knacken, bevor er beginnt.

»Es gibt gute Gründe zu der Annahme, dass Ambra Negri Della Valle sich eine Zeit lang in Ibla aufgehalten hat.«

Mein Gesichtsausdruck ist vermutlich ein einziges Fragezeichen. »Warum? Und wie?«

»Heimlich, nehme ich an.«

Überrumpelt setze ich mich hin.

»Können Sie präziser werden?«, frage ich vorsichtig nach.

»Wenn davon irgendwas nach außen dringt, dann mache ich selbstverständlich dich dafür verantwortlich. Zugleich ist mir aber klar, dass du natürlich nicht die Folgen riskieren möchtest, falls etwas nach außen dringt, weil du ein Angsthase bist«, bemerkt er listig.

»Alles klar.«

»Also, so viel kann ich dir sagen: Anscheinend hat Ambra Negri Della Valle ihre langen Locken abgeschnitten und ihren Glamourlook gegen einen bescheideneren Stil eingetauscht. Ihr Vermisstenfoto hat so gut wie niemand wiedererkannt. Ambra war zehn Tage lang allein in einem *Bed and Breakfast* in Ibla. Das wissen wir sicher. Sie war dort mit ihrem Ausweis registriert und hat bar bezahlt. Deswegen gibt es auch keine Kontobewegungen, weder mit der Kredit- noch mit der EC-Karte. Die Inhaberin der kleinen Zimmervermietung sprach von einer freundlichen, wenn auch ziemlich reservierten jungen Frau.«

»Zehn Tage, und wann? Sofort nach ihrem Verschwinden?«

»Genau ab dem darauffolgenden Tag. Dann verliert sich ihre Spur wieder.«

»Was ist das nur für eine undurchsichtige Geschichte, Ispettore?«, rufe ich aus. Calligaris zuckt mit den Achseln. Er sieht so aus, als wüsste er auch nicht mehr weiter, und das ärgert ihn. »Vielleicht befindet sich Ambra auf der Flucht«, überlege ich, es ist ein spontaner Einfall.

»Genau, auf der Flucht. Mir ist genau der gleiche Gedanke gekommen, und im Augenblick erscheint mir das plausibel.«

»Aber wovor? Oder besser, vor wem? Und wo ist die Verbindung zu Vivianas Tod?«

»Hoffentlich gibt es überhaupt eine!«, unkt Calligaris, er ist beunruhigt. Dann entlässt er mich mit der Entschuldigung, dass er Liegengebliebenes aufarbeiten muss.

* * *

Daheim ist Cordelia den Tränen nahe.

»Was ist los?« Ich erwarte eine Tragödie.

Baby Malcomess hebt ihren Blick aus den Buchseiten. »Fürst Andrej liegt im Sterben«, verkündet sie bewegt.

Aha, das ist es. Cordelia ist seit Wochen in die Lektüre von *Krieg und Frieden* vertieft und behauptet, mit dem Fürsten Bolkónski ihren Traummann gefunden zu haben. Ihrer Meinung nach ist er der beeindruckendste Charakter der gesamten Weltliteratur.

»Seit dreihundert Seiten zittere ich mit«, kommentiere ich, denn mittlerweile kenne auch ich die Handlung.

»Aber jetzt stirbt er wirklich. Er klammert sich mit letzter Kraft ans Leben ... einfach großartig, ich fühle mich Natascha so nahe ...«

Cordelias sensible Seele – sie ist am gleichen Tag wie Shakespeare geboren und trägt den Namen einer seiner Heldinnen – ist aufgewühlt. Und deshalb ist Ichi noch nicht Gassi gewesen, und ich fürchte, dass ihm gleich die Blase platzt, obgleich er aus Liebe zu seiner Freundin Gleichmut bewahrt. Und natürlich ist auch nichts zu essen da, und wir werden wie üblich eine Pizza bestellen.

Doch diese banalen Probleme fechten meine Mitbewohnerin nicht an. Sie schafft es gerade noch, gelegentlich aus dem unglücklichen Schicksal von Fürst Andrej aufzutauchen und sich nachlässig eine Handvoll Chips in den Mund zu schieben.

Anstatt eine Pizza nach Hause zu bestellen, mache ich mit Ichi an der Leine einen Abendspaziergang und gehe sie holen.

Ausgerechnet in dieser kleinen Pizzeria, zu der ich nur gehe, weil sie gleich um die Ecke liegt, sitzt an einem der Tische mit rot karierter Decke Carlo De Robertis.

Und wenn mich mein Gedächtnis nicht täuscht, befindet er sich in Begleitung von Sandra, seiner Exkollegin und Exfreundin.

Diese Gelegenheit darf ich mir nicht entgehen lassen. Zusammen mit meinem Hündchen – Ichi ist immer noch ganz entrüstet, weil ich ihn auf dem Bürgersteig von fettigem Einwickelpapier weggezogen habe – trete ich an ihren Tisch und begrüße sie freundlich.

Carlo De Robertis erwidert meinen Gruß mit der gleichen Verbindlichkeit. *Was für eine Überraschung, Dottoressa, bla, bla, bla.*

»Darf ich Ihnen Sandra Martelli vorstellen?«, sagt er irgendwann leicht errötend.

Was hast du dir damals bloß bei diesem Typen gedacht?, würde ich sie am liebsten fragen.

Sandra hat ein liebenswertes Lächeln, Grübchen, dunkle Locken und einen wachen, freundlichen Blick. Ihr Händedruck ist fest und trocken, und überhaupt wirkt sie locker und fröhlich.

De Robertis erläutert ihr ausführlich, wie wir uns kennengelernt haben. Als Vivianas Name fällt, lese ich Betroffenheit in Sandras Blick.

»Darf ich fragen, wie lange Sie in Rom bleiben? Falls

Ispettore Calligaris mit Ihnen reden möchte«, füge ich erklärend hinzu. Ich hoffe, Calligaris ist stolz auf meine Umsicht.

»Nicht einmal eine Woche«, erwidert sie bedauernd. »Und ich würde jedes Mal zu gerne länger bleiben, wegen ihm«, fügt sie hinzu und wirft De Robertis einen verliebten Blick zu. Einen Augenblick mal – hatten die beiden sich nicht getrennt? Es stimmt schon, die Grenzen von Beziehungen zwischen Mann und Frau sind instabil und fließend – ich weiß ein Lied davon zu singen –, aber dass sie wieder zusammen sind, überrascht mich schon. »Leider muss ich wieder nach Amiens zurück.«

De Robertis rutscht nervös auf dem Stuhl herum. Vielleicht kommt am Ende heraus, dass er die Beziehung zu Sandra nicht erwähnt hat, weil zu Hause Frau und Kinder auf ihn warten, wie bei anderen Nichtsnutzen, und sie ahnt nichts davon.

Oder vielleicht hat er getan, als ob nichts wäre, weil es da irgendeine Ungereimtheit in Bezug auf Viviana gibt?

Dem Ispettore wird es eine Freude sein, auf meine Frage eine Antwort zu finden, da bin ich sicher.

Oops! ... I did it again

Jeder hält im Leben an bestimmten Gewissheiten fest. Mögen sie armselig oder pompös sein, jeder von uns hat wenigstens eine.

Zum Beispiel weiß ich ganz gewiss, dass ich an dem Tag, an dem ich eine Wohnung mit Zentralheizung und Warmwasser beziehe – und nicht mehr mit den paar Tropfen aus dem Boiler auskommen muss –, eine Stunde lang unter der Dusche stehen werde, das wird ein Fest! Ebenso wird der 12. Dezember wieder endlich ein netter Geburtstag, fast wie einer aus der Kindheit, wenn ich nicht länger einen Umweg über die Leichenhalle nehmen muss.

Denn das ist jetzt schon seit Jahren ein fester Termin.

Die arme Seele liegt auf dem Seziertisch, und Claudio ist fertig für die Autopsie, umringt von einer Schar von Studentinnen. Nachdem er in einer seiner Vorlesungen die Gelegenheit zur Teilnahme erwähnt hat, wollte aber auch wirklich keine zurückstehen. Seine Arroganz ist atemberaubend, er badet in ihrer Bewunderung. Mit Latexhandschuhen und der für ihn typischen Eleganz fährt er in den Bauch des Toten. Nur wer direkt neben ihm steht, hört seinen Ausruf: »Der ist ja noch warm!«

Instinktiv zieht er die Hände zurück. Der technische Angestellte liefert prompt eine Erklärung.

»Der war nicht im Kühlraum, Dottore.«

Claudio sieht aus, als hätte er gerade ein Gespenst gesehen. Angesichts der Situation ein Paradox. »Und warum?«

»Weil er genau seit vierundzwanzig Stunden tot ist. Es hatte keinen Sinn, ihn da noch reinzuschieben«, fügt der Angestellte als persönliche Einschätzung hinzu, was Claudio anscheinend nicht goutiert. In dieser Hinsicht ähnelt er immer mehr der Wally, er ist ebenso unduldsam wie sie.

»Mach du weiter, Allevi.«

»Ich?«, stottere ich, aus meinen Gedanken gerissen. Ich hatte überlegt, was ich an diesem Abend, an dem ich mit Cordelia und Silvia meinen Geburtstag feiern wollte, wählen sollte – sexy Stiefel oder ein elegantes Dekolleté.

»Genau du.«

Verblüfft schaue ich ihn an. Er zieht sich den Kittel aus, und bevor er ein letztes Bad in der Menge der Studentinnen nimmt, raunt er mir ins Ohr: »Mir macht wirklich nichts so leicht was aus. Aber der hier ist wie lebendig. Mir graut davor. Ich überlasse dir das Vergnügen.«

»Du bist wirklich ein Scheusal«, gebe ich zurück und nehme ein paar Latexhandschuhe aus meiner Kitteltasche.

Er zuckt gleichgültig mit den Schultern. Mein bittender Blick lässt ihn kalt, und überhaupt scheint es ihn nicht zu kratzen, dass er sich unmöglich benommen hat.

»Entfernt man so eine Niere?«

Idiot. Anstatt irgendeiner von den anwesenden Studentinnen auf die Nerven zu gehen, verfolgt er jeden meiner Schritte.

»Wir sind jetzt schon seit Stunden hier, und du hast noch nicht mal die Leber obduziert.«

Am Ende der Prozedur weiß ich nicht mehr, wo mir der Kopf steht, und würde ihm wirklich gerne die Meinung sagen.

Ich ziehe den wattierten Kittel aus, streife die Handschuhe ab, werfe sie in den Eimer mit dem Sondermüll und schaue ihn von Kopf bis Fuß giftig an. Dann laufe ich zu Fuß ins Institut zurück. Meine Hände habe ich in den Kitteltaschen vergraben und das Kinn im Rollkragen meines Pullovers, ich bin durchgefroren und verfluche den kalten Wind.

»Alice«, höre ich eine Stimme hinter mir.

Er ist es, dieser Blödmann, er kann es nicht lassen, den Verführer zu spielen. »Lass mich in Ruhe. Ich habe keine Lust mehr, dich bei deinen Egotrips zu unterstützen.«

»Ich setze dich doch nur unter Druck, weil ich möchte, dass du etwas dazulernst.«

»Ach, sieh an, mit Lara machst du das nicht.«

»Auch wenn Lara sich noch so sehr anstrengt, sie wird niemals deine Fähigkeiten haben.«

Mistkerl. Solche Komplimente sind Streicheleinheiten für mein Selbstbewusstsein, das weiß er ganz genau. Aber wir wissen auch beide, dass die Realität anders aussieht.

Ich erwidere nichts, sondern öffne die Tür zum Institut und lasse sie vor seiner Nase zuschlagen.

Drinnen herrscht Totenstille, es ist dunkel geworden, ich muss das Licht anmachen.

»Lass es.«

»Was?«, frage ich zurück.

»Lass das mit dem Licht«, sagt er, sein Tonfall ist weich, und er nimmt mich bei der Hand.

»Was ist plötzlich los mit dir?«, frage ich leise.

Anstelle einer Antwort küsst er mich auf den Hals, und ich bin völlig perplex.

»Nein … Claudio. Nach diesem einen Mal in Taormina … ging es mir gar nicht gut.«

»Das wusste ich nicht.«

»Du weißt vieles nicht.«

»Du auch … du weißt auch so vieles nicht.«

Ach, seiner Art zu küssen, sanft und zugleich drängend, konnte ich noch nie widerstehen …

Ich bin vom Unglück verfolgt.

Ohne Moral.

An dem Ganzen ist etwas faul, garantiert, aber ich stürze mich fast mit Lust ins Unglück, so als könnte ich nicht anders, als dunkle Wege einzuschlagen.

Merkwürdigerweise kommt mir genau in diesem Augenblick, in dem ich das Falsche tue, Viviana in den Sinn. Und ich glaube, erst jetzt begreife ich, was sie für Daniel empfand.

* * *

Von heute an wird sich mein Leben ändern. Auch mein Alter hat sich geändert.

Es ist nie zu spät, um endlich die zu werden, die ich gerne sein möchte: einfach alles hinter mir lassen und von vorne anfangen. Ich werde mich fortan zu einem Vorbild an keuscher Reinheit entwickeln, da kann dann selbst eine Klosternonne nicht mithalten.

Claudio und Arthur unterstützen mich darin, und zwar durch ihr Verhalten. Beide tun so, als ob nichts wäre, und damit fällt es mir ebenfalls leichter, mir einzureden, dass ich das Ganze tatsächlich durchziehen kann.

Während ich mir darüber den Kopf zerbreche, mein Leben von Grund auf zu revolutionieren, ruft mich Calligaris an. Er schäumt über vor Ideen, und so begebe ich mich zu seinem Büro.

Er trägt ein helles Hemd, es hat etwas von einem Leichentuch, und die Farbe macht seine Wangen noch gelblicher. Aber ansonsten wirkt er froh und hält mir das Dokument mit der Verlustmeldung von Vivianas Koffer hin.

Auf der Stelle gehe ich es durch, und Calligaris wirkt so gespannt wie ein Junge vor dem Öffnen der Weihnachtsgeschenke.

»Fällt dir gar nichts auf?«, erkundigt er sich.

»Hetzen Sie mich nicht, Ispettore, ich brauche meine Zeit, das wissen Sie.«

Die von Viviana erstellte Liste von allem, was in ihrem Koffer war, ist lang. Sie war offenbar sehr gründlich. Ganz unten bemerke ich den Eintrag, der den guten Calligaris ganz aus dem Häuschen gebracht hat: ein Buch in hebräischer Sprache über israelitische Archäologie.

»Das ist das Werk, das wir in De Robertis' Büro entdeckt haben!«, rufe ich aus. »Ich wusste es! Das war der Grund, warum ich mir diese Liste unbedingt anschauen wollte.«

»Es könnte dasselbe Buch sein«, erwidert Calligaris.

»Aber wie ist De Robertis da drangekommen? Natürlich können wir ihn nicht direkt fragen. Dann wäre gleich klar, dass wir herumgeschnüffelt haben.«

»Lass mich nur machen«, antwortet er. Dieser Satz verheißt meist nichts Gutes. »Du hast doch fotografiert.«

Ich nicke, suche es in meinen gespeicherten Fotos und reiche ihm mein Telefon.

»Wir müssen sichergehen, dass es sich um ein und dasselbe Buch handelt. Für mich ist dieses Alphabet allerdings absolut unverständlich.«

»Na, und für mich erst!«

»Kein Problem, ich kümmere mich darum. Mail mir die Aufnahme zu.«

»Was übrigens De Robertis angeht … ich habe ihn in Begleitung von Sandra Martelli in einer Pizzeria getroffen, und sie waren ein Herz und eine Seele. Zwischen den beiden läuft vielleicht sogar was.«

»Woher hat du nur immer diesen Dusel, Alice?«

»Das stimmt nicht ganz, Ispettore. Entweder habe ich Glück, oder ich sitze richtig in der Tinte. Meistens ist es Letzteres. Für mich gibt es keinen Mittelweg.«

»Aber ist das nicht merkwürdig?«, denkt Calligaris laut. »Soweit wir wissen, lebt die Martelli in Frankreich, und zwischen den beiden besteht seit längerer Zeit kein Kontakt mehr.«

»Ich war auch sehr überrascht. Sandra Martelli bleibt die ganze Woche über in Rom. Ich habe ihr schon angedeutet, dass Sie sie vielleicht gerne sehen würden«, sage ich betont beiläufig.

Calligaris bekommt leuchtende Augen. »Bei der ersten Ausschreibung für den Polizeidienst werde ich persönlich den Antrag einreichen. Ob es dir gefällt oder nicht!«

Ich muss sagen, ich fühle mich gebauchpinselt. Wenn es bei uns eine derartige Ausschreibung gäbe, würde mein Antrag umgehend aussortiert, fürchte ich.

»Vielen Dank, Ispettore«, antworte ich respektvoll.

And wherever you've gone ... and wherever we might go.
It don't seem fair ... today just disappeared

Jericho, Dezember 2005

Es stimmt wirklich, das menschliche Herz ist zerbrechlich. Es ist in der Lage, in unzählige winzige Stücke zu zerspringen, die sich nie wieder zusammenfügen lassen. Viviana erfuhr das am eigenen Leib, und zwar jedes Mal, wenn sie Daniel und Jade miteinander sah und ihr klar wurde, dass die beiden füreinander gemacht waren und sie selbst nichts als eine nette Abwechslung gewesen war. Je mehr Zeit verging, desto mehr erschienen ihr jene Tage in Tel Aviv unwirklich, als hätte sie sie geträumt und nicht erlebt.

Sie träumte von Daniel und dem, was er sagte, wenn er in ihr war – gib's zu, du warst scharf auf mich, meinte er beim allerersten Mal, die Worte hatten sich ihr eingebrannt –, und je mehr sie ihr Verlangen zurückdrängte, desto drängender wurde es.

Er war unweit von ihr mit seinen Ausgrabungen beschäftigt, mit seinen Gerätschaften und ohne sich um die schwüle Hitze zu kümmern. Kaum dass er ein Wort an sie richtete. In seinen Ohren steckten Kopfhörer, er hörte Musik aus seinem MP3-Player, den er am Gürtel befestigt hatte.

Viviana beobachtete ihn verstohlen, sie konnte nicht anders. Immer wenn er ihren Blick bemerkte, wandte sie ihr Gesicht ungeschickt ab.

»Da, hör mal«, sagte Daniel mit einem Mal und hielt ihr einen Kopfhörer ans Ohr. Der Blick aus seinen goldenen Katzenaugen streichelte sie, und Viviana spürte eine Welle von Nostalgie, die ihr fast das Herz zerriss.

Light Years *von Pearl Jam. Der gleiche Song, der damals lief, als sie in der King George V Street Hummus gegessen hatten.* Wherever we might go… It don't seem fair… today just disappeard…

Viviana hätte ihm gern gesagt, dass auch ihr alles ganz unfair erschien.

Anita war in der Nähe und starrte sie beide an. Viviana begegnete ihrem Blick und zog es vor, nichts zu sagen.

Sie senkte den Kopf und ging wieder an ihre Arbeit, ihr war leicht schwindelig, sie seufzte tief.

Als sie später alle beim Mittagessen saßen, kam Daniel auf sie zu. Er nahm sie bei der Hand und führte sie an einen Ort, der in einiger Entfernung am Rande der Ausgrabungsstätte lag. Seine Augen glänzten, er wirkte triumphierend.

»Wir haben's geschafft. Das, was ich hier gefunden habe, wird alles verändern. Komm mit.«

Er zeigte ihr eine Stelle, die noch teilweise von Sand bedeckt war.

Viviana musste sich konzentrieren, um zu erkennen, was Sandschichten verborgen gehalten hatten. Gebeine, menschliche Gebeine, offenbar waren sie feierlich beigesetzt worden, wie es Angehörigen der Aristokratie vorbehalten war. Ein winziger Körper, mit einer Kette um den Hals.

Viviana war sich nicht sicher, doch sie ließ sich von ihrer Fantasie mitreißen. Dies hier waren ganz besondere Gebeine, sagte sie sich, und die Erkenntnis durchfuhr sie wie ein elektrischer Schlag.

Die Gebeine einer Prinzessin.

Manchmal hilft ein Fruchtsaft

Natürlich brauche ich eine Ausrede. Ich habe mich alleine zum Institut für Archäologie begeben. Dort möchte ich herausfinden, wie Vivianas Buch, das vermutlich in dem verloren gegangenen Koffer steckte, ins Regal von Carlo De Robertis gelangte. Ich vertraue ganz auf meine Gene, denn in der Kunst des Herausredens ist meine Großmutter Amalia absolut spitze. Kürzlich sind sie und diese Klatschtante von Bertozzi dem lokalen Verein der Krippenfreunde in Sacrofano beigetreten, um in einer Angelegenheit ordentlich herumzuschnüffeln. Nur so viel dazu.

Doch ich habe kein Glück. Carlo ist nicht am Institut. Vielleicht wollte er Zeit mit Sandra verbringen, solange sie noch hier ist. Zu dumm, dass ich daran nicht gedacht habe.

»Dottoressa! Was führt Sie zu uns?« Ich will gerade gehen, da überrascht mich die Frage von Professor Curreri. Neben ihm steht Anita.

»Ich hätte noch ein paar Fragen an Dottor De Robertis«, betone ich.

»Vielleicht kann auch ich Ihnen weiterhelfen?«, schlägt Anita vor. Aber ich habe den Eindruck, dass ihre Freundlichkeit eine Fassade ist und sie eigentlich wissen will, wie der Stand der Dinge ist.

Ich nehme ihre Einladung an, bin aber fahrig, weil ich mir in den folgenden paar Sekunden plausible Fragen einfallen lassen muss. Während Anita mich zu ihrem Büro führt, durchforste ich in Gedanken Vivianas Mails nach Bezügen zu archäologischen Themen. Anita setzt sich auf ihren Bürostuhl und lächelt mich auffordernd an.

»Und?« Anita sitzt anscheinend wie auf heißen Kohlen. Sie neigt offenbar zu plötzlichen Stimmungswechseln.

»Nun, ich wollte nur eine Information zu diesem Skarabäus.«

Anita scheint innerlich aufzuatmen. »Ach ja, der Skarabäus. Der wurde in dem Jahr entdeckt, als Viviana verschwand. Er lieferte uns wertvolle Informationen und gehört zu den Funden, von denen jeder junge Archäologe träumt.«

»Und warum?«

»Aus den Einkerbungen auf dem Skarabäus gelang es, den kanaanitischen Namen für Jericho zu erschließen, *Ruha*. Und daraus ließen sich wiederum viele weitere Informationen zur Geschichte und Wirtschaft der Stadt ableiten.«

»Wer hat ihn gefunden?«

»Ach, wissen Sie, Archäologie ist Teamarbeit. Jedes Teammitglied trägt mit seiner kleinen Spitzhacke dazu bei, dass Schätze der Vergangenheit ans Licht kommen. Aber, sagen Sie, wie hängen die Entdeckung des Skarabäus und Vivianas Verschwinden zusammen?«

»Es handelt sich lediglich um ein kleines Detail«, sage ich vage.

Auf Anitas Gesicht erscheint jenes Lächeln, das Viviana an ihr hasste. Und ich muss ihr recht geben. Ich erkenne in ihm Ambras Hinterhältigkeit, die ich meinerseits ebenfalls nicht mochte. Wieder einmal überraschen mich die Parallelen zwischen meinem Leben und jenem der armen Viviana.

»Auf dem Skarabäus«, fährt Anita pedantisch fort, »befinden sich ägyptische Hieroglyphen. *Ruha* bedeutet *Duft* und ist die sprachliche Wurzel von *Ariha*, dem arabischen Namen für Jericho. Auf diese Entdeckung waren wir sehr stolz.«

»Das ist auch schon alles.« Mir fällt nichts mehr ein, um das Gespräch weiterzuführen. Selbst meine Unverfrorenheit hat ihre Grenzen, auch wenn alle, die mich kennen, das Gegenteil behaupten würden.

Anita erhebt sich von ihrem Bürosessel. Doch der Wechsel vom Sitzen ins Stehen löst bei ihr offenbar Unwohlsein aus. Sie sucht mit den Fingern Halt an der Schreibtischkante und schließt die Augen. Instinktiv eile ich ihr zu Hilfe.

»Alles okay?« Sie nickt entschieden, ohne einen Ton zu sagen. »Setzen Sie sich wieder hin«, weise ich sie an, und sie gehorcht.

Sie atmet langsam ein und aus und öffnet die Augen. »Alles klar«, versichert sie mir, aber sie ist leichenblass, auf diesem Gebiet kenne ich mich aus.

»Kann ich Ihnen helfen?«

»Ich habe Diabetes«, murmelt sie tonlos. »Typ 1. Manchmal hilft mir dann ein Fruchtsaft.«

»Bleiben Sie sitzen, ich hole einen aus dem Automaten.«

»Vielen Dank«, antwortet sie schwach.

Nach kurzer Zeit – Ananassaft oder besser Pfirsich? – bin ich wieder bei ihr. Ich drehe die metallene Verschlusskappe auf und reiche ihr das Glasfläschen. Während sie den Inhalt trinkt, als würde sie damit zu neuem Leben erweckt, betrachte ich ein gerahmtes Foto auf ihrem Schreibtisch, das mir beim ersten Besuch nicht aufgefallen war.

Es zeigt Anita und ein Mädchen im Alter von ungefähr zehn Jahren. Es ist festlich gekleidet und sieht ihr sehr ähnlich. Auf seinem Kopf sitzt eine Spielzeugkrone.

Ich muss mich zurückhalten, um das Bild nicht in die Hand zu nehmen, damit ich es besser anschauen kann. Am besten noch durch ein Vergrößerungsglas.

»Was für ein süßes Mädchen!«, rufe ich spontan aus. Anita, immer noch benommen vom Unterzucker, reagiert nicht. »Ihre Schwester?«, hake ich nach.

Anita nickt. Bestimmt hält sie mich für eine Nervensäge. Ganz sicher ist das kein günstiger Augenblick für persönliche Fragen. Hypoglykämie ist nicht harmlos, man kann ins Koma fallen. Ich bin Ärztin und sollte das wissen. Es ist bezeichnend, dass meine Mutter, wenn es jemandem schlecht geht, immer meint, man müsse den Arzt rufen. Als hätte ich keine Ahnung!

Die kleine Krone sieht jener ähnlich, die man bei Viviana gefunden hat. Sicher kann ich aus diesem Grund einfach nicht aufhören nachzufragen. Ich sehe überall Spuren. Mich überkommt wohl so etwas wie geistige Kleptomanie oder emotionale Inkontinenz. Oder beides.

»Hatte sie da Geburtstag?«

Anita öffnet die Augen und mustert mich eiskalt. Oje, jetzt bin ich übers Ziel hinausgeschossen.

»Wissen Sie, ich stelle die ganze Zeit Fragen, um Sie auf andere Gedanken zu bringen«, plappere ich. »Ich lenke Ihren Verstand auf positive Ereignisse, damit er nicht die ganze Zeit um Ihre Unpässlichkeit kreist. Das ist eine ärztliche Technik, wissenschaftlich belegt.«

Anita ist zu wohlerzogen, um sich zu meinen Theorien zu äußern.

»Gut ... vielen Dank«, sagt sie widerstrebend.

Ich warte noch, bis sie wieder ganz auf den Beinen ist, dann verabschiede ich mich. Weitere Fragen stelle ich ihr lieber nicht. Das ist jetzt Sache des Ispettore.

So viel Köpfe, so viel Sinn

Lewis Carroll, *Alice im Wunderland*

Ich bin von dem endlosen Tag am Seziertisch völlig erledigt. Selbst als ich zu Hause ankomme, rieche ich noch nach Leichenhalle, finde ich. Ein durchdringender und scharfer Sanitärgeruch, der etwas von Krankheit hat. Einfach scheußlich.

Cordelia bereitet gerade einen veganen Salat mit Kohl und Sojasoße zu, im Hintergrund läuft Frank Sinatra. Ob ich mich um Ichis Abendessen kümmern könnte, fragt sie mich. Er mustert uns beide ziemlich blasiert.

»Wir sollten ihn auf Diät setzen, Cordy, er wird allmählich rund wie eine Tonne.«

Das Hündchen wirft mir einen vorwurfsvollen Blick zu.

»Wie kommst du darauf, kommt nicht infrage. Das habe ich Yukino vor ihrer Abreise versprochen.«

»Du hast versprochen, dich um ihn zu kümmern.«

»Nein. Ich habe versprochen, ihn glücklich zu machen. Bist du etwa glücklich, wenn du deine Diät machst? Das glaube ich nicht. Wenn ich dir dabei zuschaue, wie du Pasta abwiegst, kommt es mir so vor, als würdest du dich langsam zu Tode hungern. Also sehe ich nicht ein, wieso wir Cagnino einer solchen Folter unterziehen sollten.«

Cagnino ist unser Kosename für Ichi. Mittlerweile hört er auf keinen anderen Namen mehr.

»Gibt's was Neues von deinem Bruder?«, frage ich sie

scheinbar unbeteiligt, während ich Ichis Napf mit einer angemessenen Portion exquisiten Hundefutters fülle.

»Er hat ein Mobiltelefon, wie mittlerweile auch der letzte Hungerleider dieser Welt. Warum fragst du ihn nicht selbst?«

»Es macht nicht immer Spaß, ihm hinterherzutelefonieren. Wäre schön, wenn er sich mal melden würde.«

»Du weißt doch, wie er ist, aber …«, unterbricht sie sich theatralisch.

Selbst Cagnino hängt an ihren Lippen und hofft auf Nachrichten. »Im nächsten Monat kommt er auf jeden Fall wieder hierher.«

»Hat er die Arbeit bei *National Geographic* angenommen?«, frage ich sie begeistert.

»Noch nicht. Er kommt zur Hochzeit meines Vaters mit Ludovica.«

Also fährt der Supremo wieder einmal in den Hafen der Ehe ein (und nicht zum ersten Mal). Davon wusste ich nichts.

»Sie haben den Termin erst kürzlich festgelegt. Natürlich ist es eine standesamtliche Trauung. Dann ein Empfang in der Villa ihrer Eltern, etwas ganz Vornehmes. Du erinnerst dich bestimmt noch daran, was für ein Typ sie ist …« Cordelia mag die Lebensgefährtin ihres Vaters nicht besonders. Arthur im Übrigen auch nicht. »Auf jeden Fall möchte er, glaube ich, auch die Kollegen aus dem Institut dazu einladen. Sie ist damit nicht einverstanden, aber ich hoffe, Papa wird sich durchsetzen, wenigstens in diesem einen Punkt! Dann bist auch du mit von der Partie, und ihr beide, Arthur und du, könnt euch sehen. Und am Tag danach zerreißen wir uns dann das Maul über die Hochzeit.«

»Und Weihnachten? Kommt er da?«, erkundige ich mich vage.

»Keine Ahnung. Diese Alicia hängt an ihm wie eine Klette. Erobere ihn zurück, mit dir war alles anders. Wie auch immer, ich hoffe, dass er wieder mit von der Partie ist. Ohne ihn ist Weihnachten kein Familienfest«, sagt sie trübsinnig.

»Läuft zwischen den beiden etwa immer noch was?«, hake ich nach, ich bin einfach zu neugierig.

»Mehr oder weniger, aus Gewohnheit.«

»Siehst du, ich habe dir doch gesagt, dass am Ende eine Beziehung draus wird.«

Cordelia zuckt gleichgültig die Achseln.

»Übrigens wollte Yukino über Skype mit dir reden, anscheinend hat sie dir was Wichtiges mitzuteilen«, informiert sie mich.

Ich rechne den Zeitunterschied aus, um zu entscheiden, ob ich es jetzt gleich versuchen soll. Acht Stunden Zeitverschiebung machen unsere Kommunikation nicht leichter, und in der Tat muss ich mir das Gespräch für den folgenden Tag vornehmen. Ich werde es probieren, bevor ich ins Institut gehe, dann ist es in Kyoto, der magischen Stadt, Nachmittag.

* * *

Yukinos Nachricht ist in der Tat fantastisch: Sie kommt bald nach Rom und bleibt ungefähr zwei Monate, um die letzten Kapitel ihrer Abschlussarbeit zu überarbeiten. Cordelia ist ebenfalls begeistert. Yukino wird bei mir mit im Zimmer schlafen, das wird wunderbar, ganz wie in alten Zeiten.

Die Vergangenheit ist vorbei, das ist mir klar, und jeder Versuch, sie zu wiederholen, ist zum Scheitern verurteilt. Aber ich kann nicht anders – ich träume davon, wenn auch nur für einen kurzen Augenblick, jene glücklichen, unbeschwerten Tage wiederzuerleben. Schöne Erinnerungen sind kein Trost, im Gegenteil. Sie sind auch keine wärmende Zuflucht, wenn das Leben einem kalten Wind um die Ohren bläst, das ist Unsinn. Schöne Erinnerungen sind eine Qual, weil sie sich nicht wiederholen lassen.

Doch wie auch immer, die Aussicht Yukino, meine koffeinsüchtige japanische Freundin, wiederzusehen, muntert mich auf. In dieser Stimmung ist ein Tag am Institut mit all seinen Herausforderungen viel leichter zu meistern. Ich vergesse sogar fast, dass Arthur mit Alicia Stair zusammen ist.

Und wenn er sie zur Hochzeit des Supremo mitbringt?

Das überlebe ich nicht.

»Alice! Wie immer in ihrem Wunderland.«

Wallys verrauchte Stimme reißt mich aus den Gedanken.

»Entschuldigen Sie.«

»Ich wünschte, jemand hätte mir für jede Ihrer Entschuldigungen einen Euro gegeben, Alice!«

Belebt durch den Schrecken, den sie mir gerade eingeflößt hat – und das schafft nur sie –, schiebt sich die Wally wie eine Riesenkröte vor meinen Schreibtisch.

»Haben Sie heute Nachmittag schon zu tun? Bilde ich mir das ein, oder haben Sie wirklich vor einiger Zeit angeboten, an dem Gutachten zu diesem wichtigen Fall von Haftung am Arbeitsplatz mitzuarbeiten?«

Während sie mich mit jenem Unglücksmoment konfrontiert, in dem ich tatsächlich auf diese Blödsinnsidee kam, und zwar nur, um Interesse für ihre Gutachtertätigkeiten zu heucheln, fällt mir ein, dass ich am Nachmittag eigentlich Calligaris zu seinem Treffen mit Sandra Martelli begleiten wollte. Aber es gibt keinen Weg, Wally und ihrem Drängen zu entkommen.

Aber sicher, Prof, vielen Dank, Prof, selbstverständlich, Prof.

Das hat mir wirklich noch gefehlt. Mal ganz abgesehen

davon, dass ein Nachmittag mit der Wally selbst einen abgeklärten tibetanischen Mönch in den Wahnsinn treiben würde, wollte ich bei dem Gespräch zwischen dem Ispettore und Sandra dabei sein und in Vivianas E-Mails weiterlesen. In der letzten Zeit hat Calligaris zu oft Informationen zurückgehalten, um sich in Szene zu setzen und sein Ego zu pflegen oder warum auch immer … Um wirklich alles mitzubekommen, muss ich mitmischen.

»Gut, dann bis später«, meint die Wally, dann dreht sie mir ihren Rücken und ihren dicken Hintern zu und kehrt wieder in ihr Reich zurück.

* * *

Bei den Verhandlungen sind die Sachverständigen anwesend, und es fehlt auch nicht das Sahnehäubchen auf der Torte – Dottor Conforti.

Wir sitzen in Wallys Büro, einer kleinen, altmodischen und heruntergekommenen Wohnung, deren Wände Tapeten aus den vierziger Jahren zieren.

Wenn man ihnen zuhört, könnte man denken, dass dieser Fall in die Annalen der Rechtsmedizin eingehen wird: Eine Reinigungskraft ist in der Angestelltentoilette eines Lagers gestürzt. Der Mann hat sich lediglich einen Knöchel verstaucht, mehr nicht! Doch der Lagerinhaber lehnt jede Haftung ab, und jetzt wird über die Qualität von Reinigungsmitteln diskutiert, wie lange sie zum Trocknen brauchen und wie rutschig der Boden dadurch wird …

Ich hocke in der Zwischenzeit in einer Ecke auf einem unbequemen, abgenutzten Holzstuhl, an dem ich mir auch gleich eine Laufmasche in meine nagelneue auberginenfarbene Strumpfhose gezogen habe – die Farbe passend zum Nagellack an meinen Fingern.

Das ist nicht zum Aushalten hier, man langweilt sich zu Tode.

Am besten gehe ich einfach kurz auf die Toilette, um eine zu rauchen, von denen merkt ohnehin keiner, wenn ich fehle.

Ich schließe die Tür ab und werfe rasch einen Blick in den Spiegel, aber das gelbliche Licht macht mich nicht schöner. Dann stecke ich mir eine an und versuche genussvoll zu rauchen. Eigentlich möchte ich aufhören, meine Tagesration habe ich bereits erheblich reduziert. Anschließend versprühe ich ein bisschen Deodorant und schließe die Tür auf.

Oder besser, ich versuche es.

Der Schlüssel dreht sich bis zu einem gewissen Punkt, dann geht es nicht weiter.

Nach dem zehnten Anlauf gebe ich mich geschlagen – ich habe mich tatsächlich in diese grässliche Winztoilette eingeschlossen. Der Schlüssel lässt sich mittlerweile überhaupt nicht mehr drehen, er steckt fest.

Ein Plan muss her.

Claudio anrufen und um Hilfe bitten? Ausgeschlossen.

An die Tür hämmern, bis mich jemand hört? Ebenfalls ausgeschlossen.

Warten, bis das Gutachtergespräch zu Ende ist und jemand sich fragt, wo ich abgeblieben bin und, in der Befürchtung, mich tot aufzufinden, in der Toilette nachsieht? Das könnte man versuchen … Wenn sich denn jemand die Mühe machen würde, nach mir zu suchen. Aber für die beiden bin ich nicht mehr als ein lästiger Schimmelfleck an der Decke, ich muss nur nach oben gucken, damit mir das klar wird.

Das kleine Fenster. Das ist die Lösung. Ich könnte versuchen, aus dem Fenster zu klettern. Es ist zwar eng, aber ich bin sportlich. Mehr oder weniger. Das Fenster geht auf einen kleinen Balkon hinaus, der wiederum auf den Flur führt.

Wenn ich das schaffe, wird niemand mein Missgeschick bemerken. Und wen kümmert es, dass Wally irgendwann vor einer verschlossenen Toilettentür steht. Selbst schuld. Ich habe den Verdacht, dass dieses Büro nicht einmal einfachsten Sicherheitsnormen entspricht – und die sollten ihr nun wirklich bekannt sein!

Okay, Alice. Ganz langsam. Auf die Toilette klettern und weiter auf den Fensterrahmen, dann seitlich hindurch. Achtung, auf die Schultern aufpassen. Es ist ein bisschen wie bei der Geburt, das hast du schon einmal geschafft, warum nicht auch ein zweites Mal.

Mein Gott, ist das Fenster eng! In der Theorie kam mir alles einfacher vor. Die Strumpfhose kann ich wegwerfen, die ist ruiniert. Erst das eine Bein, dann das andere.

»Was machen Sie denn da?«

Wally ist verblüfft, hinter ihr steht Claudio und hält sich den Bauch vor Lachen.

Gar nicht so einfach zu erklären, warum ich rittlings auf einem Fensterrahmen sitze.

»Wir haben uns Sorgen um dich gemacht, du bist schon seit einer halben Stunde weg«, erklärt Claudio, er hat die Arme verschränkt und spielt den bösen Wolf.

»Wollten Sie flüchten?«, fährt die Wally fort.

»Die Toilettentür ist kaputt. Ich wollte nicht stören und dachte, ich komme raus.«

Beide wundern sich. Claudio erklärt sich bereit, mir vom Fensterbrett herunterzuhelfen. Es ist mit Abstand das Peinlichste, was mir in seiner Gegenwart bislang passiert ist – und die Liste ist nicht kurz.

Die Große Kröte hat die Hände in die Hüften gestemmt

und schüttelt den Kopf, als wollte sie sagen: *Mit der ist wirklich nichts anzufangen*.

Wir kehren in ihr Büro zurück. Aber vorher muss ich noch mit ansehen, wie die Wally mit einem *Voilà* im Handumdrehen die Toilettentür öffnet und mir wieder einmal demonstriert, dass ich wirklich zu nichts zu gebrauchen bin.

Morgen, und morgen, und dann wieder morgen
Kriecht so mit kleinem Schritt von Tag zu Tag
William Shakespeare, *Macbeth*

Lasziv – heute noch mehr als sonst – sieht Claudio von seinem Mac auf und starrt wie hypnotisiert auf meinen Mund.

Seine Aufmerksamkeit verdanke ich einer merkwürdigen Reaktion meines Körpers auf eine Soße mit Rotbarsch, die ich gestern in einem Restaurant in der Nähe des Campo dei Fiori gegessen habe. Jetzt sind meine Lippen wie die einer Pornodiva auf dem Höhepunkt ihrer Karriere. Und dabei wollte ich doch nur in Ruhe mit Cordelia ausgehen, um mich von meinem Missgeschick zu erholen.

»Ich kann nicht hinsehen, sonst verliere ich die Konzentration.«

»Mistkerl.«

»Ich würde am liebsten hineinbeißen, genau hier, an dieser Stelle«, meint er und deutet auf meine Unterlippe. »Nur ein einziges Mal.«

»Die schwellen wieder ab, und dann vergeht dir die Lust.«

Unsere kurzweilige Unterhaltung wird dankenswerterweise von einem Anruf unterbrochen: Calligaris kündigt an, dass er Anita Ferrante zu Hause einen Blitzbesuch abstatten will.

»Ich hole dich heute Nachmittag ab, sobald ich mich durch den Aktenberg gearbeitet habe«, beendet er das Gespräch. Wie ein Junge, der erst seine Hausaufgaben erledigen muss, bevor er an die Playstation darf.

Die Zeit will nicht vergehen, und in der Tat dunkelt es bereits, als wir zu Anita Ferrante fahren. Sie wohnt in einer Villa auf der Via Cassia, inmitten von Bäumen und gepflegten Blumenrabatten.

Unser Besuch bringt sie ein wenig aus der Fassung. Sie öffnet die Tür und bittet uns herein.

Wir nehmen vor dem Kamin auf einem weißen Ledersofa Platz. Das Feuer lodert hell, und sie macht sich kundig daran zu schaffen. Den angebotenen Espresso lehnen wir dankend ab. Calligaris wirft einen Blick auf seine Uhr, eine Taktik, mit der er zu verstehen gibt, dass die Unterhaltung nicht lange dauern wird.

»Eigentlich würden wir nur gerne mehr über Ihre Schwester und das Geburtstagsfest am 22. Januar 2006 erfahren.«

Anita begreift sofort, dass ich ihm von dem Foto erzählt habe, und wirft mir einen ziemlich verärgerten Blick zu.

»Ein Zufall. Viviana ist tags darauf verschwunden. Die Chronologie der Ereignisse kann ich natürlich nicht bestreiten. Aber ich verstehe wirklich nicht, was das Geburtstagsfest damit zu tun hat.«

»Überlassen Sie das mir«, unterbricht sie Calligaris. »Also, zu Ihrer Schwester.«

Anita seufzt anhaltend und genervt. »Meine Schwester Mathilde, genau. Damals wurde sie zehn. Wir hatten eine Party für sie organisiert. Genau hier, in diesem Haus.«

»Und wer sind wir?«

»Meine Eltern und ich, natürlich! Wer sonst?«

»Und warum wohnen Sie hier? Sind Sie nicht seit Kurzem verheiratet?«

»Ich bin in diesem Haus groß geworden. Kurz vor der Hochzeit haben meine Eltern beschlossen, in ein anderes Haus in der Nähe zu ziehen und dieses hier meinem Mann und mir zu überlassen. Ganz einfach.«

Anita wirkt gereizt. Ihre Wangen sind leicht gerötet, und ich glaube nicht, dass daran nur die Wärme des Kaminfeuers schuld ist.

»Wer war bei dem Fest dabei?«

»Mädchen im Alter von Mathilde. Schulfreundinnen.«

»War vielleicht an jenem Nachmittag auch Viviana da?« Anita räuspert sich. »In Ihrem Garten stehen viele Haselnusssträucher. Unter Vivianas Schuhsohlen hat man Pollen von Haselnüssen gefunden. Welch ein merkwürdiger Zufall.«

Calligaris kennt sich wirklich aus. Ich weiß nicht einmal, wie ein Haselnussstrauch aussieht.

»So war das nicht, sie war nicht beim Fest dabei, sondern ist nur vorbeigekommen. Das ist ein Unterschied.«

»Warum haben Sie das noch nie erwähnt?«

»Ich habe es nie verschwiegen.«

»Anita, was das Strafgesetz angeht, ist Unterlassung das Gleiche wie aktives Tun.« Anita geht darauf nicht ein, sondern schweigt, den Blick gesenkt. »Und warum ist sie vorbeigekommen? Und noch dazu zum Geburtstagsfest Ihrer Schwester?«

»Sie musste mir Unterlagen vorbeibringen, Arbeitsunterlagen.«

»Das muss aber sehr dringend gewesen sein!«

»Ich begreife nicht, worauf Sie hinauswollen.«

»War es Ihr Einfall, den kleinen Gästen Spielzeugkronen aufzusetzen?«

Anita wirkt verwirrt. Vielleicht erinnert sie sich auch einfach nicht an die kleinen Kronen.

»Kronen? Ach ja, die. Nein, das war eine Idee von meiner Mutter. Aber jetzt hören Sie, ich verstehe, dass Sie für Ihre Fragen gute Gründe haben, trotzdem begreife ich nicht, was das Ganze soll.«

»Wie gelangte eine dieser kleinen Kronen in das Erdloch, in das man Viviana legte, nachdem man sie umgebracht hatte? Fällt Ihnen dazu etwas ein?«

Anita reißt verblüfft die Augen auf. Zum ersten Mal wirkt sie aufrichtig.

»Ich weiß wirklich nicht, was ich darauf antworten soll«, sagt sie kleinlaut.

»Sie haben doch sicher noch Fotos von jenem Nachmittag«, tastet sich der Ispettore vor.

»Hier leider nicht. Am Institut habe ich eins, Ihre Mitarbeiterin kennt es«, sagt sie und zeigt auf mich. »Die anderen sind bei meinen Eltern.«

»Gut. Bis morgen haben Sie mir eins besorgt.«

Anita nickt bereitwillig, wenn auch angespannt.

»Ich wiederhole meine Frage von eben. Warum haben Sie Viviana an jenem Nachmittag getroffen?«

»Das haben ich Ihnen doch bereits gesagt«, platzt es aus ihr heraus. »Sie musste mir einfach ein paar Unterlagen vorbeibringen. Ja, es war dringend, denn zu dieser Zeit arbeiteten wir beide am Schlusskapitel unserer Diplomarbeit, da galt es keine Zeit zu verlieren.« Anita lächelt ihr künstliches Lächeln und kann nur schlecht ihre Erleichterung verbergen, als sie uns bald darauf zuvorkommend zur Eingangstür begleiten darf.

***

»Die hat Angst. Wetten, dass dieses Foto schon auf meinem Schreibtisch liegt, wenn ich morgen das Büro betrete?«

»Wenn Sie meinen«, erwidere ich müde. »Ich komme immer mehr durcheinander.«

»Das verstehe ich, die ganze Geschichte ist ziemlich verwickelt. Aber vieles nimmt Form an.«

»Vieles, von dem ich nichts weiß, schließe ich daraus.«

»Mir gefällt an dir, dass du üblicherweise Annahmen und keine Schlussfolgerungen äußerst, Alice.«

»Und mich bringt es zur Verzweiflung, wenn Sie in Rätseln sprechen.«

»Kannst du dir morgen einen Tag freinehmen?«

»Theoretisch nicht.«

»Ich sage dir nur so viel – es ist die Sache wert, du wirst es nicht bereuen.«

Verflucht vor Jehova sei der Mann, der sich aufmachen und diese Stadt Jericho bauen wird!

Josua 6,26

Jericho, Dezember 2005

In der Dunkelheit wehte der Wüstenwind über die Straßen, die Palmen und Bougainvilleen raschelten leise.

Viviana stand auf ihrem Zimmerbalkon und genoss die Abendkühle. Bald würde sie Jericho verlassen und damit lodernde Erinnerungen und – Daniel.

Am liebsten würde sie nie wieder hierher zurückkehren. Wohin ihr Weg sie auch immer führte, hoffentlich nicht zurück nach Palästina. Und das dachte sie, obwohl sie dieses Land so sehr liebte. Das Studium und Engagement von Jahren, wertlos geworden durch eine unglückliche Liebe. Vielleicht würde sie es wie Sandra machen und sich mit alten Tempelstätten beschäftigen, und sie beide würden in irgendeinem verlassenen Winkel Frankreichs nach irgendetwas graben.

Sie würde wieder reisen und träumen und die Enttäuschung immer weiter hinter sich lassen.

Sie hörte Klopfen an der Tür.

Als sie müde öffnete, stand Daniel vor ihr und lehnte schmal und graziös am Türrahmen. »Geh lieber, Jade wäre nicht begeistert, dich hier zu sehen.«

Er sah sie aus seinen leuchtenden, goldgelben Augen an.

»Unsere Entdeckung wird uns berühmt machen. Das ist der bedeutendste Fund, seit Wood die Kenyon fertiggemacht hat, weil sie die Zerstörung der Stadtmauer von Jericho falsch datiert hatte – sie hatte an der falschen Stelle das falsche Tongeschirr gesucht.«

Sein übliches Allmachtsgehabe. Armer Daniel, früher oder später würde er für die Folgen bezahlen. Wenn er sich nur weniger seiner Selbstdarstellung widmen würde, er wäre viel stärker.

In ihrem Blick lagen Verständnis und die Geduld der Liebenden.

»So weltbewegend ist das nicht.«

Daniel holte den kleinen Stein aus der Hosentasche, den sie einige Tage zuvor neben der Prinzessin gefunden hatten. Der Prof hatte vor einiger Zeit bereits mehrere entdeckt. Es waren einfache Geldstücke. Daniel ging von der Hypothese aus – und sie stimmte ihm zu –, dass sie mit jenem Totenkult in Zusammenhang standen, bei dem die Toten mit Geldstücken begraben wurden, damit sie die Überfahrt ins Jenseits bezahlen konnten. Eine winzige Gemeinsamkeit, welche die Kulturen des Mittelmeers miteinander verband. Er hatte ihr so vieles beigebracht, so viel mehr, als sie jemals geglaubt hätte, als sie ihm zum ersten Mal begegnet war und ihn auf der Stelle gehasst hatte.

»Du bist ein Grabräuber, dieses Geldstück darfst du nicht behalten.«

Daniel lächelte sie frech und freimütig an und streichelte ihre Wange. Sie ging auf seine Zärtlichkeit ein und legte wie ein Kätzchen ihren Kopf in seine Hand.

»Unser Geheimnis, noch eins.«

Quando in anticipo sul tuo stupore verranno a chiederti del nostro amore
Fabrizio De André

Wenn man dich, noch bevor du Gelegenheit hast verblüfft zu sein, nach unserer Liebe fragt

Cordelia und ich essen heute Abend wieder nicht zu Hause. Keine von uns hat Lust zum Kochen, doch angesichts unserer mageren Finanzen bleibt uns nur eine der lausigen Pizzerien in der Nachbarschaft.

Ein Schwarzer kommt an unseren Tisch und will uns eine Art Amulett verkaufen. »Schaut mal, bringt Glück und Freude.«

»Tut mir leid, wir sind für Unglück und Katastrophen«, erwidert Cordelia voller Ernst.

Der Arme flüchtet erschrocken.

»Hör auf mit deiner negativen Haltung.«

»Gar nicht so einfach, positiv zu denken, wenn man Lady Macbeth spielt.«

Derzeit spielt Cordelia in einer experimentellen Theatergruppe, die *Macbeth* in englischer Sprache aufführt. Es sind nur Männer auf der Bühne, selbst die Hexen werden von männlichen Schauspielern dargestellt. Cordelia ist Lady Macbeth und als Primadonna unschlagbar. Doch beklagt sie sich, dass das Publikum zumeist aus gelangweilten Bildungsbürgern besteht. Ich habe mir die Inszenierung angeschaut, sie hat mir sehr gut gefallen. Cordelia trägt ein smaragdgrünes Kleid, das etwas Nonnenhaftes hat, auch wenn die Schultern unbedeckt sind. In der Schlüsselszene, in der sie ihre blutbefleckten Hände betrachtet, ist sie einfach überwältigend. Arthur wäre sicher stolz auf sie, wenn er sich die Aufführung ansehen könnte.

Hin und wieder male ich mir mein Leben aus, wenn er das Angebot des *National Geographic* annehmen und in Italien bleiben würde. Vielleicht würde sich zwischen uns auch gar nichts ändern, weil es einfach nicht in den Sternen steht. Wer weiß. Apropos Macbeth – ich würde gerne die Hexen befragen.

* * *

Am folgenden Morgen rufe ich im Institut an, um mir einen Tag freizunehmen – ich denke mir irgendeine Erklärung aus –, und begebe mich dann zu Calligaris' Büro. Er ist so munter wie ein Eichhörnchen, will mir aber nichts verraten.

Nach einer Stunde bin ich schon drauf und dran, ihm vorzuhalten, dass er mich genötigt hat, einen ganzen Urlaubstag für nichts zu opfern, als ein Assistent ihm den Besuch von Daniel Sahar ankündigt.

Nicht zu fassen.

Mir ist es bislang nicht gelungen, mir sein Aussehen vorzustellen oder ihn als reale Person zu sehen. Calligaris' kleiner Überraschungscoup ist ihm voll und ganz gelungen.

Ich starre den jungen Israeli mit großen Augen an.

Er ist in Begleitung seiner Frau, Jade Berenson Sahar. Jade ist interessant, ich nehme an, Männer finden sie sexy. Falls die Bewohner des Jenseits wirklich allwissend sind, wird die arme Viviana über diese Wendung des Schicksals sicherlich nicht begeistert sein.

Daniel ist strahlend und einnehmend wie ein schöner Morgen, an dem die Sonne scheint. Er hat die Augen einer wilden Katze, mit ihrer tpyisch goldenen Färbung und ihrer Kälte. Hätten wir alle einen Dämon, der uns begleitet, so wie in der Trilogie *His Dark Materials*, dann wäre der von Daniel ein wunderbarer weißer Tiger.

Sobald er vor Calligaris' Schreibtisch Platz genommen hat, bemerke ich, dass ein Bein nervös zittert. Daniel ist sehr groß, auf jeden Fall größer als der Durchschnitt. Er ist mager, ein paar Pfunde mehr würden ihm vermutlich gut stehen. Jade und er sind ein sehr schönes Paar.

Wenn du hier unter uns bist, schließ die Augen, Viviana, und schau nicht hin.

»*Mister Sahar, nice to meet you*«, beginnt Calligaris. Bei seinem Akzent stehen einem buchstäblich die Haare zu Berge.

Daniels Art ist brüsk, er verschwendet seine Zeit nicht mit Floskeln. Er sagt, dass er Italienisch spricht, wenn auch nicht perfekt. Eine Unterhaltung unter vier Augen wäre vielleicht besser, erklärt ihm Calligaris, und zwar aufgrund der Fragen, die er ihm stellen will. Jade, groß und parfümiert, wirft dem Ispettore ein mitleidiges Lächeln zu. Sie scheint ihn für einen armen, alten Tropf zu halten.

»Ich habe verstanden. Ich werde mir die Zeit mit einer Zigarette und einem ordentlichen Cappuccino in einer Bar vertreiben«, erwidert sie auf Englisch und sieht ihren Mann dabei eindringlich an.

Daniel verabschiedet sie mit einem kurzen Winken, ein wenig zerstreut und unbeteiligt.

»Jetzt haben Sie Ihre Privatsphäre, ganz wie Sie wünschen«, meint er zu Calligaris. Dieser Mann besitzt die unnachahmliche Fähigkeit, seine Verstimmung mit einem einzigen Blick auszudrücken.

Der Ispettore blättert in seinem Block, auf dem er sich alles notiert hat, und beginnt, die Fragen zu stellen, die ihm – da bin ich sicher – schon seit geraumer Zeit auf den Nägeln brennen.

»Die erste Frage ist sehr wichtig: Was haben Sie und Ambra Negri Della Valle bei dem Treffen im Februar 2006, also knapp einen Monat nach Vivianas Verschwinden, miteinander besprochen?«

Wow, mit diesem Start hatte ich nicht gerechnet. Daniel macht den Eindruck, als verstünde er den Grund der Frage nicht, und wirkt verwirrt. Vielleicht hat er mit einem anderen Auftakt gerechnet, vielleicht weiß er auch nichts von Ambras Verschwinden und ist deshalb durcheinander.

»Ambra, eine Freundin von Viviana …«

»Warum haben Sie sich mit ihr getroffen?«

»Sie hat mit mir Kontakt aufgenommen. Sie hatte einen persönlichen Gegenstand von Viviana und wollte ihn mir übergeben.«

»Bitte schildern Sie das etwas ausführlicher.«

Daniel wirkt wie ein flegelhafter Teenager, der zum Schulleiter beordert worden ist. Er ähnelt in der Tat Vivianas Beschreibungen in ihren Mails!

»Okay. Ich war nach einem Besuch bei meiner Mutter in Rom nach Tel Aviv zurückgekehrt. Da erhielt ich einen Anruf von jener jungen Frau. Sie war eine Freundin von Viviana und wollte mich unbedingt so schnell wie möglich treffen. Ich hatte überhaupt keine Lust, sie zu sehen.«

»Doch davon hat sich Ambra Negri Della Valle nicht bremsen lassen«, wirft Calligaris ein, während er sich die verschmierte Brille am Pulloversaum putzt – er ist kurzsichtig. »Sie hat kurzerhand eine Reise ins Land der Verheißung organisiert und stand bei Ihnen auf der Matte.«

»Sie hat mir nie gesagt, dass sie extra deswegen angereist ist. Auf jeden Fall war sie irgendwann in Tel Aviv, wir haben uns in einer Bar in der Nähe meiner Wohnung verabredet und uns unterhalten.«

»Wie lange?«

»Wie lange wir miteinander gesprochen haben? So lange wie nötig, eine Weile.«

»Was hat sie Ihnen überreicht?«

»Ein Notizbuch«, gibt er zurück und starrt dabei auf den Schreibtisch.

»Und was stand darin? War es ein geheimes Tagebuch? Oder etwas anderes?«, fragt der Ispettore weiter. Er klingt leicht verärgert, weil sich Daniel wirklich alles aus der Nase ziehen lässt.

Der Israeli nimmt den Tonfall wahr und zahlt ihn dem Ispettore sofort heim.

»Es ist immer noch in meinem Besitz. Hätte ich früher davon erfahren, hätte ich das Büchlein mitgebracht, und Sie hätten sich selbst ein Bild machen können.«

»Um ganz genau zu sein, hätten Sie es damals aus eigener Initiative der Polizei übergeben können, Mister Sahar.«

»Ambra hat das auch nicht getan«, gibt er schlagfertig zurück.

»Das ist keine Rechtfertigung für Sie. Wie auch immer, senden Sie es mir so bald wie möglich zu. Und erzählen Sie mir einstweilen etwas über den Inhalt.«

»Notizen über die Arbeiten in Jericho, mehr nicht.«

»Ambra Negri Della Valle hat sich die Mühe gemacht, nach Tel Aviv zu reisen, um Ihnen ein einfaches Notizbuch zu geben? Hätte sie das nicht einfach per Post schicken können?«

»Was soll ich Ihnen darauf antworten?«, erwidert Daniel achselzuckend und dreist.

»Mister Sahar, was stand in diesem Notizbuch? Hat Ihnen Ambra gesagt, wie es in ihren Besitz gekommen war?«

»Nein, aber vielleicht erinnere ich mich auch nur nicht.«

»Was enthielt das Buch?«

»Ich habe darauf bereits geantwortet.«

»Ich glaube Ihnen nicht.«

»Stehe ich unter Anklage?«, fragt Daniel ruhig.

»Noch nicht«, gibt Calligaris nervös zurück.

»Kann ich rauchen?«

»Das hier ist ein Büro. Nein.«

»In Ihrem Aschenbecher befinden sich Zigarettenstummel, deswegen habe ich gefragt.«

»Was stand in diesem Notizbuch?«

»Aufzeichnungen zu den Ausgrabungen. Und Gedichte und Ähnliches.«

»Aha, da haben wir es. Also stand noch was anderes drin.«

»Ich schick's Ihnen, Ispettore. Sobald ich wieder in Tel Aviv bin, bringe ich es sofort zur Post.«

Vielleicht bilde ich es mir nur ein, aber mir scheint, Daniel Sahar blufft.

»Was hat Ambra Ihnen noch erzählt?«

»Wir haben über Viviana gesprochen. Hören Sie, ich bin kein geselliger Mensch und auch nicht sehr freundlich – das werden Sie gemerkt haben«, fügt er hinzu und lächelt charmant. »Ambra erzählte mir, dass sie seit Kurzem wieder Kontakt zu ihr habe. Die beiden seien alte Freundinnen und hätten sich aus den Augen verloren, seien sich trotz allem aber immer noch sehr nah.«

»Mister Sahar, können Sie mir sagen, ob die Arbeitsaufzeichnungen in dem Notizbuch einen Schädel betreffen, den Viviana in Jericho entdeckt hatte … und zwar derselbe, um den es in Ihrem Buch über den Totenkult in den Kulturen des Nahen Ostens geht? Übrigens eine ausgezeichnete Abhandlung, mein Kompliment.«

Während er sich bedankt, verrät Daniels Blick, dass ihm

die netten Worte des Ispettore völlig egal sind. »Man muss da unterscheiden, wissen Sie. Den Schädel haben wir beide entdeckt, und zwar in der Nähe des Ausgrabungsortes. An einer anderen, etwas höher gelegenen Stelle fanden wir ein vollständiges Skelett aus einer anderen Epoche. Es entstammt auch einer anderen Kultur und ist anders bestattet. Der Kopf ist noch mit den Gebeinen verbunden und nicht abgetrennt.«

»Ich begreife Ihre Unterscheidung nicht ganz«, erklärt Calligaris bissig. Auch ich bin ein wenig verwirrt.

»Ein Ausgrabungsfund wird erst durch die Zuordnung und Rekonstruktion der Kulturen relevant, die im Laufe der Geschichte aufeinandergefolgt sind. Keiner der Funde wäre nur Viviana zuzuschreiben, das Gleiche gilt für mich. Wir haben Seite an Seite gearbeitet und alles miteinander geteilt.«

»Und was haben Sie zu diesem Skelett zu sagen? Erwähnen Sie das auch in Ihrem Buch?«

»Selbstverständlich. Es handelt sich um die Gebeine einer Prinzessin, die sehr jung verstarb.«

»Können Sie uns die Körperhaltung beschreiben, in der man sie auffand?«, fragt Calligaris. Sein Tonfall verrät Anspannung.

»Wenn wir uns ein Exemplar des Buchs besorgen, dann könnte ich Ihnen die Fotos zeigen.«

»Eine Zeichnung reicht«, erwidert Calligaris aufgeregt. Bei mir macht es klick. Offenbar stellt er einen Zusammenhang zwischen den beiden Gräbern her, jenem der Prinzessin von Jericho und dem von Viviana. Und der kleinen Spielzeugkrone. Er ist ganz aus dem Häuschen.

Daniel nimmt das Blatt Papier entgegen, das Calligaris ihm über den Schreibtisch reicht, und skizziert die Körperumrisse eines Menschen in Fötalposition. Dann malt er einen kleinen Kreis hinzu und erläutert, dass es sich dabei um ein Geldstück handelt. Wahrscheinlich sollte damit die Überfahrt der verstorbenen Prinzessin ins Jenseits bezahlt werden.

In Calligaris' Augen steht eine Mischung aus Freude und Mitleid, und ich fürchte schon, dass er die Beherrschung verliert und vor dem Israeli in Tränen ausbricht.

Anscheinend kann Daniel sich den Sinn dieser Frage nicht recht erklären und wird zum ersten Mal höflich.

»Könnten Sie mir bitte den Grund für Ihre Frage erklären?«

Einen kurzen Augenblick lang wirkt Calligaris unschlüssig, doch dann hält er es offenbar für richtig, die Katze aus dem Sack zu lassen. »Viviana ist auf genau die gleiche Art und Weise bestattet worden wie die Prinzessin. Auch hatte sie ein Geldstück in der Tasche, zwei Euro.«

Daniel verstummt. Seine Verblüffung steht ihm nicht sehr gut zu Gesicht. Er lässt sich auf seinem Stuhl nach hinten fallen.

»*Shit*«, murmelt er und fährt sich mit der Hand durch die dunklen Locken.

»Sie müssen mir unbedingt sagen, wer zum Zeitpunkt von Vivianas Verschwinden von der Prinzessin wusste.«

»Das ganze Team.«

»Sind Sie da sicher?«

»Absolut. Wir haben, kurz nachdem wir zurück in Italien waren, auf den Fund angestoßen, und zwar alle.«

»Aber einige Ihrer Kollegen haben behauptet, dass die Ausgrabungsfunde geheim gehalten wurden.«

»Die Prinzessin nicht, nur der Schädel. Ich habe Ihnen doch bereits erklärt, dass es sich hierbei um zwei Funde von sehr unterschiedlicher Relevanz handelt. Und genau das rechtfertigt auch das unterschiedliche Vorgehen.«

»Wer wusste von dem Schädel?«

»Nur wir beide und Professor Curreri. Die Prinzessin an sich war keine wirkliche Sensation, sondern im Vergleich fast schon eine selbstverständliche Entdeckung. Ein Skelett war nichts Besonderes mehr, davon hatte man schon viele ausgegraben, und wenn überhaupt, dann war das kleine Geldstück aus Stein von Bedeutung. Außerdem trug sie ein Geschmeide, was darauf hindeutet, dass sie aus der sozialen Oberschicht stammte – daher die Bezeichnung ›Prinzessin‹. Doch ich wiederhole, sie war als ärchäologischer Fund nicht wirklich von Bedeutung.«

»Und warum dann diese Geheimniskrämerei um den Schädel?«

»Wir, ich und Viviana, wollten ihn für ein gemeinsames Forschungsprojekt nutzen. Um in der Forschung Gelder lockerzumachen, ist es wichtig, Themen zu präsentieren, in die sich Investitionen lohnen. Ich glaube, das gilt überall, aber vor allem in Italien.«

»Natürlich hätte jenes Projekt für Viviana auch bedeutet, dass sie viel Zeit in Jericho verbracht hätte.«

»Auch das, wir hofften darauf.«

»Wer hatte noch Interesse an jenem Projekt?«

Daniel runzelt die Stirn, seine dichten Augenbrauen betonen den Ausdruck der Verwunderung. »Niemand wusste davon, also würde ich sagen – niemand.«

»Sind Sie sicher, dass Viviana nicht mit Institutskollegen darüber geredet hat?«

Daniel schüttelt den Kopf. »Sicher bin ich mir nicht, aber ich halte es für unwahrscheinlich.«

»Können Sie mir sagen, wie lange Sie sich im Januar 2006 in Rom aufgehalten haben?«

Calligaris kennt natürlich die Antwort, aber er möchte sie aus Daniel Sahars Mund hören.

»Vom 8. bis zum 23. Januar.«

»Viviana ist am 23. verschwunden.«

»Ich bin Hals über Kopf abgereist und wusste selbstverständlich nichts davon.«

Das stimmt, Calligaris hat es mir bereits vor einiger Zeit erläutert: Das Metroticket, das man in Vivianas Hosentasche gefunden hat, ist um 16 Uhr entwertet worden. Daniel hat Rom in Richtung Tel Aviv mit dem Direktflug der El Al um genau 13 Uhr verlassen. Damit kommt er als Tatverdächtiger nicht infrage.

»Wann haben Sie sie zum letzten Mal gesehen? Und wie war da Ihre Beziehung zu ihr?«

»Einige Tage vor meiner Abreise. Wir hatten ein gutes Verhältnis.«

»Ein Liebesverhältnis?«

»Schwer zu sagen.«

»Versuchen Sie's!«

Zum ersten Mal seit Gesprächsbeginn scheint Daniel eine Frage wirklich nahezugehen. »Wie kann ich Ihnen erklären, was Viviana mir bedeutet hat. Jedes Wort wirkt abgeschmackt. Kitschig. Lächerlich.«

»Weiter, Mister Sahar.«

»Viviana«, murmelt er verloren, als wollte er sie rufen. »Ich liebe sie noch immer, daran hat sich selbst nach all diesen Jahren nichts geändert. Nein, das stimmt nicht, ich muss mich anders ausdrücken. Mit jedem Tag bedauere ich mehr, dass ich das damals nicht begriffen habe, als sie noch am Leben war und ich ihr hätte sagen können, dass ich sie liebe.«

Im Büro breitet sich Grabesstille aus. Daniel beißt sich auf die Unterlippe. Er ist bleich und wirkt auf einen Schlag reifer. Ich würde ihm gerne sagen, dass es keinen Sinn hat, sich weiter den Kopf zu zerbrechen. An bestimmten Punkten unseres Lebens vertun wir einfach Chancen und wissen nicht, warum und auf welche Weise.

Es sind Fehler, die nicht wiedergutzumachen sind, daran kann man nichts ändern.

Allahu akbar

Jericho, Dezember 2005

Carlo legte sich aufs Bett, er langweilte sich. Er war an einer Hand verletzt, weil er über einen Stein gestolpert und hingefallen war. Der Prof hatte ihm zu Ruhe und Erholung geraten. Man unterschätzt beim Archäologenberuf allzu leicht die physische Anstrengung, überlegte er. Das Nichtstun hatte er genutzt, um ein wenig herumzuschnüffeln – er war der Erste von allen, dem das Hin und Her zwischen dem Israeli und der Montosi auffiel.

»Lass sie doch, was geht uns das an«, hatte Sandra zu ihm gesagt.

Wie immer die Gelassene. »Das geht uns sehr wohl etwas an. Die verbergen doch was.«

»Ich mag Viviana«, hatte Sandra unbeschwert erwidert. »Ich mache mir eher Sorgen um sie, mit diesem Daniel Sahar wird sie nichts als Ärger haben.«

Carlo hatte grimmig das Gesicht verzogen. »Und ich mache mir Sorgen um uns. Wie geht es weiter, wenn dein Stipendium ausläuft?«

»Du weißt sehr gut, dass mich dieses Forschungsgebiet hier nicht sehr interessiert. Ich werde was anderes finden und sehr viel zufriedener sein.«

»Aber dann musst du weg aus Rom.«

»Das ist nicht schlimm, wahrscheinlich würde ich ohnehin von dort weggehen.«

Carlos seufzte, als er sich an jene Unterhaltung erinnerte. Sandra hatte sich ganz klar geäußert. Ihre Lebenspläne hingen nur teilweise von Car-

reris Entscheidungen und den Ergebnissen dieser Forschungsreise ab. Sie hatte bereits eigene Pläne.

Er nahm einen Fächer von der Kommode, um sich in der Hitze ein wenig zu erfrischen. Eine Fliege war ins Zimmer geflogen und belästigte ihn mit ihrem Gesurre. Nach dem langsamen und klagenden Ruf des Muezzins hörte er jetzt die Stimme eines Nachbarn beim Gebet. Allahu akbar!

Carlo sprang vom Bett auf und ging auf den Balkon.

Genau in diesem Augenblick kamen Viviana und Daniel die Straße herunter. Wie üblich taten sie so, als würden sie einander nicht kennen. Sie redeten kein Wort miteinander und gingen wie zufällig nebeneinander. Viviana sah nach oben und bemerkte ihn. Sie lächelte schwach, und er erwiderte ihren Gruß mit einem Winken der verletzten Hand. Sahar dachte nicht daran, ihn ebenfalls zu grüßen, aber Carlo hatte begriffen, dass das sein Charakter war – er war barsch, vielleicht hatte er auch einfach keine Manieren. Es war nicht persönlich gemeint. Aber so was von blasiert! Was für ein Theater, um zu demonstrieren, dass er sich nach der Arbeit mit den wirklich interessanten Dingen beschäftigte. Einverstanden, mit Ausnahme von Curreri und Viviana hatte hier keiner Interesse an israelitischer Archäologie. Er selbst nicht und Anita ebenfalls nicht. Alle ließen die Begeisterung des Ausgrabungsleiters über sich ergehen und träumten insgeheim von anderen Orten. Das war aber kein Grund, um die ganze Zeit zu prahlen.

Ein blöder Typ, dieser Daniel Sahar.

Sandra hatte recht: Diese naive Montosi würde bei dem alle Federn lassen.

C'est bien, ici il n'y a que de la pluie

In der Leichenhalle scheint man heute Halloween zu feiern und nicht Weihnachten: Es gibt mehr Tote als Lebende.

Ich sitze am Schreibtisch und warte auf Claudio und den tumben Techniker, um bei einer Autopsie mitzumachen und mich sofort danach Richtung Sacrofano zu verabschieden. Dort will ich, wie jedes Jahr, mit Asti Cinzano anstoßen, den meine Nonna Amalia so gerne trinkt. Cagnino musste ich bei Cordelia lassen, er hat wie ein Verrückter darum gebettelt. Das Neueste aus der Geschichte ihrer innigen Freundschaft? Sie singt ihm vor, und die beiden tanzen (er auf den Hinterbeinen) zu *Escluso il cane* von Rino Gaetano. Bei *Chi mi dice ti amo, se togli il cane, escluso il cane!* bricht sie jedesmal in Tränen aus, und das Hündchen fängt an zu heulen.

Claudio, wie immer ganz der Strahlemann, erscheint endlich und beginnt – ohne sich um das bevorstehende Weihnachtsfest und die spürbare Ungeduld der Kollegen zu kümmern – mit der Autopsie.

Einer nach dem anderen stiehlt sich unter irgendeinem Vorwand aus der Leichenhalle. Claudio schert sich nicht darum, bis er irgendwann auf die Uhr sieht, bemerkt, dass es spät ist und auch für ihn Heiligabend begonnen hat.

»Ich bin fertig«, verkündet er und zieht die Handschuhe aus. Sein gegeltes Haar glänzt im Neonlicht.

»Es fehlt noch das Formular.«

»Ich unterschreib's, und du füllst es aus.«

»Lässt du mich hier allein?«

»Soll ich dir Händchen halten?«, haucht er anzüglich.

»Nein danke, ich mach das schon.«

»Das dauert nicht länger als fünf Minuten. Und du brauchst mich ohnehin nicht, du kommst schon irgendwie dahin, wo du hinwillst«, kommentiert er trocken.

Keine Ahnung, was er meint. Ich habe niemanden, der mich abholt, und eigentlich wollte ich ihn, wider besseren Wissens, darum bitten, mich ein Stück mitzunehmen. Aber ich bin zu stolz, er ist wie immer einfach zu unverschämt.

Als ich ihm das Formular reiche, unterschreibt er mit seinem eleganten Schriftzug. Der Techniker vernäht den Bauchschnitt des Leichnams, und ich setze mich in den Nebenraum an die Schreibmaschine, um die Arbeit zu beenden.

»Ein gutes neues Jahr, Allevi«, sagt er leise, sein Tonfall ist distanziert.

»Dir ebenfalls. Möge es besser sein als das alte«, antworte ich und meine es ernst.

Er kommt näher, seine Art ist immer noch unterkühlt, und gibt mir einen Kuss. Das wäre nicht weiter bemerkenswert, wenn er mich nicht mitten auf den Mund küssen würde, und zwar ziemlich aufreizend – und da es sich um ihn handelt, glaube ich nicht an Zufall. Er rückt seine Fay zurecht, damit seine Schultern in der Jacke noch besser zur Geltung kommen. An die Arbeit, auch wenn mir die Konzentration schwerfällt, ich muss durchhalten: Ich habe keine Lust, ihn zurückzurufen, damit er noch ein Ersatzformular unterschreibt. Ich weiß nicht, wo und wie er diesen Abend verbringen wird und schon gar nicht mit wem. Es ist schon merkwürdig, große Nähe und eine Leidenschaft zu spüren, die einen für Augenblicke jede Angst vergessen lässt, um darauf wieder eine kalte Dusche abzubekommen. Selbst ein einfaches Gespräch ist unmöglich, und man stellt sich unweigerlich die Frage: *Habe ich das alles nur geträumt?* Aber vielleicht bestehen manche Beziehungen genau aus Unterbrechungen, Ungesagtem, unschönen und unvergesslichen Momenten. Damit fängt alles an, und in diesem Stil geht es weiter. Wenigstens fällt es so leichter, immer weiterzuträumen und an der eigenen, zwangsläufig ungenauen Version der Geschichte festzuhalten.

Ich schließe das dunkle Tor zur Leichenhalle hinter mir, einen pistaziengrünen Schirm in der Hand, der sich beim Aufklappen umstülpt und wirklich nicht mehr zu gebrauchen ist. Es ist bereits später Nachmittag, und die Dämmerung bricht herein.

Zu Hause werden Marco und Alessandra mit Camilla auf mich warten, sie wollen so schnell wie möglich nach Sacrofano aufbrechen. Aber sie müssen noch ein wenig Geduld haben, denn es gibt einen guten Grund für meine kleine Verspätung.

Hinter dem Steuer eines gemieteten Minis sitzt Arthur Malcomess und schnippt Zigarettenasche aus dem halb geöffneten Wagenfenster.

Aha, vielleicht hat Claudio darauf angespielt. Ich spüre einen Freudenkitzel, als ich ihn sehe, und wüsste zu gerne, was sich die beiden wohl jeweils gedacht haben, als sich vorhin ihre Wege hier kreuzten.

Ich öffne die Wagentür und setze mich mit einem lauten *Ciao*, das vielleicht ein wenig zu begeistert klingt, neben ihn. Er lächelt schief und bedeutet mir mit einer Geste, mich noch einen Augenblick zu gedulden. Er telefoniert gerade.

»*C'est bien, ici il n'y a que de la pluie …*«, sagt er.

Hier regnet es immer nur, heißt das. Eigentlich eine banale Feststellung, aber in meinen Ohren klingt sie wie eine melancholische Gedichtzeile. Winzige Regentropfen fallen auf die Windschutzscheibe, Baumkronen wogen im Wind, im Radio läuft ganz leise *You take my breath away* von Queen. So hatte ich mir meinen Weihnachtsabend nicht vorgestellt – erst am Seziertisch und dann über Liebe und Leben philosophierend.

Er hört endlich auf zu telefonieren und kneift mich leicht in meine vor Kälte blasse Wange.

»Cordelia hat mir verraten, dass ich dich hier finden würde. Ich wollte dir ein gutes neues Jahr wünschen.«

»Ganz wie es alte Freunde tun?«, frage ich ein wenig provozierend, aber er geht nicht darauf ein.

»Fährst du nach Hause zu deinen Eltern?«, fragt er in einem unverbindlichen Tonfall, der dieser unerwarteten Begegnung alles Schöne nimmt.

»Mein Bruder wartet schon auf mich, wir fahren zusammen.«

»Na, dann will ich dich nicht weiter aufhalten. Ich wollte dich auch nur kurz begrüßen«, sagt er leise und fröhlich. Ich würde gerne antworten: »*Nein, ist schon gut, ich habe es nicht so eilig, jetzt wo du hier bist*... Aber die Worte kommen mir nicht über die Lippen.

»Bist du heute Abend bei deinem Vater?«, erkundige ich mich.

Er nickt. »Ich hatte nicht damit gerechnet, dass ich es schaffen würde zu kommen, und habe meinen Flug wirklich in allerletzter Minute gebucht. *So ... Merry Christmas, Alice.*«

Bevor ich etwas darauf erwidern kann, bemerke ich, wie der Supremo aus dem Dunkel der Leichenhalle auftaucht. Der Boss arbeitet wirklich bis zur letzten Sekunde, obwohl er um diese Zeit schon längst bequem auf dem Sofa liegen und aufs traditionelle Weihnachtsessen warten könnte. Ich werfe Arthur einen Blick zu, aber er ignoriert mich.

Unser Abschied ist linkisch, und als ich mit der Metro nach Hause fahre, kommen mir Zweifel, ob er dort wirklich auf mich und nicht eher auf seinen Vater gewartet hat. Vielleicht war es für ihn einfach eine glückliche Fügung, nach dem Motto: *Wenn ich ohnehin schon hier bin, kann ich ihr auch gleich ein gutes neues Jahr wünschen*.

Je mehr ich darüber nachdenke, desto mehr spüre ich deutlich leise, aber schmerzliche Enttäuschung.

Io non compro più speranza, che l'è falsa mercanzia
The Bastard Sons of Dionisio

Ich kaufe keine Hoffnung mehr ab, diese Falschware

B*ella di nonna*, vor ein paar Tagen haben sie im Fernsehen über deine verschwundene Kollegin berichtet.«

Nonna Amalia kommt auf ihren Stock gestützt herbei und setzt sich neben mich aufs Sofa. Es ist kurz vor Mitternacht, und im Fernsehen läuft eine von diesen geschmacklosen Shows, in denen Mädels halb nackt bei Eiseskälte tanzen, während sich der jeweilige Sänger abgeschmackt produziert. Weihnachten ist im Fluge vergangen, und schon steht Neujahr vor der Tür.

Die Heizung läuft auf Hochtouren. Auf dem Tisch stehen die Reste eines riesigen Festmahls, das meine Mutter zubereitet hat. Die Atmospäre schwankt zwischen Freude und Müdigkeit, und ich bin in Erwartung des Countdown und des üblichen Gläschens Spumante in die Sofakissen gesunken. Ach, was für eine merkwürdige Melancholie.

»Und was haben sie da erzählt?«, erkundige ich mich schläfrig.

»Dass man nicht weiß, wo sie abgeblieben ist.«

»In diesen Sendungen machen sie wirklich aus jeder Mücke einen Elefanten. Wozu auf Ambra Sendezeit verschwenden, wenn es gar nichts Neues zu berichten gibt.«

»Nur mit der Ruhe, *Bella di nonna*, ich komme mit *Teleskai* nicht klar und muss mich eben mit dem normalen Fernsehen begnügen.«

»Das ist nicht deine Schuld.«

»Bist du nervös, *Amore mio*?«

Ach, wie soll ich dir nur erklären, was mir gerade durch den Kopf geht?

Besser eine unerwiderte Liebe als eine lauwarme. Wer nur ein bisschen liebt, fügt mehr Herzschmerz zu, als der, der gar nicht liebt.

»Ein bisschen.«

»Verscheuch deine dunklen Gedanken, sonst fängt das Jahr schlecht an.«

»Stimmt, du hast recht«, antworte ich und versuche ein überzeugendes Lächeln aufzusetzen.

»Susanna, ein bisschen Spumante für die Kleine, damit sie auf andere Gedanken kommt, und wenn du schon dabei bist, kannst du auch gleich was für mich mitbringen«, ruft sie meiner Mutter zu, die zwischen Wohnzimmer und Küche unterwegs ist.

»Es ist aber noch nicht Mitternacht«, protestiert meine Mutter.

»Mach dir keine Gedanken, wir wollen auch noch nicht anstoßen. Das machen wir, wenn es Mitternacht ist.«

»*Mamma*«, hebt meine Mutter taktvoll an. »Du musst noch zu Signora Bertozzi zum Kartenspielen. Vielleicht ist das mit dem Spumante dann keine gute Idee ...«, fügt sie bedeutungsvoll hinzu. Die Nonna und meine Patin Luisa haben es einmal mit dem Martini Rosa, gemischt mit Fruchtsaft, übertrieben und anschließend behauptet, sie hätten das gar nicht bemerkt.

Nonna Amalia wirft meiner Mutter einen entrüsteten Blick zu, als würde die ihr nicht einmal die letzten Freuden des Lebens gönnen. »Du hast recht«, erwidert sie in einem Tonfall, der das Gegenteil ausdrückt. »Ich will mal so sagen, nur Gott allein weiß, wie viele Tage mir noch bleiben. Entschuldige, dass ich hin und wieder eine kleine Bitte habe.«

Ich stehe auf und hole uns, ohne dass meine Mutter es bemerkt, Wein aus dem Kühlschrank.

Die Nonna nimmt zufrieden ihr Glas in Empfang. »Wunderbar, *Amore di nonna*, du bist genau wie ich! Schlechte Gedanken lassen sich mit einer zärtlichen Geste und ein bisschen Alkohol vertreiben, sage ich immer. Aber ohne zu übertreiben!«, fügt sie anstandshalber hinzu.

Wie sehr wünsche ich mir, dass sie recht hat!

»Nun hör mal zu, im Fernsehen haben sie noch was Interessantes über deine Kollegin erzählt.«

»Und was?«, frage ich ein bisschen zweifelnd.

»Dass vielleicht ein ehemaliger Klassenkamerad etwas damit zu tun hat, er hat auch noch eine andere junge Frau angegriffen.«

»Paolo Malversini?«, frage ich.

»*Amore mio*, was weiß ich! Wegen der *Praivasi* erwähnen sie keine Namen. Sonst ziehen die Leute ja gleich vor Gericht.«

Ich muss sofort bei Calligaris nachfragen, auch wenn mein Bauchgefühl mir sagt, dass dieser Zwischenfall nichts mit dem Verschwinden von Ambra und Viviana zu tun hat, falls es da überhaupt irgendwelche Zusammenhänge gibt. Wäre heute nicht Silvester, ich würde ihn sofort anrufen, allein, um nicht mehr an Arthur zu denken. Oder an Claudio. Oder an beide.

Mein Gott, was für ein Durcheinander.

* * *

Nach den Ferien hält immer noch eine Grundträgheit an, die es einem schwermacht, den Alltag wieder mit gewohntem Schwung anzupacken. Doch was die Ermittlungen angeht, bin ich äußerst aktiv.

Der arme Calligaris weilt mit seinen Gedanken immer

noch im Urlaub, als ich ihn anrufe, um ihn nach dem jüngsten Zwischenfall im Zusammenhang mit Malversini zu fragen. Ich besuche ihn im Büro. Er hat schlechte Laune, weil die Heizung nicht funktioniert.

»Ach ja, diese Nachricht ist leider an die Öffentlichkeit gedrungen.«

»Was ist passiert?«

»Malversini hat es einer weiteren Klassenkameradin von Ambra und Viviana heimgezahlt. Sie heißt Anna Filippi und veranstaltet jetzt einen Riesenwirbel. Sie ist überzeugt, dass er die beiden umgebracht hat und sie jetzt das nächste Opfer ist.«

»Und was glauben Sie?«, frage ich den Ispettore verblüfft.

»Ich bin nicht sicher, was Malversini angeht. Es gibt unzählige Hinweise darauf, dass die Motive für den Mord an Viviana am Institut für Archäologie zu suchen sind. Ein direkter Zusammenhang zu Ambras Verschwinden widerspricht jeder Logik. Außerdem wissen wir, dass sie sich in Sizilien aufgehalten hat. Ich gehe davon aus, dass deine Kollegin noch am Leben ist. Selbstverständlich ist dieser Übergriff von Malversini ein unglückliches Zusammentreffen von Ereignissen, und die Tatsache, dass er sich an einer weiteren Klassenkameradin vergriffen hat, muss uns auf jeden Fall hellhörig machen.«

»Was hat er mit der Filippi angestellt?«

»Er hat sie auf ähnliche Art und Weise angegriffen wie damals Ambra. Er hat ihr vor der Wohnung aufgelauert und sie verprügelt. Im Gegensatz zu Ambra hat Anna Filippi jedoch Anzeige erstattet, und Paolo Malversini ist vorläufig festgenommen.«

»Ispettore, meiner Meinung nach ist dieser Mensch gemeingefährlich.«

»Daran besteht kein Zweifel«, bestätigt Calligaris, er wirkt ehrlich besorgt. »Die Frage ist – gibt es eine Verbindung zu den anderen Ermittlungen?«

»Hat er etwas zu Anna Filippi gesagt? Ich meine, hat er ein paar von seinen Zitaten fallen lassen, während er auf sie eindrosch?«

Calligaris nimmt ein Dokument aus der Akte und überfliegt es, offenbar eine Art Bericht zum Tathergang. »Offensichtlich hat er sie mit Beschimpfungen überhäuft, die sich auf die gemeinsame Schulzeit bezogen. Natürlich hat er Anna auch bedroht.«

»Bei Verrückten weiß man nie«, erwidere ich düster.

»Leider nicht. Wie auch immer, die Filippi ist in zehn Tagen wieder auf den Beinen. Es hätte schlimmer kommen können.«

»Sehen Sie ... Malversini könnte töten, doch er tut es nicht. Er hat sich beide, Ambra und die Filippi, vorgeknöpft. Als wollte er sie strafen und mehr nicht.«

»Schon, aber Ambra ist verschwunden, und man weiß nur wenig über die Motive, die sie vielleicht veranlasst haben, sich aus dem Verkehr zu ziehen. Wir können nicht mit Gewissheit ausschließen, dass Malversini sie nicht noch einmal belästigt hat.«

»Ispettore, Ambra ist absolut nicht der Typ, der sich wegen eines Verrückten wie Malversini incognito nach Sizilien absetzen würde. Eher hätte sie Anzeige erstattet. Es muss also gute und tiefgreifende Gründe dafür gegeben haben. Falls wir davon ausgehen, dass sie sich freiwillig dorthin begeben hat.«

Calligaris legt den Bericht wieder zu den Akten und verschränkt seine langen Finger. »Ach, wir Armen, wir rackern uns hier wirklich ab!«, meint er und nimmt zum Trost ein abgepacktes Hörnchen aus seiner Schublade. Ich lehne dankend sein Angebot ab, es mit mir zu teilen, und wende mich wieder Vivianas E-Mails zu. Wer weiß, vielleicht liefern sie einen neuen Hinweis? Aber leider verliere ich langsam jede Hoffnung.

Why is Jericho so attractive for archeologists?
Actually, it is a most enigmatic Middle East settlement
Anton Yevseev

Jericho, Dezember 2005

An einem ungewöhnlich windigen Dezembernachmittag, nach langer Arbeit mit den Ausgrabungswerkzeugen, kamen – zwischen Steinen und Erdschichten im nordöstlichen Winkel des Tals, im Schatten des Berges der Versuchung – allmählich die Konturen eines Schädels hervor. Viviana hatte über derartige Schädel gelesen und lange über sie geforscht. Die unglaublich reichen Funde jener letzten Wochen in Jericho verblüfften sie immer wieder.

Der Schädel war vollständig von Lehm umhüllt und wie ein menschliches Anlitz gestaltet. Anstelle der Augen waren Kaurimuscheln eingesetzt, und die schmalen vertikalen Öffnungen in der Mitte sahen aus wie Pupillen. Einen Augenblick lang ließ Viviana diesen aufwühlenden und zugleich überwältigenden Anblick auf sich wirken. Es musste sich um einen Krieger handeln, das legte die Gestaltung des Schädels nahe. Sie hatte ihn ans Licht geholt und ihm, wie ihr schien, zu einer Wiedergeburt verholfen. Er würde in ein Labor kommen und anschließend in ein Museum. Dort würde man ihn kundig bewundern, und auch sie würde ihn niemals mehr vergessen. So hatte die Verwandlung in Gebeine einen Sinn!

Für eine kurze Pause verließ Viviana die Fundstätte. Daniel kam herbei und brachte ihr eine bereits geschälte und zerteilte Orange.

Sie streifte ihre Handschuhe ab, nahm die Frucht entgegen und bedankte sich höflich. Nirgendwo sonst sind Zitrusfrüchte so süß wie im Nahen Osten, fuhr es ihr durch den Kopf.

Daniels dichte dunkle Locken waren frisch gewaschen und noch leicht feucht. Sie musste an die Tage in Tel Aviv denken, an die merkwürdige und intuitive Vertrautheit, die damals plötzlich zwischen ihnen entstanden war.

Viviana zitterte innerlich bei dem Gedanken, ihm den Schädel zu zeigen. Noch vor der Abreise in die Hauptstadt, ja, noch bevor sich zwischen ihnen beiden alles geändert hatte, war er es gewesen, der ihr jenen Ort gezeigt hatte, den alle anderen übersehen hatten. Doch sie war ihm dankbar. Einstweilen wollte sie aber noch ein wenig den kleinen Imbiss und seine Gesellschaft genießen … denn jener Fund würde seine Aufmerksamkeit voll und ganz beanspruchen, und sie wollte noch etwas davon für sich. Man macht sich wirklich lächerlich und ist dankbar für jede Kleinigkeit, wenn man verliebt ist, dachte sie bei sich. Man gibt sich mit allem zufrieden, selbst mit ein paar Orangenschnitzen.

Sie nahm seine lange, feste Hand. Zusammen liefen sie die steile Treppe in Richtung Fundstätte hinunter, ihre Tennisschuhe füllten sich bald mit Sand. Und hier war auch schon das Erdloch mit dem Schädel. Daniel schaute verwundert, doch noch bevor er ein Wort sagen konnte, wurden sie von einer Stimme abgelenkt: »Gibt's da unten was Interessantes?«

Es war Anita, neben ihr stand Sandra. Viviana verneinte sofort instinktiv.

Anita hielt die Arme vor der Brust verschränkt und fixierte sie eine ganze Weile – Viviana kam es übertrieben lang vor –, dann ging sie weg. Wenn ihr etwas auffiel, lief Anita normalerweis umgehend zum Prof, um ihm wie eine billige Spionin Bericht zu erstatten. Viviana wunderte sich insgeheim über die Natur ihrer Beziehung. Doch immer wenn sie ein Verdacht überfiel, hasste sie sich dafür, weil sie in ihren Augen mittlerweile auch schon zu jenen gehörte, die sich über andere wegen Kleinigkeiten das Maul zerreißen.

»Hast du dich mitterweile daran gewöhnt, mal etwas für dich zu behalten?«, fragte Daniel sie.

»Nein. Ich glaube, diesen Schädel können wir nicht geheim halten. Aber ich hatte gerade keine Lust auf Chaos.«

Daniel nickte zustimmend. »Solche Schädel hat man schon oft gefunden, das ist kein großer Fund mehr. Die Prinzessin ist wichtig, und die gehört nur uns. Sahar und Montosi 2005«, verkündet er mit theatralischer Geste und von Ehrgeiz getragen.

There's something inside you … it's hard to explain

Daniel hält Vivianas Notizbuch ziemlich emotionslos in der Hand, doch als er es Calligaris reicht, zittern seine Finger leicht.

Er ist ohne Jade erschienen; zurzeit hält er an der Universität ein Seminar über den Totenkult in israelitischen Kulturen der Antike und hat die Gelegenheit genutzt, um vorbeizukommen. Er hat das Notizbuch mitgebracht. Bei diesem Besuch zeigt er sich sehr viel entgegenkommender und ist weniger nervös.

Calligaris beginnt, das Büchlein ehrfürchtig wie eine heilige Schrift durchzublättern.

Unterdessen bittet er mich, Daniel die Aufnahme von Vivianas Buch zu zeigen, das ich im Büro von De Robertis im Regal gefunden habe.

Er hat keine Zweifel. »Das gehörte auf jeden Fall Viviana. Wir haben es in Tel Aviv zusammen erworben. Aber irgendetwas kann da nicht stimmen. Es befand sich in einem Koffer, der auf dem Rückflug nach Rom verloren gegangen ist. Viviana hat das Gepäckstück niemals mehr zurückbekommen, da bin ich mir ganz sicher. Dieses Buch war von allen Gegenständen in diesem Koffer sogar der größte Verlust. Es wurde nicht mehr nachgedruckt, und schon damals waren nur noch wenige Exemplare in Umlauf. Wir haben es in einem Antiquariat gefunden und uns sogar ein wenig darum gestritten«, erläutert er und deutet ein Lächeln an, in dem ich, aufgrund der Lektüre von Vivianas Briefen, Sehnsucht nach jenem Nachmittag lese, nach Stunden mit Falafel und unbeschwerter Liebe.

»Sind Sie da sicher?«

»Ja, ganz sicher.«

Calligaris plant sicher bereits, dass er De Robertis mit jenem zwar kleinen und eigentlich unbedeutenden Detail konfrontieren wird. Und falls der Ispettore nicht darüber nachdenkt, werde ich nicht lockerlassen.

»Hier fehlt eine Seite«, bemerkt der Ispettore, es klingt eher wie eine Frage.

Sahar zuckt mit den Achseln. »Das war schon so. Vielleicht hat Viviana sie herausgetrennt oder ihre Freundin Ambra.«

Calligaris erwidert nichts und blättert weiter in dem Notizbuch. Ich warte darauf, dass Sahar geht, um es mir ebenfalls anzusehen. Unterdessen rückt der Israeli mit einem interessanten Detail aus der Vergangenheit heraus.

»Ambra Negri Della Valle, so heißt sie doch, oder?«

»Ja«, gibt Calligaris fragend zurück.

»Mir kam es so vor, als ob sie gehofft hätte, dass Viviana ihr etwas verzeiht.«

»Können Sie das näher erläutern?«

Daniel nickt. »*Everything, but first a cigarette, please*.«

Calligaris bietet ihm eine seiner Zigaretten an und lässt ihn im Büro rauchen. Offenbar hat der Israeli bei ihm an Boden gewonnen. »Okay. Zwischen den beiden bestand eine enge Beziehung, eine sehr seltene Freundschaft, das habe ich gespürt.«

»Und wie kamen Sie zu diesem Eindruck?«

»Sie behandelte das Notizbuch sehr sorgfältig, und es war ihr wichtig, dass ich es so schnell wie möglich erhielt.

Vivianas Aufzeichnungen enthalten praktisch das ganze Material unserer gemeinsamen Arbeit, doch war Viviana ein gewissenhafter Typ, während ich das nicht bin. Es war der Grundstein für meine Karriere. Für ihre wäre es das natürlich auch gewesen. Ich kann mit Fug und Recht behaupten, dass meine Publikationen ohne diese außergewöhnlich präzisen und ordentlichen Aufzeichnungen nicht zustande gekommen wären. Und diese Veröffentlichungen wiederum haben mich dahin gebracht, wo ich heute bin. Zudem hat Ambra mir noch von einem hässlichen Zwischenfall erzählt, in den sie beide verwickelt waren – irgendein Verrückter, der ihnen auflauerte.«

Calligaris kocht innerlich vor Entrüstung, und ich weiß auch, warum. Ambra hatte das damals, als die Freundin verschwand, mit keiner Silbe erwähnt. Doch er unterdrückt seinen Ärger vor Daniel Sahar und fährt mit seinen Fragen fort.

»Was fällt Ihnen zu diesem Verrückten ein? Hat Ihnen Viviana jemals davon erzählt?«

»Vielleicht hätte sie das eines Tages getan, doch wie Sie wissen, blieb uns nicht viel Zeit miteinander. Ambra hat mir nur gesagt, dass es sich um einen kranken jungen Mann handelte, mit dem sie zur Schule gegangen waren.«

»Noch was?«

»Das ist wirklich alles. Ich habe mir die allergrößte Mühe gegeben, um mich an diese Einzelheiten zu erinnern. Darf ich Ihnen eine Frage stellen?«

»Nur zu, schauen wir mal, ob ich Ihnen eine Antwort geben kann.«

»Sind von Viviana nur die Gebeine geblieben?«, fragt er, für seine Verhältnisse, schüchtern. Calligaris nickt überrascht. Sahars Katzenaugen verdunkeln sich, und er murmelt etwas auf Englisch, als habe er vergessen, dass er nicht allein ist. Ich verstehe nur einen Teil davon, aber seine Worte decken sich mit einem alten Gefühl von mir.

Wenn es stimmt, dass ein Körper nichts als eine Hülle ist, warum tut der Gedanke, dass sie dort unten in der Erde liegt, so weh?

Ein Schmuck für einen Sommertag

Oscar Wilde, *Das Bildnis des Dorian Gray*

Etwas an dem, was uns Daniel erzählt, stimmt nicht.«

Calligaris mustert mich neugierig. Ich bin dabei, Seite für Seite in Vivianas Notizbuch zu lesen, jede einzelne Beschreibung, jeden Entwurf.

»Daniel hat behauptet, dass es sich bei dem Schädel um einen bedeutenden Fund handelte, während die Prinzessin angeblich nichts Außergewöhnliches war. Aus Vivianas Aufzeichnungen ergibt sich allerdings das Gegenteil.«

Er sieht so aus, als würde ihm gerade schwindelig.

»Das hat mir auch Sandra Martelli bestätigt.«

»Was?«

»Dass die Prinzessin als Fund sehr bedeutend war.«

»Und davon haben Sie mir gar nichts erzählt?«

»Es kam immer wieder etwas dazwischen ... und ich habe es vergessen«, antwortet er ohne die leiseste Reue.

»Was hat sie Ihnen noch erzählt?«, hake ich nach und versuche mir nicht anmerken zu lassen, dass mir seine Vergesslichkeit und seine Nachlässigkeit auf die Nerven gehen.

»Von diesem Schädel wusste keiner. Und von der Prinzessin erfuhren sie eher durch Zufall, und bestimmt nicht, weil Daniel und Viviana ihre Entdeckung mit den anderen teilen wollten.«

»Aber Daniel hat uns etwas völlig anderes erzählt.«

»Genau, und zwar aus einem Grund, der mir nicht klar ist, nach dem ich mich aber morgen, wenn er wiederkommt, erkundigen werde. In der Zwischenzeit wollte ich mir Vivianas Notizbuch gründlich ansehen. Hast du etwas Interessantes entdeckt?«

»Zwischen den Aufzeichnungen finden sich verstreut Auszüge aus Büchern beziehungsweise Gedichten. Die stammen nicht von Viviana, ich habe im Internet nachgeforscht. In allen Texten geht es um unglückliche Liebe. Was hat Sandra Ihnen erzählt? Wie hat das Team damals von der Prinzessin erfahren?«

»Angeblich haben Carlo und Anita das herausgefunden, aber die beiden Verliebten haben immer bestritten, dass sie den Fund überhaupt geheim halten wollten. Mit anderen Worten, laut Sandra ist mit beiden Funden, dem Schädel und der Prinzessin, hinter dem Berg gehalten worden. Sie hat keine besonders gute Meinung von Sahar. Er habe auf Viviana einen sehr schlechten Einfluss gehabt, sagt sie, und in ihren Augen ist es ihm zuzuschreiben, dass Informationen zurückgehalten wurden. Viviana sei dafür eigentlich ein viel zu offener Typ gewesen.«

Ich würde ihm gerne sagen, dass sie, nach allem, was ich weiß, für mich nicht das typische Opfer ist.

Andererseits ist Viviana genau das – sie ist ein Opfer.

Sie ist gestorben und blieb jahrelang verborgen. Und noch immer weiß niemand, was geschehen ist. Also irre ich mich vielleicht.

»Und wie hat das Team reagiert, als die Sache mit der Prinzessin herauskam?«

»Offenbar gab es keine Probleme. Alle taten so, als würden sie den beiden ihre Geschichte abnehmen. Anscheinend hatte Curreri dabei seine Hände im Spiel, er hat Daniel und Viviana ja voll und ganz unterstützt. Kurz gesagt – auf den ersten Blick handelte es sich um ein motiviertes und gutes Team, in Wahrheit, Alice, war es eine Schlangengrube. Von denen sagt keiner die Wahrheit.«

»Das mit der Schlangengrube trifft auf viele Arbeitsteams zu, Ispettore.« Er kann ja gerne einmal einen Tag mit Claudio und der Wally am Institut verbringen.

»Reden wir von den Zitaten, die Viviana irgendwo abgeschrieben hat. Da geht es um unglückliche Liebe, sagst du?«, fragt er zerstreut.

»Ja. Hier sind ein paar Beispiele…« Ich nehme das Notizbuch und fange an vorzulesen: *»Ich liebe die Rosen, die ich nicht pflückte … ich liebe alles, was hätte sein können und nicht war*. Von Gozzano. Und dann Zitate aus *Das Bildnis des Dorian Gray* von Wilde: *Dann fühle ich, Harry, daß ich meine ganze Seele an einen hingegeben habe, der sie behandelt, als ob sie eine Blume fürs Knopfloch wäre, eine kleine Dekoration, seiner Eitelkeit damit zu schmeicheln, ein Schmuck für einen Sommertag*. Es sieht so aus, als hätte Viviana das Gefühl gehabt, für ihn nichts als eine Laune gewesen zu sein, während sie ihm ihr ganzes Herz schenkte.«

»Dummes Zeug«, meint der pragmatische Calligaris. »Heute feiern wir den Geburtstag der Zwillinge. Möchtest du mit dabei sein? Meine Frau würde sich sehr freuen.«

* * *

Zum Geburtstag schenke ich jedem der Zwillinge einen Fantasyroman. Sie nehmen sie höflich entgegen, doch ich habe keinen blassen Schimmer, ob sie die Bücher jemals aufschlagen werden.

Signora Calligaris hat eine sensationelle Lasagne zubereitet, und ich esse eine derart große Portion (und nehme ein paarmal Nachschlag), dass ich am Ende fast platze. Jedenfalls führe ich die Tatsache, dass ich mich beim Abschied von dem Ehepaar nicht ganz auf der Höhe fühle und bereits von meinem weichen Bett träume, auf überreichliches Essen und Trinken zurück.

Ein Taxi bringt mich nach Hause. Die scheußlichen italienischen Schlager im Radio verstärken meine Übelkeit und mein Unwohlsein. Ich brauche dringend einen Fencheltee.

Zu Hause angekommen, steige ich aus dem Auto und stecke den Schlüssel in die Haustür.

Ich fühle mich wirklich angeschlagen und fasse den Vorsatz, fortan weniger zu trinken. Den Schatten in meinem Rücken halte ich für Einbildung, ein Hingespinst.

Mehr nicht.

Nostalgie und Herzschmerz

Jericho, Dezember 2005

Man war ihnen wie zwei Dummköpfen auf die Schliche gekommen. Der Prof war fuchsteufelswild, und er hatte recht. Den ganzen Tag lang hallten Curreris Worte in Vivianas Ohren wider, und mit jedem Mal wurden sie eindringlicher.

»Ich schäme mich für euch. Ausgerechnet meine Lieblingsstudentin und mein Sohn. Die einzigen Menschen, denen ich absolut vertraut habe. Und nun erfahre ich von einem derartigen Fund von euren Kollegen? Die außerdem sauer sind, weil ihr alles geheim gehalten habt? Recht haben sie.«

Viviana hatte vor ihrem Mentor beschämt den Kopf gesenkt.

Ohne Daniels Initiative wäre es ihr nicht in den Sinn gekommen, eine solche Entdeckung für sich zu behalten. Nun war sie überzeugt, dass er ihr geschadet hatte, wieder einmal. Jetzt gesellte sich zu allem anderen noch Reue darüber, das Team und vor allem den Prof betrogen zu haben.

»Das hätten wir nicht tun dürfen«, sagte sie zu Daniel.

Sie hatten gerade das Büro verlassen, wohin Curreri sie umgehend beordert hatte. Sie konnte seine Nähe kaum ertragen und sehnte den Augenblick herbei, in dem sie die Tür schließen und sich bei ihrer Freundin Bex in einem Brief ausweinen konnte.

»Jedes Mal, wenn ich dir vertraut habe ... war es ein Fehler«, fügte sie hinzu. Und in ihrer Stimme lag eine solche Reue, dass Daniel sich tief verletzt fühlte.

In seinen Augen waren zwischenmenschliche Beziehungen, besonders im universitären Umfeld, ganz einfach: Wer nicht für mich ist, ist gegen mich. Mit ihrer Scham schlug sich Viviana in seiner Wahrnehmung auf die gegnerische Seite, und genau deswegen akzeptierte er ihre Worte nicht.

Vor den anderen hatte der Prof sie beide wieder ins rechte Licht gerückt. Er hatte eine Art Brainstorming veranstaltet und alle überzeugt, dass das Team funktionierte und die Arbeit gut vorankam.

Er hatte eine Flasche Champagner hervorgezaubert – es war gar nicht einfach, eine aufzutreiben –, und alle hatten auf die Erfolge des Teams angestoßen.

Viviana war innerlich unruhig, sie hatte Gewissensbisse. Sie hoffte, dass der Himmel bald wieder aufklaren und sich die dunklen Wolken verziehen würden.

Wenn sie ihre Kollegen beobachtete, sah sie Misstrauen in ihren Blicken. Allen, Anita, Carlo und Sandra, stand die Enttäuschung ins Gesicht geschrieben.

Ella war niedergeschlagen.

Aus dem Verhalten ihrem Sohn gegenüber wurde ersichtlich, dass sie begriffen hatte, welchen Unfrieden er in das Team ihres Mannes getragen hatte. Vielleicht fühlte sie sich auch hin- und hergerissen. Einerseits tat es ihr leid, dass Curreri jetzt Probleme hatte, andererseits war ihr klar, dass Daniel einfach ein respektloser Charakter war und dass jede Mühe, das zu ändern, vergebens sein würde.

Viviana tat es leid, nicht auf ihre innere Stimme gehört zu haben – vielleicht war sie zu leise gewesen –, die sie vor ihm gewarnt hatte.

Beunruhigende Zahlenspiele

Am Ende hat sich der Supremo bei dieser unsympathischen Ludovica durchgesetzt, seiner Lebensgefährtin und Fastehefrau, und so bin ich, gegen meinen Willen, zum Neujahrsessen eingeladen.

»Ich denke gerade darüber nach, dass im Durchschnitt von hundert männlichen Gästen nur zwanzig zwischen dreißig und vierzig sind, und von denen sind ungefähr zehn noch zu haben. Von diesen zehn kannst du fünf vergessen. Und von den anderen fünf habe ich mit zweien geschlafen, das ist fast die Hälfte«, überlege ich laut.

»Und bist du damit nicht zufrieden?«, erkundigt sich Cordelia.

»Ich weiß nicht so recht, ich finde diese Statistik eher beunruhigend.«

»Was soll ich da sagen? Wenn wir beide von der gleichen Altersgruppe reden – vergiss bitte nicht, dass einer davon mein Bruder ist – und alle einrechnen, die in Begleitung erschienen sind, liege ich über der Hälfte. Wenn mir das Glück heute Abend hold ist, dann könnte ich auf achtzig Prozent kommen. Und ich bin jünger als du und auch nicht so zugeknöpft«, meint sie und zwinkert einem der Gäste unter dreißig zu, den ich nicht mitgerechnet hatte. »Ach, du lieber Himmel! Die ist glatt mitgekommen!«, ruft sie irgendwann aus und ist wie vom Blitz getroffen.

»Wer?«

»Alicia!«

Mein Herz macht einen Satz.

»Nicht zu fassen, Arthur hat sie tatsächlich mitgebracht«, sage ich leise, als wollte ich mich überzeugen, dass ich mir die Person, die ich in einiger Entfernung an seiner Seite sehe, einfach nur einbilde.

»Hat er nicht«, erklärt die Schwester. »Sie hält sich wegen irgendeiner Fotoreportage in Italien auf. Sie hat sich praktisch selbst eingeladen, das schwöre ich dir auf Ichis Kopf.«

Einverstanden. Ich kann und ich will ihr glauben, denn auf Ichis Kopf würde sie niemals einen Meineid leisten. »Sie hängt an ihm wie eine Klette, wirklich eine Schande für das weibliche Geschlecht«, meint sie empört. Untergründig hegt sie immer ein wenig Eifersucht, was ihren Bruder angeht. Dass sie die mir gegenüber niemals offen an den Tag legt, sollte mir eigentlich zu denken geben.

Alicia Stair ist sehr groß, sehr blond und ein ausgekochtes Luder. Es scheint sie nicht zu kratzen, dass sie hier völlig unerwünscht aufgekreuzt ist wenn man Cordelias Worten Glauben schenken darf.

Arthur gibt sich reserviert. Er begrüßt mich herzlich, aber auch nicht mehr. Sie hängt an seinem Arm wie eine Umhängetasche, und der Anblick trifft mich bis ins Mark. Nicht einmal der Prosecco hilft da weiter. Während ich die beiden beobachte und innerlich koche, kommt Claudio heran und mustert das Paar kritisch mit seinem leicht schielenden Blick.

»Ziemlich traurig«, kommentiert er und nimmt einen Schluck Champagner.

»Das musst du mir nicht erzählen.«

»Mach dir keine Gedanken. Malcomess junior kann sich

nicht benehmen, das weißt du doch, er hat diese typisch britische Dreistigkeit.«

»Ich habe keine Lust, mit dir darüber zu reden.«

Er dreht sich ganz zu mir, das Gesicht tief gebräunt, die Haare stark gegelt, und flüstert mir ins Ohr: »Du Undankbare.« Dann fügt er nach kurzem Schweigen hinzu: »Ich habe dich beobachtet, Allevi. Du lässt ein Gefühl nur zu und steigerst dich hinein, wenn es wehtut und verboten ist.«

Darauf sage ich nichts, denke aber darüber nach. Und wenn er recht hätte? Wenn ich mich tatsächlich nur mit Männern abgebe, die meine Gefühle nicht erwidern?

»Machen wir nach dem Empfang noch einen Sprung ins Institut?«, fragt er dann, als würde er einen Vorschlag machen, den man unmöglich ablehnen kann.

»Und was willst du da?«

»Ich muss was erledigen, und zwar einen gewissen Paolo Malversini untersuchen, einen Schulkameraden von Ambra aus der Gymnasialzeit.«

Verwundert schaue ich ihn an, die Sache fängt an, interessant zu werden. »Claudio, dieser Malversini ist vermutlich dieser Verrückte, der sie vor einem Jahr angegriffen hat – du hast sie danach ins Krankenhaus gebracht.«

Unergründliches Nicken. »Ich weiß. Man hat mir die ganze Angelegenheit in groben Zügen geschildert.«

»Und warum musst du ihn untersuchen?«

»Er ist auf eine weitere Klassenkameradin von damals losgegangen.«

»Anna Filippi?«

»Vielleicht, vielleicht auch nicht. Ich erinnere mich nicht. Er bestreitet alles, aber seine Verletzungen könnten von der jungen Frau stammen, als sie sich gewehrt hat. Das soll ich verifizieren.«

»Alles klar, ich komme mit«, erwidere ich umgehend und werfe den beiden – sie genießen an diesem Schreckenstag in einiger Entfernung die Wintersonne – noch einen letzten giftigen Blick zu.

Das Opfer ist eine Exklassenkameradin, aber nicht die Filippi. Ein Anruf bei Calligaris, und ich erhalte von ihm einen ausführlichen Bericht über die jüngsten Ereignisse. »Sie beschuldigt ihn, er streitet alles ab und hat diesmal sogar ein Alibi, aber er ist genauso vorgegangen wie bei den anderen Malen, und das macht mich misstrauisch. Außerdem hat er im Gesicht einen Kratzer, der mir sehr nach weiblichen Fingernägeln aussieht. Und daher habe ich bei der Staatsanwaltschaft um eine Untersuchung gebeten, die bewilligt worden ist.«

So elegant wie heute bin ich am Institut selten erschienen. Es ist dort so leer wie sonst nur an Sonntagen.

Malversini ist in Begleitung eines Pflichtverteidigers, der aber keinen Mucks von sich gibt, und außerdem sind noch einige Untergebene von Calligaris dabei. Wie schon bei den letzten Malen repräsentiert Malversini genau die Sorte Typ, dem man im Dunkeln nicht alleine begegnen möchte. Er fixiert mich mit seinem wirren und besessenen Blick. Mir ist ungemütlich, und mir wird klar, dass ich den Kratzer in seinem Gesicht vielleicht doch lieber nicht mit untersuchen möchte.

»Gehst du schon wieder?«, fragt Claudio verblüfft.

»Ich möchte lieber doch nicht assistieren«, antworte ich leise. »Du kannst mir dann ja alles erzählen.«

Malversini zieht mir mit seinen Blicken das tiefblaue Kleid aus und zerfetzt meine Haut.

Ich muss auf der Stelle hier weg.

Ich schließe mich in mein Büro ein und empfinde kurz tiefes Mitleid mit Ambra, wenn ich daran denke, was sie über sich ergehen lassen musste. Einige Zeit darauf klopft Claudio an die Tür. Ich bin, den Kopf auf den Armen, fast am Schreibtisch eingenickt.

»Was war nur los mit dir?«, erkundigt er sich und streichelt mir zerstreut übers Haar.

»Mir hat sein Blick nicht gefallen. Ich meine, so wie dieser Typ mich angestarrt hat.«

»Das hast du dir eingebildet.«

»Und was meinst du? Woher stammt dieser Kratzer?«

»Es könnte sich durchaus um Selbstverteidigung gehandelt haben.«

»Also könnte er es gewesen sein, der die Frau überfallen hat«, stelle ich fest. Ich bin hundemüde.

»Wer weiß. Theoretisch ja, aber mir scheint, als hätte er dieses Mal ein ziemlich wasserdichtes Alibi. Aber mit unserem Gesellschaftssystem stimmt etwas nicht, wenn ein solcher Typ ungehindert in der Stadt herumlaufen darf und jeden angreift, der ihm nicht in den Kram passt.«

»Er ist auf freiem Fuß? Aber vor Neujahr hat er doch schon eine andere Klassenkameradin von Ambra und Viviana überfallen!«

»Das fiel unter leichte Körperverletzung, Allevi. Wie damals bei Ambra. Der ist schlau und begrenzt den Schaden. So als ginge es ihm nur darum, jemandem eine Lektion zu erteilen. Im Augenblick ist er auf freiem Fuß, am Ende wird die Angelegenheit vor dem Friedensrichter geregelt, und er erhält im Höchstfall einen Monat Hausarrest.«

Abrupt stehe ich auf, meine Laune ist auf dem Tiefpunkt. »Bringst du mich nach Hause?«, bitte ich ihn.

Er hebt skeptisch eine Augenbraue.

»Mein armes Auto. Welchen Schaden hast du für dieses Mal geplant?«

Ich antworte mit einem müden Lächeln. »Möchtest du mit mir zu Abend essen?«, fragt er, während er den Kittel auszieht.

»Nein … ich will lieber nach Hause. Heute gibt's im Fernsehen *Downtown Abbey*.«

Auf dem Weg zum Auto schwanke ich auf meinen hohen Hacken, und meine Waden sind geschwollen. Bei der Autofahrt reden wir wenig und Belangloses. Der Abschied verläuft wie üblich – wir sehen uns am folgenden Tag am Institut –, und ich kann es kaum erwarten, meine Pumps auszuziehen und den Abend mit einer ausgiebigen Dusche zu beenden. Da bemerke ich im Dunkel des Treppenhauses ein Augenpaar, das mich fixiert.

Instinktiv fährt meine Hand in die Tasche zum Mobiltelefon. Das Herz klopft mir bis zum Hals, das ist mir zuletzt bei der Zulassungsprüfung für die Stelle als Assistenzärztin passiert. Aber vielleicht klopft es heute noch heftiger als damals. Ganz bestimmt.

Ich versuche, den Lichtschalter für das Treppenhaus zu erreichen, doch eine Hand hält mich zurück.

Der Griff tut weh, er überrascht mich und schneidet ins Fleisch, es ist ganz und gar nicht angenehm. Mir entfährt ein Schrei, und eine Hand presst sich auf meinen Mund. Mein Schreien scheint niemanden zu kümmern.

Ruhig bleiben, Alice. Meine Finger halten immer noch das Telefon umklammert. Mein letzter Anruf ging an Claudio. Ich versuche automatisch zu wählen, aber in der Aufregung des Augenblicks habe ich vielleicht irgendeine andere Taste erwischt. Es ist mehr eine Hoffnung, vielleicht begreift er auch gar nicht, dass er unverzüglich umkehren soll.

Das Gesicht meines Angreifers ist immer noch im Dunkeln, aber ich bin sicher, dass es sich um Malversini handelt. Ich versuche zu beißen, denn der enge Körperkontakt mit ihm ekelt mich. Energisch und mit aller Kraft setze ich mich zur Wehr, und das macht ihn noch aggressiver. Er stöhnt auf, vielleicht aus Protest oder aus Schmerz – hoffentlich habe ich ihm richtig wehgetan.

Keine Menschenseele scheint im Haus zu sein. Nur eine Tür trennt mich von meinem Seelenfrieden, meinem Hund und meiner Sicherheit. Ich würde gerne schreien und heule Tränen der Wut und Verzweiflung, aber ich werde grob und gewalttätig zum Verstummen gebracht. Der Mann sagt etwas, aber ich kann es nicht einmal hören, alle meine Sinne sind auf Rettung konzentriert.

Dann höre ich sie.

Schnelle Schritte auf der Treppe.

Lieber Gott, es gibt dich wirklich, und du hast mich erhört.

Das Klackern von Sohlen, elegante Herrenschuhe.

Im Dunkel wage ich die Hoffnung, dass es sich um Claudio handelt und dass die Idee mit dem Telefon funktioniert hat. Wer auch immer es ist, er betätigt den Lichtschalter und zerrt Malversini von mir weg.

Obwohl mittlerweile alles um mich herum hell erleuchtet ist, nehme ich nichts als Chaos wahr.

Ich brauche einen Augenblick, um meinen Retter zu erkennen.

Es ist nicht Claudio. Arthur hält einen um sich schlagenden Malversini zu Boden gedrückt. Seine blauen Augen blicken erschrocken.

»Geht es dir gut?«, fragt er mich, und ich nicke erschöpft.

»Ruf deinen Freund an, den Ispettore«, fügt Arthur hinzu. Ich folge seiner Aufforderung, habe keine Ahnung, was ich Calligaris eigentlich erzähle. Ich weiß nur, dass er mich verstanden hat, denn kurz darauf kommt eine Streife, und dann erscheint er persönlich.

* * *

Nachdem ich eine ganze Reihe von unangenehmen Angelegenheiten hinter mich gebracht habe, darf ich endlich in meine Wohnung.

Der Ispettore hat mich zu einem Krankenhausbesuch gedrängt, aber ich habe mich geweigert.

Ich will den furchtbaren Zwischenfall von heute Abend vergessen. Wie gut ich Ambra da begreife!

Arthur zieht Jacke und Krawatte aus und schenkt sich einen Martini ein.

»So froh wie heute war ich noch nie, dich zu sehen«, gebe ich zu.

»*My poor Alice.*«

»Warum warst du eigentlich hier?«, frage ich. Ich habe mich aufs Sofa verkrochen, mir platzt fast der Schädel vor Kopfschmerzen.

Er zeigt mir die Schlüssel. »Ich wollte für Cordelia ein paar Sachen holen. Sie hat beschlossen, in Ludovicas Villa zu übernachten. *Such a lucky decision.*«

»Und deine Begleiterin?«

Arthurs Gesichtsausdruck verdüstert sich. »Ich bin sicher, Alice, dass Cordelia dir erklärt hat, wie sich die Lage verhält, du bist also auf dem Laufenden … Alicia war heute nicht offiziell an meiner Seite. Außerdem ist das jetzt nicht wichtig … Dir hätte etwas Schlimmes passieren können.« Sein Tonfall drückt echte Besorgnis aus; er setzt mit einem

Ruck, als hätte ihn der Schlag getroffen, sein Glas mit dem Martini ab und kommt zu mir aufs Sofa, wo er mich so fest drückt, als wäre ich von den Toten auferstanden.

»Ich hatte schreckliche Angst«, sage ich leise.

»*I know, I'm here.*«

»Bleib hier«, bitte ich ihn leise mit geschlossenen Augen, noch immer in der herzerwärmendsten Umarmung meines Lebens. Cagnino kommt ebenfalls ans Sofa und fährt mit seiner feuchten Schnauze über meine Beine. Er sieht Arthur eindringlich an und bittet ihn um das Gleiche.

»Klar«, erwidert er, als wäre das selbstverständlich. »Hast du Hunger? Soll ich dir was zu essen machen?«

Ich schüttele den Kopf. Mehr als Wasser bringe ich jetzt nicht hinunter.

»Eine Tasse heiße Milch?«, schlägt er vor und zeigt sich besorgt wie noch nie. »Mit je einem Löffel Honig und Kakao?«, beharrt er, während ich immer wieder verneine.

»Okay, meinetwegen.«

Ich schalte den Fernseher ein und höre *Jezebel* von Sade. Ihre traurige Musik umhüllt mich wie eine leichte Decke.

Doch, ich brauche nur etwas warmen Kakao, dann muss ich schlafen und vergessen.

Und natürlich brauche ich Arthur.

* * *

»Er hat dich gerettet! Ganz wie ein Comic-Held!«

Cordelia ist ganz aus dem Häuschen, als ich ihr alles berichte. Dass man mich attackiert hat, scheint für sie nicht weiter von Bedeutung. Sie hält ihre Hände verschränkt, ihre Augen blitzen, und ihr Gesichtsausdruck ist ein wenig verblüfft, aber im Ganzen heiter. Sie ist heute Morgen nach Hause gekommen und war ziemlich überrascht, dass ich gemeinsam mit ihrem Bruder am Küchentisch saß. Wir waren gerade dabei, unsere Croissants zu essen.

Angesichts ihres Überschwangs feixt ihr Bruder: »*Well*, jeder Mann möchte wenigstens einmal im Leben Spiderman sein.«

»Und alle Frauen träumen davon, gerettet zu werden«, kommentiert Cordelia und beißt so herzhaft in ihr Croissant mit Vanillecreme, dass die Füllung heruntertropft.

Ich fühle mich immer noch erledigt und schaffe es nicht, mich an der Unterhaltung zu beteiligen. Die beiden geben sich Mühe, die Ereignisse herunterzuspielen, da bin ich sicher, aber mir gelingt das nicht. Mir ist speiübel, das ist das Einzige, was ich sicher weiß.

Arthur wirft einen Blick auf seine Dayton-Armbanduhr. »Ich muss nach Hause zu meinem Vater und packen. Ich fliege heute zurück.«

Wie immer würde ich ihn gerne bitten, noch ein bisschen zu bleiben. So ist es zwischen uns: Er muss fort, und ich wäre gerne sein guter Grund zum Bleiben.

»Kehrst du an diesen furchtbaren Ort mit dem unaussprechlichen Namen zurück?«, fragt seine Schwester und meint die Hauptstadt der Elfenbeinküste.

Er schüttelt den Kopf. An seinen vollen Lippen klebt Puderzucker, wie bei einem Jungen, der gerne nascht.

»Ich gehe für einige Zeit nach Damaskus.«

»Aber in Syrien ist im Augenblick die Hölle los«, ruft Cordelia. Sie mag einen zerstreuten Eindruck machen, aber hin und wieder schnappt sie doch etwas aus den Nachrichten auf.

»Genau«, antwortet er lakonisch und mit vollem Mund.

»Hast du dich versetzen lassen? Und was ist mit *National Geographic*?«, erkundige ich mich so schüchtern wie eine Romanheldin aus dem neunzehnten Jahrhundert.

Er nickt und meint dann: »*National Geographic* ist nicht das Richtige für mich.« Italien ist nicht das Richtige für ihn. *Ich* bin nicht die Richtige für ihn.

Nachdem Arthur sich später mit einem verdächtig neutralen Gruß von mir verabschiedet hat – so ähnlich verabschiedet er sich auch von seiner Schwester –, erklärt die mir ihre, ihrer Meinung nach äußerst fundierte Theorie.

»Er verlässt die Elfenbeinküste wegen Alicia, da bin ich mir sicher.«

»Was du nicht sagst.«

»Zum Teufel, *Alice*, du hast aber auch keine Ahnung. Alicia hängt wie eine Klette an ihm, und er räumt das Feld, um etwas Abstand zu bekommen. Das ist doch offensichtlich.«

»Vielleicht will er aber auch nur woandershin, weil er es nie länger als drei Monate an einem Ort aushält. Wer sagt uns denn, dass Alicia nicht einfach mitgeht?«

Cordelia runzelt die Stirn. »Du kennst ihn wirklich nicht …«

Damit hat sie recht. Je mehr Zeit ins Land geht, desto klarer wird mir, dass ich ihn in der Tat kaum kenne. Dass meine Sehnsucht nach ihm gleichzeitig wächst, ist eine ganz andere Geschichte.

Mir fällt Viviana ein und wie wahr Gozzanos Gedichtzeilen sind, die sie in ihr Notizbuch abgeschrieben hat: *Ich liebe die Rosen, die ich nicht pflückte … ich liebe alles, was hätte sein können und nicht war.*

The show must go on

Das Leben geht weiter. Auch wenn uns etwas zustößt, das uns bis ins Mark trifft, und wenn wir glauben, dass nichts mehr so sein wird wie vorher. Das stimmt nicht, auch nach einem Erdbeben sprießt wieder Grün zwischen den Trümmern.

Ich habe niemandem sonst von dem Vorfall erzählt. Meine Familie hätte sich nur unnötig Sorgen gemacht, und im Institut möchte ich jeden Klatsch vermeiden.

Am Nachmittag begebe ich mich zu Calligaris, er empfängt mich, als hätte ich eine Katastrophe überlebt.

»Malversini hat eine Straftat begangen und ist damit eine Gefahr für die Öffentlichkeit. Mach dir keine Sorgen, dieses Mal sitzt er.«

Ich nicke. Nicht einmal seinen Namen möchte ich hören.

»Ispettore, mit Ihrer Erlaubnis würde ich jetzt gerne den Ordner mit Vivianas Briefen nehmen und weiterlesen.«

»Nein, warte. Komm mit zum Archäologischen Institut, ich möchte mit Carlo de Robertis reden.« Vermutlich will er ihn fragen, wie er in den Besitz von Vivianas Buch kam. Es ist eindeutig, dass er sich darüber ebenso wundert wie ich. »Und außerdem möchte meine Frau dich heute Abend zum Essen einladen. Sie macht sich Sorgen, weil du ganz allein bist. Und ich auch.«

»Ich danke Ihnen sehr, aber ich würde mich lieber ausruhen.«

»Das verstehe ich. Aber sobald wir hier fertig sind, bringe ich dich auf jeden Fall heim und rühre mich erst wieder von der Stelle, wenn du deine Wohnungstür hinter dir abgeschlossen hast.«

Wann immer ich während meiner Schulzeit als Teenager mit einem Jungen ausging, bestand meine Mutter darauf, dass der Unglückliche mich sogar bis ins Haus begleitete. Mir war das zu peinlich, und aus freien Stücken hat es mir niemand jemals angeboten. So hat sich der Wunsch meiner Mutter nie erfüllt. Erst jetzt begreife ich ihre Ängste, und erst jetzt bemerke ich, dass sich hinter der unscheinbaren und nüchternen Fassade von Ispettore Calligaris ein wahrer Gentleman verbirgt.

* * *

Das Archäologische Institut ist fast menschenleer, aber Calligaris' Informationen sind zuverlässig: Carlo De Robertis befindet sich noch in seinem Büro, obgleich es schon spat ist.

Calligaris klopft mit den Fingerknöcheln gegen das Türlaminat. Kurz darauf öffnet der schmächtige De Robertis höchstpersönlich die Tür. Vielleicht stand er gerade an der Garderobe, denn er hält seine Jacke in der Hand. Als er uns vor sich stehen sieht, schaut er verblüfft.

»Bitte?«, fragt er, und ich bin mir sicher, dass ihm das Herz in die Hose rutscht.

»Ich hätte gerne eine kurze Auskunft«, beginnt Calligaris trocken.

De Robertis hängt die Jacke an den Haken zurück und blickt auf die Stühle vor seinem Schreibtisch, wie um uns zum Setzen aufzufordern.

Der Ispettore zieht aus seiner Jackentasche eine ausgedruckte Aufnahme von dem Buch, das ich fotografiert habe. »Besitzen Sie ein Exemplar dieses Werks?«

Carlo überlegt blitzschnell, was er am besten antwortet. Er entscheidet sich für die Wahrheit. »Ja, natürlich. Es ist ein wichtiger Text für jeden, der sich mit der Archäologie des Nahen Ostens beschäftigt.«

»Können Sie Hebräisch?«

»Nein.«

»Und was machen Sie dann mit diesem Buch? Es ist auf Hebräisch und nie ins Italienische übersetzt worden. Haben Sie es hier im Büro?«

»Nein, habe ich nicht, es ist wertvoll, ich bewahre es zu Hause auf.«

»Das müssen Sie mir beweisen. Es nützt Ihnen gar nichts, wenn Sie mir erzählen, dass Sie es nicht hier haben. Ich komme zu Ihnen nach Hause, und zwar noch heute Abend.«

Nicht zu glauben – dieser freundliche Calligaris. Mit der Zeit entwickelt er sich zu einem Star aus *Law & Order*.

»Vielleicht steht es ja hier im Regal, und Sie erinnern sich nicht daran – wollen wir es so formulieren.«

»Vielleicht«, stottert De Robertis, steht auf und zieht den Band, den ich gut kenne, aus dem Regal.

Er ist ganz rot geworden. Wie jeder sporadische Lügner macht er seine Sache schlecht.

Er reicht das Buch dem Ispettore, und der blättert zerstreut darin herum. Dann klappt er es zu und sagt in einem Tonfall, der seine Zwillinge und jede Person mit ihrer Reife und ihrem Selbstbewusstsein – also auch De Robertis – erzittern lassen würde: »Dieses Buch gehörte Viviana Montosi. Können Sie mir erklären, wie es in Ihren Besitz kommt?«

Im Büro breitet sich unbequemes Schweigen aus. Der Ispettore, nicht gerade der Geduldigste, hakt nach: »Und? Wollen Sie mir die Erklärung liefern, oder soll ich das für Sie übernehmen?«

»Und was sollte das für eine Erklärung sein?«, sagt De Robertis leise, aber es klingt nicht nach einer Frage.

»Sie haben ihr nach der Landung in Fiumincino den Koffer geklaut.«

Carlo wirkt verblüfft. »Und wie soll ich das vor aller Augen angestellt haben?«

»Ganz simpel. Ihr Koffer sah genauso aus wie der von Viviana, es war ganz leicht, ihn zu nehmen und im allgemeinen Durcheinander damit zu verschwinden.«

»Aber dann hätte ich zwei Koffer gehabt, wäre das nicht aufgefallen?«

»Sandra Martelli hat mir bestätigt, dass sie nach der Rückkehr in der Tat zwei Koffer hatten. Darüber hat sie sich damals auch noch gewundert und hat Sie gefragt, wie das käme, und Ihre Antwort war: *Nun komm schon, ist dir das gar nicht aufgefallen? Ich hatte schon immer zwei Koffer*. Erklären Sie mir diesen Diebstahl. Und erzählen Sie mir bloß nicht, Sie hätten in einem plötzlichen Anfall von Kleptomanie gehandelt.«

De Robertis' Lippen zittern, während er nach einer Antwort sucht, und die Röte in seinem Gesicht verrät Verlegenheit. Merkwürdig, dass Sandra ihm nichts von Calligaris' Fragen erzählt hat. Oder aber der Ispettore war so klug, diese ganz und gar harmlos erscheinen zu lassen.

»Nein, war es nicht. Es war das erste und letzte Mal, dass ich jemanden beklaut habe.«

»Da müssen Sie aber einen besonders guten Grund gehabt haben, ich bin gespannt.«

»Ich war sicher, dass Viviana in jenem Koffer sehr wichtige Funde und Notizen hatte, die ihr weiterhelfen würden, um die Doktorandenstelle zu ergattern.«

»Und was ging Sie das an? Wollten Sie sich als Richter aufspielen? Und haben Sie gefunden, wonach Sie suchten?«

»Es ging mich etwas an, weil ich es ungerecht fand, dass Viviana auf derart unkorrekte Art und Weise ihr Ziel erreichen würde. Während bei Leuten wie Sandra der Vertrag auslief, keine Hoffnung auf Verlängerung bestand und sie das Institut würde verlassen müssen. Ich wollte Viviana die Mittel nehmen, mit denen sie etwas erreichen würde, das ihr nicht zustand. Jeder von uns versucht sich durchzuschlagen, so gut er kann, Ispettore. Ich wollte, dass Sandra bleibt. Und das schien mir der einzige Weg, und in einem gewissen Sinne auch der einzig richtige.«

»Sie haben meine Frage nicht beantwortet. Haben Sie gefunden, wonach Sie suchten?«

»Nein«, antwortet er barsch.

»Viviana hatte also nichts mitgehen lassen? Was hatten Sie erwartet?«

»Einen Skarabäus.«

Ich schalte mich ein, weil ich mich wie üblich nicht zurückhalten kann. »Der mit der Einkerbung *Ruha*?«

De Robertis funkelt mich an. »Die hat damit nichts zu tun. Ich hatte erwartet, einen Herzskarabäus zu finden, ein ägyptischer Brauch. Die Herzskarabäen wurden den Mumien neben das Herz gelegt. Osiris, Richter über die Toten, wog sie, um die Verstorbenen zu beurteilen. Auf den Skarabäus ritzte man einen Spruch aus dem Totenbuch, in der Hoffnung, dass das Herz seinen Besitzer nicht anklagen würde.«

»Hatte Viviana in Jericho einen solchen Skarabäus gefunden?«, erkundigt sich Calligaris, der rasch mitschreibt.

»Nein. Das war ein Missverständnis. Ich bekam einmal eine Unterhaltung zwischen Viviana und Daniel Sahar mit. Sie sprachen über den Herzskarabäus, und ich war überzeugt, dass sie einen gefunden hatten. In Wahrheit war es aber wohl nur eine Metapher für etwas Privates zwischen ihnen, für ihre Beziehung, und ich war so dumm und vernebelt, das nicht zu begreifen.«

Calligaris ist verblüfft. »Führen Sie das bitte näher aus.«

»Das liegt zu lange zurück, Ispettore. Und dann war ich damals ganz vernagelt, weil ich unbedingt einen Weg finden wollte, damit Sandra in Rom bleiben konnte. Neben der Prinzessin fand man zwei Skarabäen, und ich dachte, dass Viviana und Sahar einen dritten gefunden hätten. Falls es sich dabei um dieselbe ägyptische Symbolik gehandelt hätte, wäre das eine sehr wichtige Entdeckung gewesen. Aber ich hatte mich geirrt. Doch angesichts des üblen Spiels der beiden war die Annahme durchaus nicht so irrig.«

»Vernagelt«, wiederholt Calligaris nachdenklich. »So sehr, dass sie Viviana aus dem Weg geräumt hätten?«

De Robertis begreift und wird blass. »Hören Sie. Ich habe einen Koffer geklaut. Ich bin ein engstirniger Idiot. Ein Blödmann, der alles falsch verstanden hat. Aber das war's, das müssen Sie mir glauben. Ich bin kein Mörder.« Er seufzt tief und geräuschvoll, bevor er zornig weiterredet. »Warum verdächtigt man mich eines solchen Verbrechens? Warum verlieren Sie Zeit mit mir? Ich habe damals alles darangesetzt, dass Sandra in Rom bleiben konnte. Übrigens versuchte Daniel Sahar das Gleiche.«

Calligaris wird hellhörig. »Was soll das heißen?«

Carlo scheint sofort zu bereuen, dass er Daniel ins Spiel gebracht hat. Trotzdem antwortet er ausführlich: »Zwischen Viviana und Daniel lief es nicht mehr gut, warum, weiß ich nicht. Auf jeden Fall hielt Viviana kurz vor der Rückreise

Distanz zu Sahar. Aber der gab sich nicht geschlagen. Ich glaube, er hätte alles unternommen, um sie in Jericho zu halten. Und wenn ich sage alles, meine ich wirklich alles.«

»Mehr Einzelheiten, bitte«, fordert der Ispettore ihn auf, er wirkt wie auf die Folter gespannt.

»Meiner Meinung nach hat Sahar versucht, alle Verdienste Viviana zuzuschieben, um ihr eine Zukunft auf dem Gebiet der israelitischen Archäologie zu sichern. Und um sie in Jericho zu halten, ob ihr das passte oder nicht.«

»Gegen Vivianas Willen?«

»Sahar war nicht der Typ, der sich mit einem Nein zufriedengab. Vor allem, wenn es so zaghaft klang wie das von Viviana. Auch wenn sie unmittelbar vor ihrem Verschwinden Distanz zu ihm hielt, so war doch klar, dass ihre Gefühle nicht mitspielten. Und zwar überhaupt nicht. Er war der Typ, der seinen Einfluss missbrauchte. Jedenfalls habe ich ihn so kennengelernt ... vielleicht ist er heute anders.«

Calligaris verzieht das Gesicht zum Protest.

Als wäre er der Meinung, dass niemand sich so grundlegend ändert. Völlig richtig.

Wenn das Herz seinen Besitzer anklagt

Die Unterhaltung mit De Robertis war hochinteressant. Vor allem hat sie Auskunft über die Endphase der Beziehung zwischen Daniel und Viviana gegeben und den Eindruck bestätigt, den ich mir aufgrund der letzten paar Mails gemacht habe. Die beiden gingen einander zwar aus dem Weg, aber ihre Umgebung spürte die unterschwellige Aggression, die für unglückliche Liebesgeschichten typisch ist. Ich habe bereits geahnt, dass Viviana immer noch verzweifelt in den Israeli verliebt war. Daniels Gefühle erscheinen mir dagegen immer unergründlicher, nur er allein kann da Klarheit schaffen. Zu guter Letzt hat Calligaris mir alles wiedergegeben, was Sandra Martelli ausgesagt hat: Von der Überraschung mit dem geklauten Koffer abgesehen – was für eine hirnrissige Aktion! –, hat die junge Archäologin auch noch andere interessante Einzelheiten zu dem Forschungsaufenthalt in Palästina im Jahr 2005 aufgedeckt.

Zum Beispiel hat sie von dem Gerücht erzählt, das in gewissen Kreisen in Umlauf war. Es betraf die nicht ganz eindeutige Beziehung zwischen Anita Ferrante und Professor Curreri. Und sie hat sich zu dem interessantesten Fund jenes Jahres geäußert – damit meinte sie die Prinzessin.

In diesem Punkt scheint einige Verwirrung zu herrschen: Jeder hat seine eigene Meinung zur Rangfolge der Funde in Palästina. Der Schädel? Der Skarabäus? Die Prinzessin? Ich begreife nicht, was daran so schwierig ist. Kann man wissenschaftliche Fragestellungen wirklich derart subjektiv beantworten? Oder verbirgt sich hinter der Subjektivität lediglich eine Neigung, das Mäntelchen nach dem Wind zu hängen, wo es um Wahrheitsansprüche und Wirklichkeitswahrnehmung geht?

Auf der Autofahrt zu mir sind der Ispettore und ich mit genau diesen Fragen beschäftigt. Wie versprochen rührt er sich nicht vom Fleck, bis ich sicher in meiner Wohnung bin. Mir bleibt nicht einmal Zeit, mich frisch zu machen, als das Telefon klingelt.

Nonna Amalia ist dran, sie hat jetzt ihr eigenes Handy. Eigentlich ist es meins, ich habe es ihr geschenkt: Sie hat es auf der Stelle in ihr Herz geschlossen und telefoniert seitdem unablässig.

»Nonna!«, rufe ich.

»*Amore mio!* Ich rufe an, um dir zwei Dinge zu sagen. Erstens: Ich bin jetzt auch auf *Faisbuck*, deine Mutter hat mir dabei geholfen. Bist du da auch?«

»Nein …«

»Das habe ich mir gedacht, ich habe dich nämlich gesucht und nicht gefunden. Dein Bruder ist da, Alessandra auch, aber du nicht.«

Dass die Nonna im Internet surft, ist schon beunruhigend genug, aber dass sie jetzt auch noch bei sozialen Medien mitmischt, ist wirklich kaum zu fassen.

»Und was wolltest du mir noch erzählen?«

»Dass sie gestern in der Fernsehsendung *Chi l'ha visto?* wieder von deiner Kollegin berichtet haben, und da ist mir etwas aufgefallen.«

Aufgepasst: Die Gedanken von Nonna Amalia stecken oft voller Überraschungen: »Ihre Mutter war auch da. Aber sie war sehr gelassen … nicht wie beim ersten Mal, da wirkte sie völlig aufgelöst.«

»Vielleicht hat sie sich mit allem abgefunden, Nonna.«

»Nein, sie verhielt sich ganz anders. Als hätte man sie zu dieser Sendung überredet und als wäre sie ihr eigentlich ganz egal. Als gäbe es gute Gründe für ihre Seelenruhe.«

»Darauf kann ich mir keinen Reim machen.«

»Du brauchst auch nichts zu sagen, es reicht, wenn du zuhörst.«

Als unser Gespräch zu Ende ist, bin ich ganz verwirrt. Der Bailey's, den ich mir genehmige, hilft mir auch nicht, meine Gedanken zu ordnen. Ich schalte den Computer ein, um mir die Sendung vom Vortag anzusehen. Da ist sie auch schon, Isabella Negri Della Valle.

Zwei Mal schaue ich mir die Sendung an, bis ich die Hinweise meiner Großmutter verstehe. In den Augen von Ambras Mutter ist ein anderer Glanz, ihre Stimme klingt ruhiger, und ihre Bitte um Hilfe hat nichts mehr von jener Verzweiflung, mit der man nach einem geliebten Menschen sucht, der spurlos verschwunden ist.

Etwas ist anders, da hat die Nonna recht. Was für diese kaum merkliche, aber bedeutungsvolle Veränderung gesorgt hat, gilt es jetzt herauszufinden.

* * *

»Haben Sie sich in der letzten Zeit mit Ambras Mutter getroffen?«

»Warum sollte ich? Es gibt nichts Neues.«

»Ich war einfach nur neugierig. Ist Ambra nicht mehr gesichtet worden?«

»Je mehr Zeit vergeht, desto überzeugter bin ich, dass deine Kollegin sich irgendwo an einem sicheren Ort aufhält.«

»Ich teile Ihre Zuversicht.«

»Nein, nein, das ist mehr als Zuversicht, das ist eine sehr wahrscheinliche Hypothese.«

»Sehr gut. Wenn das so ist, warum sagen wir das nicht auch der Mutter? Überlegen Sie doch: Ambra sah sich vermutlich aus irgendeinem dringenden Grund genötigt, Rom heimlich zu verlassen. So wie ich sie kenne, kann sie dafür nur unglaublich wichtige Gründe haben. Warum die Mutter leiden lassen, ohne dass sie eine Ahnung hat, was mit ihrer Tochter ist? Besonders in diesem Fall, wo die Beziehung zwischen den beiden, wie es scheint, so eng war.«

»Worauf willst du hinaus?«, fragt Calligaris gespannt.

»Es gibt zwei Möglichkeiten«, sage ich und halte zwei Finger hoch. »Entweder hatte Ambra ihre guten Gründe, um ihre Ortswechsel selbst vor der Mutter geheim zu halten, oder die Mutter weiß ganz genau, wo ihre Tochter sich aufhält, rückt aber nicht damit heraus – ich halte Letzteres für wahrscheinlicher.«

Calligaris überlegt.

»Wenn ich sie befragt habe, gebe ich dir Bescheid. Wo zum Teufel bleibt nur dieser Daniel Sahar?«, platzt er schließlich heraus und wirft einen Blick auf seine Swatch.

»Dieser Typ ist undiszipliniert. Er ist einfach so«, sage ich, warum ich ihn verteidige, weiß ich selbst nicht.

»Er hätte schon vor einer halben Stunde hier sein sollen. Diesmal müssen wir ihn uns richtig vorknöpfen, denn morgen fliegt er nach Tel Aviv zurück.« Ich bemerke am Ispettore eine gewisse Nervosität, die er aber wieder im Griff hat, als der Israeli ihm kurz darauf gegenübersitzt. Daniel benimmt sich so abgebrüht und unmöglich wie immer.

»Was ist ein Herzskarabäus, Signor Sahar?«

Ungerührt liefert er die gleiche Erklärung wie De Robertis. »Ein Schmuckstück mit Gebetssprüchen, damit das Herz vor den Göttern nicht seinen Besitzer anklagt.«

»Sind in Jericho Skarabäen dieses Typs gefunden worden?«

»Viele Skarabäen, aber kein Herzskarabäus. Es handelt sich um einen ägyptischen Brauch, der eng mit dem Götterkult zusammenhängt – besonders mit Osiris – sowie mit dem Mumienkult. Wir haben gar nicht erwartet, in Palästina einen Herzskarabäus zu finden. Es stimmt, dass die unterschiedlichen Kulturen des Nahen Ostens bestimmte Parallelen aufweisen, besonders was den Totenkult angeht, und es stimmt auch, dass Skarabäen in vielen Kulturen eine Rolle spielen, aber der Herzskarabäus ist eine Besonderheit, die nicht weit verbreitet ist.«

»Was sie da gerade gesagt haben, beeindruckt mich, Signor Sahar. Das Herz, das vor den Göttern seinen Besitzer anklagt… welch eine romantische Vorstellung. Wofür könnte Ihr Herz *Sie* anklagen, Signor Sahar?«

Daniel lässt sich nicht aus der Ruhe bringen. »Geschummelt zu haben, um Viviana dazu zu überreden, bei mir in Israel zu bleiben, zum Beispiel. Einige kleine Betrügereien. Aber ich würde ihm nicht raten, mich für ewas anderes anzuklagen.«

Ganz schön gerissen, dieser Typ. Er ist dem Ispettore immer einen Schritt voraus und wirkt nie überrumpelt oder macht einen falschen Zug.

»Betrügereien, was die Arbeit anging?«

»Nicht nur. Ich kann nicht behaupten, mich im Umgang mit Viviana und Jade, mit der ich damals schon zusammen war, immer tadellos verhalten zu haben. Aber Gott sei Dank wird man älter und lernt dazu.«

»Das heißt, Sie würden manches heute anders machen als damals, 2005?«

Daniels Gesichtsausdruck wird abweisend.

»Ich glaube schon. Ich wünschte, ich hätte jene Funde, den Schädel und die Prinzessin, nicht geheim gehalten. Ich hätte Viviana nicht einreden sollen, dass das richtig war. Sie konnte Geheimnisse nicht leiden. Ich wünschte, ich hätte mich nicht in Viviana verliebt. Und sie sich nicht in mich.«

»Dann wäre Viviana heute noch am Leben? Wollen Sie das damit sagen?«

»Hören Sie, ich habe keine Ahnung, was ihr zugestoßen ist. Wenn Sie mich dazu bringen wollen, etwas zu sagen, das ich eigentlich nicht weiß, dann können Sie sich Ihre Taktik sparen. Ich werde Ihnen bereitwillig jede Frage beantworten, auf die ich eine Antwort habe, mehr nicht.«

»Gut, dann will ich deutlicher werden. Warum lügen Sie hartnäckig, was die Prinzessin angeht, und behaupten, der Fund wäre im Vergleich zu dem Schädel nicht wichtig gewesen? Alle Archäologen, die ich befragt habe, behaupten das Gegenteil.«

»Alle Archäologen außer mir.«

»Hören Sie auf mit diesem Getue, Signor Sahar. Ich möchte, dass Sie objektiv antworten.«

»Was ändert das? Ist das wirklich so wichtig? Wer will denn genau wissen, welche von beiden Entdeckungen die wichtigere war? Wie auch immer, ich bleibe bei meiner Meinung – es war der Schädel. Sie können gerne etwas anderes glauben.«

»Sicher! Könnten Sie mir noch erklären, warum die Beziehung zwischen Viviana und Ihnen kurz vor Ihrer Rückkehr nach Italien auf Eis lag? Geplänkel zwischen Liebenden?«, erkundigt sich der Ispettore mit einem sarkastischen Unterton, auf den Daniel nicht eingeht.

»Nein, mehr. Zwischen uns hatte es ziemlich heftige Auseinandersetzungen gegeben. Sie wollte nichts mehr mit mir zu tun haben, und diese Tatsache hat mich nicht nur völlig fertiggemacht, sondern auch zu Verwerfungen bei gemeinsamen Projekten geführt.«

»Und weiter?«

»Ich habe sie nicht einmal gebeten, sich das anders zu überlegen. Und wenn Sie es genau wissen wollen – das habe ich unzählige Male bereut.«

»Sie haben nichts unternommen?«

Daniel überlegt. Sein Blick ist finster. »Im Gegenteil, ich habe alles unternommen, um einen Vorwand zu finden, damit sie in Jericho bleiben würde. Ich habe gelogen, betrogen, ich habe Funde verschwinden lassen und die Karrieren von anderen, die ebenso gut waren wie Viviana, manipuliert, aber ich konnte sie nicht umstimmen.«

»Vielleicht wusste sie nichts von all dem. Vielleicht hätten Sie ihr einfach nur die Wahrheit sagen, das Herz auf der Zunge tragen sollen.«

Beim Klang meiner Stimme zuckt Calligaris zusammen, so hoch konzentriert ist er bei der Sache. Daniel hingegen ist nicht überrascht, sondern blickt mich an, als wollte er sagen: *Was weißt du denn schon?*

»Vielleicht.«

Auf seine banale Antwort folgt Schweigen, und bald darauf sieht sich der Ispettore gezwungen, die Unterhaltung abzubrechen.

»Daniel Sahar bleibt für mich ein Rätsel. Ich bin immer noch nicht zu seinem wahren Kern vorgedrungen. Ist er ungehobelt und jung oder eiskalt?«, fragt er.

»Ich will mal so sagen – um die Worte meiner Nonna zu benutzen –, alle Leute sind auf ihre Art abgebrüht.«

Calligaris runzelt die Stirn.

»Nicht alle.«

Sein beruhigender Tonfall flößt mir wenigstens ein bisschen Vertrauen ein. Doch bereits einige Stunden später macht Claudio meine Zuversicht während einer Autopsie, die – demokratisch wie immer – für acht Uhr abends angesetzt ist, wieder zunichte.

»Hast du mal 'nen Euro, Allevi?«, erkundigt er sich, er hat mich bei einem Augenblick der Unaufmerksamkeit ertappt.

»Ich habe meinen Geldbeutel im Institut gelassen, warum?«

»Wie könntest du dich nützlich machen, habe ich gerade überlegt und beschlossen, dass ich dich zum Kaffeeholen schicke!«

Wenn er noch am Leben wäre, hätte der arme Leichnam sich bestimmt über diese Behandlung empört.

»Ich habe mich nur im Hintergrund gehalten, weil ich deinen Beleidigungen entgehen wollte.«

»Das hat dir anscheinend nicht viel genützt. Geh nach Hause. Du bist ohnehin nicht bei der Sache, und hier bist du doch nur im Weg.«

Das lasse ich mir nicht zweimal sagen. Ich nehme meinen Anorak und ziehe ihn über den Kittel. Darauf verabschiede ich mich von den anderen Assistenzärzten, die in der Leichenhalle zurückbleiben und seine Häme über sich ergehen lassen müssen.

Vor Osiris würde mein Herz mich erbarmunglos dafür anklagen, dass ich einst Träumen nachhing, dummen und nutzlosen Träumen, in denen er die Hauptrolle spielte. Da bin ich ganz sicher.

Come back. I beg you.

Seit das römische Team Jericho verlassen hatte, hasste Daniel Sahar Palästina mehr denn je.

Das war ihm ein Rätsel. Er hatte geglaubt, er hätte bereits vorher abgrundtiefe Abneigung empfunden. Doch die Antwort war einfach. Jericho hatte ihm die Liebe seines Lebens geschenkt und sie ihm dann in feinsinniger Grausamkeit wieder geraubt, ohne ihm die Möglichkeit zu geben, den Schaden wiedergutzumachen.

Die Ausgrabungen betreute er ohne Antrieb. Die Araber erwiderten seinen Unmut und begannen zu protestieren. Er wollte nur noch nach Tel Aviv zurück und sich bis zur Besinnungslosigkeit mit Bier volllaufen lassen.

Jade ging er aus dem Weg, er hatte seit mehr als einem Monat nichts mehr von ihr gehört. Er schrieb Mails an Viviana und sandte sie nie ab.

In seinem Zimmer schloss er die Läden und schaltete den Deckenventilator ein, der langsam und summend zu kreisen begann, aber kaum Kühle brachte. Er wusch sein dunkles Gesicht mit eiskaltem Wasser, der Hahn tropfte weiter, nachdem er ihn geschlossen hatte. Dann zog er sich das schweißnasse T-Shirt vom Leib und setzte sich wie so oft an seinen Computer. Er klappte den Bildschirm auf und schrieb eine neue Nachricht an Viviana. Was hatte ihm seine Mutter einmal gesagt? Wenn du jemanden liebst, dann muss der andere auch davon wissen.

Sie musste es unbedingt erfahren: Dann würde sie zurückkommen. Sie würde ihn anrufen, um ihm zu sagen, dass alle Missverständnisse ausgeräumt waren. Dass sie nicht einfach weggehen würde. Dank der Prinzessin würde sie eine Doktorandenstelle bekommen, ihre Karriere würde *durchstarten, und nichts würde sie mehr aus Israel wegführen. Weg von ihm.*

Viviana. Come back. I beg you.

Er löschte die Worte, ihm wurde schlecht davon. Die Machtlosigkeit lähmte ihn.

Er fuhr sich mit der Hand durch die feuchten Locken.

Yesterday's gone. *So hatte Viviana zu ihm gesagt, als sie zum letzten Mal miteinander gesprochen hatten.*

Liebeskummer war für ihn eine völlig neue Erfahrung. Er war immer davon ausgegangen, dass er ihn nie erleben würde.

Ein akustisches Signal kündigte eine neue Mail an und riss ihn aus seinen melancholischen Grübeleien. Die Nachricht war von Curreri. Daniel überflog sie und fühlte, wie eine unkontrollierte, zerstörerische Wut in ihm aufstieg.

Kurz darauf hatte er mit den Daten von Ellas Kreditkarte einen Flug nach Rom gebucht.

Nur den Hinflug.

One by one, only the good die young

Dass ich Calligaris jeden Tag sehe, ist schon merkwüdig. Ich komme mir vor wie ein Kind, das einen unsichtbaren Freund hat, mit dem es sich tagein, tagaus unterhält, um die Welt zu verstehen und nicht einsam zu sein.

Der Ispettore wedelt triumphierend mit einem bedruckten Blatt Papier.

»Schau nur, was ich hier habe.«

Es ist ein Flugticket auf den Namen Isabella Negri Della Valle, Rom–Catania, und es ist ungefähr drei Wochen alt.

»Vielleicht hat Sie privat Nachforschungen angestellt, Ispettore?«

»Oder ihre Tochter besucht.«

Ich muss zugeben, beides ist möglich. Irgendetwas wird sie in Sizilien zu tun gehabt haben. Etwas, das Ambra betraf.

»Sie hat ein Auto gemietet. Wohin sie damit gefahren ist, weiß man natürlich nicht. Eine Woche später, vor ihrer Rückkehr nach Rom, hat sie es wieder abgegeben. Du hattest recht mit deiner Intuition: Wir müssen unbedingt mit ihr reden.«

Ich freue mich und nehme mir fest vor, Nonna Amalia anzurufen, um sie zu fragen, ob sie noch ein paar von ihren Einfällen hat.

Calligaris nimmt seine Jacke vom Haken und zieht sie schnell über. »Auf geht's.«

»Jetzt gleich?«

»Jetzt gleich.«

Wir steigen in seinen goldfarbenen Panda. Er drückt auf die Tube, und wir stehen trotz des dichten römischen Verkehrs kurz darauf vor Ambras Haus.

Isabella Negri Della Valle öffnet die Tür und schaut uns verwundert an.

»Gibt's was Neues?«, erkundigt sie sich sofort, nachdem sie uns begrüßt hat.

»Das können sicher Sie uns sagen«, erwidert der schmächtige Calligaris.

»Ich verstehe nicht.«

»Signora, Schluss mit diesem Katz- und Mausspiel. Was haben Sie in Sizilien gemacht?«

Isabella gibt sich cool. »Genau das, was Sie auch gemacht haben. Aber ich fürchte, keiner von uns beiden hatte viel Erfolg.«

»Das hängt davon ab, was man darunter versteht. Erzählen Sie mir von Ihren Erfolgen.«

Isabella kaut auf ihrer Unterlippe.

»Nichts Besonderes, sonst hätten Sie es schon erfahren.«

Eigentlich ist sie ein aufrichtiger Typ. Lügen hat für sie einen hohen Preis, das ist ganz offensichtlich.

»Machen wir es so. Ich erzähle Ihnen, was ich glaube, dass Sie entdeckt haben.«

Ambras Mutter wird bleich. »Ich bezweifele, dass Sie mehr wissen als ich …«

»Ich glaube, dass Sie Ihre Tochter gefunden haben. Dass Sie mit ihr gesprochen haben und wissen, dass alles in Ordnung ist und dass es Ambra gut geht. Ambra ist aus einem Grund weggelaufen, den sie uns nicht verraten will. Dennoch will ich hinter dieses Geheimnis kommen, Signora.

Oder ich sehe mich gezwungen, Sie wegen Behinderung laufender Ermittlungen zu belangen.«

Isabella sieht mich an. Ihr Blick ist nicht misstrauisch oder ablehnend. Sie bittet mich lediglich um ein Gespräch mit dem Ispettore unter vier Augen.

Das verstehe ich, entschuldige mich und verlasse die Wohnung. Ich habe nichts mit Calligaris verabredet, und so gehe ich, vor Neugier fast platzend, nach Hause.

***

Dort angekommen, beschließe ich, eine gute Stunde abzuwarten, dann will ich Calligaris anrufen, um zu erfahren, was Ambras Mutter ihm erzählt hat. Ichi und ich machen es uns auf dem Sofa gemütlich, knabbern Chips – der Tierarzt wäre sicher nicht einverstanden – und zappen durch die Kanäle.

Doch dann bringt mich eine Kurzausgabe der Nachrichten völlig aus der Fassung.

Während der Sprecher sich über Fakten auslässt, erscheinen auf dem Fernsehschirm vier Männergesichter.

Eines ist das von Arthur.

Die vier Männer sind in Homs in dem vorwiegend alawitischen Viertel Akrama al-Jadida getötet worden, während sie einem Trauerzug von Regierungstreuen folgten. Noch ist unklar, ob sie durch eine Granate oder durch einen Sprengsatz ums Leben kamen.

Die Chips landen auf dem Boden, ich fange an zu zittern wie Espenlaub und breche in Schluchzen aus. Ich nehme mein Handy und bombardiere Cordelia mit Anrufen, bis sie endlich antwortet.

»Beruhige dich doch! Was ist denn los?«

Ich stammele Unverständliches: Nachrichten, Arthur, Syrien, Granate, Sprengsatz.

»Davon weiß ich gar nichts!«, ruft sie und schreit dann noch lauter als ich.

Ich habe viel mehr Panik als damals, als Arthur im Sudan an Malaria erkrankte und ich keine Ahnung hatte, wie es ihm ging. Es ist, als würde jeder Teil von mir, jedes einzelne Organ, tiefgefrieren und sofort darauf in tausend Stücke zerspringen. Am liebsten würde ich hinaus auf die Straße stürzen und einfach ziellos losrennen. Laufen, bis ich vor Erschöpfung umfalle und sterbe.

Eine Welt ohne ihn kann ich mir nicht vorstellen. Ich kann nicht glauben, dass ich ihm niemals von allen meinen Gefühlen erzählt habe, und begreife das Schweigen zwischen uns nicht mehr.

Hätte ich nur den Mut gehabt, ihm zu sagen: *Nimm die Stelle bei* National Geographic *an. Komm zu mir zurück.*

Ich durchforste das Internet nach Nachrichten zu dem Attentat. Ich suche nach seinem Namen, suche nach ihm, aber überall steht das, was auch in den Nachrichten zu hören war.

Ein kleines Team von französischen Journalisten und Fotografen kam bei einem Attentat ums Leben.

Sein Lächeln, so offen und freundlich. Er kräuselt dabei immer ein wenig die Nase, und seine Augen strahlen. Das werde ich nie wieder sehen.

Ein Albtraum. Das ist alles nur ein böser Traum. Das kann nicht alles gewesen sein. Arthur, so attraktiv und intelligent, kann nicht einfach von einer Bombe zerrissen worden sein.

Cordelia öffnet die Haustür. Wimperntusche läuft über ihre Wangen. Wir umarmen uns, als suchten wir in der jeweils anderen ihn, Arthur. Unser Weinen hallt von den Wänden.

»Mein Vater hat AFP und die südafrikanische Botschaft

angerufen. Ich glaube, er ist gerade dort, um herauszufinden, was geschehen ist«, sagt sie mit kümmerlicher Stimme.

Wir verharren im Dunkeln. Es ist Abend geworden, und keine von uns beiden ist in der Stimmung, das Licht anzuschalten. Ichi winselt, aber es kümmert uns nicht. Als wäre die Zeit stehen geblieben und wir beide würden uns in einer parallelen Dimension bewegen, die dunkel ist und lähmt.

»Warum ruft er nicht an …«, murmelt Cordelia. Sie ist in den Sessel gekauert, ihre Beine durchläuft leises Zittern, ihr Blick ist auf das Handy fixiert, dessen Schirm hin und wieder aufleuchtet und vom Eintreffen neuer Nachrichten kündet – jemand will wissen, ob es Neuigkeiten gibt.

Dann klingelt es, das Läuten durchbricht die Stille und lässt uns auffahren.

Es ist der Allerhöchste, höchstpersönlich.

Every Time We Say Goodbye I Die A Little
Ella Fitzgerald

Nach der Sonne von Jericho traf Viviana in Rom auf Regen. Er verwüstete ihr das Herz.

Daniel fehlte ihr so sehr, dass sie innerlich fast verrückt wurde. Obwohl sie in der letzten Zeit kaum miteinander gesprochen hatten, wurde Viviana jetzt klar, dass sie es schon kaum aushielt, ihn nicht anschauen zu können, wann immer sie wollte.

Ihre Notizen mussten dringend geordnet werden: Die gemeinsame Forschungsarbeit mit Daniel war eine einzige Katastrophe. Noch niemals hatte sie derart schlampig und unmethodisch gearbeitet. Aber am Ende war es egal. Sie würde an diesem Projekt ohnehin nicht weiterarbeiten, denn das würde bedeuten, wieder mit Daniel zu tun zu haben. Aber das war unmöglich. Sobald sie mit ihrem Teil des Berichts fertig war, würde sie ihn Daniel zukommen lassen. Sie würde ihn in den folgenden Tagen fertigstellen, und damit wäre ihr Nahost-Projekt ein für alle Mal abgeschlossen.

Es hatte in ihr eine Bitterkeit hinterlassen, die sich nicht so leicht auflösen würde. Es war Viviana unmöglich, ihre berufliche Zukunft vor dem Hintergrund dieser Erlebnisse zu gestalten und fortzusetzen. Sie würde Anita alle ihre Wunschträume zur israelitischen Kultur übergeben und Sandra nach Frankreich folgen, um dort Türen zu neuen Abenteuern zu öffnen.

Sie würde Rom den Rücken kehren und sich einem neuen Gebiet zuwenden. Sie war jung, fähig und voller Begeisterung für ihr Fach. Diese unglückliche und schmerzhafte Liebeserfahrung hatte ihre Spuren hinterlassen. Jede Enttäuschung und jeder Abschied prägen sensible und roman-

tische Charaktere. Sie war benutzt worden und hatte sich benutzen lassen, wie schon so oft. Daniel war nicht der Erste gewesen, und wenn sie so weitermachte, würde er auch nicht der Letzte sein. Ambra war die Erste gewesen; diese zweifelhafte Ehre würde ihr niemand streitig machen können. Es war von allen die schmerzhafteste Erfahrung gewesen.

Wieso kam ihr jetzt ausgerechnet Ambra in den Sinn? Bestimmt führte sie sich wieder wie die Primadonna auf, ganz gleich, in welchem Umfeld sie mittlerweile gelandet war.

Viviana blieb immer im Schatten der Primadonnen, denen sie über den Weg lief. Daniel war da keine Ausnahme gewesen: Auf seine Art war er genauso.

Er hatte sein Abenteuer und seine Abwechslung gehabt und würde jetzt mit den Funden seine Karriere vorantreiben. Ihr blieb, wie üblich, nichts.

Viviana legte die Notizen zur Seite. Sie war mit ihren Gedanken weit abgeschweift und ganz durcheinander. Sie stand auf und begab sich zum Prof. Ein Foto von Ella weckte die Erinnerung an die jüngste Vergangenheit. Doch es gab einen Weg, sie hinter sich zu lassen. Der Knoten, der ihr seit Längerem die Kehle zuschnürte, begann sich zu lösen. Es war befreiend, dem Prof gegenüber ihre Pläne zu konkretisieren und ihre Karten auf den Tisch zu legen.

Es war wie eine Kündigung, auch wenn Viviana formal keinen Arbeitsvertrag hatte. Sie war eine Studentin wie alle anderen, die sich irgendwie über Wasser halten musste – es sei denn, sie würde die Chance beim Schopf ergreifen, die Daniel ihr geboten hatte.

Und genau das würde sie nicht tun.

Alice, du hast doch Ahnung von so was – können wir den Nachrichtensender nicht auf Schadenersatz verklagen? Uns beiden wäre doch vor Schreck beinahe das Herz stehen geblieben!«

Ganz unrecht hat Cordelia nicht.

Arthur ist unverletzt, hat man herausgefunden. Er befand sich nicht unter den getöteten Journalisten. Es war eine Falschmeldung.

Er sei sehr bestürzt über das Ereignis, hat man uns gesagt. Ich habe noch nicht direkt mit ihm gesprochen, möchte das aber so bald wie möglich nachholen.

Zwei Stunden abgrundtiefer Trauer, aber sie reichen aus, um meine Haltung zu ihm von Grund auf zu verändern, und auch meine Absichten.

Ich werde nicht zulassen, dass er keine Ahnung hat, was ich wirklich für ihn empfinde. Auch wenn mein Stolz darunter leidet, auch wenn er mit den Achseln zuckt und ich mir anhören muss, dass er nicht weiß, was er sagen oder tun soll. Ich will mich nicht mehr von all meinen verpassten Chancen niederdrücken lassen.

Als der Allerhöchste vor uns stand und uns die freudige Nachricht überbrachte, wäre ich ihm fast um den Hals gefallen.

In der Zwischenzeit hat sich auch meine stets umfassend

informierte Nonnina bei mir gemeldet, weil sie über das vorzeitige Ableben ihres Enkels in spe (auch wenn Letzteres niemals wirklich wahrscheinlich erschien) sehr beunruhigt war. Trotz allem, fügt sie erklärend hinzu, würde sie immer noch jenen gut aussehenden, wenngleich ein wenig grantigen Doktor vorziehen, der bei ihrer Pflegerin die Autopsie vorgenommen hatte. Natürlich meint sie Claudio, und es nützt nichts, ihr zu erklären, dass Dottor Conforti mich am liebsten zu Kleinholz machen würde, wenn er könnte, und dass man ihm besser nicht über den Weg traut. An Arthur gefällt ihr der Idealismus, aber in ihren Augen war er mir und meiner Welt niemals nah genug, und da konnte und kann ich ihr nur recht geben.

Es ist schon spät, als ich mir – in der Zurückgezogenheit meines Zimmers und in Gesellschaft von Ichi, der mir um die Beine streicht, weil er auf einen Keks von meinem Schreibtisch hofft – endlich Mut mache und ihn anrufe.

»Nun habe ich zum zweiten Mal um dich geweint«, beginne ich das Gespräch, unsicher, welchen Ton ich anschlagen soll. Ich bin so nervös, als wäre er ein wildfremder Mann.

»Beim dritten falschen Alarm weinst du dann nicht mehr«, unkt er.

»Wo steckst du? Was machst du?«, frage ich und ignoriere mit voller Absicht seine schlechte Laune. Seine weiche Stimme klingt gereizt.

»Im Hotel. Ich nehme Anrufe von Leuten entgegen, die mich für tot hielten. Fühlt sich an, als würde man der eigenen Beerdigung beiwohnen.«

»Arthur. Was da passiert ist … kann sich jederzeit wiederholen. Das weißt du ganz genau. Nimm das Angebot von *National Geographic* an. Komm nach Italien zurück. Du magst dieses Land vielleicht nicht. Aber wenigstens riskierst du hier nicht dein Leben.«

»Ich denke darüber nach. Morgen, genau wie Scarlett O'Hara. Heute bin ich zu erledigt.«

»Als ich dachte, du wärst tot, bin ich ein bisschen mitgestorben. Ich will, dass du das weißt.«

»*Alice …*«

»*Come back*«, sage ich in seiner Muttersprache. Er schweigt kurz.

»Ich denke drüber nach«, wiederholt er. »Auch ich träume manchmal von einem normalen Leben, einem ruhigen Tag, an dem ich am Strand Gitarre spielen, ins Kino oder in ein Konzert gehen kann. Ich habe Lust, an einem normalen Tisch mit Freunden etwas Warmes zu essen und über Belangloses zu reden, über Themen, die mir immer Spaß gemacht haben – über Rugby, Reisen, Leute, denen ich begegnet bin, meine Erlebnisse. Ich würde mir gerne Cordelia auf der Bühne ansehen, deinen Hund streicheln und ihn Gassi führen und endlich mal wieder richtig schlafen. Kannst du dir vorstellen, dass ich mich dermaßen an Bombenlärm gewöhnt habe, dass ich ihn zum Einschlafen brauche?«

Er muss unwillkürlich lächeln, das bekomme ich trotz der Entfernung mit. Gewiss ein bitteres und ungläubiges Lächeln.

»Das kannst du alles haben, und noch viel mehr.«

»Führ mich nicht in Versuchung«, erwidert er leise. In seiner Stimme liegt eine ganz neue Spannung. »Heute ist der falsche Tag für Entscheidungen. Ich habe die Leute gekannt, die umgekommen sind. Bis heute Morgen waren wir noch alle beisammen. Die Einsamkeit um mich herum wird immer größer. Aber das Schlimmste daran ist, dass mir das, womit ich meinen Lebensunterhalt verdiene, mit jedem Tag besser gefällt. *Plants have roots, people have legs. I will use mine to go around the world.*« Er wird sich niemals ändern, da ist nichts zu machen. »Alice, ich muss Schluss machen. Telefonieren wir später noch mal? Oder morgen?«

»Klar«, antworte ich freudig.

Ich lass dich nicht mehr los, Arthur. Ich lass dich nicht mehr los.

So long, lonesome

Clementina Calligaris bringt eine Pasta auf den Tisch, die ägyptische Mumien aus ihrem ewigen Schlaf erwecken würde. Der Ispettore sieht seine Frau verliebt an. Die Zwillinge haben den gleichen schmachtenden Blick, aber sie meinen die Pasta.

Calligaris hat mich zum Essen eingeladen, weil er mit mir über etwas Wichtiges reden möchte, aber außerhalb seines Büros. »Man kann nie wissen«, hat er mir zugeraunt. In letzter Zeit hat er Angst vor Wanzen.

In seinen eigenen vier Wänden ist der Ispettore indes leutselig und offen.

»Vor allem eine Nachricht wird dich freuen, nehme ich an. Ambra Negri Della Valle geht es gut, und sie ist in Sicherheit.«

Es stimmt, ich habe es bereits geahnt und gehofft, aber die gute Nachricht mit eigenen Ohren zu hören, stärkt mein Vertrauen in die guten Seiten des Lebens. Ich muss unwillkürlich lächeln und bin froh, und zwar von Herzen, wie das nur bei einem guten Ende möglich ist.

»Wie wunderbar, Ispettore!«

»Immer langsam. Isabella Negri Della Valle war sehr sparsam mit Informationen, ich konnte ihr nicht viel entlocken.«

»Erzählen Sie mir einfach alles, was Sie wissen! Wo steckt sie? Warum ist sie abgehauen?«

»Die Signora hat sich nicht über die Gründe für Ambras spurloses Verschwinden ausgelassen. Sie hat mir nur endlich offenbart, dass ihre Tochter sie kurz vor der Abreise von Sizilien kontaktiert und um absolute Diskretion gebeten hat. Isabella ist zu ihr gefahren und hat sich selbst überzeugt, dass es Ambra gut geht. Ich weiß nicht, ob ich der Mutter abnehmen soll, dass sie keine Ahnung hat, was Ambra bewegt und zu diesem Schritt gebracht hat.«

»Wirklich keine? Und Isabella hat auch nicht auf einer Erklärung bestanden?«

»Es sieht so aus.«

»Merkwürdig! Ambra setzt sich mit ihrer Mutter in Verbindung, die beiden treffen sich, und Ambra verrät ihr angeblich nichts über die Gründe für ihre Aktion?«

»Tja, das ist Isabellas Version, und die hat mir vielleicht aus irgendwelchen Gründen bestimmte Details nicht erzählt. Du irrst, wenn du glaubst, ich würde ihr blind vertrauen.«

»Kommt Ambra zurück?«

Der Ispettore nimmt aus einer auf Hochglanz polierten Silberschale, die neben dem Sofa steht, eine Praline. Er lässt sich mit der Antwort Zeit. Vielleicht freut er sich auch bereits auf die Wirkung, die seine Offenbarung auf mich haben wird.

»Ambra ist in Tel Aviv.«

Ungläubig starre ich ihn an. »Tel Aviv? Israel?« Das haut mich um. Calligaris nickt feierlich.

»Sie war gewieft und hat keine Spuren hinterlassen. Von Sizilien ist sie nach Bari, von dort hat sie eine Fähre nach Griechenland genommen und dann weiter mit dem Schiff nach Tel Aviv.«

»Ispettore, falls es stimmt, dass Ambra sich klammheimlich nach Israel abgesetzt hat, dann muss es da eine Verbindung zu Vivianas Fall geben, das sagt mir mein Bauch.«

»Na ja, schon ein merkwürdiger Zufall! Warum ausgerechnet Tel Aviv?«

»Ispettore, wenn Isabella uns keine Einzelheiten verraten will, dann bleibt nur eins: Wir müssen mit Ambra reden und uns von ihr erzählen lassen, wie sich alles wirklich zugetragen hat. Und zwar von Anfang an: Wie kam sie in den Besitz von Vivianas Notizbuch, und warum ist sie bis nach Israel gereist, um es Daniel zu geben? Ambra ist nicht der Typ für überstürzte Entscheidungen, Ispettore. Wir müssen herausfinden, was sie verschweigt, es muss etwas sehr Wichtiges sein.«

»Genau«, murmelt Calligaris und knüllt das Pralinenpapier zusammen. »Genau das habe ich vor.«

»Sehr gut. Und der erste Schritt? Ein Vorladungsbescheid?«

Calligaris verzieht das Gesicht, als hätte ich etwas Unanständiges vorgeschlagen. Und vielleicht stimmt das auch.

»Nein, etwas viel Netteres, das auch mehr Spaß macht.«

Überrascht reiße ich die Augen auf. »Ispettore, ich muss Ihnen bestimmt nicht erzählen, dass es hier nicht um Spaß geht. Dass es Ambra gut geht, ist wunderbar, aber die Geschichte ist nach wie vor kompliziert!«

»Stimmt. Und genau deswegen kommst du ins Spiel.«

Ich kneife die Augen zusammen und sehe ihn grimmig an. »Was wollen Sie damit sagen?«

Der Ispettore senkt die Simme und antwortet freudig erregt: »Dass wir zusammen nach Tel Aviv reisen.«

* * *

»Wirklich? Du fliegst nach Israel?« Cordelia rührt im Kochtopf die Reisnudeln um. »Und was machst du da?«

»Sagen wir, es handelt sich um eine Mission.«

»Wow. Willst du mir etwa weismachen, dass du jetzt für den Geheimdienst arbeitest?«

»Quatsch. Wenn ich wieder zurück bin, erkläre ich dir alles.«

Lieber verschweige ich Cordelia die Wahrheit. Nicht weil mir das Spaß macht. Im Gegenteil, Lügen gefallen mir generell nicht, besonders nicht zwischen uns beiden. Aber ich darf nicht riskieren, dass diese Geschichte dem Allerhöchsten zu Ohren kommt oder dass sie – sie ist wirklich hoch geheim – im Institut die Runde macht.

In Wirklichkeit hole ich Ambra, meine Erzfeindin, zurück nach Hause.

Wie die Heldin in *Labyrinth*, die sich durch das Labyrinth schlägt, um den kleinen Bruder wiederzufinden, von dem sie gehofft hatte, er würde für immer verschwinden.

Klar, ich war eifersüchtig auf sie und konnte sie auf den Tod nicht leiden.

Wann immer ich sie zusammen mit Claudio sah, verkrampfte sich alles in mir, und ich hatte das Gefühl, mein Blut würde sich in Gift verwandeln. Sie war eine Spitzenstudentin, aber auch eine Arschkriecherin. Aber hallo! Ich beneidete sie um ihre Erfolge: dass sie stets irgendwie zurechtkam und ihr immer alles gelang; darum, dass Claudio auf sie abfuhr, wenigstens am Anfang, und darum, dass es ihr gelang, ihn an sich zu binden, wenn auch nur für kurze Zeit.

Neid und Eifersucht köchelten jeden Tag in mir: Sie brachten meine schlechten Seiten zum Vorschein und unterdrückten die guten.

Aber ich habe in dieser Zeit dennoch etwas gelernt: Wenn man froh und glücklich sein will, hört man am besten auf, sich das zu wünschen, was andere haben.

Meine Reisetasche ist gepackt: Wir bleiben nur über ein Wochenende.

Isabella Negri Della Valle hat Calligaris wissen lassen, dass Ambra nicht aufgespürt werden wolle und dass selbst sie die Adresse ihrer Tochter in Tel Aviv nicht kenne. Doch durch geschickte Manöver, die jedem amerikanischen Spionagefilm Ehre machen würden, hat Calligaris Ambras Aufenthaltsort ausfindig gemacht. Ihr werden die Augen aus dem Kopf fallen, wenn sie uns sieht. Mit uns rechnet sie sicher nicht.

Sie bewohnt eine Einzimmerwohnung in der Bilu Street, einen Steinwurf von der Ibn Gabirol Street entfernt, in der Ella und Daniel wohnten.

Ich bin ganz aufgeregt bei der Vorstellung, diese Orte zu besuchen, mit ihr zu reden und endlich zu begreifen, auf welche Weise sie etwas mit Vivianas Verschwinden zu tun hat.

Jenseits der Nacht, jenseits des Todes

Noch bevor sie seine Stimme hörte, nahm sie seinen Körperduft wahr.

Vivianas Kopf fuhr in die Höhe wie der eines Insekts, das seine Antennen aufstellt. Einen Augenblick lang dachte sie, es wäre jemand gekommen, der ihm ähnlich war. Dann hörte sie, wie er sich mit Anita auf Englisch unterhielt, und ihr Herz machte einen Hüpfer. Eine Welle von Glück und Sorge erfasste sie.

Daniel bedeutete nichts als Ärger. Sobald sie mühevoll wieder etwas Seelenruhe erreicht hatte, machte er alles mit einem einzigen Blick zunichte.

Sie tat, als ob nichts wäre, und trug in das Buch, in dem sie für ihr Diplom lernte, weiter ordentlich und präzise Unterstreichungen ein. Ihre Gedanken rasten nicht länger, sondern sie überlegte, was sie ihm sagen wollte.

Denn eines war klar: Sie würden miteinander reden müssen. Das Schweigen zwischen ihnen hatte zu lange gedauert.

Er betrat ohne Umschweife das Zimmer, in dem sie lernte – oder, besser, so tat, als ob. Er starrte sie lange an, und sein Blick war alles andere als liebevoll, er war eisig.

»Du gehst also mit Sandra nach Frankreich«, begann er.

Viviana blies in ihre eiskalten Hände. Die Heizung war kaputt. »Stimmt.«

»Und was wird aus unserer Arbeit?«

»Das Material überlasse ich dir, du wirst sicher etwas daraus machen.«

Er hätte ihr gerne gesagt, dass ihm die Arbeit gleichgültig war. Dass die

Prinzessin, der Schädel und alle Skarabäen dieser Welt zum Teufel gehen konnten.

»Gerade sichte ich das Material, das wir gesammelt haben, und ordne es, dann kannst du damit arbeiten. Ich möchte nichts mehr damit zu tun haben. Ich will auch nicht, dass in irgendeinem Artikel mein Name erscheint. Außerdem ist alles, was die Prinzessin betrifft, dein Verdienst. Und die Doktorandenstelle geht an Anita.«

»Du bist undankbar. Ich habe alles getan ... alles versucht«, wiederholte er, »um dir einen Vorteil zu verschaffen, zum Nachteil der anderen. Und du gibst alles auf.«

»So ist das Leben. Es besteht aus Chancen und Enttäuschungen. Das hier ist jetzt Anitas Weg, nicht unserer.«

Vivianas Handy klingelte. Daniel las den Namen, der auf dem Display aufleuchtete.

»Willst du nicht antworten?«

Viviana sagte sich, dass er es nicht wert war, dass sie auch nur die geringste Rücksicht auf ihn nahm. Sie hätte sogar jeden dummen Werbeanruf angenommen, nur um ihn auf seinen Platz zu verweisen.

Ausgerechnet Ambra. Sie war in Vivianas Leben zurückgekehrt und mit ihr Erinnerungen an glückliche Tage.

Viviana nahm den Anruf entgegen. Daniel sah sie die ganze Zeit über an.

Als sie das Telefonat beendet hatte, verharrte er in Schweigen.

Hätte Daniel ihr doch nur gezeigt, dass sich hinter seiner Kälte etwas anderes verbarg. Dass die knallharte Gleichgültigkeit, die er ihr gegenüber an den Tag legte, nur eine Maske war. Vivianas Augen füllten sich unwillkürlich mit Tränen. Daniel bemerkte das, aber sein Gesichtsausdruck blieb ungerührt. Er verzog keine Miene, zeigte keinerlei Mitgefühl.

Er ließ sie in der Gewissheit zurück, dass sie das Beste getan hatte, indem sie die Hoffnung aus ihrem Leben verbannte, dass er der Richtige für sie war.

Ambra ist nicht wiederzuerkennen

Ambra.

Langes honigblondes Haar, Ohrringe mit Anhängern – sie durften niemals fehlen –, runde Brüste, die sich unter ihrer Bluse wölbten.

Die junge Frau, die mir gegenübersteht und mich anstarrt, sieht völlig anders aus.

Das lange Haar ist durch einen frechen Kurzhaarschnitt ersetzt. Sie ist ungeschminkt und sehr viel hübscher ohne die dicke Schicht von Make-up und die Unmengen an Wimperntusche, mit denen sie einen Blick hatte wie Betty Boop.

Gerade liegt nichts als Frust in ihrem Blick.

Sie bleibt in der Tür stehen und fixiert erst mich, dann Calligaris, wie in Trance.

Widersprüchliche Gefühle ergreifen mich – Rührung, Angst, Erleichterung –, und ich umarme sie spontan. Darauf wirkt sie noch schockierter, als wäre sie in einen Hinterhalt geraten.

»Ich bin froh, dass es dir gut geht«, sage ich ihr leise ins Ohr.

Sie mustert mich misstrauisch. Noch hat sie keinen Ton gesagt.

»Könnten Sie uns hereinlassen, Dottoressa Negri Della Valle? Wir haben eine lange Reise hinter uns gebracht, um Sie zu besuchen.«

Calligaris lächelt freundlich. Sie weicht von der Türschwelle zurück.

Dann findet sie endlich ihre Sprache wieder. Wenigstens fast.

»Alice! Ausgerechnet du! Du hast mir immer den Spiegel vorgehalten, in dem ich mein Scheitern mit ansehen musste.«

Den Sinn ihrer Worte begreife ich nicht. Wie kann ausgerechnet ich ihr den Spiegel vorgehalten haben? Ich, die ich immer in ihrem Schatten stand? Besser, ich gehe darauf nicht ein.

»Das alles ist eine lange Geschichte. Vielleicht hältst du mich für dreist …«

Sie schüttelt den Kopf. »Ich bin nur völlig überrascht. Nein, eigentlich eher überrumpelt.«

Ambras Wohnung ist unpersönlich: Man sieht, dass sie erst vor Kurzem eingezogen ist oder vielleicht nicht lange bleiben will. Wer weiß. Ich frage mich, ob sie uns die Wahrheit sagen wird.

Der Ispettore muss sich nicht vorstellen: Ambra erinnert sich gut an ihn. Die Beziehung zwischen dem Ispettore und mir ist hingegen weniger klar, doch Calligaris kommt aus der Deckung und erläutert ihr, dass ich ihm seit einiger Zeit als Mitarbeiterin zur Seite stehe und dass wir derzeit gemeinsam an einem sehr komplizierten Fall arbeiten.

An dem Fall Viviana Montosi.

Als sie den Namen ihrer alten Freundin hört, zuckt Ambra zusammen.

»Kurz nachdem Sie verschwunden sind, Ambra, hat man Vivianas Leiche gefunden. Übrigens eine Koinzidenz, die uns viel Kopfzerbrechen bereitet hat.«

Ambras Miene verdüstert sich. »Das hatte ich befürchtet, ich meine, ich hatte befürchtet, dass sie tot ist. Doch hat beides nichts miteinander zu tun«, fügt sie hinzu, sie wirkt etwas blasser als eben noch.

»Sind Sie da sicher? Es gibt vieles, was Sie beide miteinander verbindet.«

»Natürlich, sehr viel. Aber mit ihrem Verschwinden habe ich nichts zu tun.«

»Warum bist du weggelaufen?«, frage ich sie aus einem Impuls heraus. Es ist eine Frage, die mir unter den Nägeln brennt, seit ich begriffen habe, dass Ambra damals aus freien Stücken weggegangen ist.

»Darf ich die Frage nicht beantworten?«, tastet sie sich vor.

Calligaris räuspert sich. »Eins nach dem anderen, Dottoressa. Wir sind nicht nur da, um uns zu überzeugen, dass es Ihnen gut geht – das freut mich natürlich sehr –, sondern weil Sie eine zentrale Rolle in den Ermittlungen zu Viviana spielen. Ich bin gekommen, um offene Fragen zu klären, und werde mich nicht vom Fleck bewegen, bis das getan ist.«

Ambra gibt sich geschlagen. Das sehe ich, weil sie die gleiche verstimmte und unterwürfige Miene aufsetzt wie einst, wenn die Wally sie kritisierte. Das kam selten vor, aber hin und wieder knöpfte Professoressa Boschi sich auch Ambra vor, um den Schein zu wahren und nicht zu offenbaren, dass sie ihr Liebling war – genau das war sie natürlich.

»Viviana und ich … Viviana war eigentlich die einzige Freundin, die ich jemals hatte. Nein, ich will es anders sagen: Viviana hat mir gezeigt, was das Wort ›Freundschaft‹ wirklich bedeutet. Ich habe das damals allerdings nicht zu schätzen gewusst und sie mit der Zeit enttäuscht. Aus Gedankenlosigkeit, nicht, um ihr wehzutun. Das habe ich nicht gewollt, aber leider ist es so gekommen. Vieles habe ich erst später begriffen, unsere Freundschaft bestand ja seit dem Gymnasium. Als ich sie 2005 zufällig wiedersah, wollte ich deshalb auch nicht, dass unsere Begegnung im Sand verlief.«

»Erläutern Sie das ein wenig genauer«, fordert Calligaris sie auf.

»Ich bin ihr unmittelbar vor Weihnachten begegnet, und zwar in der Nähe der Fakultät. Sie war immer noch die Alte, es kam mir so vor, als hätten wir uns erst gestern getroffen. Dabei hatten wir uns seit der Abiturprüfung nicht mehr gesehen. Viviana war eine Nette, negative Gefühle kannte sie nicht. Ich habe nur gute Erinnerungen an sie. Diese zufällige Begegnung machte mich neugierig – und auch nostalgisch –, und so fragte ich, ob wir uns nicht einmal verabreden könnten. Sie sagte zu, freudig, wie mir schien. Und so haben wir uns noch ein paarmal wiedergesehen ... bis sie dann spurlos verschwand.«

»Das müssen intensive Begegnungen gewesen sein, wenn Viviana Ihnen ihr Notizbuch überlassen hat, das für sie von großer Bedeutung war.«

Ambra senkt den Blick. »Das ist eine verwickelte Geschichte. Ich nehme an, dass ich sie Ihnen erzählen muss.«

»Gut erkannt!«, kommentiert Calligaris mit leiser Ironie.

»Kurz nach Neujahr gab es ein Fest, an das genaue Datum erinnere ich mich nicht mehr«, beginnt Ambra.

»Was für ein Fest?«, unterbricht Calligaris sie und macht sich Notizen.

»Ein Unifest mit Studenten aus allen Fakultäten. Viviana nahm mich mit. Wie zu alten Zeiten«, meint sie leicht gerührt.

»Und was hat sich da ereignet?«

»Dort habe ich einen jungen Mann kennengelernt. Viviana hat ihn mir vorgestellt, ein Studienkollege von ihr.

Zwei Tage nach dem Fest habe ich ihn wiedergesehen, ich hatte ihm meine Nummer gegeben, und er hat nicht lange gefackelt und mich angerufen. Für mich war es nicht mehr als ein harmloser Flirt.«

Ich habe eine dunkle Vorahnung, als würde nun etwas sehr Unerfreuliches folgen. Unerfreulich für Viviana natürlich.

»An einem Tag, es war der 20. Januar, daran erinnere ich mich gut, hat Viviana uns zusammen gesehen und ist völlig ausgeflippt.«

»Ambra, jener junge Mann hieß …«

»Daniel«, unterbricht sie mich. »Daniel Sahar.«

Was für ein Mistkerl und Lügner.

»Mir war sofort klar, dass er mich benutzt hatte, um Viviana zu verletzen, vielleicht, um sie eifersüchtig zu machen. Es hat nichts genützt, ihr zu versichern, dass mir das nicht klar gewesen war, dass ich es nicht wissen konnte. Für sie war ich eine Verräterin. Sie habe einen Fehler gemacht, indem sie mir eine zweite Chance gab, man könne mir nicht vertrauen, warf sie mir vor. Aus ihrer Sicht hatte sie recht, nehme ich an.«

Ihr Bedauern ist echt und nimmt mich für sie ein. Seufzend drücke ich ihr die Hand. »Dich trifft keine Schuld. Daniel Sahar sieht sehr gut aus und ist interessant. Es ist nur verständlich, dass du dich hast beeindrucken lassen.«

Ambra scheint wenig angetan von meiner Solidarität. Sie zieht ihre Hand zurück – ihre Fingernägel sind unlackiert – und fährt niedergeschlagen mit ihrem Bericht fort. »Ich habe sie immer wieder um Entschuldigung gebeten, ihr Nachrichten geschickt und sogar einen Strauß Blumen. Aber sie hat nicht reagiert.«

»Und warum hat sie Ihnen dann das Notizbuch gegeben,

das für sie sehr wertvoll war?«, fragt der Ispettore und sieht kurz von seinen Aufzeichnungen auf.

Ambra zieht die Augenbrauen hoch wie ein Kind, das sich verlaufen hat. »Das war nicht sie!«

Calligaris und ich sehen uns fragend an. »Und wer dann?«

Ambra wirkt überrascht. Als wäre uns ein merkwürdiges Versehen unterlaufen.

»Das Notizbuch hatte ich nicht von Viviana, Daniel hatte es und hat es bei mir zu Hause vergessen.«

Alles hinter sich lassen

Sie war dazu ausersehen von anderen verraten zu werden. Eine andere Erklärung gab es nicht.

Tante Anastasia hatte es unzählige Male in den Karten gelesen: Die Menschen, denen sie ihr Herz schenkte, würden ihr wehtun. Schöne Aussichten! Aber auch realistische, die von den jüngsten Ereignissen bestätigt wurden.

Sie arbeitete lustlos an ihren Aufzeichnungen weiter, sie würde sie dann nur noch am Computer abschreiben müssen.

Den Kugelschreiber in der Linken und das Kinn auf die Rechte gestützt, starrte sie in ihr Notizbuch. Welch verschwendete Mühe! Eine Träne fiel auf die Seite, auf der sie ein Zitat von Oscar Wilde notiert hatte.

Die Arbeit war ihr völlig gleichgültig, allein bei dem Gedanken an Jericho – und natürlich an Daniel – bekam sie eine Gänsehaut.

Warum verschwendete sie eigentlich weiter Zeit und Energie auf etwas, das sie nicht mehr interessierte?

Bald würde sie Rom, der Uni und den schlechten Erinnerungen den Rücken kehren.

Doch, das Institut würde ihr fehlen. Der Prof hatte ihr alles beigebracht, wirklich alles. Von ihm wegzugehen schmerzte sie sehr. Sandra hatte ihr versichert, dass sie sich in Amiens wohlfühlen und kein Heimweh nach Rom bekommen würde.

Dieser verfluchte Daniel. Tief in ihrem Herzen glaubte Viviana Ambras Worten: Daniel manipulierte seine Umgebung, er benutzte die anderen für eigene Zwecke.

Sie war nicht wirklich böse auf Ambra, sondern eifersüchtig auf das, was zwischen ihnen gewesen war, unabhängig von Daniels Absichten.

Unvermittelt klappte sie das Notizbuch zu. Sie war gerade an der Stelle, an der sie den Skarabäus und das Geldstück neben der Prinzessin beschrieben sowie einige Theorien zu der Kultur entwickelt hatte, der die beiden Funde angehörten.

Leb wohl, Prinzessin. Ich übergebe dich der Geschichte. Hass mich nicht, aber ich will nichts mehr mit dir zu tun haben.

Sie legte ihr kleines Notizbuch in den Rucksack mit den unzähligen Anstecknadeln für Frieden und Umwelt.

Endlich wusste sie, was sie tun würde. Sich davon zu befreien, bedeutete, mit Daniel, Jericho und allem anderen abzuschließen.

Bevor sie das Haus verließ, ging sie in die Küche. Sie schenkte sich Wasser ein. Während sie trank, starrte sie auf den farbigen Wandkalender, den Tante Anastasia neben dem Tisch aufgehängt hatte.

Es war der 22. Januar.

Das Leben renkt alles ein

Calligaris wirkt überrascht, ich bin es noch mehr.

»Ambra, du warst 2006 schon einmal in Tel Aviv. Bist du damals gekommen, um Daniel das Notizbuch zu bringen? Hättest du es ihm nicht einfach schicken können? Auch wenn es besser gewesen wäre, du hättest es den Ermittlerin überlassen …«, merke ich an, beende den Satz aber nicht, weil mir klar wird, dass ich vielleicht ein wenig vorwurfsvoll klinge.

»Daniel war überstürzt abgereist. Ich hatte keine Möglichkeit mehr, ihm die Aufzeichnungen zu geben. Ich versuchte vergeblich, ihn anzurufen. Mir war gar nicht klar, dass das Notizbuch Viviana gehörte. Ihre Handschrift hatte sich seit der Gymnasialzeit verändert, und ich erkannte sie nicht. Erst später habe ich von Daniel erfahren, dass es ihres war. Das Notizbuch habe ich mitgenommen, weil ich mir dachte: Wenn er mich sehen will, dann gebe ich es ihm zurück. So wie er sich gegenüber Viviana und mir verhalten hatte, konnte ich nicht viel erwarten.«

»Und aus welchem Grund wolltest du ihn dann überhaupt wiedersehen?«, erkundige ich mich und versuche freundlich zu bleiben.

Man kann noch so sehr versuchen, sich zu ändern und dem Leben eine neue Richtung zu geben, aber am Ende bleibt man die, die man achtundzwanzig Jahre lang war.

Und so funkelt Ambra mich feindselig und unfreundlich an.

»Ist das wirklich so wichtig?«

»Ist es«, schaltet sich Calligaris ein, er hat unsere bösen Blicke mitbekommen.

Sie seufzt. »Ich wollte, dass er sich zu den Ereignissen im Januar äußert. Er sollte zugeben, dass er mich nur benutzt hatte, um Viviana eifersüchtig zu machen. Ich wollte mit ihm über sie reden und herausbekommen, ob er etwas mit ihrem Verschwinden zu tun hatte.«

»Und was haben Sie herausgefunden? Das interessiert mich sehr«, fügt Calligaris hinzu und schmeichelt ihrer Eitelkeit.

»Dass er sehr wohl etwas damit zu tun hatte.«

Sie klingt nicht sehr überzeugt, und doch lassen ihre Worte das Blut in unseren Adern gefrieren.

Ich kann nicht glauben, dass Daniel dazu wirklich in der Lage gewesen wäre. Ausgeschlossen, dass es so war.

»Was hat er dir erzählt?«, erkundige ich mich.

»Nichts. Ich hatte nur so ein Gefühl.«

»Und warum sind Sie jetzt hierher zurückgekehrt?«, hakt Calligaris nach. Sein Tonfall ist ruhig und verständnisvoll.

Sie wendet sich mir zu, ihr Blick ist jetzt entspannt.

»Weil meine Lebensentscheidungen mir nichts als Enttäuschungen bescherten. Mein Leben war eine einzige Katastrophe. Im Grunde war ich immer allein. Es ist mir nicht gelungen, zu irgendjemandem eine Beziehung aufzubauen. Claudio … na ja, Alice, zu Claudio muss ich dir ja nichts weiter sagen«, fügt sie hinzu. Ihr Tonfall ist nicht nachtragend, freundlich ist er aber auch nicht.

»Ambra …«

»Schhhh«, meint sie und legt den Zeigefinger an die Lippen. »Machen wir uns nichts vor.« Dann folgt ein

Schweigen, das ich schuldbewusst über mich ergehen lasse.

»Er war absolut nicht der Richtige für mich. Wir passten nicht zusammen.« Ambra sieht zu Boden, als würde diese Feststellung ihr selbst jetzt noch wehtun. »Die Geschichte mit Claudio hat das Fass zum Überlaufen gebracht. Ich bin nicht abgehauen, weil er mich hat sitzen lassen. Aber aufgrund einer Reihe von Ereignissen und Umständen wurde mir klar, dass ich mir ein Herz fassen und mein Leben verändern musste. Es mag dich überraschen, Alice, aber ich hasse, hasse, hasse die Rechtsmedizin, und zwar aus tiefster Seele. Wie im Übrigen die Medizin im Allgemeinen. Ich habe alles falsch gemacht.«

Dieses Geständnis schockiert mich noch mehr als damals die Entdeckung, dass mein Bruder gar nicht schwul war, wie immer von mir angenommen. Es stellt meine Welt auf den Kopf.

»Was meinst du damit – du hasst die Rechtsmedizin? Mir ist bislang keine bessere Studentin über den Weg gelaufen.«

»Das ist eine ganz andere Geschichte. Ich habe mich immer sehr ins Zeug gelegt, aber eigentlich interessierte mich das alles nicht. Ich wurde zum Medizinstudium gezwungen, meine Mutter bestand darauf. Es war einst ihr Traum gewesen. Dann wurde sie mit zwanzig schwanger und verließ die Uni. Als ich fünf war, hat sie mir ein Stethoskop geschenkt, damit ich meine Puppen untersuchen konnte. Ich … hatte ganz andere Vorstellungen. Krankheiten haben mich nie interessiert. Deswegen bin ich auf die Rechtsmedizin ausgewichen, aber das war noch schlimmer.«

Ambra wendet den Blick von mir ab, als wäre sie verlegen und als fiele es ihr nicht leicht, ihre Geschichte zu erzählen.

»Mit achtundzwanzig habe ich endlich den Mut gefunden, mein Leben von Grund auf zu ändern. Aber nicht den

Mut, allen meine Entscheidung mitzuteilen. Ich dachte, es wäre viel einfacher abzuhauen, als zuzugeben, dass ich die ganze Zeit über alles in den Sand gesetzt hatte. Und vor allem war ich überzeugt, dass meine Mutter alles versuchen würde, mich zurückzuhalten. Ich wollte unbedingt frei entscheiden. Und ich bereue nicht, was ich getan habe. Natürlich tut es mir leid, dass sie sich Sorgen gemacht hat. Und als ich wieder einigermaßen festen Boden unter den Füßen hatte, habe ich mich bei ihr gemeldet und ihr die Wahrheit gesagt. Und sie beruhigt. Aber erst als ich sicher war, dass kein Wort von ihr mich von meiner Entscheidung abbringen würde.«

Mir schwirrt der Kopf. Ich hatte mir vorgestellt, dass hinter ihrem Verschwinden ein ganz anderes Motiv steckte … eine konkrete Gefahr. Etwa ein Typ wie Malversini, der ihr nachstellte, oder Ereignisse, die mit Vivianas Tod zu tun hatten. Außerdem war ich sicher gewesen, dass Ambra uns alle offenen Fragen beantworten würde. Aber eigentlich bin ich jetzt nicht nur verwirrt, sondern geradezu verstört. Zum einen wegen dem, was sie über Daniel erzählt hat. Zum anderen, weil ich erfahren habe, dass Ambra, die Bienenkönigin *par excellence*, die karrieresüchtigste und unsympathischste von allen Kollegen, insgeheim Seelenqualen durchlitten hat, die sie zu einer radikalen Neuorientierung veranlassten.

»In der letzten Zeit war ich im Institut ohne Schwung und Begeisterung bei der Sache, ich war einfach nicht mehr die Alte«, fährt sie fort. Stimmt. Ich erinnere mich gut, dass Ambra in den Monaten, bevor sie sich aus dem Staub machte – völlig untypisch für sie –, eine Panne nach der anderen hinlegte. »Irgendwann schritt Professor Malcomess höchstpersönlich ein, um mir die Leviten zu lesen und mich zur Vernunft zu bringen. Bestimmte Fehler würde er sich von dir erwarten, aber nicht von mir. Es war einer der schlimmsten Momente meines Lebens.«

Eigentlich müsste ich mich jetzt wenigstens beleidigt fühlen, aber ich habe nicht die Absicht, ihr diese Genugtuung zu geben.

»Ich hatte im Institut den Boden unter den Füßen verloren ... hatte Claudio verloren ...« Sie unterbricht sich und scheint den Tränen nahe. Ich denke an das ungeborene Kind. Aber ich wage nicht, sie darauf anzusprechen. »Ohne wirkliche, echte Zuneigung ... ich hatte das Gefühl, dass mein Leben leer und sinnlos war. Das alles hat mich veranlasst, Rom den Rücken zu kehren.«

»Und warum Israel?«

»Weil Israel das neue Amerika ist«, erwidert sie mit müdem Lächeln. »Hier bieten sich zahllose Möglichkeiten. Ich liebe Tel Aviv. Nachmittags an der Promenade entlanglaufen, diese Sonne und das Chaos der vielen Menschen, die aus allen Ecken der Welt hierherkommen und ein Zuhause finden, ich liebe es. Es ist eine anregende Stadt. Genau das hat mir gefehlt. Und außerdem schien mir das hier ein Ort, wo mich niemand vermuten würde. Israel wäre niemandem in den Sinn gekommen ... wenn man nicht ausgerechnet jetzt Vivianas Leichnam gefunden hätte. Eigentlich war sie es, die mich hierher gelockt hat. Damals und auch heute. Mir waren bislang wenige Menschen so nah wie Viviana. Ich habe es nur zu spät begriffen. Die Freundschaften in den Jahren, in denen man sich Hals über Kopf ins Leben stürzt, in denen alles neu ist, sind einmalig. Später gelingt es nicht mehr, sich so bedenkenlos auf jemand anderen einzulassen. Nach Viviana gab es nur noch Enttäuschungen. Ich ahnte, dass ich hier in Israel, einem Ort, an dem sie so glücklich war und von dem sie mir mit so viel Begeisterung und Leidenschaft erzählt hat, meinen Weg finden würde. Und dieses Gefühl habe ich immer noch«, bekräftigt sie.

Was für ein Mut. Ich habe schon viele Male gedacht, dass ich mich in meinem Leben nicht wohlfühle, habe aber noch nie ernsthaft versucht, es umzukrempeln.

»Wenn der Zeitpunkt gekommen ist, kehre ich nach Rom zurück – um Urlaub zu machen und Erklärungen zu liefern. Jetzt nicht«, fügt sie hinzu und wirft mir einen leicht drohenden Blick zu. Damit will sie mir klarmachen, das, was ich soeben gehört habe, für mich zu behalten. Und das werde ich zweifellos tun, auch wenn ich Claudio gerne etwas sagen würde, damit ihm leichter ums Herz wird.

»Ich weiß, dass mein Stipendium annulliert wurde. Richtig so. Mir ist der Abschluss gleichgültig. Ich habe hier eine Arbeit gefunden und lerne Hebräisch in Wort und Schrift. In gewisser Hinsicht ist es eine Rückkehr zu meinen Wurzeln: Meine Großmutter war deutsche Jüdin. Sie hätte Israel gerne einmal besucht, hat es aber nie geschafft.

Ich arbeite in der Cafeteria im Museum für Moderne Kunst. Ein wunderbarer Ort. Und eine Arbeit, die mir viel mehr Freude macht als die Medizin. Wir sind nicht alle zum Studium und zu Höchstleistungen geboren. Endlich bin ich frei von der Last der Verantwortung und von permanenter Konkurrenz. Es ist eine richtige Krankheit, von der ich mich niemals erholt hätte, wenn ich nicht mit meinem alten Leben abgeschlossen hätte.

Das wird nicht mein letzter Arbeitsplatz sein. Es ist ein Übergang, bis ich die Sprache besser beherrsche und etwas gefunden habe, das zu mir passt. Ich habe gelernt, dass das Leben voller Überraschungen und Möglichkeiten steckt. Man darf einfach nur keine Angst vor Veränderungen haben.«

Diese Ambra voller Weisheit und Lebensphilosophie hat

etwas Fesselndes. Weder Calligaris noch ich schaffen es, ihren Redefluss zu unterbrechen. Ich habe keinen Zweifel, dass sie sich auch hier zu Höchstleistungen aufschwingen wird. Das steckt in ihrer DNA. Hier wird sie eben auf eine unnachahmliche Art den Kaffee servieren.

Kurz bevor wir aufbrechen, drückt Ambra mir einen Kuss auf die Wange. »Das Leben renkt alles ein«, sagt sie leise. Und mit einem leicht boshaften Lächeln fügt sie hinzu: »Sogar deine Pannen.«

Es ist die alte Ambra, und auch wieder nicht.

Rätselhaft.

Gleich wie Blätter im Walde, so sind die Geschlechte der Menschen;
Einige streuet der Wind auf die Erd' hin, andere wieder
Treibt der knospende Wald, erzeugt in des Frühlinges Wärme

Homer, *Ilias*

Am nächsten Tag gönnen Calligaris und ich uns einen Ausflug nach Jerusalem.

Im muslimischen Teil um das Damaskustor muss ich an Arthur denken. Endlich habe ich das Gefühl, mit ihm auf einer Wellenlänge zu liegen und mich an einem Ort zu befinden, der zu seiner Welt gehört.

In einer Spelunke essen wir eine Süßspeise, die nach Käse schmeckt und deren Name ich nach ein paar Minuten schon wieder vergessen habe. Wir schlendern durch den Suq, sehen kurz bei der Klagemauer vorbei – ich darf nicht in die Nähe, und der für Frauen reservierte Teil scheint weniger interessant – und besichtigen dann die Grabeskirche.

Hier hat Calligaris einen Einfall, der in seiner Unverfrorenheit wirklich nur von einem Italiener kommen kann.

»Da vorne ist eine italienische Touristengruppe mit Führung. Lass uns da mithören.«

»Lieber nicht, Ispettore.«

»Das geht ganz einfach, Clementina und ich machen das immer so. Wir tun so, als ob wir Ausländer wären, und dann kommt niemand auf die Idee, dass wir eigentlich nicht dazugehören. Und außerdem, Alice, wer sollte das bei diesem Chaos bemerken …«

Ich möchte ihn nicht enttäuschen, und so gesellen wir uns

zu einer Gruppe aus der Kirchengemeinde von Sant'Ilario d'Enza. Unterdessen schiele ich weiter in meinen italienischen Reiseführer.

»Also, Alice, tu so, als ob du Ausländerin wärst. Zum Beispiel Französin: Du siehst ganz so aus.«

»Ich spreche kein Wort Französisch, Ispettore.«

»Noch besser. Eine stumme Französin.«

Seine Worte müssen auf irgendeine Weise auf mich gewirkt haben, denn als eine junge sympathische Frau auf mich zukommt und fragt, ob ich Italienerin wäre, sage ich prompt: »Nein!«

Die Frau schaut auf meinen italienischen Reiseführer. »Aha, aber du verstehst Italienisch?«

Jetzt muss ich die Katze aus dem Sack lassen ... ich kann mein Nein von eben nicht mehr zurücknehmen.

»Ein bisschen ...«

»Kannst du mir kurz deinen Reiseführer leihen?«

Ich nicke. Wie idiotisch! Der Ispettore tritt zu mir, um mir eine Schaufensterdekoration zu zeigen. »Alice, *voyez* ...«, beginnt er und macht dann in einem Kauderwelsch weiter, das Französisch klingen soll. Er zieht mich von der Warteschlange vor irgendeiner Sehenswürdigkeit weg. Als die junge Frau mir mein Buch zurückgibt, könnte ich vor Scham in den Erdboden versinken.

»Ispettore, verlangen Sie so etwas nie wieder von mir. Ich mache mich ja völlig zum Narren.«

»Das ist übertrieben ... außerdem, was war daran nicht glaubwürdig?«

Mir fehlt die Energie, um ihm darauf zu antworten.

Am Abend sind wir wieder in Tel Aviv. Wir essen in der Kneipe, die ich aus Vivianas Briefen kenne und in der sie an ihrem ersten Abend mit Daniel zu Abend gegessen hat. Dann spazieren wir auf der Suche nach Vintage-Läden die

Allenby Street herunter, aber das Ergebnis ist enttäuschend, und am Ende laufen wir über die Sheinkin wieder hinauf zu unserem Hotel. Der Ispettore führt sich auf wie ein Bodyguard, wirklich komisch, mager, wie er ist.

* * *

Gerade packe ich meine wenigen Sachen zusammen. In einer halben Stunde wird uns ein Bus zum Flughafen bringen, und dann geht es mit dem Alitalia-Direktflug zurück nach Rom, zu Cagnino und Cordelia. Als es an der Tür klopft, bin ich sicher, dass es Calligaris ist, aber vor mir steht eine atemlose Ambra.

»Gott sei Dank! Ich hatte befürchtet, ihr wärt schon abgereist!«

»Komm rein«, fordere ich sie auf und kümmere mich nicht weiter um die Unordnung im Zimmer.

»Mir ist noch etwas eingefallen, das Daniel bei meinem Besuch 2006 erwähnte. Im Übrigen habe ich ihn damals zum letzten Mal gesehen«, erläutert sie, um Missverständnissen vorzubeugen.

»Warte kurz, ich rufe nur den Ispettore, er soll das auch mitbekommen.«

Alle drei setzen wir uns in einer Zimmerecke um einen kleinen runden Tisch.

Ambra ist auch ohne den ganzen Flitter ihres alten Lebens eine sehr feminine und einnehmende Erscheinung und vielleicht noch attraktiver als früher. Sie trägt ein schlichtes und sehr geschmackvolles Kleid. An den Armen klimpern zwei Reifen vom Markt, an den Füßen trägt sie teure Schuhe. Der Kurzhaarschnitt macht ihre Gesichtszüge weicher und betont ihre grünen Augen.

Sie ist sehr hübsch. *Wenn Claudio dich so sehen könnte …*

»Bitte, Dottoressa«, sagt Calligaris erwartungsvoll.

Während sie am Ring an ihrem kleinen Finger herumspielt, berichtet uns Ambra von einem Detail, das sich als sehr wichtig erweist.

»Es geht um das Notizbuch ... ich habe es damals durchgeblättert. Es schien sich vor allem um archäologische Aufzeichnungen zu handeln. Und dazwischen immer wieder Zitate ... typisch Viviana, sie hat immer alles Mögliche abgeschrieben, im Gymnasium waren es Auszüge aus der *Ilias*. Mir hat das jedenfalls alles überhaupt nichts gesagt ... Aber das spielt jetzt keine Rolle. Auf jeden Fall hatte das Büchlein dem Anschein nach keinen besonderen Wert, war aber offenbar für Daniel sehr wichtig.«

»Und das Detail, von dem Sie uns erzählen wollten?«, hakt der Ispettore nach. Er hat Angst, dass wir unseren Flug verpassen.

»Daniel erzählte mir, dass Viviana das Notizbuch vor ihrem Verschwinden jemandem aus dem Team überlassen hatte.«

»Wem?«, fragt Calligaris, sein Blick ist gespannt.

»Ich bin nicht sicher, dass er den Namen erwähnt hat, ich hätte ihn aber in jedem Fall vergessen.«

»Ambra, denken Sie nach! Können Sie sich wirklich nicht erinnern? Es ist wichtig!«

»Daran habe ich keine Zweifel, aber leider ist das alles, woran ich mich erinnere.«

Sie zuckt mit den Achseln und steht auf. »Ich hoffe, das hilft Ihnen weiter.«

»Ganz bestimmt«, bekräftigt Calligaris.

Ich begleite die beiden zur Tür. Der Ispettore tippt auf das Ziffernblatt seiner Armbanduhr, um mir zu bedeuten, dass uns die Zeit davonläuft. Dann lässt er uns kurz allein.

»Ich bewundere deine Entscheidung, das wollte ich dir noch sagen«, gestehe ich ihr.

Ambra freut sich über mein Kompliment. »Danke.«

»Viel Glück. Sehen wir uns irgendwann wieder?«

»Wer weiß ... wenn es dich noch mal nach Tel Aviv führt, warum nicht?« Sie drückt mir die Hand und schaut mich mit der für sie typischen Distanziertheit an. Manches kann man einfach nicht ablegen. »Auch dir viel Glück, Alice.«

Finché vita avrai, non mollare mai
Gigi D'Alessio

Gib niemals auf, solange du am Leben bist

Ich kann nicht glauben, dass Sie immer noch nicht dahintergekommen sind.«

»Hinter was, meine Liebe?«

Wir sitzen im Flugzeug und sind dabei, uns über das appetitliche Menü herzumachen, das uns die Stewardess soeben serviert hat.

»Keine Frage, Viviana hat ihr Notizbuch Anita überlassen.«

Calligaris ist ganz aufs Essen konzentriert. So wie er reinhaut, müsste er eigentlich aussehen wie seine übergewichtigen Zwillinge, stattdessen ist er ein Strich in der Landschaft. Er scheint mehr an meiner Nachspeise interessiert zu sein als an meinen Beobachtungen.

»Hören Sie mir eigentlich zu, Ispettore?«

»Du bist meine Musterschülerin und verfügst über viel Intuition, aber jetzt bleib mal auf dem Teppich. Natürlich habe ich auch schon daran gedacht. Am 22. Januar, also einen Tag bevor sie verschwand, hat Viviana Anita Ferrante zu Hause besucht, wie wir wissen. Das Material, das sie Anita dort übergab – Anita selbst hat es erwähnt –, war also das berühmte Notizbuch. Und jetzt erwarte ich von dir eigentlich den nächsten Gedankenschritt.«

»Wie und aus welchem Grund ist das Büchlein in Daniels Hände gelangt?«

»Bingo. Gute Frage. Das Buch ist der Schlüssel: Viviana starb, nachdem sie ihre Aufzeichnungen an jemanden weitergereicht hatte. Was hat sich genau ereignet?«

»Wie wollen Sie vorgehen?«

»Ich denke, ich werde Daniel Sahar erneut vorladen. Und wir müssen uns mit Anita Ferrante unterhalten.«

Ich nicke zustimmend und erhebe mich aus meinem Sitz, um aus der Ablage meine Tasche mit der Reiselektüre zu nehmen – *Mein Michael* von Amos Oz. Doch sobald ich die Klappe öffne, fällt mir die Tasche eines anderen Passagiers auf den Kopf, und ich fluche unwillkürlich. Natürlich auf Italienisch.

Genau in diesem Augenblick bemerke ich sie – die junge sympathische Frau, die mich für eine Französin gehalten hat und die mich jetzt aus der Sitzreihe hinter mir verdutzt anschaut.

Wie überaus idiotisch das doch ist.

* * *

»Und, Allevi? Bist du an Geist und Seele gereinigt von deiner Reise in das Land der Verheißung zurückgekehrt?«, erkundigt sich Claudio am Montag, als er mich im Institut erblickt.

»Auch dir täte eine Reinigung deiner Seele gut, Dottor Conforti.«

»In meinem Fall muss Gott höchstpersönlich Hand anlegen. Und mit wem bist du ins Gelobte Land gereist, meine Schöne? Mit einem neuen Liebhaber? Warte, lass mich raten – dieser Ort passt zu Malcomess junior.«

»Nur zu deiner Information: Mit den Visa in seinem Pass lassen die ihn erst gar nicht nach Israel rein.«

»Ach, also ein ganz Neuer?«

Ich lasse ihn in dem Glauben. Soll er doch. Und siehe da, ihm fällt nichts mehr ein: Er wendet sich wieder den Akten zu, die ich ihm zur Unterschrift vorgelegt habe – und setzt seine klare Handschrift darunter.

Sein Gesichtsausdruck ist gleichmütig. Am Ende schaut er auf und sieht mich eindringlich an. Er reicht mir Akten, doch als ich danach greife, hält er sie fest. So verharren wir.

»Mit wem warst du unterwegs?« Das klingt nicht nach einer Frage, sondern nach einem Befehl.

»Ich weiß nichts über dich, Claudio. Rein gar nichts. Was gibt dir das Recht, alles über mich erfahren zu wollen?«

Die Wally betritt ohne anzuklopfen sein Büro, bei ihm kann sie sich das eine oder andere herausnehmen.

»Lassen Sie uns allein, Allevi«, krächzt sie mit ihrer furchtbaren Stimme.

Claudio lässt die Akten sofort los.

»Nun geh schon«, sagt er leise, und damit bin ich noch mal davongekommen.

Am Nachmittag bin ich mit Calligaris verabredet, wir wollen Anita Ferrante einen Überraschungsbesuch abstatten.

Sie ist zu Hause. Wieder hat sie dieses Getue von Leuten an sich, die ihre Unsicherheit hinter Blasiertheit verstecken.

»Es dauert nicht lange«, meint der Ispettore, nachdem er den angebotenen Espresso abgelehnt hat.

»Ich hab's nicht eilig«, erwidert sie, wie immer betont verbindlich.

»Was hat Viviana Ihnen an dem Tag gegeben, als das Geburtstagsfest Ihrer Schwester stattfand und bevor sie verschwand?«

»Das weiß ich nicht mehr, Ispettore …«

Calligaris zieht aus seiner Arbeitsmappe Vivianas kleines

Notizbuch hervor. »War es das hier?«, fragt er und reicht es ihr.

Anita schüttelt den Kopf und hält das Büchlein andächtig in ihren Händen. Einen Augenblick lang ist es mucksmäuschenstill.

»Wir wissen hundertprozentig, dass Viviana Ihnen diese Aufzeichnungen überlassen hat, Dottoressa Ferrante. Sie wollte sich von der Last der Entdeckungen in Jericho befreien, sie wollte Rom verlassen. Aber sie wollte auch, dass ihre Arbeit nicht umsonst war. Sie hat Sie angerufen, Ihnen im Großen und Ganzen ihre Absichten erläutert, und Sie haben sich das alles nicht zwei Mal sagen lassen. Sie haben sie zu einem Stück Kuchen eingeladen, denn an jenem Tag fand zufällig das Geburtstagsfest Ihrer Schwester statt. Viviana ist zu Ihnen gekommen. Und dann, Anita?

Sie blättert in dem Notizbuch und ist so in die Seiten versunken, dass es den Anschein hat, als hätte sie die Worte von Calligaris gar nicht gehört.

»Was ist Viviana zugestoßen? Sie wissen es, Sie haben es immer gewusst.«

»Ich habe das Büchlein noch am gleichen Abend Daniel Sahar gegeben.«

»Warum?«

»Sie werden die Aufzeichnungen gelesen haben, sie sind ausgezeichnet. Natürlich hätte Viviana ohne Daniels Hilfe niemals die Prinzessin gefunden, und sie hätte auch nicht die Parallelen zwischen der Kultur des Nahen Ostens und den Funden in Jericho herausarbeiten können.«

»Wollen Sie uns allen Ernstes weismachen, dass Sie das Büchlein aus purem Gerechtigkeitssinn an Daniel weitergereicht haben?«

Anita antwortet mit einem verbitterten Lächeln: »Nein,

ich habe es getan, weil Professor Curreri es mir angeordnet hatte. Ich hatte ihn angerufen, um ihm mitzuteilen, dass Viviana beabsichtigte, Rom in Kürze zu verlassen, und dass ich ihre Arbeit weiterführen sollte. An dem Nachmittag, an dem sie hierherkam … bevor sie verschwand, hatte sie mir genau das gesagt.«

Aber er wusste das alles doch schon längst!, rufe ich innerlich aus. Doch habe ich mittlerweile gelernt, dass es im Zweifelsfall immer besser ist, den Mund zu halten.

»Curreri hat Ihnen aus irgendeinem Grund gesagt, dass es besser wäre, Daniel das Notizbuch zu geben?«

»Seiner Meinung nach maß Viviana bestimmten privaten Ereignissen zu große Bedeutung bei. Die Arbeiten zur Prinzessin waren, fand er, Daniels Verdienst.«

»Wäre es nicht intelligenter gewesen – von Fairness gar nicht zu reden –, wenn Sie Viviana das Notizbuch wieder zurückgegeben hätten? Es konnte ja niemand ahnen, dass Ihre Kollegin am folgenden Tag verschwinden würde.« Jetzt ist es raus. In diesem Fall habe ich mich fürs Reden entschieden. Hoffentlich missfällt es dem Ispettore nicht.

Nein, er scheint über meine Bemerkung recht erfreut zu sein.

»Daniel ist am folgenden Tag abgereist. Dazu wäre gar keine Zeit gewesen.«

»Dafür gibt es die Post«, erwidere ich pedantisch und bewusst unfreundlich.

»Kommen wir auf jenen Nachmittag zurück«, unterbricht Calligaris verbindlich. »Haben Sie Daniel Sahar unmittelbar nach Ihrem Gespräch mit Professor Curreri angerufen?«

»Nein, der Professor hat mit ihm gesprochen und ihn zu mir geschickt. Er hat geklingelt, sich das Büchlein geschnappt und war auch schon wieder weg.«

»Sie haben nicht einmal ein paar Worte miteinander gewechselt?«, erkundigt sich der Ispettore sarkastisch.

»Nur das Nötigste.«

Am liebsten würde ich sie fragen, ob sie in jener Nacht, nachdem sie Viviana verraten hatte, ruhig geschlafen hat. Aber ich spüre, dass es da noch etwas gibt. Die kleine Plastikkrone ist nicht zufällig bei Viviana unter der Erde gelandet. Anita muss etwas wissen, von dem sie uns noch nicht erzählt hat.

»Sagen Sie, war das Fest bereits vorüber, als Daniel Sahar vorbeikam?«

»Ja, es war bereits Abend. Kinderfeste dauern üblicherweise nicht länger als bis in den späten Nachmittag.«

»Und was wurde aus den kleinen Plastikkronen?«

Anita muss den Sinn dieser Frage und ihren Bezug zu Vivianas Grab begriffen haben. Als sie langsam mit ihrer Antwort herausrückt, scheint sie ihre Worte mit Bedacht zu wählen: »Ich nehme an, dass jedes Kind seine Krone mit nach Hause genommen hat. Aber ich kann natürlich nicht ausschließen, dass nicht doch noch eine hier bei uns geblieben ist.«

»Ist Daniel ins Haus gekommen?«

»Ja, aber nur ganz kurz«, fügt sie schnell hinzu, denn sie spürt, dass ihre Antwort dem widerspricht, was sie eben behauptet hat. »Er hat um ein Glas Wasser gebeten.«

»Halten Sie es theoretisch für möglich, dass Daniel Sahar eine Krone hat mitgehen lassen? Was ich meine, ist: Hätte er die Zeit dazu gehabt? Ihre Antwort ist wichtig, Anita, überlegen Sie gründlich.«

Anita lässt das anscheinend kalt. Sie antwortet ohne zu zögern: »Ja.«

»Glauben Sie, dass er eine mitgenommen hat?«

Jetzt scheint sie sehr viel vorsichtiger: »Ich kann mir

nicht vorstellen, aus welchem Grund Daniel das hätte tun sollen. Er war und ist ein komischer Typ, das ist wahr. Unsympathisch und nachtragend. Aber … ansonsten … glauben Sie, dass Daniel Viviana etwas angetan hat?«

In ihrer Art sich auszudrücken liegt Sensationslust.

»Wir stecken noch in den Ermittlungen, und es gibt viele Hypothesen …« Sie nickt ekelhaft verständnisvoll, so wie manche Fernsehmoderatoren, wenn es um menschliche Schicksale geht.

»Ihre Hinweise waren uns äußerst nützlich.«

Der Tonfall von Calligaris ist derart zweideutig, dass ich nicht sicher bin, welcher Hintersinn sich in seinen Worten verbirgt. Vielleicht aber auch gar keiner.

Sie verbreitet Licht, wo immer sie ist

Ich komme mir vor wie eine Maus in einem Labyrinth. Vielleicht weil Curreri auf einem Kongress im Ausland ist und Calligaris ihn daher nicht vernehmen kann. Oder weil er Daniel Sahar zwar zu einer Vernehmung vorgeladen hat, dieser bislang aber noch nicht erschienen ist.

Oder weil Arthur zwar versprochen hat, für ein Wochenende nach Rom zu kommen, seinen Besuch dann aber verschoben hat.

Mit anderen Worten – mein Leben hängt von der Ankunft und Abfahrt anderer Leute ab.

Dabei gibt es eine höchst erfreuliche Ankunft: Morgen kommt Yukino mit einem Interkontinentalflug von weniger als vierzehn Stunden aus Osaka.

Cordelia und ich holen sie mit dem Auto meines Bruders ab, ich habe es mir für diese Gelegenheit ausgeliehen.

Da kommt sie, mit ihrem Riesenkoffer, ihrem selbst geschnittenen Pony, in getupften Strümpfen und roten Lackschühchen. Sie läuft immer herum wie eine Cosplayerin.

Und sie hat, merke ich, einiges von ihrem Italienisch vergessen. Yukino mag Fremdsprachen, aber sie hat kein gutes Gedächtnis.

»Schön, deine Lebertasche.«

»Ledertasche, Yukino, sie ist aus Leder.«

»Oje, zu dumm, ich vergesse vieles.«

»Aber du hast nicht vergessen, dass du Pizza magst«, merke ich an und schaue ihr zu, wie sie ein Stück – die Pizza ist nicht einmal sehr gut – hinunterschlingt. Sie hatte so große Lust darauf, dass wir sofort in die erstbeste Pizzeria gegangen sind.

Kaum sind wir zu Hause, hat die Unersättliche Lust auf ein Nugateis, mit ganz, ganz viel Sahne. Nach einem weiteren Spaziergang – sie wollte unbedingt zum Campo dei Fiori – hat sie wie immer Probleme mit der Zeitverschiebung. Während wir nur noch ins Bett fallen möchten, todmüde, wie wir sind, sehnt sie sich nach einer Party wie in alten Zeiten – ein Fernsehmarathon und Chips.

Nachts um zwei bin ich so erledigt, als hätte ich mich vierundzwanzig Stunden lang rund um die Uhr um ein vorpubertäres Mädchen gekümmert.

Sie schläft mit in meinem Zimmer, anders geht es in Cordelias Wohnung nicht. Wir haben eine Liege gekauft, die ich mit neuem Bettzeug ausgestattet habe. Wenn sie aufgeklappt ist, können wir uns in dem Zimmer kaum noch rühren.

»Vielleicht bin ich zu viel …«

»Was erzählst du da!«

»Ich schaffe nicht zu schlafen.«

»Das ist der Zeitunterschied!«

»Kann ich lesen? Mit Lampe?«

»Klar, Yuki.«

Sie holt einen Roman von Moravia aus der Tasche. »Ich würde gerne Arthur wiedersehen.«

»Wem sagst du das.«

»Was für eine Angst!«, ruft sie aus und bezieht sich auf die Falschmeldung von seinem Tod.

»Anscheinend kommt er nächste Woche. Mit etwas Glück sehen wir ihn.«

»Redest du mit ihm?«

»Vor einiger Zeit war ich mir da ganz sicher. Jetzt weiß ich nicht mehr so recht. Ich hatte Angst, dass ich ihn für immer verlieren könnte. Jetzt, wo ich weiß, dass er quicklebendig ist, ist mir schon allein der Gedanke peinlich, dass ich ihm sagen soll … ach, egal was.«

»In Japan sagt man: Wenn man fragt, ist es nur für einen Moment peinlich, wenn nicht, das ganze Leben lang.«

Sie macht es sich unter der Decke gemütlich, ihre Mandelaugen glänzen, ihr kleines sanftes Lächeln zaubert Grübchen auf ihre Wangen.

Wo immer sie auch ist, verbreitet sie Licht.

Wie sie mir gefehlt hat!

Mi riconosci, ho le scarpe piene di passi
Jovanotti

Meine Schuhe sind voller Schritte

Sieh an! Das hat sie Ihnen erzählt?«

Professor Curreri empfängt uns an diesem Nachmittag im Institut. Außer ihm ist niemand anwesend. Wir haben ihn soeben mit Anitas Aussage konfrontiert. »Angeblich habe ich ihr gesagt, sie solle Vivianas Aufzeichnungen an Daniel weitergeben?« Er wirkt überhaupt nicht nervös, sondern eher amüsiert. »Unglaublich und unangenehm.«

»Sie bestreiten, am 22. Januar mit Anita Ferrante gesprochen zu haben?«

»Am 22. Januar?«

»Ja, am Tag bevor Viviana spurlos verschwand«, präzisiert der Ispettore.

»Vielleicht habe ich mit ihr geredet, aber ich habe ihr sicher keine Anweisung gegeben«, erregt er sich, aber sein Tonfall bleibt verbindlich.

»Damit hat Anita gelogen? Sie konnte sich aber denken, dass wir mit Ihnen sprechen würden.«

»Ich habe viele Fähigkeiten, Ispettore, aber mit den Gedanken einer Frau kenne ich mich immer noch nicht aus!«, ruft er mit gespielter Verzweiflung. Er gibt sich leutselig, aber sein Sarkasmus ist wirklich fehl am Platz.

»Diesen Punkt müssen wir klären. Sind Sie zu einem Gespräch im Beisein von Anita bereit?«, fragt Calligaris.

»Wenn es unbedingt nötig ist ...«

»Professore, es ist eine delikate Frage, aber – in welchem Verhältnis stehen Sie zu Anita Ferrante?«

Curreri bekommt einen roten Kopf. »Es ist ein Verhältnis, das über die übliche Beziehung zwischen Dozent und Studentin weit hinausgeht. Ich gebe es zu, denn Sie würden das ohnehin herausfinden. Und um Ihnen zu beweisen, dass ich mit nichts hinter dem Berg halte.«

Die Gerüchte waren also wahr. Ich bin überrascht, muss ich gestehen. »Besteht Ihr Verhältnis immer noch?«

»Es ist seit Kurzem vorbei. Es begann 2005, und zwar vor der Abreise nach Jericho. Aber ich habe Anita niemals bevorzugt.« Er legt Wert auf diese Feststellung, als beträfen Folgen dieses ernsten Verstoßes nur seinen guten Ruf als Dozent. »Man kann mir alles Mögliche vorwerfen, das sicher nicht! Und ich will Ihnen noch etwas sagen: Anita war sehr ungehalten darüber, dass ich Viviana im Beruflichen den Vorzug gab. Sie war sehr eifersüchtig. Aber ich halte Berufliches und Privates immer sehr sorgfältig voneinander getrennt.«

»Gut für Sie«, kommentiert Calligaris düster.

»Glauben Sie mir, ich bin nicht stolz auf diese Affäre. Es war für mich sehr schwer, mich mit dieser Geschichte zu arrangieren. Aber so war es nun einmal. Unsere Beziehung war von Anfang bis Ende schmerzhaft, und die Tatsache, dass man miteinander arbeitet, macht die Sache nicht leichter.«

Calligaris scheint die Geduld zu verlieren. Er verabschiedet sich rasch und unterlässt es, Fragen zu stellen, die ich für angebracht gehalten hätte – zum Beispiel, was Daniel angeht, und seine Abreise, die Anita als überstürzt und unerwartet bezeichnet hat.

»Wenn zwei Exliebhaber sich gegenseitig mit Dreck bewerfen, ist das mit das Unangenehmste, was es gibt«, sagt er nur.

»Wie meinen Sie das?«

»Hast du das nicht mitbekommen? Anita hat Curreri mit reingezogen, nachdem er sie abserviert hat. Curreri liefert uns jetzt das perfekte Mordmotiv für Anita.«

»Und es ist immer noch nicht klar, welche Rolle Daniel Sahar bei der ganzen Angelegenheit spielt«, füge ich hinzu.

»Dieser Sahar bleibt mir ein Rätsel.«

»Weiß man nun, wann er kommt?«

»Offensichtlich morgen.«

Ich begleite den Ispettore in sein Büro und will schon gehen, als sein Assistent einen jungen Mann ankündigt, der wegen des Falls Montosi mit ihm reden will.

Selbstverständlich bleibe ich, wo ich bin. Der junge Mann betritt das Büro, und ich halte mich abseits und bin ganz Ohr, um mitzubekommen, was er zu sagen hat.

Matteo Roversi, stellt er sich vor. Er ist in meinem Alter, trägt ein dickes Polohemd und Jeans und macht einen sehr ordentlichen Eindruck.

»Gestern habe ich im Fernsehen zufällig das Foto von Viviana Montosi gesehen«, erläutert er, während der Ispettore hoffnungsvoll an seinen Lippen hängt. »Es ist genau die junge Frau, die mir am 23. Januar 2006 begegnet ist.«

Calligaris wirkt äußerst überrascht und traut der Sache nicht. »Wie kommt es, dass Sie sich nach so vielen Jahren noch an dieses Gesicht erinnern?«

»Ihre Frage ist völlig berechtigt! Wissen Sie, Ispettore, an jenem Nachmittag war ich auf dem Weg zu einem Studienkollegen, wir wollten uns gemeinsam auf eine Prüfung vorbereiten. Da ist mir jene junge Frau, Viviana, in der Metro aufgefallen. Wir sind ein gutes Stück der Strecke zusammen gefahren – von Valle Aurelia bis Re di Roma. Ich studierte damals an der Regina Apostolorum, ich war gerade vom Bus umgestiegen. Sie stieg an der Haltestelle Lepanto zu.«

»Wie spät war es?«, erkundigt sich Calligaris gewissenhaft.

»Genau kann ich das nicht sagen ... aber ich weiß noch, dass die Seminare um fünfzehn Uhr endeten. Dann die Fahrt mit den Bus, ein Stück zu Fuß – ich nehme an, es wird gegen vier Uhr gewesen sein, aber ich kann es nicht beschwören.«

Bis hierher klingt alles plausibel – die Haltestelle Lepanto ist von Vivianas Zuhause aus die nächstgelegene. Und woher sollte er von diesem Detail wissen? Ich spüre, dass er nicht lügt. Es ist nur ein wenig merkwürdig, dass er sich immer noch so gut an alles erinnert, aber es wird schon eine Erklärung dafür geben. Als hätte er meine Gedanken gelesen, liefert Roversi sie auch sofort.

»Sie war sehr hübsch. Ein bisschen exotisch. Um es kurz zu machen, Ispettore, ich habe versucht sie anzumachen.«

»Aha! Na prima«, erwidert Calligaris überrascht.

Roversi lächelt schüchtern. »Ich bin auf sie zugegangen und habe unter einem Vorwand ein Gespräch mit ihr angefangen. Sie hat nett reagiert. Und dann haben wir miteinander geredet, bis wir an der Haltestelle Re di Roma ankamen und dort beide ausgestiegen sind. Dort entdeckten wir zu unserer Überraschung, dass wir zum selben Haus mussten. Wir sind also zusammen die Via Aosta bis zur Via Fidenza hinuntergelaufen.«

Calligaris zieht die dichten dunklen Augenbrauen zusammen. »Sehr gut, und dann?«

»Vor dem Haus habe ich sie nach ihrer Telefonnummer gefragt, Sie wissen, wie das so geht. Sie hat sie mir gegeben, wir haben uns angelächelt und dann voneinander verabschiedet.«

»Wo genau?«

»Im Aufzug. Ich bin im zweiten Stock ausgestiegen, um

meinen Kumpel zu besuchen, und sie fuhr weiter nach oben.«

»Sie haben uns sehr geholfen«, meint Calligaris, er ist ganz aus dem Häuschen. »Gibt es noch was?«

»Ja, ich habe noch am selben Abend versucht sie anzurufen. Aber sie antwortete nicht, ich habe es am folgenden Tag weiter versucht, immer ohne Erfolg. Irgendwann habe ich dann gedacht, dass sie einfach keine Lust hatte, mit mir zu reden, und habe aufgegeben. Natürlich habe ich überlegt, warum sie mir überhaupt ihre Nummer gegeben hatte, wenn sie gar nicht angerufen werden wollte.«

»Und Sie wussten nichts von ihrem Verschwinden? Es ging durch die Presse, im Fernsehen wurde davon berichtet ...«, wendet Calligaris ein.

»Ganz ehrlich nicht. Ich wusste bis gestern nichts davon. Das kommt Ihnen vielleicht merkwürdig vor, aber es ist so. Ich schaue nicht fern, und kurz nachdem ich Viviana kennengelernt hatte, bin ich zu einem Studienaufenthalt ins Ausland aufgebrochen. Auch gestern war es purer Zufall. Ich war zu Besuch bei meiner Mutter, sie sah gerade fern. Ich habe umgehend in der Redaktion angerufen, und dort hat man mir geraten, direkt mit Ihnen Kontakt aufzunehmen.«

»Ausgezeichnet.«

»Wenn Sie mir nicht glauben, können Sie die Anruflisten kontrollieren! Das wird doch angeblich so gemacht. Dort finden Sie meine Anrufe. Hier ist meine Nummer«, und schon schreibt er mit der linken Hand eine Reihe von Zahlen auf ein Stück Karton, das er in der Tasche hatte.

Er reicht es Calligaris. »Ich hätte mich sofort gemeldet, wenn ich von allem früher gewusst hätte. Ich kannte nicht einmal ihren Nachnamen und hatte nur den Vornamen und die Telefonnummer. Damals gab es noch kein Facebook: Es war schwierig, jemand Unbekanntes aufzutreiben. Ich ging irgendwann davon aus, dass sie kein Interesse an mir hatte, und habe die Geschichte einfach nicht weiter verfolgt.«

»Was fällt Ihnen zu Viviana noch ein, Signor Roversi? Jedes Wort, mag es Ihnen auch noch so banal erscheinen, kann sehr wichtig sein. Viviana ist genau an diesem Tag verschwunden. Sie sind vielleicht einer der Letzten, der Viviana lebend gesehen hat.«

Der Gesichtsausdruck von Calligaris ist ernsthaft. Der junge Mann erkennt die Lage und scheint ganz bei der Sache.

»Sie hat mir nicht viel von sich erzählt. Wir haben über alles Mögliche geplaudert. Dass sie Archäologie studiert, hat sie mir gesagt, und bald nach Frankreich aufbrechen würde. Ich habe sie gefragt, ob sie einen Freund hätte, aber sie hat sich bedeckt gehalten. *Das ist eine komplizierte Geschichte*, oder etwas Ähnliches war ihre Antwort. Ich habe das Reden übernommen, ich plaudere ohnehin gerne und wollte sie beeindrucken.«

Vielleicht ist ihm das gelungen, vielleicht auch nicht. Vivianas Herz gehörte Daniel, und ich habe das Gefühl, dass sie ihn – wäre sie am Leben geblieben – nicht so leicht vergessen hätte.

Calligaris entlässt den jungen Mann, bittet ihn aber, sich für alle Fälle bereitzuhalten. Und ich würde am liebsten sofort alle Puzzleteile zusammenfügen.

Calligaris sitzt wortlos und konzentriert vor dem Computer.

»Ispettore …«

»Schhhh«, erwidert er, in seine Recherchen vertieft.

Kurz darauf hat er, wonach er suchte.

»Rate mal, wer in Via Fidenza 4 wohnt?«

»Professor Curreri?«, sage ich, um ihm eine Freude zu machen, aber eigentlich lag die Antwort für mich auf der Hand.

»Genau! Alice, auf geht's, da fahren wir jetzt hin.«

Luftschlösser

Die Wohnung von Curreri ist in einem bestimmten bürgerlichen Stil eingerichtet, wie er einst in Mode war – Parkett aus europäischer Kirsche, Wände in abgetöntem Weiß und viel Antiquarisches.

Der Professore höchstpersönlich öffnet uns die Tür. Er trägt dieselbe Hose wie heute Nachmittag, dazu eine Jacke im englischen Landhausstil und entsprechende Pantoffeln. Er macht einen sehr distinguierten Eindruck, wie ein Adliger aus alten Zeiten.

Als er uns schon wieder vor sich stehen sieht, kann er eine gewisse Überraschung nicht verbergen. Er führt uns in sein Büro – an den Wänden eine beige Tapete in Wischtechnik, auf dem Schreibtisch Bücher zur Archäologie, teure Füllhalter, ein riesiger grüner Skarabäus aus einem Material, das aussieht wie Keramik. An einer Seite ist er angeschlagen.

Zu meiner Überraschung sehe ich ein Foto mit den Teilnehmern des italienischen Teams in Jericho – Viviana eingeschlossen – in einem Silberrahmen.

»Ich bin verblüfft, Professore«, beginnt der Ispettore, der es sich auf einem Sessel ihm gegenüber gemütlich gemacht hat. »Ich habe Ihnen geglaubt, als Sie behaupteten, Sie wollten nichts unerwähnt lassen.«

»Und so ist es auch«, antwortet Curreri übertrieben feierlich.

»Was können Sie mir zu Vivianas Besuch am Tag ihres Verschwindens erzählen?«

»So ein Besuch hat nie stattgefunden.«

»Wir wissen hundertprozentig, dass Viviana am 23. Januar hier war, und zwar gegen halb fünf Uhr nachmittags.«

»An diesem Nachmittag war ich nicht zu Hause. Das weiß ich noch ganz genau, ich habe oft an den Tag ihres Verschwindens gedacht. Es war ein Montag, und in jenem akademischen Jahr hielt ich montags am Institut Seminare.«

Ich überlege und würde Calligaris gerne sagen, dass wir nicht mit Sicherheit wissen, ob Viviana sich tatsächlich mit Curreri getroffen hat.

Vielleicht wollte sie auch zu Daniel, nicht ahnend, dass er bereits abgereist war. Oder sie wollte den Professore aufsuchen, hatte aber vergessen, dass er nicht zu Hause sein würde.

Es gibt verschiedene Hypothesen: Und dass Viviana und Curreri sich in der Wohnung begegnet sind – auch wenn er das absichtlich nicht erwähnt hat und jetzt bestreitet –, ist nur eine von vielen.

»Das bedeutet, es war um diese Zeit niemand in der Wohnung?«

»Daniel war bereits abgereist. Ella hatte ihn zum Flughafen gebracht und traf sich dann mit einer Freundin, mit der sie den ganzen Nachmittag verbrachte. Sie ist erst am Abend zurückgekommen. Also, ich würde sagen, außer dem Hausmädchen war niemand zu Hause.«

»Ich möchte gerne mit Ihrer Frau sprechen, Professore«, verlangt Calligaris verbindlich, aber bestimmt.

»Kein Problem, ich rufe sie sofort.«

Curreri lässt uns kurz allein und kommt dann in Begleitung von Ella zurück.

Sie wirkt sehr selbstsicher. Nachdem ich Daniel kennengelernt habe, bemerke ich eine gewisse Ähnlichkeit zwischen ihnen. Beide haben sie jene goldene Augenfarbe, die markante Nase und seidige Haut.

Ella nimmt dem Ispettore gegenüber Platz und lächelt freundlich. »Wie kann ich Ihnen helfen?«, erkundigt sie sich in einem Italienisch mit einem sympathischen Akzent.

Calligaris will für sie kurz die Ereignisse jenes Tages zusammenfassen, doch Ella kommt ihm zuvor. »Ich verstehe, Ispettore. Natürlich erinnere ich mich an jenen Nachmittag. Ich habe Daniel zum Flughafen gebracht und war dann in Frascati, um eine alte Freundin zu besuchen. Ich bin am späten Nachmittag nach Hause gekommen. Wenn ich mich recht erinnere, doch ... Erandi, unser damaliges Hausmädchen, erzählte mir von jemandem, der vorbeigekommen war. Ein junges Mädchen, das sich aber nicht vorgestellt hat. An Viviana haben wir gar nicht gedacht«, sagt sie abschließend betrübt.

Dann flackert es in ihren klugen Augen. »Es ist gut möglich, dass alles anders gekommen und sie noch am Leben wäre, wenn wir zu Hause gewesen wären und sie uns angetroffen hätte.«

»Daran habe ich starke Zweifel«, unterbricht Calligaris die Nostalgie des Augenblicks. »Können Sie uns sagen, wo wir Erandi finden können?«

»In Ceylon, nehme ich an! Sie war nur ein Jahr bei uns. Ich kann Ihnen selbstverständlich ihre Kontaktadresse geben, aber ich glaube nicht, dass Ihnen das viel weiterhelfen wird.«

»Ein Versuch schadet nichts«, erwidert der Ispettore.

Ella lächelt düster, schreibt dann den Namen Erandi Peterhemalge auf ein Blatt Papier mit dem Briefkopf ihres Ehemanns und reicht es Calligaris.

* * *

Das letzte Mal, als ich mit einem Mann ein Hotelzimmer geteilt habe, war ein Drama.

Heute fühle ich mich dagegen seltsam leicht.

»Und du willst wirklich wieder nach Israel?«

»Ja, ich möchte das Land besser kennenlernen«, erwidere ich.

»Das Land dürfte es nicht geben.« Nach diesen eindeutigen und scharfen Worten steht Arthur auf und nimmt sich ein Bier aus der Minibar. »Ich war 2008 dort. Einen Monat lang war Journalisten die Einreise nach Gaza verboten: so viel zur Informationsfreiheit. Ich durfte erst am 29. Januar rein. In El Atatra hatten iraelische Truppen eine der größten Schulen, die American School in Gaza, zerstört. Mit Bulldozern machten sie den Spielplatz hinter der Schule dem Erdboden gleich. Solche Aktionen sind Zeichen von Verrohung.«

»Warst du damals noch als Reisejournalist unterwegs?«

»Ja, für eine Reportage über Eilat, die Perle am Roten Meer«, antwortet er sarkastisch. »Aber ich konnte nicht widerstehen und war abseits ausgetretener Touristenpfade unterwegs. In Mea Shearim, dem orthodoxen Viertel von Jerusalem, hat man einen Stein nach mir geworfen«, erinnert er sich und zeigt mir eine Narbe an der Stirn, die kaum zu sehen ist – jedenfalls nicht für meine kurzsichtigen Augen.

Arthur wäre sich in diesem Punkt mit Viviana einig gewesen: Er ist so außer sich, als würde es sich um eine persönliche Angelegenheit handeln. »Man macht überall ein großes Theater um den islamischen Fundamentalismus, und es ist ganz leicht, die Palästinenser zu dämonisieren. Nur wenige machen sich bewusst, dass im Alltag in Israel die Rollen genau umgekehrt sind.«

Arthur hat tiefe Augenringe. Er ist wie versprochen für

ein Wochenende hergekommen – merkwürdig, er hat ein Versprechen gehalten – und wollte in einem Hotel in der Nähe des Vatikans übernachten. Nach einem Abendessen bei uns – wir haben uns wie immer Pizza kommen lassen – sind Yukino und Cordelia daheim geblieben, um uns beiden die Daumen zu drücken. Sie glauben, dass wir nur einen Spaziergang machen, in Wahrheit haben wir aber nur das kurze Stück von der Wohnung zu seinem Hotel zu Fuß zurückgelegt.

Ich wollte es so, und er auch.

Auch ich nehme einen Schluck von dem Bier, der bittere Geschmack tut mir gut.

»Ich weiß nicht, Arthur, mir ist das Ganze zu kompliziert. Ich mag Israel, und um Politik mache ich mir einfach keine Gedanken.«

»Weißt du, du solltest …«

»Arthur«, unterbreche ich ihn. »Entspann dich doch. Du bist im Augenblick nicht mit Alicia zusammen, vielleicht hast du dich mit ihr über solche Themen unterhalten. Mich interessieren die nicht. Ich habe von nichts eine Ahnung, aber das ist mir egal. Komm ins Bett, dann …«

Instinktiv unterbreche ich mich. Arthur starrt mich an. Und in genau diesem Moment wird mir etwas ganz Wichtiges klar.

Claudio hätte an dieser Stelle gelacht. Er hätte mich irgendwie zum Schweigen gebracht, vielleicht sogar mit einem Kuss. Aber auf keinen Fall hätte er mich in Verlegenheit gebracht, so wie Arthur in diesem Moment.

Arthur, gut aussehend, mit seinen Idealen, seinen abstrakten Gedanken, die immer in der Ferne weilen.

Unser Revival ist ein Fehler. Es ist sinnloses Beharren. Wir versuchen etwas zu beleben, das nicht mehr existiert.

Langsam ziehe ich mir meinen Pullover über, bürste

über meinen Pony und binde mein Haar zu einem lockeren Pferdeschwanz zusammen.

Er stellt Sky News24 an. Die Nachrichten aus Syrien beanspruchen seine ganze Aufmerksamkeit. Er bekommt nicht einmal mit, dass ich Anstalten mache, nach Hause zu gehen. Als er hört, wie ich die Tür hinter mir schließe, folgt er mir, öffnet sie wieder und verharrt schweigend auf der Schwelle.

»Auch wenn man sich noch so Mühe gibt, die Vergangenheit kehrt nicht zurück«, sage ich, mehr zu mir als zu ihm.

Er nickt, aber er wirkt sehr bedrückt. »Wir sehen uns«, sagt er, als würde er es irgendwie hoffen.

Es gibt Liebesbeziehungen, aus denen einfach nichts wird. Trotz allen Engagements und aller Zuneigung. Unsere ist so eine.

Das alles reicht mir nicht mehr, ich will aufhören, weiter Luftschlösser zu bauen.

Ich habe Besseres verdient.

Klar, ich kann mich noch gut an jenen Sonntagabend erinnern. Anita hatte mir das Notizbuch gegeben, und ich wollte es selbstverständlich Viviana zurückgeben.«

»Und warum haben Sie es dann nicht getan?«, erkundigt sich Calligaris. Er verschränkt nervös die Hände und macht damit seiner Frustration über diesen komplizierten Fall Luft.

Daniels Blick hat sich verdüstert: »Weil sie kein Wort mehr mit mir reden wollte. Ich bin am folgenden Morgen abgereist, ohne sie noch einmal gesehen zu haben.«

Nach allem, was ich von Ambra erfahren habe – die arme Viviana hatte nicht einmal ihrer Freundin Bex davon berichtet –, würde ich ihn gerne fragen: *Aber was hast du eigentlich erwartet, nachdem du mit Ambra zusammen warst, um Viviana eifersüchtig zu machen?*

»Wo wir schon dabei sind: Sie sind Hals über Kopf abgereist, das haben Sie gerade selbst gesagt, und es deckt sich auch mit unseren Ermittlungen, aber weshalb eigentlich?«

»Weil ich impulsiv bin. Ich hatte keine Lust mehr, ihr hinterherzulaufen, und beschloss, nach Tel Aviv zurückzukehren.«

»Warum haben Sie bei unserem ersten Gespräch so getan, als würden Sie Ambra Negri Della Valle nicht kennen?« Die Frage ist mir so herausgerutscht.

Er antwortet niedergeschlagen: »Das stimmt so nicht. Ich habe keineswegs so getan, als würde ich sie nicht kennen. Ich habe Ihnen sogar ihren Namen genannt, an den konnte ich mich noch erinnern. Und alles andere … Weder damals noch heute kann ich erkennen, was das alles die Polizei angeht. Als Sie mich zu dem Treffen in Tel Aviv befragten, sah ich keinen Anlass, Ihnen auch von den anderen Treffen mit ihr zu erzählen. Das sind persönliche Angelegenheiten, und ich hielt sie für unwichtig.«

»Nun, Sie haben Ambra am 22. Januar abends getroffen und Vivianas Notizbuch bei ihr zu Hause liegen lassen. Stimmt das?«

»Ja, das stimmt. Sie wollte mich treffen, um mit mir zu reden – eigentlich wollte sie mir ordentlich die Meinung sagen. Gut, es stimmt, ich hatte es verdient, ich hatte mich ihr gegenüber unmöglich verhalten. Unser Gespräch verlief dann dermaßen unerfreulich, dass ich wütend auf dem Absatz kehrtgemacht und dabei das Büchlein vergessen habe. Ich wollte nur noch weg, ich hatte von dieser ganzen Geschichte die Nase gründlich voll.«

»Und es war Ihnen nicht wichtig, Vivianas Notizbuch zurückzubekommen?«

»Ich wollte einfach nur alles hinter mir lassen. Für Ambra würde es leichter sein, es Viviana zurückzugeben, dachte ich. Aber dann haben die Dinge ihren Lauf genommen, und am Ende ist es wieder bei mir gelandet.«

Calligaris verharrt einen Augenblick in Schweigen und kratzt sich gedankenvoll an der Schläfe.

»Und Sie hatten dann um dreizehn Uhr Ihren Flug, Signor Sahar. Vor Ihrer Abreise haben Sie Viviana nicht mehr gesehen?«

Daniels Augen blitzen, und er starrt den Ispettore ungläubig an. »Warum kommen Sie immer wieder auf diesen

Punkt zurück? Ich habe Ihnen bereits gesagt, dass ich mich nicht mehr genau erinnere, wann ich sie zum letzten Mal gesehen habe, aber bestimmt nicht am Tag meiner Abreise. Zugegeben, ich habe Sie angelogen, unsere Beziehung damals war alles andere als gut ... Wollen Sie wissen, warum ich so nervös bin, sobald ich nur daran denke? Weil ich sie angefleht habe, wieder mit mir zu reden. Ich habe sie unzählige Male angerufen, nachdem mir Anita das Notizbuch gegeben hatte. Viviana hatte es ihrer Kollegin ja aus gutem Grund überlassen. Sie wollte sich von allem befreien, was mit mir zu tun hatte. Ich bin dann nach Tel Aviv zurückgekehrt und bereute fast, ihr wie ein Schoßhündchen hinterhergelaufen zu sein, ich fühlte mich erniedrigt. Ich hasste sie aus tiefstem Herzen, weil sie mich abgewiesen hatte und ich mich völlig ohnmächtig fühlte. Doch sie war verschwunden, wie dann bekannt wurde, und alles hat sich von Grund auf verändert: Ich machte mir Vorwürfe, weil ich nicht viel mehr insistiert hatte! Das Gefühl der Erniedrigung war wie verflogen. Mit einem Mal begriff ich, dass ich mit meinem ganzen Stolz allein dastand. Ich sehnte mich mehr denn je nach ihr. Und dass ich ihr das vor ihrem Verschwinden nicht gestand, bereue ich bis heute. Es war der größte Fehler meines Lebens.«

Man muss ihm glauben: Der Schmerz hat seine Stimme brüchtig gemacht, er wirkt nicht mehr wie ein ungezogener Flegel, sondern wie ein gebrochener Mann.

»Sie haben sich von Anita Ferrante zu Ambra Negri Della Valle begeben? Stimmt das?«

»Bevor ich dort ankam, habe ich noch meinen Stiefvater, Professor Curreri, nach Hause begleitet.«

Calligaris macht eine Geste der Verwunderung. »Einen Augenblick. Da ist mir etwas nicht ganz klar – Ihr Stiefvater war die ganze Zeit über bei Ihnen?«

»Wir sind zusammen zu Anitas Haus gefahren.«

Das hat Anita nie erwähnt. Und Curreri ebenfalls nicht. Der Grund dafür ist mir unklar.

»Ist Curreri mit ins Haus gegangen? Oder ist er im Auto geblieben?«

»Daran erinnere ich mich nicht mehr …«

»Denken Sie nach, ich bitte Sie«, sagt Calligaris eindringlich.

Daniel schweigt einen Augenblick. »Jetzt erinnere ich mich: Er wollte im Auto warten, weil er bei Anita keine Zeit mit irgendwelchem Geschwätz verlieren wollte. So hat er sich ausgedrückt.«

»Und Anita hat ihn nicht gesehen?«

»Das kann ich Ihnen nicht sagen. Wenn ich mich recht erinnere, wohnt Anita in einer Villa. Sie hat das elektrische Einfahrtstor geöffnet, und wir sind auf den Familienparkplatz gefahren. Mein Stiefvater saß am Steuer. Ich bin ausgestiegen und habe geklingelt.«

»Kam es Ihnen so vor, als wollte Professor Curreri Anita aus einem bestimmten Grund nicht begegnen?«

Daniel schüttelt seinen Lockenkopf. »Er hatte einfach keine Lust dazu.«

* * *

»Uns fehlen die Beweise.«

Calligaris hat gewartet, bis Daniel Sahar den Raum verlassen hat, und stellt jetzt Vermutungen zum Tathergang an.

»Eins steht so gut wie fest: Curreri hat Viviana umgebracht. Und wenn nicht er, dann Anita. Oder beide gemeinsam. Eine andere Möglichkeit gibt es nicht.«

»Und warum, Ispettore? Ich kann kein Motiv erkennen. Alles deutet darauf hin, dass er Viviana sehr schätzte. Sie war seine Lieblingsstudentin, da konnte Anita nicht mithalten. Im Gegenteil – sie hatte gute Gründe, um Viviana aus dem Weg zu räumen. Neid. Eifersucht. Und dann diese Krone in Vivianas Grab …«

»Weißt du, Alice, der Augenschein trügt oft. Mit dieser Kinderkrone im Grab hätte Anita eine eindeutige Spur hinterlassen. Keine sehr intelligente Geste. Das sieht ihr nicht ähnlich.«

»Es könnte eine Geste der Verachtung sein.«

»Schon richtig, aber trotzdem sehr irrational. In jedem Fall gibt es noch viele ungeklärte Fragen. Wenn Curreri der Täter war, gilt es ein Motiv zu finden. Falls es Anita war, ist eine gehörige Portion Dummheit mit im Spiel.«

»Und Malversini können wir ausschließen?«, erkundige ich mich. Ich muss nur seinen Namen aussprechen, und es läuft mir kalt den Rücken hinunter. Wenn es nach mir geht, ist dieser Typ in einer Zelle ohne Fenster und Tür genau richtig.

»Malversini kam nur ins Spiel, weil zwischen Vivianas und Ambras Verschwinden Parallelen auftauchten. Dass er ein Psychopath ist und deine Kollegin tätlich angegriffen hat, spielte dabei sicher auch eine Rolle.«

»Darf ich mir die Telefonlisten von Vivianas letzten Tagen ansehen?«

Der Ispettore zieht ein Blatt aus der Akte und reicht es mir.

Neben jeder Nummer steht der Name des entsprechenden Teilnehmers.

23. Januar, zwölf Uhr vierzig, ein Anruf von Daniel. Wie alle anderen unbeantwortet.

Um fünfzehn Uhr ein Anruf von einer Festnetznummer. Das Institut für Archäologie. Die Unterhaltung dauerte zwölf Minuten.

»Wer hat Viviana am Tag ihres Todes aus dem Institut angerufen?«

»Ach, dieser Anruf. Ich habe bei der Sekretärin nachgefragt. Offenbar hat sie Viviana angerufen, es ging um eine Verwaltungsangelegenheit.«

»Um was genau?«

»Es sei ein kurzer Anruf gewesen, gab sie damals zu den Akten. Es sei um eine Information im Zusammenhang mit Vivianas Zulassungsprüfung zum Promotionsstudium gegangen.«

»Der Anruf dauerte zwölf Minuten«, merke ich an.

»Ja genau, er war kurz.«

»Na, Ispettore, zwölf Minuten sind für ein Telefongespräch nicht eben kurz.«

»Auf jeden Fall spielt das Telefonat keine Rolle.«

Calligaris scheint den Mut zu verlieren. Er verabschiedet sich zerstreut, ein Zeichen, dass er frustriert ist.

* * *

Ich gehe ein Stück des Nachhausewegs zu Fuß.

Den Spaziergang mache ich, um ein bisschen Bewegung zu haben, rede ich mir ein. In Wirklichkeit habe ich vor einigen Tagen in einem Schaufenster ein grünes Strickjäckchen gesehen. Ich habe es nicht gleich gekauft, weil ich wie immer knapp bei Kasse war. Erfreulicherweise habe ich heute gesehen, dass mittlerweile mein Gehalt auf dem Konto ist, und diese Tatsache muss gefeiert werden – und natürlich muss das Geld sofort unter die Leute.

Kurz darauf liegen außer dem Jäckchen ein Rock, ein Schal und ein lila Poncho an der Kasse: Ich konnte einfach nicht widerstehen.

»Aufgepasst!«, ruft die Ladenangestellte.

»Was? Wie?«, rufe ich überrascht aus.

Die junge Frau weist mich auf einen Skarabäus aus türkisfarbener Keramik hin, er liegt direkt neben der Kasse. Eilig will sie meinen wunderschönen Poncho wegschieben – ich habe ihn unbedacht auf den Ladentisch gelegt –, damit der Skarabäus nicht zu Boden gefegt wird.

Zu spät – er landet auf dem Laminat.

»Entschuldigen Sie vielmals.«

Der Angestellten scheint meine Entschuldigung nicht zu genügen. »Zu dumm!«, ruft sie aus.

Sie bückt sich, um den Skarabäus aufzuheben, Gott sei Dank ist er nicht zerbrochen. Er ist dem auf Curreris Schreibtisch ganz ähnlich. Nur die Farbe ist anders.

»Glücklicherweise ist er nicht kaputt«, sage ich und bin erleichtert.

»Ach, wissen Sie, der hält Gott sei Dank einiges aus. Wäre er Ihnen auf den Fuß gefallen, wäre der wahrscheinlich jetzt gebrochen.«

Die junge Frau kichert. Mich durchfährt es wie ein Blitz.

Wie in Trance packe ich die Tüte mit den soeben erstandenen Klamotten. Auf der Straße winke ich ein Taxi herbei, das mich zurück zu Calligaris bringen soll.

Der Fahrer schaut mich an, als hätte ich den Verstand verloren, als er hört, wie ich in mein Handy brülle: »Ispettore! Warten Sie im Büro auf mich! Ich hab's, ich hab's – ich weiß jetzt, was mit Viviana passiert ist!«

Ti accorgesti in un solo momento che la tua vita finiva quel giorno
e non ci sarebbe stato ritorno
Fabrizio De André

Dir wurde augenblicklich klar, dein Leben ging an diesem Tage zu Ende und es gab kein Zurück

Calligaris hört mir aufmerksam zu. Während ich ihm meine Version des Tathergangs schildere, wird sie wie durch ein Wunder immer plausibler. Und ich habe das Gefühl, dass es tatsächlich die einzig mögliche Variante ist. Am Ende meiner Ausführungen klatscht der Ispettore in die Hände.

»Ich weiß nicht, ob ich stolz auf dich sein soll oder dich beneide, meine Liebe. Lass uns mit den Protagonisten dieser Geschichte reden. Vielleicht liefern sie uns noch ein paar Einzelheiten, auf die dein Sherlock-Holmes-Köpfchen nicht gekommen ist. Mit ein bisschen Glück treffen wir alle drei an«, meint er und wirft rasch einen Blick auf seine Swatch. Es ist acht Uhr abends.

Und Calligaris hat recht. In der Via Fidenza Nummer vier sind die drei – Professore Curreri, Ella und Daniel – dabei, sich zum Abendessen an den Tisch zu setzen.

Ich weiß nicht, ob der gute Professore es mit der Einladung, gemeinsam mit ihnen zu essen, ernst meint. Calligaris lehnt höflich ab.

»Es tut mir leid, dass ich ausgerechnet jetzt störe. Können wir uns in Ihrem Büro unterhalten, Professore?«

Curreri streicht sich mit einer leicht nervösen Geste eine weiße Strähne aus der Stirn. »Nur mit mir?«

»Nein, Professore, mit Ihnen und Ihrer Familie.«

Daniel schiebt seinen Stuhl zurück. »*I'm ready*.«

Ella hält noch die Kelle in der Hand und legt sie dann in die Suppenterrine zurück.

»Folgen Sie mir bitte in mein Büro.«

Der Raum ist klein, erst bei diesem Besuch fallen mir Gegenstände auf, die ihn gemütlich machen. Und ich frage mich, auf welchen davon Vivianas letzter Blick gerichtet war, bevor sie starb.

»Auf geht's, Alice, du hast das Wort.«

An die unerwarteten Herausforderungen vonseiten des Ispettore habe ich mich noch immer nicht gewöhnt und bin am Anfang ganz verlegen.

»Am 23. Januar 2006 hat Viviana aus Ihrem Institut einen Anruf erhalten, Professore. Es ging um verwaltungstechnische Fragen, und es war ein kurzes Gespräch. Im Laufe des Telefonats hat Viviana darum gebeten, mit Ihnen verbunden zu werden.« Curreri hüstelt. »Soll ich Ihnen sagen, worüber Sie geredet haben?«

»Das kann ich Ihnen sagen. Ich bat Viviana darum, ihre Entscheidung zu überdenken, oder zumindest die Arbeiten, die sie zusammen mit Daniel begonnen hatte, zu Ende zu bringen. Und keine Dummheit zu machen, indem sie bis dahin zusammengetragenes Material aus den Händen gab.«

»Viviana fühlte sich unter Druck gesetzt – sie hatte ihre Entscheidung getroffen. Aber Sie insistierten, Professore, und baten sie, am Nachmittag bei Ihnen zu Hause vorbeizukommen. Wollten Sie noch einmal versuchen, Viviana umzustimmen?«

»Ich konnte nicht anders, begreifen Sie das nicht? Viviana war die beste Studentin in meiner gesamten Karriere als Dozent. Sie war brillant, enthusiastisch und sie war zu Opfern bereit. Wenn nicht Daniel aufgekreuzt wäre«, sagt er mit einem strengen Seitenblick auf seinen Stiefsohn, »hätte Viviana das Institut niemals verlassen. Außerdem liebte sie

Palästina. Ihre Entscheidung, nach Amiens zu gehen, war ein Fehler. Es war geradezu meine Pflicht, alles zu unternehmen, um sie umzustimmen.«

»Es war Ihnen nur leider entfallen, dass Sie an jenem Montagnachmittag ein Seminar halten mussten. Aber das war auch nicht so schlimm: Sie sagten sich, dass es Viviana sicher nichts ausmachen würde, die Zeit bis zu Ihrer Heimkehr mit Ella zu verbringen. Wir haben nachgeforscht: Die Seminare dauerten nicht mehr als zwei Stunden und begannen um fünfzehn Uhr. Damit waren Sie kurz nach fünf zu Hause. Deshalb hielten Sie es auch nicht für wichtig, Viviana Bescheid zu sagen. Sie wussten, dass Sie sie hier mit Ella antreffen würden.«

»Ella hat Daniel zum Flughafen gebracht und ist dann nach Frascati weitergefahren«, wendet der Professor ein.

»Das behaupten Sie. Unserer Meinung nach war es anders: Ella ist relativ früh nach Hause zurückgekehrt. Sie war bis zum frühen Nachmittag in Frascati – falls sie überhaupt dorthin gefahren ist. Auf jeden Fall war Ihre Frau zu Hause, als Viviana hier eintraf.«

Daniel ist seltsam ruhig. Ich hatte erwartet, dass ein Typ wie er schon längst das Wort ergriffen hätte. Doch er beobachtet seine Mutter schweigend und regungslos.

»Und Sie waren ganz froh, mit Viviana endlich mal unter vier Augen sprechen zu können, stimmt's, Ella?«

Die Frau sucht im Blick ihres Ehemannes nach Schutz. Dann schüttet sie ihr Herz aus, als sei der Augenblick gekommen, um sich ihr Geheimnis von der Seele zu reden.

»Ich war so enttäuscht … von ihm«, sagt sie leise und tränenerstickt und blickt den Professore an. »Ich wusste, dass er etwas mit einer seiner Studentinnen hatte.«

Ich bin erleichtert, dass sie selbst einen zentralen Punkt in dieser Angelegenheit genannt hat.

»Sie waren enttäuscht, nein, zornig, wie auch nicht … und natürlich kam Ihnen Viviana in den Sinn. Denn Sie, Professore, lobten sie zu Hause in den höchsten Tönen und sagten ihr eine für eine so junge Frau ungewöhnlich brillante und steile Karriere voraus. Und Sie haben zwei und zwei zusammengezählt, Ella, und waren überzeugt, dass es sich bei der Geliebten Ihres Mannes nur um Viviana handeln konnte.«

»Seit unserer Rückkehr aus Jericho hatte ich diesen Verdacht. Aber ich habe mich geirrt.«

Daniel springt auf. »Was habt ihr mit ihr angestellt?«, ruft er wütend. »Wie konntest du nur so etwas denken?«, fragt er seine Mutter entgeistert.

»Bis zum Tag deiner Abreise hast du mir immer nur erzählt, dass Viviana nichts mehr von dir wissen, dich nicht mehr sehen wollte. Ich ging davon aus, dass sie dich benutzt hatte, um an deinen Vater ranzukommen …«

Ella weint und schluchzt, bis ihr Mann ihr eine Hand auf die Schulter legt, doch sie schiebt sie sanft beiseite.

»Ich beschimpfte sie als falsch und gemein. Ich warf ihr vor, unser Vertrauen missbraucht zu haben … mein Vertrauen und deines.« Die Vorstellung, wie Viviana sich kurz vor ihrem Tod gefühlt haben muss, bricht mir das Herz. »Sie bestritt alles, aber ich war mir ganz sicher!«

Daniel traut seinen Ohren nicht, er kniet sich vor seine Mutter hin. Ella meidet seinen Blick, doch er nimmt erschüttert ihr Gesicht in beide Hände und zwingt sie, ihn anzusehen.

»Was. Hast. Du. Mit. Ihr. Gemacht?« Er betont jede einzelne Silbe, seine Augen glänzen.

»Es war ein Unfall. Das kann ich beschwören. Ich weiß, dass mir niemand glaubt, ich wusste es sofort, nachdem es passiert war.«

Calligaris schaltet sich in das Familiendrama ein.

»Ein Unfall, Signora …«

»Viviana ist gestürzt. Sie hat sich mit einer Hand am Schreibtisch abgestützt, aber dort lag dieser Skarabäus. Dann hat sie das Gleichgewicht verloren und ist gestürzt. Sie ist gegen diese Kante gefallen«, erläutert Ella tonlos und zeigt uns die Stelle.

»Sie ist gestürzt, weil Sie Viviana geschubst haben«, mutmaßt der Ispettore.

»In jenem Augenblick war ich voller Hass, aber ich wollte sie sicher nicht umbringen. Viviana starb unmittelbar nach dem Sturz …«

Ella unterbricht sich und ist außerstande weiterzureden. Ihre Worte bestätigen mehr oder weniger die Vorstellung, die ich mir vom Tathergang gemacht hatte. In meiner Vorstellung war der Skarabäus die Ursache von Vivianas Schädelverletzung, ich weiß auch nicht, warum. Jetzt gilt es zu erfahren, ob ich mir die weiteren Ereignisse ebenfalls richtig ausgemalt habe.

»Kurz darauf kam Ihr Mann nach Hause. Sie standen unter Schock, Viviana war tot. Gemeinsam kamen Sie zu der Überzeugung, dass man Ella ihre Geschichte nicht abgenommen hätte. Und anstelle die Polizei zu rufen und so für eine ehrliche Klärung der Todesumstände und die Beerdigung zu sorgen, die Viviana verdient hätte, haben Sie alles selbst in die Hand genommen.«

Curreri will etwas erwidern, aber Calligaris fährt dazwischen.

»Sie sind an jenem Abend noch einmal zu Anita gefahren, Professore. Zu Signorina Ferrante, Ihrer wirklichen Geliebten. Die war in der letzten Zeit etwas fordernd und nervig geworden, nicht wahr? Und Sie haben überlegt, dass sie etwas von dort mitgehen lassen würden, das sie verdächtig machen würde, falls man den Leichnam fand. So hätten sie zwei Fliegen mit einer Klappe geschlagen – jeden Verdacht von sich abgewendet und sich zugleich Ihrer Geliebten entledigt.«

Die Brutalität der Fakten bringt alle zum Schweigen. Nur Curreri versucht einen Einwand zu erheben, doch Calligaris kommt ihm zuvor: »Bestreiten Sie das nicht, Professor Curreri. Anita hat uns vorhin erst bestätigt, dass Sie sie noch einmal am Abend des 23. Januar getroffen hat.«

Das stimmt. Bevor wir uns wie der Blitz auf den Weg zum Professore machten, rief der Ispettore bei Anita an und ließ sich den Besuch bezeugen – es war das fehlende Stück in unserem Puzzle.

»Bei Anita fällt Ihnen ein ungewöhnlicher Gegenstand auf. Der Bezug zur Prinzessin, dem Fund in Jericho, und allem, was er auslöste, entgeht Ihnen ebenfalls nicht – ich meine die Rivalitäten zwischen den Teammitgliedern: Carlo, Sandra, Anita, Viviana.«

Curreri ist blass geworden und Daniel ein Schatten seiner selbst.

»Sie finden eine kleine Plastikkrone, die am Ende in Vivianas Grab landet, in jenem gottverlassenen Loch.«

Ella weint immer noch, sie hat einen Nervenzusammenbruch. Daniel mustert sie ohne jede Spur von Mitgefühl.

»Spät in der Nacht wickeln Sie Viviana in ein Laken und laden sie in den Range Rover. Sie suchen sich einen Ort aus, der weit entfernt von Ihrem Viertel liegt, bis vor einigen Monaten einfach ein Stück Land. Dann brachte ein Bauvorhaben Viviana oder vielmehr das, was von ihr geblieben ist, ans Licht.«

Calligaris' Tonfall ist ungewöhnlich hart. Als müsste er den Professore seine ganze Verachtung spüren lassen.

»Kurz darauf, Sie müssen uns verraten, wann genau,

bemerkten Sie, dass Vivianas Jacke und Tasche noch bei Ihnen waren. Aber Viviana lag bereits unter der Erde, und Sie wollten nicht noch einmal dorthin. Und so haben Sie ihre Sachen in eine Mülltonne geworfen, nachdem Sie zuvor alle Dokumente entfernt hatten.

Nur bei einem Detail bin ich mir nicht sicher: Ich frage mich, ob es sich bei dem Geldstück, das man in ihrer Tasche fand, um einen Zufall handelt oder ob Sie es dort hineinsteckten, damit Viviana ihre Überfahrt ins Jenseits bezahlen konnte.«

Curreri ist leichenblass geworden. Er nickt. »Ich habe es ihr in die Tasche gesteckt. Es sollte eine Geste des Mitleids sein, eine Erinnerung an alles, was ich ihr beigebracht hatte und was uns miteinander verband. Sie irren, wenn Sie glauben, dass mir Vivianas Tod nicht naheging. Seit jenem Januartag ist nichts mehr wie vorher.«

Daniels Blick wandert von seiner Mutter zum Stiefvater. Sein Schmerz wirkt so unverfälscht wie der eines Kindes.

Er verlässt den Raum in fast unmenschlicher Trauer, und ich glaube nicht, dass seine Eltern ihn jemals wiedersehen.

Sono fiero di questo eterno mio incespicare
Francesco Guccini

Ich bin stolz auf mein ewiges Irren

Seitdem ich weiß, dass Ambra in Frieden mit sich selbst lebt, kann ich ihren Schreibtisch anschauen, ohne diese spezielle Angst zu empfinden.

Das Auswahlverfahren für die neuen Assistenzärzte ist abgelaufen, und jemand anderes hat ihren Platz eingenommen, auch wenn uns das nicht gefällt.

Lara ist in Tränen ausgebrochen, als eine nichtsahnende junge Frau namens Francesca sich an Ambras Schreibtisch gesetzt hat.

Mit einem derartigen Gefühlsausbruch hatte ich nicht gerechnet und hätte gerne mein Versprechen gebrochen, um sie zu beschwichtigen und ihr zu versichern, dass Ambra jetzt viel glücklicher als früher ist.

Auch Claudio befällt, allem Anschein zum Trotz, leichte Melancholie, wenn er unser Büro betritt – deshalb lässt er sich hier so wenig wie möglich sehen. Zurzeit macht er es immer mehr wie die Wally und lässt mich von der Sekretärin dringend in sein Büro rufen.

So wie diesmal.

Ich trage einen Stapel Akten für einen Bericht, den ich für ihn schreiben soll. Damit ich lerne, wie man das macht, lautet die offizielle Begründung. Der wahre Grund hinter diesem didaktischen Eifer ist ein Gerichtstermin, den er angesichts seiner Arbeitsberge unmöglich einhalten kann.

»Das hast du nicht schlecht und ziemlich schnell erledigt«, kommentiert er und blättert in den Dokumenten, die ich für ihn ausgedruckt habe.

Sein Haar ist ein bisschen länger als sonst. Ansonsten strotzt er wie üblich vor Männlichkeit.

Mich muss jemand verhext haben, denn ich denke an Arthur, wenn ich mit ihm zusammen bin, und umgekehrt. Am Ende bin ich weder in den Armen des einen noch des anderen glücklich.

»Als Entschädigung führe ich dich heute Abend zum Essen aus.«

»Für diese Schufterei gibt es keine Entschädigung, die hoch genug wäre«, erwidere ich.

»Nicht einmal in natura?«, fragt er anzüglich und erhebt sich von seinem Bürostuhl.

Er betrachtet in der Glastür des Wandschranks sein Spiegelbild und meint: »Ich sehe richtig gut aus.« Ich weiß nicht, ob er es ernst meint oder nicht.

»Und vor allem bist du bescheiden.«

»Bescheidenheit ist eine Tugend für Schwache. Ich hole dich um neun ab und reserviere einen Tisch im *Wine Time*. Es wird um ein gepflegtes Erscheinungsbild gebeten – ich habe Lust, mal wieder etwas Hübsches zu sehen.«

* * *

Ich habe das Kleid von Chloé angezogen, das ich vor zwei Tagen unter Yukinos bewundernden Blicken im Ausverkauf erstanden habe. Hin und wieder macht es Spaß, mal etwas Schickeres und Ausgefalleneres anzuziehen – und wenn es um Claudio geht, gebe ich mir immer besondere Mühe, das muss ich zugeben.

Das Restaurant gehört zu seinen Lieblingslokalen, wir

gehen nicht zum ersten Mal dorthin. Und man trifft immer wieder nette Leute. Meistens.

Beatrice kommt herein, sie ist mit Schmuck behangen wie ein Christbaum und stellt alle um sich herum in den Schatten. Der Mann an ihrer Seite ist einige Jahre älter als sie und sieht aus wie ein typischer Geschäftsmann. Claudio zieht eine Augenbraue hoch, und auf seinem Gesicht erscheint ein Ausdruck, der wie immer offenbart, wie sehr er sich freut, sie wiederzusehen. Der macht mich jedes Mal wütend.

»Oh, das hübscheste Paar unserer Zunft!«, ruft die anatomische Pathologin, spritzig und fröhlich wie immer.

»Mit euch können wir nicht mithalten«, kommentiert Claudio.

Beatrice lässt ihr typisches Lachen ertönen.

»Je giftiger du bist, desto anziehender finde ich dich. Wie kommt das nur?«

Er sieht sie mit einer Mischung aus Genugtuung und Nostalgie an. Als wollte er zu ihr sagen: *Sieh mich an, würdest du mich heute immer noch abservieren?*

Seit ich die Hintergründe der Beziehung zwischen den beiden kenne, glaube ich, dass Claudios unmöglicher Umgang mit dem anderen Geschlecht teilweise von Beatrice zu verantworten ist. Mit ihr nimmt seine Ruchlosigkeit in Liebesdingen ihren Anfang.

Doch die Begegnung mit Beatrice ist nicht das einzige soziale Highlight an diesem Abend, ja nicht einmal das interessanteste.

Wir trinken gerade unseren Rotwein, als dieser kaltschnäuzige Anthropologe, den ich kennengelernt habe, als man Vivianas Leichnam fand, an unseren Tisch tritt. Claudio und er begrüßen sich distanziert höflich.

Genau, er heißt Sergio Einardi.

»Ja, man hat ihn heute Morgen gefunden, offenbar arbeiten wir wieder einmal zusammen«, höre ich ihn sagen. Ich war einen Augenblick abgelenkt, weil ich betrübt an den Weinfleck auf dem Blumenmuster meines neuen Kleids dachte.

»Schön, Sie wiederzusehen, Dottoressa«, meint er und reicht mir mit freundlichem Lächeln die Hand. »Ich hoffe, diese erneute Zusammenarbeit mit Dottor Conforti schließt Sie mit ein.«

Vielleicht bilde ich mir das nur ein – und das ist angesichts der Mengen Wein, die ich auf nüchternen Magen getrunken habe, durchaus möglich –, aber mir scheint, als ob Claudio diese Galanterie gar nicht schätzt. Als Einardi unseren Tisch verlässt, platzt es aus ihm heraus: »Ich muss mich wundern, Allevi, dieser Typ ist ein alter Sack.«

»Der ist höchstens vierzig, das bist du auch bald, wenn ich richtig gerechnet habe.«

»Diese Untersuchung kannst du dir aus dem Kopf schlagen.«

»Was für eine Untersuchung?«

»Dann hast du gar nichts mitgekriegt? Das ist mir ein Rätsel: Man denkt, du würdest zuhören, und entdeckt dann, dass du mit den Gedanken ganz woanders warst. Offenbar machen deine Neuronen wilde Ausflüge, während du nur versuchst, von einem Zimmer ins andere zu kommen, ohne dich zu verlaufen. Egal, das Ganze ist nicht interessant, und ich nehme dich ohnehin nicht mit. Auch wenn dir dieser Typ gefällt.«

»Hör auf mit deinem blöden Benehmen. Geht es um einen weiteren *Cold Case*?«, frage ich gespannt.

»In einem Theater ist eine Leiche gefunden worden.«

Claudio wiederholt für mich die wenigen Informationen, die ihm Einardi gegeben hat, unter anderem den Namen des Theaters.

»Na wunderbar«, murmele ich mehr zu mir selbst.

»Was? Warum?«

Gemütlich zurückgelehent, das Weinglas in der Hand – er nimmt es mir weg, als wollte er sagen: *Du hast mal wieder zu viel getrunken, und wie das endet, weiß man ja* –, schaue ich ihn gedankenverloren an.

»Das Theater.«

»Was ist damit?«, erkundigt er sich ungeduldig.

»Das ist genau dort, wo Cordelia und das Ensemble jeden Tag proben.«

Anmerkung der Autorin

Ich war im Dezember 2011 in Israel und Palästina. Mein Ehemann Stefano hielt sich dort aus beruflichen Gründen auf, und ich habe ihn dort besucht und einen wunderbaren Kurzurlaub verbracht.

Während einer Besichtigungstour habe ich von dem wichtigen und wertvollen Beitrag eines wissenschaftlichen Teams der Universität La Sapienza in Rom erfahren, das sich engagiert an den Ausgrabungen in Jericho beteiligt hatte. Von diesem Projekt wusste ich nichts.

Der Reiseführer zeigte auf eine bestimmte Stelle und erklärte uns, dass die italienischen Archäologen dort das Skelett einer jungen Prinzessin gefunden hätten.

Auf dem dreistündigen Rückflug von Tel Aviv nach Rom konnte ich an nichts anderes denken und skizzierte in einem Notzibüchlein – als Schriftstellerin hat man immer eines dabei, um Ideen und Geistesblitze festzuhalten – die Handlung von *Die Spur der Prinicipessa*. In den ersten Monaten des Jahres 2012 begann ich, an dem Roman zu arbeiten. Es war eine lange Geburt – unter anderem deswegen, weil ich in der Zwischenzeit mit meiner kleinen Tochter Eloisa schwanger war –, aber sie hat mich von der ersten bis zur letzten Zeile begeistert.

Alle Bezüge zu realen Ereignissen sind rein zufällig, das zu erwähnen ist bei diesem Roman vielleicht besonders wichtig. Die Arbeit der italienischen Archäologen hat mich inspiriert, mehr nicht. Auch die Rekonstruktion archäologischer Fakten ist zwar an wahre Ereignisse angelehnt, um sie glaubwürdig zu machen. Ich habe sie aber gründlich und nach meinem Gutdünken überarbeitet, um eine interessante Geschichte daraus zu machen – und ich hoffe, das ist mir gelungen!

Es ist mir wichtig zu betonen, dass dieses Team junger italienischer Archäologen im Gelobten Land in keinster Weise in kriminelle Machenschaften involviert war. Unser Land kann vielmehr stolz darauf sein, und ich persönlich bewundere ihre Arbeit sehr. Ich möchte mich offiziell bedanken, dass diese jungen Archäologen mich, gänzlich unbeabsichtigt, zu dieser Geschichte inspiriert haben.

Alessia Gazzola – Messina, August 2013

Dank

Dank meinen Lesern, für die ich schreibe.

An Stefano und Eloisa.

An meine eigene Familie und an die angeheiratete, für ihre unersetzliche Unterstützung.

An den Verlag Longanesi für die Ehre, dort Autorin sein zu dürfen.

An meine unschätzbare Agentin, Rita Vivian.

An Erica Mou, für ihren Song *Oltre*.

An Stefania Auci für ihre Gedanken zu schönen Erinnerungen.

ALESSIA
GAZZOLA

Die Spur der Principessa